dtv

Ursula
Fricker

LÜGEN VON GESTERN UND HEUTE

Roman

dtv

Dies ist ein Roman. Figuren und Begebenheiten entspringen der Fantasie der Autorin. Eventuelle Ähnlichkeiten mit lebenden Personen oder tatsächlichen Begebenheiten sind rein zufällig.

Ausführliche Informationen über unsere Autoren und Bücher
www.dtv.de

MIX
Papier aus verantwortungsvollen Quellen
FSC® C013736
FSC www.fsc.org

Originalausgabe

Gesetzt aus der Concorde 9,15/13,9˙
Satz: Greiner & Reichel, Köln
Druck und Bindung: Kösel, Krugzell
Gedruckt auf säurefreiem, chlorfrei gebleichtem Papier
Printed in Germany · ISBN 978-3-423-28073-0

SIE HATTE IHN KAUM GEKANNT. Sie hatte ihn gekannt, wie man einen Fremden kennt, dem man vertraut, weil man ihn nicht kennt. Bis es fast zu spät war, hatte sie überlegt, ob sie nicht besser zu Hause bliebe, ob es nicht reichte, wenn sie an ihn dächte, und als es schon fast zu spät war, ging sie doch noch los.

In der Hand eine gelbe Blume, stand Beba am Eingang des Friedhofs und wusste nicht, wohin sie sich wenden sollte. An der Straße parkten Streifenwagen und Limousinen, Menschen waren keine zu sehen. Aufs Geratewohl nahm sie den breiteren Weg, die Allee, vielleicht waren es Linden, vielleicht Platanen, vielleicht verwechselte sie wieder die Namen. Der Wind sauste in die jungen Blätter, und erst als die Allee schon fast zu Ende war, sah sie linker Hand den engsten Familienkreis stehen, ein dunkler Pulk aufgespannter Schirme, eben hatte es wieder zu schütten begonnen. Sie duckte den Kopf zwischen die Schultern, der sandige Weg war aufgeweicht, in den Siegeln von Schritten glänzten unzählige kleine Pfützen, getrieben vom Wirbel der Tropfen sah es aus wie eine steigende Flut, in der sich kurze Wellen gegeneinander brachen.

Sie stellte sich in die hinterste Reihe. So flüchtig wie sie Otten gekannt hatte, konnte ihr Platz nur in der hintersten Reihe sein. Cecilia, seine Frau, hatte sie eingeladen; er hätte gewollt, dass sie komme, mit dem Handrücken strich Beba sich den Regen aus dem Gesicht.

In einer anderen Gegend, zu einer anderen Zeit hatte Beba oft an Gräbern gestanden, an Gruben, in denen grob gezimmerte Holzsärge lagen. Gefasst darauf, selber gleich dort unten zu liegen, glitten die Blicke der Trauernden nervös über den matt schimmernden Granit der Berge rings, suchten die schattigen Rinnen der Felsen nach helleren oder dunkleren Punkten ab, nach kleinsten Bewegungen oder Lichtreflexen, nach Zeichen, die sie hätten warnen können – wissend, dass keiner von ihnen schnell genug sein würde.

Fassungslos stehen wir an diesem Grab, sagte der Pfarrer, und begreifen nicht. Immer und immer wieder fragen wir uns, wie jemand so weit gehen konnte.

Die Antwort ging im scharfen Pfeifen einer Rückkoppelung unter, der Pfarrer fuhr ohne Verstärkung fort, er gab sich Mühe, laut und deutlich zu sprechen, trotzdem verstand Beba nicht mehr, was er sagte. Ein paar Minuten später war der Wolkenbruch vorbei, die Sonne kam heraus, vom Blattwerk flirrend gemustert, dampfte sie die Nässe aus den Wegen, aus den Schirmen, aus dem moosigen Stein der Grabmale. Ein Trio spielte auf, eine seichte jazzige Melodie, etwas, das ihm nicht gefallen hätte.

Als Beba an der Reihe war, gab sie Cecilia und den Kindern die Hand, sie warf die Blume auf den Sarg und ein Schäufelchen voll Erde hinterher. Ohne noch jemanden anzusehen, wandte sie sich um und ging davon.

Eine junge Frau stand ihr ihm Weg, vorne beim Eingang.

Mit einem nass gewordenen Feuerzeug versuchte die Frau eine nass gewordene Zigarette anzuzünden, eine Anstrengung lag in dieser Bewegung, wie der Daumen auf das Feuerzeug drückte und drückte und drückte, klick, klick, klick. Kurz zögerte Beba, kurz trafen sich ihre Blicke. Anderswo hatte Beba diese Frau schon einmal gesehen, etwas an ihr hatte sie schon damals an Zeisler erinnert, sie nickte ihr zu und ging weiter.

VOR EINEM JAHR ETWA war Zeisler zum ersten Mal zu ihr gekommen. Er kam über Mittag, dreimal klopfte er an die Tür. Er versuchte nicht zu erklären, warum er zu ihr kam, er kam einfach. Als wäre er schon oft bei ihr gewesen, zog er sich die Schuhe aus, die Jacke, schob das Geld unter die Lampe auf dem Nachttisch und verschwand ins Bad. Beba hörte ihn unter der Dusche pfeifen, einzelne getragene Töne, die kein Lied ergaben.

Nackt setzte er sich aufs Bett und schaute sie an. Beobachtete sie. Jede ihrer Bewegungen schien von ihm auf eigenartige Weise begriffen zu werden. Ernsthaft, nicht gierig.

Luna, sagte er, das ist aber nicht dein richtiger Name?

Aus seinem Mund klang es, als wäre es ihr richtiger Name. Sie lag auf dem Rücken. Er legte ihr die Hand auf den Bauch. Noch verriet kaum etwas seine Erregung. Nicht seine Körperhaltung, nicht seine Mimik, nicht einmal seine Augen. Vielleicht nur seine Ruhe. Er erzählte ihr, dass er Lehrer sei, dass er eine Tochter habe, die Isa heiße, Isabel, eine Tochter, etwa in Bebas Alter. Er hätte ihr das nicht erzählen müssen. Sie strich ihm über das graue Brusthaar, alles an ihm roch nach

Seife. Er hatte keine besonderen Wünsche. Danach stand er auf, zog sich an und fragte, ob er wiederkommen dürfe.

Sie blieb liegen, lange.

Sie war ein schmaler Ton im eigenen Ohr, ein Ton, der gerade noch zu hören war. Dort, wo Beba herkam, waren Töne nie knapp. Töne wie Wünsche. Manche laut, bunt und schrill, andere eher dunkel murmelnd, manche waren kaum zu hören. Keiner der Wünsche ging in Erfüllung, im Gegenteil, ihr Vater wünschte sich um Kopf und Kragen.

Hätte er an dem Abend nicht gespielt, sagte ihre Mutter, lebte er noch. Hätte er nicht gespielt an jenem Abend, sagte die Großmutter, hätten sie einen Bogen ums Dorf gemacht.

Das eine hatte mit dem anderen nichts zu tun.

Ihr Vater, der abends, während die Mutter und die Großmutter fernsehen wollten, Klavier spielte. Sie maulten, sie drehten den Ton lauter. Er bleibe nur ein Mensch, sagte er, wenn er sich abends ans Klavier setzen könne.

Immer begann er mit der *Staschuka*, einem Schlaflied aus seiner Heimat. Dann allmählich mogelten sich bluesige Fetzen in die friedliche, etwas traurige Melodie. Schallendes Gelächter spottete der Trauer, treibende Rhythmen lösten die getragenen ab. Er spielte den Blues, er spielte ihn jazzig, er improvisierte, seine Vorbilder waren verewigt auf den alten Platten, die er hütete wie einen Schatz. Champion Jack Dupree, Bill Evans, Jarrett. Er mischte deren Ideen mit eigenen Einfällen, unfassbar geschickt glitten seine Finger über die Tasten, manchmal sprangen sie übermütig von einer Seite zur anderen, hüpften, strichen, tippelten, hämmerten, als wären dies keine Finger mehr, sondern abtrünnige, aufsässige Gesellen, die dem alten Klavier aberwitzige Antworten entlockten. Er kaute, während er spielte, und wenn er zu singen begann, erschrak Beba, so fern schien diese Stimme dem Vater zu liegen, den sie kannte. Dann übernahmen die Finger wieder, raue, harsche Töne mischten sich unter weiche – zornige Farben trumpften auf, behaupteten sich, wichen nach einem wilden Ritt den versöhnlichen, harmonischen, und immer, immer endete sein Spiel unfertig.

Nachdem er den Tastenläufer ausgerollt hatte, ging ihr Vater noch einmal in den Stall, um vor der Nacht die letzte Ladung Futter zu verteilen.

So oder so machten sie an jenem Abend keinen Bogen ums Dorf.

Im Feuerschein leuchteten ihre Gesichter wie von innen. Gesichter, die Beba zu kennen glaubte. Sie wollte hinaus, um den Vater zu suchen. Sie wollte wissen, ob sein Gesicht auch plötzlich von innen heraus leuchtete. Ob er ein Sturmgewehr im Arm hielt, behutsam wie einen Strauß langstieliger Rosen. Es nahm, umdrehte und mit dem Kolben Türen einschlug. Ihre Mutter hielt sie zurück.

Die Uhr an der Wand maß die kürzer werdende Zeit zwischen den Schlägen. Die Uhr an der Wand hatte lange, schlanke Zeiger. Beba stieg auf einen Stuhl, krümmte die Zeiger und brach sie ab. Die Uhr tickte weiter. Ihre Mutter schlug ihr ins Gesicht. Mit dem Handrücken wischte sich Beba das Blut, das ihr aus der Nase kam, über Wange und Mund. Sie wollte hinaus, nach dem Vater suchen. Die Großmutter nahm sie an der Hand und zerrte sie in den letzten Winkel des Hauses, in die hinterste Kammer und sperrte sie dort ein. Zum Schutz oder zur Strafe. Beba hörte, wie sich die Schritte der Großmutter entfernten. Zipo bellte ununterbrochen. Schüsse fielen, Holz krachte, Scherenschnitte hingen am Fenster, eine Sonne, Sterne, eine Sau, die von einem Mädchen mit dem Stock getrieben wurde, ein friedliches Bild gegen das Feuer draußen, gegen die zerstiebende Welt, zurück blieben gellend glühende Bilder. Zipo hatte aufgehört zu bellen.

Sie erinnerte sich nicht, wie lange sie eingesperrt war. Tag oder Nacht und ein neuer Tag. War es hell, war es endlich still. Beinahe hätte sie ihre Mutter nicht wiedererkannt, als sie kam, sie zu befreien. Als hätte sie dünnen Kaffee geweint, glänzten merkwürdig schmutzige Tränen auf ihrem Gesicht. Auch die Großmutter war weniger als vorher. Wie erlegt hingen die Körper an den beiden Frauen, wie lange abgehangenes Rindfleisch, rot und trocken und tot.

Der Vater war immer noch fort, und Koni, ihr einarmiger Onkel, fuhr mit dem Traktor drüben auf der Wiese hin und her. Wo das Klavier gestanden hatte, lagen ein Haufen zerbrochenes Holz und Saiten und Schrauben, weiße und schwarze Tasten, dazwischen der grüne Tastenläufer. Beba zog ihn vorsichtig heraus, sie roch daran, sie schlang ihn sich um den Hals. Mit dem Beil hackte ihre Großmutter die Splitter klein, Stück für Stück schob sie das Klavier durch die enge Öffnung des Holzherdes ins Feuer, es knisterte lustig und wärmte.

Beba rannte hinaus. Neben der Haustür lag Zipo, der Hund. Auf dem Hof lag ein Kalb. Das Blut war rot, die Fliegen waren schwarz. Der Stall war nicht mehr gefüllt mit Kühen und Heu, er war gefüllt mit schwelendem Schutt und vielleicht den Resten ihres Vaters. Sie ging zur Wiese. Koni saß auf dem roten Traktor und mähte Gras für die Kühe, die nicht mehr lebten. Stur blickte er geradeaus. Auf den gemähten Bahnen hinter dem Traktor staksten rotbeinige Störche und packten mit roten Schnäbeln die aufgescheuchten Mäuse. Koni stoppte und stieg vom Traktor. Mit seinem Arm hob er Beba auf die Radkappe, legte ihre Hände an den Rahmen, drückte ihr die Finger zu. Auf den Wiesen stand das Gras saftig und grün. Es fiel unter den Messern in dichten Büscheln. Nah und fern brannten die Höfe. Die Sonne schien. Beba sah Koni von der Seite an, sein gutes fuchsiges Gesicht, die Sommersprossen, die Fältchen in den Augenwinkeln, die Grube in seiner Wange, die sich jetzt, als er den Kopf drehte, um sie anzusehen, etwas vertiefte. Die schorfige, kräftige, einzige Hand Konis am Lenkrad. Diese Hand, die jetzt etwas unbeholfen ihre Kinderhand nahm, sie kurz drückte. Die Finger, die Faust. Der nackte braune Oberkörper mit dem Haargestrüpp auf der Brust. Er roch nach Schweiß und Sonne und Rauch. Dieser Koni, den sie doch kannte, seit sie denken konnte, der sie hatte aufwachsen sehen, der sie getröstet hatte, wenn sie hingefallen war. Der Einzige, der sie selbst jetzt noch zu trösten vermochte, weil er sie nicht trösten wollte, weil er nur tat, was er immer schon getan hatte, Traktor fahren, Gras mähen. Dieser Koni hatte plötzlich ein Soldatengesicht.

Der Staubsauger, das Poltern des Schlittens entlang der Fußleisten im Flur, holte Beba zurück ins Lola. Es klopfte, die Tür ging auf, und schon stand Manuela im Zimmer.

Och, was machst du denn noch im Bett um diese Zeit.

Ich arbeite, sagte Beba.

Sie lachten. Manuela war der gute Geist des Lola. Sie war knorrig und derb, auf dem Kopf trug sie eine gewaltige rot gefärbte Haarmasse, zusammengehalten von einem Tuch, sie putzte, sie wusch, sie kochte. Sie füllte Handtücher auf, Seife nach, sie schippte im Winter den Schnee vom Bürgersteig, sie war da, wann immer man sie brauchte.

Bist du krank?, fragte Manuela.

Beba schüttelte den Kopf, nur letzte Nacht keine Augen zugetan.

Kaum ein Auge zugetan, heißt es, sagte Manuela, oder kein Auge zugetan.

Kaum ein Auge zugetan, sagte Beba übertrieben deutlich.

Ich saug dann später, sagte Manuela.

Gegen Abend erst würde der nächste Gast kommen.

Vor drei Jahren hatte Beba am Flughafen auf den Mann gewartet, der sie zu sich eingeladen hatte. Er kam nicht. Den ganzen Tag lang wartete sie, während allmählich zur Gewissheit wurde:

Niemand wird kommen, dich abzuholen.

Sie war nicht unglücklich darüber.

Nur wusste sie nicht, wo sie hin sollte.

Nur wollte sie nicht zurück.

Lange genug hatte Beba auf eine Gelegenheit gewartet zu gehen. Weg aus ihrer Heimat, weg von den Übriggebliebenen, weg vom dichten Schweigen der Mutter, der Großmutter. Alles, was noch da war, wenn noch etwas da war, hatten sie zerschwiegen.

Stefan, so hieß er. Mit dem Fahrrad war er über die Landstraße aus den Bergen herunter in ihr Dorf gekommen. Mit riesigen Gepäcktaschen rechts und links, mit einer schneeweißen Taube auf der Brust seines blauen Shirts. Wo vor dem Krieg Häuser aus Lehm und Holz gestanden hatten, verfielen schnell und billig hochgezogene Betonskelette, ohne je bewohnt gewesen zu sein. Wo vor dem Krieg Ordnung gewesen war, stapelten sich verbrannte Balken, Ziegelsteine, ausgeschlachtete Autos, Mist und Müll. Das Ortsschild war zerschossen und das Bushäuschen. Viele waren geflohen, wohl in der Hoffnung, einmal zurückzukehren, hatten sie Fenster und Türen ihrer Häuser mit Brettern vernagelt.

Stefan fragte, ob er bei ihnen seine Wasserflasche auffüllen dürfe. Beba wunderte sich, dass er Brocken ihrer Sprache konnte. Freunde in der Hauptstadt, sagte er. Die Hauptstadt war weit weg. Seit zwei Wochen sei er unterwegs. Mit Händen und Füßen und dem bisschen Englisch, das sie in der Schule gelernt hatte, unterhielten sie sich. Beba führte ihn zum Brunnen im Hof. Er fragte, ob sie jemanden wisse, der vielleicht ein Zimmer habe für ihn, für ein paar Nächte, er bezahle natürlich dafür.

Beba blickte ihn ungläubig an. Sieh dich um, willst du hier wirklich bleiben? Neben dem Brunnen standen vier gefüllte Wasserkanister. Sie nahm in jede Hand einen, bedeutete Stefan, es ihr gleichzutun, dann trugen sie das Wasser hoch in die Küche zu ihrer Mutter und ihrer Großmutter. Beba fragte, ob sie ein Zimmer hätten für den hier, für ein paar Nächte, er bezahle dafür. Die beiden Frauen sahen sich an, die Großmutter nickte, die Mutter nickte und nannte dann einen viel zu hohen Preis. Stefan zuckte nicht mit der Wimper. Er freute sich über den alten Holzherd in der Küche, er freute sich über den kaputten Traktor im Hof und über die Hühner und Gänse, die im ganzen Dorf frei herumliefen. Er blieb eine ganze Woche.

Jeden Morgen um sechs Uhr stand er auf und wusch sich Haare und Oberkörper draußen am Brunnen. Dann setzte er sich mit gekreuzten Beinen auf einen Stein am Rand der Wiese, legte die Hände auf die Knie und schloss die Augen. Dunja, die Kuh, stand hinter ihm und käute wieder.

Später begann er, Abfall einzusammeln, klaubte Plastiktüten aus den Zweigen der Sträucher und Bäume, las Dosen und Glasscherben auf. Er hackte Holz, half den Stall auszumisten, trug Wasser, setzte den Generator in Gang, wenn mal wieder der Strom ausgefallen war. Für eine Woche vergaßen sie die Männer, die seit ihres Vaters und Konis Tod in ihrem Haushalt fehlten.

Ihr wisst gar nicht, sagte er, wie gut ihr es habt.

Hatte sie ihn richtig verstanden?

Sie ging ihm aus dem Weg und war froh, als er sein Fahrrad wieder bepackte, allen die Hand gab und sich bedankte. Wofür? Als hätte er nur eine kurze Pause gemacht, fuhr er weiter Richtung Tal. Sie blickte ihm nach, sah, wie das Fahrrad auf der sandigen Piste schlingerte und er es nur mit Mühe wieder unter Kontrolle bringen konnte. Sah ihn noch als dunkles staubiges Pünktchen weit unten, wo die Straße eine scharfe Kurve um einen Felsen machte. Sie wandte sich um und ging zum Brunnen. Und schon als sie den ersten leeren Kanister unter den Wasserhahn stellte, hatte sie ihn vergessen.

Er aber konnte sie nicht vergessen. Als die Tage schon kurz und kalt geworden waren, kam ein Brief. Dann noch einer, noch einer. Kreuz und quer beschrieben, mit Fotos und Zeichnungen, manchmal klebte er Vogelfedern darauf oder Herbstblätter. Antworte ihm, sagte Bebas Mutter, und sie antwortete ihm. Im fünften Brief lud Stefan sie zu sich ein, im siebten schickte er ihr ein Ticket, etwas Geld und ein Papier, das ihr erlaubte, in seinem Land Ferien zu machen.

Seit Beba wusste, dass sie gehen würde, sah sie überall die zaudernde Zeit. Alle, die bleiben mussten, taten ihr leid.

Im Pass, zwischen den hinteren Seiten, steckte das Papier. Eine Weile blickte sie auf Stefans Adresse, die Buchstaben und Zahlen, die einen Ort bezeichneten, der ihr fremder schien als die Gänge des Flughafens. Mit dem Rest Geld könnte sie sich eine Busfahrkarte kaufen. Was hielt sie davon ab, an den einzigen Ort zu gehen, an den sie gehen konnte? Das einzufordern, was ihr versprochen war: eine Zukunft.

Sie faltete das Papier zusammen, faltete es winzig klein und schob es tief in die Tasche ihrer Jeans. Sie vertrieb sich die Zeit, sie überlegte, was sie tun sollte. Vielleicht wäre es besser, den Flughafen zu verlassen, damit er, käme er doch noch, sie nicht fände. Das Licht war gelb und warm. Wo sie herkam, waren die Lichter blau und hart. Alle Gesichter wurden unter diesen Lichtern blau und hart.

Katjana sprach sie spät am Abend an.

Mädchen, sagte sie, worauf wartest du?

Beba zuckte die Schultern, sie verstand nicht, was wollte die Frau, war sie von Stefan geschickt, seine Mutter vielleicht? Sah man Beba die Gegend an, aus der sie stammte?

Komm, sagte Katjana, jetzt auf Englisch, kannst bei mir schlafen.

Lag es an ihrer Kleidung, an der Frisur? Waren in diesem Land ausgesetzte Menschen so selten, dass man sie noch bemerkte? Warum sollte sie dieser Frau vertrauen? Warum nicht? Wäre ein Hauseingang besser, ein Unterschlupf in einem Keller irgendwo? Und morgen und übermorgen? Katjana wartete. Sie stützte sich auf den Griff ihres Rollkoffers, sah hinüber in die große, leerer werdende Halle, Schalter um Schalter wurde geschlossen, etwas gelangweilt wirkte sie, nicht ungeduldig. Schließlich stand Beba auf, nickte und folgte Katjana auf den Parkplatz zu ihrem Auto.

Sie hatte kaum etwas dabei, oder alles, was sie hatte, trug sie in sich.

Sie habe Glück gehabt, sagten später die anderen.

Das erste Mal sich ausziehen vor einem fremden Mann, wie sollte das gehen? Beba fühlte sich schlampig und schmutzig bis ins Mark, mit abgewandtem Gesicht knöpfte sie sich die Bluse auf, sie fror, sie zitterte. Das letzte Fetzchen Stoff, das letzte Fetzchen Würde und dann der ganze Rest. In fürchterlich einsamer Angst legte sie tapfer ihren Körper aufs Bett. Als wäre er nur ein allerletztes Kleidungsstück, warm noch und duftend. Du musst in ihnen etwas Armes sehen, sagte Katjana, etwas Bedürftiges.

So wollte sie es machen, genau so. Konnte sie aber nicht. Während sie die schwammige, schweißige Haut anfasste, während die Finger der Gäste über ihre Brüste griffen, fühlte sie sich selber bedürftig.

Beba war nicht schön. Zu schräg war ihr Mund, die beiden Gesichtshälften wirkten verschoben. Ihr Haar war nicht blond, sie trug kein die Taille eng schnürendes Korsett, keine langen Fingernägel, keine falschen Wimpern. Dennoch fragten viele der Gäste nach Luna. Schief wurden die Blicke der Frauen, der anderen Frauen, wenn einer, statt für sie, sich wieder für Luna entschied.

Das Geld, das Luna verdiente, schickte Beba nach Hause. Was ihr nach Abzug von Katjanas Anteil noch blieb, gab sie aus für Wünsche: Sie nahm Klavierstunden, sie sparte auf ein eigenes Klavier.

ISA RASTE. Noch einmal nach Hause wollte sie, paar Sachen holen, Schluss machen. Die Alleebäume spalteten das Mondlicht. Aber statt nach Hause zu fahren, bog sie auf die Autobahn. Sie wollte nichts mehr mit ihren Eltern zu tun haben. Geh nicht, hatte Arturo gesagt, lass ihnen doch ihr spießiges kleines Leben. Als ob sie ihnen das Leben nehmen wollte. Einmal um die Stadt herum, nachdenken, beim Autofahren konnte sie nun mal am besten nachdenken. Auf dem Beifahrersitz lagen noch Arturos Zigaretten. Sie klaubte eine aus der Packung, steckte sie sich zwischen die Lippen, drückte den Feueranzünder rein. Klack. Sie rauchte nicht oft, der erste Zug schmeckte scharf, sie musste husten. Ein leichter Schwindel, der rasch vorbeiging. Langsam wurde sie ruhiger.

Mein Gott.

Ihr Handy klingelte, auf dem Display stand: Mama. Seit Isa bei Arturo wohnte, rief Sabine jeden Tag an. Isa drückte sie weg.

Bevor sie Hans, Linda und Arturo kennengelernt hatte, war Isa nichts. Sie hätte alles sein können und war nichts. Sie ging zur Uni und von der Uni nach Hause. Sie hatte Freunde, aber traf sich selten mit ihnen. Sie tippte Nachrichten in ihr Smartphone und wartete auf Antworten. Sie reiste nach Marokko und fotografierte sich mit Kamelen. Sie schickte sich und die Kamele in die Welt hinaus und wartete. Jemand war nach Indien gefahren und schickte sich mit Tigern. Was waren Kamele gegen Tiger?

Sie enttäuschte Sabine und Erich. Weder gute Noten erwarteten sie noch Karriere, nichts dergleichen. Sie erwarteten Leidenschaft, Hingabe. Mir ist wurscht, sagte Sabine, wofür du dich entscheidest, Jura, Kunst, von mir aus kannst du auch

Friseuse werden, aber wenn du dich für etwas entscheidest, dann tu es bitte mit ganzem Herzen.

Aber Isa hatte kein Herz.

Du vergeudest dich, sagte Sabine.

Lass mich, sagte Isa.

Schau mich an, sagte Sabine. Nie siehst du mir offen in die Augen, immer ist dein Blick ein bisschen krumm, verschattet, immer drehst du dich weg.

Zu einem selbstbestimmten, sensiblen, freien Menschen erziehen wollten ihre Eltern ihr einziges Kind. Zu einer Persönlichkeit, zu einer starken Frau. Frauen, wie sie ihre Mutter bewunderte, Frauen, die sich einem Lebenswerk hingaben. Sabine hatte sich an Erich gegeben und später an Isa, aber Mann und Kind ergaben in Sabines Augen nur Stückwerk.

Wie ein Tierchen kam sich Isa vor, getrieben in ein weit offen stehendes Gatter. Ein Gatter, das nur jenen offen stand, die etwas ganz Besonderes waren. Wenn Sabine schon nichts Besonderes war. Dabei sah ihre Mutter aus, als wäre sie etwas Besonderes mit ihrem dunklen Haar, den dunklen Augen. Eigentlich sah sie aus wie eine Flamencotänzerin, dabei hatte sie überhaupt kein spanisches Blut. Immer, wenn neue Bekannte es nicht fassen konnten, dass jemand, der so aussah wie Sabine, kein spanisches Blut haben sollte, sagte sie, dafür habe sie Romablut, und lachte dieses besondere Lachen, das ein bisschen klang, als würde es extra für ein Publikum fabriziert.

Isa hatte in einem Hauseingang Schutz gesucht vor dem Regen, als Hans und Linda hereingestürmt kamen. Linda riss sich die Maske vom Gesicht und übergab sich in einer Ecke des dunklen Flurs, während Hans, noch maskiert, ihr die Hand hielt, leise vor sich hin fluchte und ständig durch die große Scheibe nach draußen spähte. Kurz darauf rannten mehrere Polizisten vorbei. Runter, zischte Hans und drückte Linda in die Ecke, Linda übergab sich wieder.

Sie sind weg, sagte Isa.

Hans zog sich die Maske vom Kopf, na super, sagte er, diese Arschlöcher, waren sie hinter dir auch her?

Isa zögerte, nickte dann, ja, war echt knapp.

Linda spuckte noch einmal aus und wischte sich dann mit dem Ärmel über den Mund.

Kommst du heute Abend ins Momo?, fragte Hans und nestelte ein Flugblatt aus der Jackentasche, wir brauchen jeden.

solidarität mit tessa stand da fett und quer auf dem Fetzen Papier, *21uhr22mai13, im momo, bogen 33* klein darunter.

Erst kam es für Isa gar nicht infrage dort hinzugehen. Dann aber, abends, stand sie doch genau dort, am toten Ende der Bogenstraße vor einer aufgelassenen Fabrik. Kr.tschmar & Sö.ne .chuhw.rk war über dem Eingang zu lesen, wie eine mächtige Villa kam Isa der marode Bau vor, Backstein, Giebeldach, Gauben. Moderne Dachfenster und ein klotziger Anbau linker Hand, verschandelten den eleganten Anschein. Hoch bis zum zweiten Stockwerk zogen sich Graffiti, die Farben auf dem gelben Klinker wirkten matt, Türen und Fenster waren verwehrt mit riesigen Spanplatten. Sie wartete. Zwei Frauen kamen. Sie musterten Isa von oben bis unten. Isa traute sich nicht zu fragen. Was hätte sie fragen sollen? Ist hier das Momo? Wo gehts denn rein? Wer hier herkam, der gehörte dazu, dem war alles klar, der hatte keine Fragen zu stellen.

Durch eine Stahltür in den Resten der angrenzenden Mauer traten die Frauen ein. Isa folgte ihnen. Während sie quer über einen weiten Hof gingen und dann eine steile Treppe hinunter in einen Keller stiegen, drehte sich eine der Frauen immer wieder um. Isa tat so, als wüsste sie, wo es langgeht.

Der Raum war niedrig, groß und noch ziemlich leer. Laute Musik, Fünfzigerjahre-Sofas, Sessel und Nierentischchen standen zwischen Bar und Bühne. Kerzen brannten, sie machten den Raum nicht gemütlicher. Über der Bühne hing ein Transparent: *SOLIDARITÄT MIT TESSA*. Tessa, das hatte Isa inzwischen recherchiert, war in Italien verhaftet und vor einer Woche an die Bundesrepublik ausgeliefert worden. Vor über dreißig Jahren, wurde ihr vorgeworfen, soll sie bei einem Überfall einen Bankbeamten erschossen haben. *TESSA, DEIN KAMPF IST UNSER KAMPF* stand auf einem anderen Transparent, Faust, schwarz-roter Stern. Das alles klang kriegerisch und ernst, und Isa fühlte sich angestarrt, gemustert, taxiert. Sie sah an sich herunter. Statt Lederjacke, Jeans und Stiefeln, trug sie Stoffhose, Bluse, Blazer und viel zu feine Schuhe. An der Kleidung, dachte Isa, sieht man, wer was ist – am liebsten hätte sie sich das Zeug vom Leib gerissen. Sie stellte sich an die Bar und bestellte ein Bier, sie versuchte mit ihrer Haltung wettzumachen, was die Kleidung versaute.

Allmählich füllte sich das Lokal. Je mehr Menschen um sie standen, desto weniger preisgegeben fühlte sich Isa. Sie suchte den Raum nach Hans ab, nach Linda. Am anderen Ende der Bar stand Hans, sie ging zu ihm.

Wie siehst du denn aus?, fragte er.

Uni, sagte sie, ist das wichtig?

Hans zuckte die Schultern. Linda kam auf sie zu.

Hi, sagte sie. Dass sie dich überhaupt reingelassen haben, lachte sie, so wie du aussiehst.

Eine der Frauen von vorhin war jetzt hinter der Bar, Motte, rief Hans, und hob zwei Finger. Motte nickte knapp und schob zwei Flaschen Bier über die Theke. Isa fand es cool, dass Linda und Hans trotz der falschen Klamotten bei ihr blieben.

Die Musik brach ab. Die Gespräche verstummten nach und nach. Auf die Bühne stieg eine ältere Frau. Jemand stützte sie, begleitete sie zu einem Stehpult. Fast feierlich war die Stille. Als stünde dort nicht eine alte, verlebt wirkende Person mit aufgeschwemmtem Gesicht und wirrem grauem Haar, sondern eine mystische, aus versunkenen Welten emporgestiegene Lichtgestalt. Isa rieb sich die Augen. Es war nur das Haar, der feine krause Haarkranz, der das Licht der Spots auf eigenartige Weise filterte. Irgendwo, irgendwann hatte Isa dieses Gesicht schon einmal gesehen, sie kam nicht darauf. Die Frau begann zu sprechen. Schwer zu verstehen, was sie sagte. Scharfe, schneidend schlanke Klänge, monoton aneinandergereiht. Sprache, die seltsam antiquiert klang, kompliziert, als hätte sie sich über die Zeit jeder Entwicklung verweigert.

Es war nicht das erste Mal, dass Isa nur die Hälfte begriff oder sie dem, was sie begriff, nicht traute. Sie hielt sich gerne zurück und wartete ab, bis die anderen sich äußerten. Das klappte normalerweise einwandfrei, weil die meisten gar nicht warten konnten zu äußern, was sie begriffen hatten. Einmal schien die Frau Isa direkt in die Augen zu sehen, ein intensiver, elektrisierender Blick. Linda stupste Isa an.

Hammerfrau, diese Zora, flüsterte sie, kaum zu glauben, dass die fünfundzwanzig Jahre im Knast gesessen hat, Isolationsfolter und all das.

Ja, nickte Isa, echt unglaublich, dabei war sie jetzt ziemlich sicher, genug gehört zu haben.

Aber sie blieb.

Als Zora fertig war, johlten die Leute und pfiffen. Zora hielt sich noch eine Weile still und krampfhaft aufrecht, und als sähe sie dort hinten im Dunkel des muffigen Ladens einen unfassbar schönen neuen Morgen dämmern, blickte sie versonnen über die Köpfe hinweg. Dann gingen die Spots aus, jemand half Zora von der Bühne.

Linda, Hans und Isa tranken noch ein paar Bier zusammen, und Linda sagte, echt, die Frau haut mich einfach um. Als ob auch sie sich umgehauen fühlten, schwiegen die anderen. Isa suchte Gemeinsamkeiten zwischen sich und der Frau, zwischen sich und denen an ihrem Tisch. Es ging gegen Mitternacht, aber niemand dachte daran, nach Hause zu gehen.

Sein Vater, erzählte Hans, sei Journalist und seine Mutter Kinderbuchautorin. Lindas Eltern waren Künstler und lebten in Italien auf einem alten Weingut. Linda und Hans schienen stolz auf ihre Eltern zu sein. Isa erzählte nicht, dass ihr Vater Lehrer war und ihre Mutter seit Jahren in einem Sportstudio Kurse gab, sie staunte, wie wichtig offenbar die Herkunft war. Ein schwarzbrauner Hund schnüffelte zwischen Beinen und Schuhen herum. Isa streckte die Hand aus und kraulte den Hund im Nacken, grub ihre Hand tief in das weiche, warme Fell. Der Hund trug ein breites, martialisch genietetes Halsband.

Bevor sie gegen Morgen endlich aufbrachen, verabredeten sie sich für die Solidemo am Samstag. Am Sonntag war eine Antifademo, und die Woche darauf sahen sie sich fast jeden Abend im Momo. Es war wie ein Versprechen, das sie einander gaben, ohne es einander wirklich zu geben. Du kommst doch? Du kommst! Als wäre es keine Frage mehr, ob Isa dazugehörte.

Und eines Abends kam Arturo.

Geradewegs aus dem Knast kommt der, sagte Linda, er habe Kapitalistenkarossen und noch ein paar andere Sachen flambiert. Er kenne sich aus mit Feuer, endlich mal einer, der Ernst gemacht habe, sie hätten früher öfter mal Aktionen zusammen, na ja, vorbereitet, lachte sie und winkte Arturo zu.

Na, Feuerwerker, ausgeschlafen?

Er ließ sich in den Sessel zwischen Isa und Linda fallen. Auch Motte setzte sich dazu.

Was eigentlich los sei, sagte er, was das solle, dieses abgefuckte Soligedöns, Tessa und Gerald und Zora und wie sie alle hießen, Nostalgiescheiße sei das. Wo die ganze Kreativität hin sei. Ob sie eigentlich auf dem Mond lebten, ob sie eigentlich nichts von den Flüchtlingsprotesten mitbekommen hätten, vom *March of Freedom*, vom Camp in den Ringgärten, die Refugees bräuchten ihre Solidarität, nicht alte Revoluzzer, das sei doch Schnee von gestern.

Während er redete, sah er Isa in die Augen, manchmal fasste er sie hitzig am Arm. Als wäre sie seine Komplizin, als kapierte sie als Einzige, wovon er redete. Isa versuchte an ihm vorbeizuschauen. Er aber war zu breit und zu groß, er ließ ihrem Blick keine Wahl. Sie ergab sich. Flucht war weder möglich noch nötig. Er kannte sie nicht, er hatte ja keine Ahnung, dass sie jemand war, der anstelle eines flammenden Herzens ein müdes, schrumpeliges Organ in der Brust trug.

Mitbekommen schon, sagte Hans, aber man müsse eben Prioritäten setzen.

Motte stand auf und ging.

Seine Mutter, erzählte Arturo, sei Argentinierin, Anarchistin, und sein Vater ein schwedisches Arschloch.

Wie das personifizierte Klischee eines Befreiungskämpfers sah er aus, verwegen blitzende Augen unter schwarzen, dichten südamerikanischen Wimpern, dunkle Haare, Dreitagebart. Ein Wunder war es, dass dieser Mann sich ausgerechnet ihr zuwandte, alles hätte er sagen können an jenem Abend, sie hätte nicht widersprochen. Sie war einverstanden mit ihm, noch bevor sie ihn verstanden hatte.

Später an diesem Abend, als gehörten sie schon zusammen, brachen sie beide gleichzeitig auf. Isa hätte nicht mehr sagen können, wer zuerst aufgestanden war. Sie gingen vor bis zur nächsten Querstraße, wo Isas Polo geparkt war, redeten, sie hatte vergessen, worüber, und bevor sie sich trennten, standen sie da und sahen sich in die Augen. Irgendwann legte ihr Arturo die Hand ans Gesicht und strich ihr mit dem Daumen über die Wange. Tschau, sagte er leise, bis morgen.

Vor drei Wochen war Isa zu Arturo gezogen. Seither hausten sie zu zweit in seiner Hinterhofwohnung, nicht weit vom Momo. Ein Zimmer, winziges Klo, Dusche in der Küche.

Linker Hand, in der Ferne, sah Isa die Lichter der Stadt. Die Lichter der Vorstadt. Sie versuchte, sich auf die Straße zu konzentrieren, sie war müde und sehr wach zur gleichen Zeit. Vor ihr fuhr eine Kolonne LKWs, sie überholte. Dann war sie wieder allein auf der Autobahn. Sie fuhr und fuhr, bei jeder Ausfahrt überlegte sie, ob es schon die richtige wäre.

Gestern hatten sie alle noch zusammen im Momo gesessen, es war spät, sie hatten schon viel getrunken. Linda war dabei, eine Liste zu machen mit den Sachen, die sie für die Flüchtlinge noch besorgen mussten. Plötzlich stand Motte hinter Arturo. Mit der linken Hand stützte sie sich auf die Stuhllehne, die rechte lag auf Arturos Schulter, beinahe schon auf seiner Brust.

Kommt ihr auch mit zu Tessas Verhandlung?, fragte Motte, wegen des Busses, ihr müsst euch anmelden.

Nee, sagte Arturo, keine Zeit, du weißt doch, dass wir für die Refugees kämpfen.

Aber er wich ihrer Hand nicht aus.

Ja klar, sagte Motte, ich dachte nur.

Isa musterte Motte jetzt genauso, wie sie noch vor ein paar Wochen von ihr gemustert worden war, von oben bis unten. Motte versuchte sich bei jeder Gelegenheit an Arturo ranzumachen.

Hast nicht gehört, sagte Isa gereizt. Wir kommen nicht mit.

Ihr sondert euch irgendwie total ab, sagte Motte.

Na und, sagte Isa.

Sie redeten nicht weiter, bis Motte gegangen war.

Sag mal, zischte Isa dann, gehts noch? Warum lässt du dich von der so begrabschen?

Na komm schon, sagte Arturo.

Los Kinders, sagte Linda, lasst uns weitermachen. Holt ihr beiden morgen die Klamotten ab? Amidou braucht dringend Socken, achtet also darauf, dass Socken dabei sind. Tennissocken mit schwarzem Streifen, John braucht eine zusätzliche Decke, er friert ständig.

Irgendwann, dachte Isa, muss man sich einverstanden erklären. Gerade wenn alles zu kompliziert ist, um noch durchschaubar zu sein. Man muss endlich Ja sagen, anders hält man es nicht aus. Man kann nicht ewig allein auf der Autobahn um die Stadt herum fahren und bei jeder Ausfahrt in Versuchung geraten.

Eben tauchte der Polo in eine Nebelsenke, Schwaden feinster Wasserpartikel reflektierten das Licht, nahmen ihr die klare Sicht. Dann, zum Glück, griff der Blick wieder, dort das Schild, dort die Möbelhalle, dort der Wald. Dort die Ausfahrt. Einmal hatte sie die Stadt jetzt umrundet, sie fuhr von der Autobahn ab Richtung zu Hause. Noch immer dachte sie also: zu Hause. Ein letztes Mal. Überwach nahm sie die Umgebung wahr. Die weite Ebene hinter der Autobahn. Der unfertige Fahrradweg entlang der Landstraße. Die frisch gepflanzten Bäumchen links, wo ein Sturm in einer breiten Schneise alles entwurzelt hatte, was ihm im Weg gestanden hatte. Die Siedlungen, die Carports. Halb Land, halb Stadt. Schild zu einem Findling, ein Schuhladen, ein Supermarkt, das Sportstudio, in dem Sabine ihre Kurse gab. Paar Hundert Meter hinter dem Sportstudio bremste Isa, ließ den Polo über den Randstein auf den Bürgersteig rollen, stoppte, machte den Motor aus. Die Fenster ihres Elternhauses, schräg gegenüber, waren dunkel.

Die dort drin, sie hier draußen.

Nein, natürlich wurde sie nie geschlagen, das ist doch klar. Sabine und Erich hätten nie ein Kind geschlagen, nicht mal eine winzige Ohrfeige. Da gebe es andere Wege, immer gebe es einen Weg, sagte Sabine, man muss nur miteinander reden. Schwafeln über Gefühle, Stochern im Innersten. Mit spitzen Fingern kitzelte sie Isa morgens wach, mit Fingern wie Waffen. Als dürfte sie nichts ganz für sich behalten, griff ihre Mutter tief hinein in Isas geheimste Welt, wühlte und suchte und klaubte und grabschte.

Das ist doch schlimm, sagte sie zu Erich, während Isa danebenstand. Ist das nicht schlimm bei so einem jungen Menschen, dass da nichts ist. Und eine solche Angst vor Nähe. Das ist doch nicht normal, haben wir was falsch gemacht, sag du auch mal was.

Und ihr Vater sagte: Lass sie doch endlich in Ruhe.

Aber es war keine Komplizenschaft, es war Gleichgültigkeit. Lass *mich* doch endlich in Ruhe, hätte er sagen sollen.

Ein Tier rannte vor dem Auto über die Straße, ein dunkler länglicher Schatten, ein Fuchs vielleicht oder ein Marder, schnell die nächste Deckung suchend. Mit den Fingernägeln kratzte Isa den Dreck aus dem Falz zwischen Heizdüse und Aschenbecher. Lass sie doch, hatte Arturo gesagt, ihr erbärmliches Leben leben, es ist ja nicht deins.

Ist es doch!, dachte Isa. Ihre Eltern überwiesen ihr jeden Monat Geld. Geld zum Studieren, Geld zum Leben, Geld für ihr Auto. Sie ging nur noch selten zur Uni. Bekäme sie kein Geld mehr von ihren Eltern, müsste sie irgendeinen Scheißjob annehmen. In einem Callcenter arbeiten, Arztpraxen putzen. Sie konnte sich das nicht vorstellen. Sie hatte geglaubt, ihre Eltern würden den Hahn zudrehen, nachdem sie den Kontakt abgebrochen hatte. Taten sie nicht. Brav, pünktlich lag zum Monatsanfang die Kohle auf dem Konto. Isa wies das Geld nicht zurück, sie nahm es und ging in einen Laden. Sie probierte Lederjacken an. Schwarze, braune, rote, grüne, lange, kurze. Im Spiegel sah sie ihr richtiges Wesen: Wildleder dunkelbraun, knapp, kurz, mit Hoodie. Hinter ihr stand die Verkäuferin.

Handarbeit, sagte sie, gemacht für die Ewigkeit.

Die Jacke kostete ein halbes Vermögen.

Sie, an der Stelle ihrer Eltern, würde den Hahn zudrehen.

Glaubten sie, Isa lasse sich kaufen? Da kann man einmal sehen, dachte sie, wie armselig Menschen werden können.

Ihre Mutter hätte früher vielleicht auch nicht das Dasein einer Sabine Zeisler führen wollen. Aber sie hatte das vergessen. Sie hatte es irgendwann wohl einfach vergessen. Wie konnte man sich bloß auf einmal zufriedengeben mit dem, was man nie gewollt hatte? Isa zerrieb die Dreckkrümel zwischen den Fingern und ließ sie in den Fußraum fallen. Sie kam sich vor wie ein unaufgeräumtes Kinderzimmer. All die herausgerissenen Spielsachen, die Stapel zerlesener Heftchen, Legosteine, Puppen, Zeichnungen, Stifte, das ungemachte Bett.

Ich muss, dachte sie, Ordnung schaffen.

Das hierhin, das dorthin.

Sie startete den Motor und fuhr in die Stadt zurück.

EIN JUNGER MANN, den Kopf über einen Block geneigt, saß ihr gegenüber im Bus und zeichnete. Erst sah Beba nicht, was er zeichnete. Dann begegnete sie seinem Blick. Wie absichtslos streifte er ihr Gesicht, was seine Augen sahen, übersetzten seine Finger in Linien, Striche und Schraffuren.

Sie aber wollte nicht gezeichnet sein. Sie wollte aussehen wie alle anderen.

Sonst, hätte Koni gesagt, kommt mal einer und pflückt dich zuerst ab.

Sie stand auf, ging zum mittleren Ausgang. Noch war Bebas Kopf voller Musik. Katjanas Bruder Lars hatte einen Flügel, zweimal die Woche durfte sie bei ihm üben. Der Flügel stand in einem Raum, der kaum größer war als das Instrument. Ein pechschwarz glänzender Bösendorfer mit mattgeschabten Tasten. Niemand aus der Familie konnte spielen, der Flügel war ein Erbstück, das man nicht hatte verkaufen wollen, dem man ein ganzes, wenn auch kleines Zimmer opferte.

Beba spielte zu Beginn immer dieselben wenigen Stücke von früher. Und dann die Stücke, die sie in der Klavierstunde neu gelernt hatte. Irgendwann, wünschte sich Beba, würde sie gerne von der Musik leben können. Jazz. Improvisation, strenge Freiheit, vielleicht in einer Bar als Pianistin. Sie mache Riesenschritte, sagte Frau Jordi, ihre Klavierlehrerin, kaum komme sie noch hinterher. Als der Bus das nächste Mal hielt, stieg Beba aus, zwei Stationen zu früh.

Das schummrig rötliche Zwielicht dämpfte ihre hochfliegenden Pläne. Sie schlüpfte unter den Teppich leichter Salonmusik, sie schloss die Ohren, die Augen brauchten einen Moment, bis sie sich an den Dämmer gewöhnt hatten. Weil Helen krank war, machte Manuela heute die Bar. Aber auch Manuela war krank, ihr Knie wurde stetig schlimmer, oft musste sie sich kurz hinsetzen, kein Wunder bei der Schwere der Arbeit. Beba versuchte sie zu überreden, zum Arzt zu gehen, aber Manuela wollte nicht. Das sei halt ihr sturer Fischkopp, sagte sie, sie kam von der Küste. Katjana saß an der Bar und prostete einem krummen kleinen Mann zu.

Luna, Schätzchen, rief sie, komm doch mal bitte her, von dir haben wir eben gesprochen. Würdest du dich um Philip kümmern, wenn du dich gleich umgezogen hast?

Beba nickte Philip zu. Ein Neuer. Sie stieg hoch in ihr Zimmer, duschte, putzte sich die Zähne, schlüpfte in ihr dunkelblaues Kleid und ging wieder hinunter. Routiniert fasste Beba Philip am Arm, fasste ihn unter, als kennten sie sich seit Langem.

Manchmal fragte sie sich, was echt und was nicht echt war in ihrem Beruf. Sie gab sich Mühe, Blicke und Berührungen für die Gäste echt wirken zu lassen, wahr. Sie kam sich vor wie ein Clown, dessen Gesicht voller aufgemalter Leidenschaften war. Gab es Momente, in denen stimmte, was sie vortäuschte, das Spiel ernst wurde – für sie selber oder für diesen Philip hier zum Beispiel?

Ach was.

Komm, Philip, sagte sie, lass es uns gemütlich machen.

So harmlos er aussah, gründlich unverdorben sah er aus, während sie zusammen die Treppe hinaufstiegen, roch sie zweierlei: zu viel Aftershave und unter dem Aftershave Stallgeruch: Stallgeruch war nie, niemals wieder aus den Kleidern zu vertreiben, nicht aus Haut und nicht aus Haar. Da konnte man noch so viel Parfüm darüberschütten, so wie Koni früher, wenn er samstags mit dem Moped zur Diskothek ins Tal hinunterfuhr, um endlich ein Mädchen kennenzulernen. Der ganze Hof hing danach voller herber billiger Düfte. Aber es nützte nichts, den jungen Frauen in der Diskothek hatte Koni einen Arm zu wenig und die älteren Frauen, denen Konis einer Arm genügt hätte, waren ihm wiederum nicht jung genug.

Zweite Tür rechts, sagte Beba. Das erste Mal?

Er schnellte herum und wollte protestieren.

Lass, sagte sie, das ist doch kein Problem.

Die Neuen, Ungeübten, kamen oft viel zu schnell. Manchmal schon, wenn Beba die Knöpfe ihrer Bluse oder den Reißverschluss des Kleides öffnete.

Erst duschen, sagte sie, das ist hier so.

Als wollte er damit nichts zu tun haben, sah er weg, als er ihr das Geld hinstreckte.

Beba fragte sich, warum sie noch nie aufgesprungen war, davongerannt. Warum sie die feuchten Hände auf ihrem Körper duldete, die Blicke, die Schwänze in sich, die Gerüche, Geräusche und Säfte. Es hat keinen Sinn, dachte sie, sich so etwas zu fragen. Man muss das Wasser hochtragen, man muss die Kuh melken, man muss den Hühnern den Kopf abschlagen.

Während Philip duschte, legte sie seinen Schein in den Umschlag zu dem Geld, das sie morgen nach Hause schicken würde, zählte es kurz durch.

Beba war, als schlotterte Philip, als er sich, eng in den Bademantel gewickelt, neben sie aufs Bett setzte. Er schaute auf seine Hände. Sie lagen im Schoss und versuchten die Erektion zu verbergen, sie sahen aus wie Kinderschaufeln.

Was ist denn?, fast hätte sie *Kleiner* gesagt.

Um den Hals trug er ein feines goldenes Kettchen ohne Anhänger. Er zuckte zusammen, als sie ihn berührte. Sie schälte ihn aus dem Bademantel. Seine Brust war rasiert, die Achseln, die Scham, die Haare an den Beinen. Normalerweise fragte Beba ihre Gäste nur belanglose Dinge. Jetzt aber, vielleicht um diesen Philip abzulenken, fragte sie, woher er sei, was er mache, beruflich. Sie nahm seine Hand, die Haut war noch etwas feucht, ist gut, sagte sie, ist gut. Er hatte einen starken Unterkiefer, winzige Ohren.

Er sagte, er komme aus einem Dorf südlich der Stadt, er arbeite auf dem Hof seiner Tante. Raps hätten sie auf einem Schlag und Triticale auf einem anderen, sie hätten großes Vieh und kleines.

Soso, sagte Beba.

Sie war vorsichtig, aus irgendeinem Grund wollte sie umsichtig sein mit diesem Philip.

Wie viel Hektar Land?, fragte sie.

Er konnte einfach nicht glauben, dass sie so etwas interessierte. Mit offenem Mund folgte er jeder ihrer Bewegungen, sie nahm einen Pariser aus dem Schälchen auf dem Nachttisch, leg dich hin, sagte sie und drückte sanft gegen den Widerstand seines Körpers an, bis er sich zwar nicht entspannte, aber immerhin auf dem Rücken lag.

Was ist, wie viel Hektar nun?

Sie streifte ihm den Pariser über den prallen Schwanz, er krümmte sich, er seufzte, achtzig eigene und hundertdreißig gepachtet. Dann wusste er plötzlich, wie es ging, dann war er über ihr, war in ihr. Nach ein paar Stößen stoppte er die Bewegung, hielt still, auch sie hielt still. Sie roch in seinem Haar das Land, den sauren Geruch von Gras, gemäht, gewendet und im Regen auf der Wiese verfault, sie roch die Sorge vor zu großer Trockenheit in anderen Sommern, und sie roch die langen Nächte im Stall vor einer Geburt. Er zitterte, bäumte sich und wurde dann schwer. Sie schob ihn von sich, er drehte sich auf den Rücken und blieb liegen, die Augen geschlossen. Beba ließ ihn, sie stand auf und zog ihm das Laken bis unters Kinn.

Nachdem sie ihn abgehängt hatten, deckte Mutter Koni mit einem schmutzigen weißen Laken zu. Beba hatte ihn gefunden im gerade fertig gebauten neuen Stall. In scharfen Strichen schnitt die Morgensonne durch die Luken quer über Konis geschwollenes Gesicht. Wegen des fehlenden Arms hing er etwas schief. Er trug seinen einzigen Anzug, der leere Ärmel war sorgfältig an der Schulter festgesteckt. Staub schwebte im Licht, und zu seinen Füßen, in einer Pfütze aus Urin, lag umgekippt der Schemel, den er sonst zum Melken benutzte.

Koni hatte Dunja vorher noch gemolken, hatte ihr frisches Wasser hingestellt und die Krippe mit Heu gefüllt. Als Beba ihn fand, kaute die Kuh zufrieden ihr Heu. Beba band sie los und trieb sie aus dem Stall. Erst danach holte sie ihre Mutter.

Beba stand da und sah auf Philip hinunter. Sie sah das Laken über dem Bauch sich heben und senken. Sah, wie sein linkes Lid zweimal zuckte. Sie kannte ihn nicht, aber sie war froh, dass er lebte. Sie ging ins Bad. Als sie zurückkam, saß Philip auf dem Bett. Alles gut, sagte sie, geh jetzt!

Beba wusste, dass sie zu viel erwarteten, selbst die Stammkunden erwarteten immer zu viel. Sie kamen trotzdem wieder.

Der Laden war voll. Beba setzte sich zu Katjana an die Bar, bestellte einen Saft.

Na, wie war die Musik?, fragte Manuela, als sie das Glas vor sie hinstellte.

Beba nickte nur, sie wollte nicht leichthin so nebenbei und zwischendurch über Musik plaudern. Auch über nichts sonst wollte sie jetzt reden. Auf dem großen Bildschirm spielte Bayern gegen Dortmund, Champions League, Finale, die letzten Minuten. Die meisten Gäste starrten gebannt auf das Spiel, die Frauen unterhielten sich tuschelnd, Gisela tanzte unbeachtet an der Stange.

Alles okay?, fragte Katjana.

Beba nippte an ihrem Saft und nickte wieder.

Irgendwas ist doch, wann musst du eigentlich wieder zum Amt?

Bei jedem Tor heulten die Gäste auf, vorerst war Beba

nicht klar, ob es Enttäuschungs- oder Freudengeheul war. Nach einem Fußballspiel, egal, ob gewonnen oder verloren, das wussten sie alle, ging es in den Zimmern rauer zu.

Na, fragte eine Stimme hinter Beba, feierst du mit mir?

Sie feierten die Waffenruhe mit riesigen Feuern. Die Nacht lag über den Bergen, als die Nachricht kam. Waffenruhe! Viele waren nicht übrig. Ein paar alte Frauen, ein paar junge Frauen, Kinder, alte Männer, Krüppel. Sie versammelten sich auf dem Platz bei der Linde, jeder brachte dazu, was er konnte, auf einem Teller lagen Butterbrote, dick bestreut mit Zucker.

Die Feuer waren groß vom Schutt der Häuser, den Balken und Pappen und Dielen, knochentrocken von der Hitze des Sommers. Beba nahm sich eines der Brote, stellte sich abseits und aß, jeden einzelnen Bissen behielt sie lange im Mund, lutschte und schmeckte und schmatzte das pure Glück, das sie für einmal nicht vom Leben zu trennen brauchte.

Unter dem Gerippe der Linde stand ein nobles Sofa, der dunkelblaue Samt hing in Fetzen, das Rosshaar beulte sich klumpig. Auf den nackten harten Federn saßen die Mutter und die Großmutter. Die beiden Frauen wippten auf und ab, und über allem schien der Mond. Es krachte das Fest, es krachten Schüsse von den Höhen herab, Friedensschüsse, und auch die Kinder schossen vor lauter Freude mit langen Scheiten aufeinander, sie jubelten, wenn eines fiel. Die Linde nickte dazu mit den Stummeln ihrer Äste im Wind, der von den Bergen herunterstrich.

Es war Arnulf, der Gemüsehändler, der mit ihr feiern wollte. Er war breit in den Schultern und groß gewachsen.

Ja, lass uns feiern, sagte Beba.

Früher war Arnulf bei Gisela, aber seit seine Geschäfte sich lohnten, kam ihm Gisela zu billig daher. Er legte seine Pranke auf Bebas Schenkel, drückte und prüfte, in seinen Augen glomm der Übermut des Fußballsieges. Beba wechselte einen Blick mit Manuela, nahm eine Kirsche aus der Obstschale, schob sie sich in den Mund und drehte den Stiel heraus. Sauer und süß schmeckte das rote Fleisch. Noch eine und noch eine. Steine und Stiele legte sie auf die Theke, Manuela wischte sie in den Müll.

Alle Frauen waren besetzt, Lotta und der Chirurg tanzten ganz eng zu *Porque te vas*. Lottas Rücken war tätowiert, ein Widder, die geschwungenen Hörner auf ihren Schulterblättern bewegten sich sanft auf und ab, der Chirurg trug ein weißes Hemd mit Krawatte, die Krawatte hatte er über die Schulter geschlagen.

Was ist?, fragte Katjana wieder.

Nichts, sagte Beba.

Arnulf hatte jetzt seine Hand zwischen ihren Beinen.

Das Bier ist alle, sagte Manuela.

Katjana stellte sich hinter die Bar, Manuela ging in den Keller, um ein neues Fass anzustechen.

Noch ein Sektchen?, fragte Katjana.

Klar, sagte Beba, nicht Arnulf, trinkst auch noch eins, bevor wir hochgehen?

Arnulf war heute ausgesprochen fidel, jetzt aber, sagte er, jetzt aber.

Der Sekt war noch nicht getrunken, da konnte er nicht mehr warten, er hob Beba hoch wie eine Kiste Gemüse und trug sie hinauf ins Zimmer. Vielleicht, dachte Beba, ist es ganz gut, heut Abend ein bisschen Gemüse zu sein. Sie würde heute mal Meerrettich spielen, knackig und scharf von ganz alleine. Er schmiss sie aufs Bett, warum lachst du, fragte er.

Nicht über dich, sagte Beba, das weißt du doch.

Der Gemüsehändler zog sich aus, ein Mann, der sich seiner nicht zu schämen brauchte, sein Schwänzchen aber, inmitten der durchtrainierten Pracht, war ein Böhnchen, kurz und kümmerlich und ärmlich und schwach. Hundert Mal schon hatte Beba ihm gesagt, wie unwichtig sie Dicke und Länge dieses Zipfels finde. Er glaubte ihr nicht, sie sah es in seinen Augen, er glaubte, was er glauben wollte. Wirklich, sie konnte nichts dafür, wieder kicherte sie los. Mit voller Wucht schlug er ihr den Handrücken ins Gesicht. Ihr Kopf krachte gegen die Bettstatt. Sieg glitzerte in seinen Augen, Tor, Tor, dazu wackelte sein Schwänzchen, es wippte und kreiste, warm lief ihr das Blut aus der Nase über die Lippen.

Luna, hörte sie Manuela von draußen rufen, alles in Ordnung? Beba konnte nicht aufhören zu lachen.

WE ALL ARE REFUGEES, Seite an Seite mit den Flüchtlingen zogen sie durch die Straßen der Stadt, eine breite Front gegen Ausgrenzung und Verachtung. Am Rand sah Isa Leute stehen und glotzen. Manche klatschten, andere pfiffen. Rechts von Isa ging Arturo, links John. John trug eine knallrote Strickjacke aus dem Bestand der Heilsarmee. Das hohle Getrommel von Kongas war zu hören, ein Saxofon, es war ein friedlicher Marsch, ein trauriges Fest. John nahm ihren Arm, sie nahm Arturos Arm auf der anderen Seite, durchdrungen vom Gefühl, mit aller Welt verbunden zu sein, dem Wunsch, der Welt Barmherzigkeit zu beweisen, glichen sich ihre Schritte dem Wirbel der Trommeln an, den Rhythmen uralter Lieder.

Gehören wir, dachte Isa, nicht alle zum gleichen Stamm, du und ich, wir alle wollen frei sein, wir alle wollen selbstbestimmt leben, wer kann es wagen, dieses Menschenrecht den Refugees zu verweigern? John, Amidou, Esra und all den anderen.

Isa hatte zugehört. Sie hatte im Camp gesessen und den Geflüchteten genau zugehört. Sie wusste, wie viele Kinder sie verloren hatten, wie viele Brüder und Schwestern, Mütter und Väter. Wie weit sie gegangen waren und wozu sie gezwungen wurden, wie lange sie schon warteten.

Hast du geweint?, hatte Arturo gefragt, als sie gestern Nacht spät nach Hause gekommen war.

Sie nickte, vor Wut, sagte sie, ich geh morgen vor der Demo wieder ins Camp, ich hab versprochen zu helfen.

Sie hatte kaum schlafen können, die ganze Zeit musste sie an John denken und an Amidou und Esra, die in den Zelten unter windigen Planen selbst nachts nicht aufhörten zu kämpfen für eine Welt, in der die Herkunft keine Rolle mehr spielen würde. Isa wollte mittun, Kraft bekam sie von jenen, die außer dem, was sie am Leib trugen, nichts mehr hatten.

Jetzt Krüger, schrie ihr Arturo ins Ohr.

Vorne auf der Bühne rückte Krüger, der Bürgermeister ihres Bezirks, sich das Mikro zurecht.

Die Bezirksverwaltung, kam es grell aus den Lautsprechern, wolle das Camp weiterhin dulden, der Senat hingegen sorge sich um die Gärten, um den zertretenen Rasen, das müsse man sich einmal vorstellen, rief er, angesichts der Tragödien, die sich auf dem Mittelmeer abspielten, sorge Innensenator Otten sich um den Rasen in den Ringgärten!

Die Menge jaulte auf, sie buhte und skandierte. Krüger beschwor die Toten, die sie alle zu verantworten hätten, sie, die reichen Länder des Westens, deren Reichtum auf vielfachem Unrecht fuße, ein Armutszeugnis sei diese europäische Asylpolitik, er schäme sich für dieses Europa und insbesondere für dieses Land, er unterstütze ganz entschieden die Forderungen der Flüchtlinge.

Die Trommeln setzten wieder ein, Transparente wurden in die Höhe gehalten und Sonnenblumen geschwenkt.

Chaos YES, schrie Isa und reckte die Faust. YES, schrie Arturo, schrie John, schrien die anderen. Die Rhythmen der Kongas wurden schneller, der Zug setzte sich wieder in Bewegung, eins war Isa mit all den Menschen, die mit ihr marschierten, intensiv spürte sie dieses Gefühl – verbunden zu sein.

Es dunkelte schon, als sie zurück ins Camp kamen. In den Eisenkörben loderten Feuer, jemand hatte Steaks besorgt, Schüsseln voller Salat standen auf den Holztischen bereit. Isa ging ins Küchenzelt und begann Geschirr und Besteck nach draußen zu räumen.

Wo wart ihr denn? Linda stand am Eingang. Wir haben euch überall gesucht.

Wo wart ihr, gab Isa zurück, wir haben euch auch gesucht.

Na vorne, wie verabredet.

Isa konnte sich nicht erinnern, irgendetwas verabredet zu haben. Sorry, sagte sie, sie wollte sich die Laune jetzt nicht verderben lassen, sorry, das Gedränge, hier, nimm, sie drückte Linda einen Stapel Teller in den Arm.

Die meisten saßen draußen schon ums Feuer, Dodo, eine junge Frau, die seit zwei Jahren Asyl hatte, verteilte Bier. Drüben an der Straße standen ein Streifenwagen und mehrere Wannen. Krüger kam gerade mit dem Fahrrad an, schloss es an eine Parkbank und setzte sich dann zu ihnen ans Feuer. Er trug einen violetten Fleecepullover mit rosa Borten. Die Gespräche brachen ab, einen Moment lang war es sehr still. Dann begann Amidou zu reden.

Amidou hat, sagte er, seinen Sohn verloren, fünf Jahre erst ist der Sohn alt gewesen, jeder von Amidous Freunden hat Familie verloren, jeder Freund hat viel Unglück in diesem Winterland, Amidou will, dass es endlich Sommerland wird und warm.

Das tut mir sehr leid, sagte Krüger, aber –

Leidtun ist nicht genug, fiel ihm Amidou ins Wort, eine laute Verzweiflung stand ihm ins Gesicht geschrieben. Isa schossen Tränen in die Augen, sie schluckte, was war denn bloß los mit ihr? Sie hatte einfach das Gefühl, zu wenig tun zu können. Arturo legte ihr den Arm um die Schultern.

Afrika, sagte Amidou, ist kaputt vom Kapitalismus, darum haben Amidou und alle, die hier sind und noch kommen, recht zu bleiben.

Vielleicht, dachte Isa, klingt das so einfach, weil er von unserer Sprache nur die einfachsten Wörter kennt. Dodo kauerte neben Amidou.

Eventuell, sagte Krüger, überschätze Amidou seine Möglichkeiten.

Krüger wirkte jetzt schmächtiger als vorhin auf der Bühne, der Feuerschein machte sein Gesicht faltig. Jemand brachte ihm einen Teller mit Essen.

Da stand Dodo auf und ließ ihren Teller fallen, blablabla,

sagte sie, immer nur reden, sie sei satt vom Reden, Schluss mit Essen, sie mache einen Hungerstreik, ab jetzt sofort, bis alle Forderungen erfüllt seien, Freiheit oder Tod!

John saß etwas abseits auf einem Sofa, Isa sah, wie er den Kopf schüttelte. Amidou stand auf, vier, fünf andere Flüchtlinge standen auf, und dann stand auch Isa auf.

Bist du verrückt, zischte Arturo und versuchte sie zurück auf die Bank zu ziehen.

Verrückt oder nicht, etwas tun wollte sie, mitkämpfen, ja, mitleiden.

Weißt du eigentlich, sagte Arturo, was das bedeutet?

Bitte, sagte Krüger und hob beide Hände. Bitte, sie sollten sich das nochmals überlegen. Sie hätten doch schon einiges erreicht, er unterstütze ja die Forderungen mit aller Entschiedenheit, aber ein Hungerstreik gehe zu weit.

No more border!, schrie es plötzlich aus Isa heraus, *Jeder Mensch ist überall legal!* Alle schauten zu ihr, etwas irritiert zunächst, machten dann aber mit, schrien, brüllten *no/more/border!/jedermenschistüberalllegal.*

Wieder versuchte Krüger zu reden, zu beschwichtigen, er legte Amidou die Hand auf die Schulter, wütend schlug der sie weg. Einen Moment lang standen die beiden Männer sich gegenüber, taxierend sahen sie einander an, dann machten Amidous Lippen ein seltsames Geräusch, mit einer Art Tschilpen wandte er sich ab.

Dodo hat recht, dachte Isa, immer wollen sie reden, mit Quatschen lasse sich jedes Problem aus der Welt schaffen, glauben sie. Manchmal gibt es eben nichts mehr zu reden. Jetzt, zum Beispiel!

Das begriff dann endlich auch Krüger. Grußlos ging er zu seinem Fahrrad und radelte davon.

Jene, die beim Hungerstreik mitmachten, versammelten sich in einem der Zelte. Nur zwei der Unterstützer waren dabei, Dodo und Isa. Von nun an, das war klar, würden auch sie im Camp leben. Arturo, Hans und Linda gingen nach Hause. Wenn es darauf ankommt, dachte Isa, zieht ihr den Schwanz ein, gerade du, Arturo.

Amidou, sagte John, will sich doch bloß wichtig machen.

Tolle Entschuldigung, sagte Isa und sah ihn an. Wenn es ans Eingemachte geht.

Was ist eingemacht?, fragte John.

Schon gut, sagte Isa.

Auf dem Boden lagen Sonnenblumen. Die Köpfe, die gelbzarten Blütenblätter, waren zertrampelt.

Mehrere schnarchten, jemand wimmerte leise vor sich hin, einer rülpste, einer telefonierte. Allmählich wurde es wärmer im Zelt. Isa teilte sich mit Dodo die Matratze. Eine versuchte die andere nicht zu stören. Der Lärm des Verkehrs draußen auf der Straße riss nicht ab, Isa kam es vor, als ob sie extra noch mal Gas gäben, extra mit quietschenden Reifen anfahren würden, um den Schlaf der Refugees zu stören. Eine Sirene ging los, Blaulicht durchtanzte den Zeltraum.

Nur eine Plane, wurde Isa klar, trennt uns vom Treiben draußen, von den gewalttätigen Umtrieben der Gesellschaft. Jederzeit musste man mit Angriffen rechnen, zweimal schon hatten Neonazis die Zelte verwüstet.

Sie hörte ein Murmeln, einen monotonen Singsang, sie hob den Kopf. Drüben bei den Männern zwischen den Matratzen kniete John, ein oranger Schein glänzte auf seinem Gesicht, die Hände hielt er gefaltet vor dem Mund, seine Augen waren Schatten. Jemand sprang auf, rannte durchs Zelt und machte den Fernseher an. Esra!, brüllte es aus der hinteren Ecke des Zeltes, dann Unverständliches in fremder Sprache.

Fuck fuck fuck, murmelte Esra die ganze Zeit.

John stand auf, ging zu Esra und redete leise auf ihn ein. Erst schien es, als ließe sich Esra beruhigen, dann aber rammte er John ohne jede Vorwarnung den Ellenbogen in den Bauch, gurgelnd klappte John zusammen. Noch als er am Boden lag, trat Esra auf ihn ein und brüllte: Kuffar! Kuffar!

Sie sind traumatisiert, dachte Isa, sie können nichts dafür. Sie wollte aufstehen und zu John gehen. Dodo hielt sie zurück, misch du dich da nicht ein! Amidou beendete den Streit, er setzte sich auf, das genügte. Esra ging ohne ein weiteres Wort zurück zu seinem Schlafplatz, John rappelte sich hoch, wieder wollte Isa aufstehen, um ihm zu helfen, lass, sagte John, geht schon.

Der Fernseher lief stumm weiter, am Gestänge oben schaukelte ein Stück Spiegel hin und her. Es roch nach Schweiß und muffig nach alten Kleidern. Dann begann es zu regnen. Ein sanftes, stetes Rauschen legte sich über die Plane, Isa hörte zu, bis die Gleichförmigkeit des Geräusches sie in den Schlaf zwang.

Als Isa am Morgen aus dem Zelt trat, war schon ein Fernsehteam da. Glucksend meldete sich in ihrem Bauch der Hunger. Sie holte sich eine Flasche Mineralwasser. Es regnete noch, der Boden war aufgeweicht, sie fror. Dodo und Amidou standen drüben bei den Fernsehleuten unter Schirmen. Amidou redete, und Dodo schien zu übersetzen. John stand ein paar Schritte abseits, Isa ging zu ihm.

Gehts?, fragte sie.

Hast schon gehört?, fragte er statt einer Antwort.

Nee, was denn?

Krüger unterstützt euren Hungerstreik jetzt doch.

Ach so, woher weißt du das denn?

Twitter, sagte er, steht dort geschrieben.

Na ist doch super, warum machst du eigentlich nicht mit?, fragte sie ihn wieder.

Er sah zu Boden.

Was ist, erklärs mir!

Nur so, kein Grund.

John sprach ein recht flüssiges Deutsch, aber wenn er aufgeregt war, verfiel er in eine Art Kindersprache.

Na ja, sagte sie, musst du wissen.

Dann sah sie Amidou winken, komm, rief Dodo. Zögernd trat Isa auf die beiden zu, das Auge der Kamera erfasste sie, sie wollte das nicht.

Das ist Isa, sagte Dodo, aus dem Unterstützerteam, auch sie ist beim Hungerstreik dabei.

Irgendeine Frage wurde gestellt, Isa versuchte, darauf zu antworten. Sie glaube, sagte sie, dass nur durch konsequentes Handeln eine Änderung in der rassistischen Asylgesetzgebung zu erreichen sei. Deswegen solidarisiere sie sich mit dem Kampf der Refugees. Es sei wichtig, gesehen zu werden.

Diese Sprache, diese neue Sprache selber zu sprechen war anders als sie nur zu hören. Diese Sprache war wie die Klamotten, die sie trugen, ein Zeichen, etwas, das sie verband, etwas, das sie schied vom normalen Volk.

Vorne an der Straße hielt ein Taxi, ein Mann sprang heraus und kam auf sie zu. Isa wunderte sich, dass er das Taxi warten ließ. Die Fernsehleute schienen den Mann zu kennen, sofort schwenkte die Kamera in seine Richtung. Er hatte langes, grau meliertes Haar, um die Stirn trug er ein Band, er sah jünger aus, als er vermutlich war. Als ob er das gewohnt wäre, stellte er sich hin, locker, souverän, er unterstütze, sagte er, den Hungerstreik, diese Form des Protestes sei in der gegebenen Situation das richtige Mittel, sich Gehör zu verschaffen. Die Forderungen seien ja bekannt, aber er wiederhole sie gerne noch einmal: Abschaffung der Residenzpflicht, Abschaffung der Flüchtlingslager, Abschaffung von Abschiebungen, de facto: Bleiberecht für alle.

Wer ist das?, fragte Isa.

Sven, sagte Dodo, von Clear-Asyl, er kümmert sich, er hat die richtigen Worte für unsere Sachen.

Wir stellen uns, fuhr Sven fort, gegen eine rassistische Hierarchisierung der Gesellschaft, wir verurteilen, dass Menschen gegeneinander ausgespielt und entsolidarisiert werden, wir lehnen jede Unterscheidung zwischen sogenannten Wirtschaftsflüchtlingen und politischen Flüchtlingen ab.

Drüben an der Bushaltestelle neben Svens Taxi warteten Leute im Regen auf den Bus.

Dann drängte sich Dodo wieder vor die Kamera, *Bleiberecht für alle!*, schrie sie und *Nazis raus, Nazis raus!*, Amidou zog sie weg, Sven wandte sich ab, Isa trat zwei Schritte zurück.

Danke, sagte der Mann mit der Kamera, das haben wir.

Sven ging zu seinem Taxi und ließ sich davonfahren.

Well done, sagte Amidou.

Im Zelt, im Polstersessel vor dem Fernseher, saß Esra, sofort machte er den Platz frei, Amidou ließ sich in den Sessel fallen.

Ich geh dann mal, sagte Isa, als müsste sie um Erlaubnis bitten, paar Sachen holen.

Amidou nickte.

Arturo saß beim Frühstück.

Und?, fragte er.

Alles bestens, sagte sie, heut früh war ein Fernsehteam da, Krüger unterstützt uns jetzt doch, kennst du einen Sven?

Willst du Kaffee?

Gib her, sagte sie, sag schon, was ist mit Sven?

Nichts, sagte Arturo, nichts weiter.

Wollte sie sich mit dieser Antwort zufriedengeben? Sie war müde. Sie holte sich ein Glas, hielt es unter den Wasserhahn. Sie setzte sich zu Arturo und nahm sich aus seiner Schachtel eine Zigarette, den Kaffee ließ sie stehen.

Rauchen und nichts essen ist aber nicht gesund, sagte er und biss in sein Brötchen, dick bestrichen mit Butter und Marmelade.

Du Arsch. Sie grinste.

Sie wartete darauf, den Hunger richtig zu spüren. Noch war es nur ein Grummeln im Bauch. Sie erwartete den Hunger wie einen guten Freund, ja, sie freute sich auf dieses Gefühl, das sie die nächste Zeit begleiten würde, das Gefühl des Mangels als Beweis, dass sie sich einmischte, dass sie tat, was richtig war.

Ihr Handy klingelte. Sie fischte es aus der Jacke.

Hans, was gibts?

Gehts dir gut, fragte er, wollte nur hören, ob du o.k. bist.

Mir gehts super, sagte sie. Kommt ihr heute Abend ins Camp?

Ja klar.

Bringt Mineralwasser mit und Tee, ja?

Versprochen, sagte er, ich muss jetzt zur Vorlesung, bis bald.

Sie schüttelte den Kopf und legte auf, wie konnte man, fragte sie sich, jetzt bloß an der Uni sein.

Hast du dir eigentlich überlegt, fragte Arturo kauend, was das bringen soll, dieser alberne Hungerstreik?

Hä? Hast du dir damals überlegt, was das bringen soll, Kapitalistenkarossen abzufackeln?

Sie verstand ihn nicht. Er war es doch gewesen, der die Flüchtlinge ins Spiel gebracht hatte, es kam ihr vor, als hätte sie ihn überholt, als bliebe er immer weiter zurück.

Schon klar. Ich besorg dir heute noch ein paar Säfte.

Nee, verabredet ist nur Wasser und Tee.

Mensch, Isa, du musst schauen, dass du genügend Mineralstoffe hast, Vitamine.

Seit wann, großer Kämpfer, bist du denn so fürsorglich? Sie nahm ihn in den Arm, Arturo, sorry, sagte sie, so war das nicht gemeint. Er rührte sie. Es rührte sie, diesen harten Kerl so unerwartet besorgt um sie zu sehen.

Keine Bange, sagte sie leise, ich weiß, was ich tue. Himmelherrgott, wie gut fühlte sich das an, zu wissen, was man tat.

Spät am Abend stand Sabine im Zelt.

Was willst du denn hier?

Wenn du nicht ans Telefon gehst, sagte sie. Ich habe dich in der Abendschau gesehen.

Isa wollte nicht, dass ihre Mutter hier war.

Du machst doch nicht etwa mit bei diesem Hungerstreik?

Isa setzte sich im Schneidersitz auf die Matratze, verschränkte die Arme.

Wie ein trotziges Kind siehst du jetzt aus, weißt du das? Wie früher im Indianerzelt, als wir dich reinholen wollten zum Schlafen und du jedes Mal so ein Theater gemacht hast.

Oh, sagte John, der eben hereinkam, deine Mutter? Ist ja nicht zu übersehen, grinste er.

Geh, sagte Isa.

Ich geh ja schon, sagte John und hob beschwichtigend die Hände.

Nicht du.

Ach sooo, na dann, Madam, setzen Sie sich, sagte er und bot Isas Mutter mit großer Geste einen kleinen Hocker an.

John!, zischte Isa. Misch du dich da nicht ein!

Ich wäre glücklich, sagte er, wenn meine Mutter hier wäre, aber meine Mutter ist tot. Jetzt grinste er nicht mehr, sein Ton war schneidend geworden, der Blick hart, noch nie hatte Isa den gutmütigen John so gesehen.

Ich weiß, sagte Isa, sorry.

Und du jagst deine Mutter fort?

Du verstehst das nicht.

Noch immer stand Sabine vor der Matratze, blickte von einem zum anderen.

Ich versteh das nicht? Ich versteh, dass deine Mutter dich gesucht und gefunden hat, und du bist undankbar, du dankst deiner Mutter nicht, dass sie dich geboren hat, was sie für dich getan hat.

John, bei uns hier ist das anders, du verstehst das wirklich nicht.

Ihr seid krank, sagte er, krank seid ihr alle. Sorry, Madam, sagte er zu Sabine, drehte sich um und ging hinaus.

ALLE PLÄTZE WAREN BESETZT. Beba stellte sich an die Wand, an die raue graue Putzwand lehnte sie sich, in der Hand den Zettel mit dem Termin bei Frau Loos. Trotz des Termins musste sie warten. Als wären sie mit ihren Gürteln an die Stühle gebunden, hockten die Menschen da, einer blies die Backen auf, einer hob die Mütze und strich sich übers Haar, keiner stand auf, ohne dass er gerufen wurde. Alle waren herbestellt, manche wurden wieder nach Hause geschickt, weil die Unterlagen nicht vollständig waren. Es war schwer vorherzusehen, was die Unterlagen vollständig machte. Beba drehte den gelben Zettel in ihren Fingern, faltete und entfaltete ihn. Das Warten machte die Leute nicht wütend, sondern gleichmütig.

Heute wurde Beba früher hereingerufen als andere, die schon länger warteten. Wer wann hereingerufen wurde, dafür gab es keine Regel. Beba setzte sich auf den Stuhl vor dem Schreibtisch. Neu auf dem Schreibtisch war das Schiffsmodell neben der Giraffe aus Plastik. Das Schiff hieß *Farewell Angelina.*

Ein paar Sachlagen, sagte Frau Loos, müssten noch geklärt werden. Sie rückte sich die Brille zurecht und blickte intensiv auf Bebas Gesicht, das noch Spuren von Arnulfs Schlägen trug. Nach einer Weile löste sich Frau Loos' Blick von Bebas bunter Haut und glitt hinüber zum Bildschirm. Sie tippte, wartete, schnaufte und tippte.

In Bebas Kopf war eine Haltestelle für Sorgen, die Schlange wurde immer länger, sie wusste nicht, wie sie sitzen sollte, nicht zu lasch, nicht zu aufrecht, sie glaubte im Grunde nicht, dass Frau Loos etwas für sie tun konnte ohne Geschenke. Sie glaubte nicht, dass Gesetze zur Anwendung kommen konnten ohne Zuwendung. Frau Loos schüttelte den Kopf, stand auf.

Es fehle ihr doch noch etwas, einen Moment bitte, sagte sie und ging aus dem Zimmer.

Auf dem Schreibtisch lag eine Mappe. Eine Ecke weißen Papiers lugte daraus hervor. Auf dem Fenstersims stand eine Pflanze mit langen Fransen. Obwohl Beba darauf gefasst gewesen war, erschrak sie, als Frau Loos zurückkam. Aus ihrem Gesicht konnte Beba nicht lesen, ob sie gefunden hatte, was ihr gefehlt hatte.

Schließlich, sagte Frau Loos freundlich, sei dieser Beruf ja mittlerweile auch ein Beruf. Wir müssen aber, fuhr sie fort, noch manches andere klären, kommen Sie bitte in zwei Wochen wieder vorbei.

Auf einen rosa Zettel schrieb sie einen neuen Termin. Rosa für Mittwoch, gelb für Dienstag, grün für Donnerstag. So ging das seit Monaten.

Beba lief aus dem Zimmer, aus dem Amtsgebäude, sie lief direkt in eine Menge von Menschen. Sie musste in die andere Richtung, in die Gegenrichtung, sie wand und wühlte sich durch das Gedränge, Sonnenblumen wurden in die Höhe gehalten und Transparente, beschrieben mit Wünschen und Wahrheiten. Kein Platz war mehr auf der Straße, all die Körper machten den Tag dunkel, Beba schnaufte, schnappte nach Luft. Sie wollte weder marschieren noch kämpfen, sie suchte nach einem einfachen Ausweg, immer hektischer wurden ihre Bewegungen, da spürte sie am Arm die Klammer von Fingern, Konis Fingern? Beba ließ sich fallen, sie war eine Puppe aus Stoff, am Arm hinterhergeschleift, verdreckt und zerrissen.

Koni war mit Beba in die Stadt gefahren, ein Kleid hatte sie bekommen, neue Schuhe, Hefte und Bücher für die Schule.

Sie waren mit der Straßenbahn zu einem Cousin unterwegs, die Straßenbahn war eine rostige quietschende Raupe und der Cousin wohnte im Keller eines ausgebrannten Hauses. Auf den Mauerresten standen Parolen.

Was heißt das?, fragte Beba.

Das verstehst du nicht, sagte Koni.

Tu ich doch.

Wie denn, brummte er, wenn nicht einmal ich es verstehe.

An jeder Ecke entdeckte Beba Gesichter, die ihrer Freundin Alisha zum Verwechseln ähnlich sahen. Hatte auch Alishas Verschwinden mit Parolen zu tun?

Die sind nicht in die Stadt gezogen, hatte Koni gesagt, ihr alle wisst doch genau, dass die nicht in die Stadt gezogen sind.

Alisha, ihre beste Freundin, hatte plötzlich gestunken. Ist dir noch nie aufgefallen, wie die stinken?, fragte ihre Großmutter.

Alisha und Beba waren im gleichen Jahr, im gleichen Monat geboren, sie wohnten nebeneinander, wie Schwestern waren sie zusammen aufgewachsen, und Beba wusste ganz sicher: Alisha hatte nie gestunken, und sie stank auch jetzt nicht. Am Fenster standen die Mutter und die Großmutter, giftig zischelten sie, das stinkt ja bis hier rüber, das stinkt noch durch die geschlossenen Fenster. Das ganze Dorf roch den Gestank, in der Schule rochen alle den Gestank, und dann roch Beba ihn auch. Erst dachte sie, sie bilde sich das nur ein, jemand, der nie gestunken habe, könne doch nicht plötzlich stinken, dachte sie, aber nein, von Ferne schon roch Beba diesen widerwärtigen Mief.

Mit jemandem, der so stinkt, kann man nicht spielen, sagte sie zu Alisha, merkt ihr eigentlich nicht, wie ihr stinkt?

Alisha sah sie lange an. Beba war froh, dass sie selbst zu Leuten gehörte, die nicht stanken.

Irgendwann waren Alisha und ihre Familie verschwunden. Die sind in die Stadt gezogen, sagten alle außer Koni.

Wasch dir die Hände, sagte Koni und hob sie auf die Brüstung des Brunnens mitten auf dem großen Platz. Sie wuschen sich die Hände und fütterten dann die Tauben, viele hatten verkrüppelte Füße, manche nur noch Stümpfe. Um sie herum sammelten sich Menschen, auf mächtigen Transparenten standen Wünsche und Wahrheiten. An Bebas Fersen waren Blasen gewachsen vom harten Leder der neuen Schuhe.

Koni nahm sie an der Hand, sie tauchten unter die gereckten Fäuste, schwammen durch den Lärm rhythmisch klatschender Hände und fordernd rufender Münder. Manche trugen Blumen, andere hatten Wunderkerzen angezündet. Kinder waren dabei und Zauberer. Beba wollte bleiben, sie wollte mitklatschen.

Komm, sagte Koni, die klatschen für die falschen Ideen.

Welches sind denn die richtigen Ideen?, fragte sie.

Komm jetzt, sagte Koni.

Tauben saßen auf den Dachrinnen, ruckten mit den Köpfen. Immer mehr Menschen strömten auf den Platz. Der Platz war ein Magen, er versuchte, all die Menschen zu schlucken, er dehnte und blähte sich, er rülpste und explodierte dann mit einem gewaltigen Knall. Die Tauben flogen auf. Oben aus den Dächern schlugen Flammen. Die Menschen schrien und drängten, trampelten und tobten, sie waren gefangen, sie hielten sich selber gefangen, schwarzer Rauch nahm ihnen die Luft zum Atmen, am Arm spürte Beba die Klammer von Konis Fingern.

Allmählich kam Beba zu sich. Aus dem Rauch schälte sich das Gesicht einer fremden Frau. Wo war sie? In einem alten Ölfass brannte ein Feuer. Sie lag auf einem gelben Sofa, um sie herum standen Zelte. Auf ihren Beinen lag eine Häkeldecke, das Sofa war feucht.

Hier, sagte die Frau und hielt ihr ein Glas Wasser hin, trink was, du bist einfach zusammengeklappt.

Beba setzte sich auf. Wo bin ich?, fragte sie.

Im Camp, sagte die junge Frau, als wüsste jeder, was das Camp war, die Frau trug eine dicke Lederjacke.

Welches Camp?

Wir kämpfen für die Refugees, sagte die Frau, Bleiberecht für alle, *no more border*. Gegen Unterdrückung, gegen Rassismus.

Als ob er ihr plötzlich zu schwer wäre, wackelte Beba der Kopf, sie versuchte, ihn stillzuhalten. Es wäre schön, dachte sie, wenn alle bleiben könnten, aber wenn von der einen Seite alle auf die andere rennen, kippt die Welt.

Soll ich nicht doch einen Krankenwagen rufen, fragte die Frau. Beba schüttelte den Kopf und schloss die Augen.

Über sich sah sie Konis Gesicht, ganz nah, ganz groß waren seine Augen. Auf ihrer Wange spürte sie Konis Finger, die harte, zerarbeitete Haut. Von Ferne hörte sie Schüsse, sie hörte Schreie, sie wollte aufstehen und rennen. Sie hätte nicht gewusst, in welche Richtung sie hätte entkommen können, sie klammerte sich an Konis Blick.

Wo sind wir?, fragte sie.

In Sicherheit, sagte er.

Sie setzte sich auf. Koni schnäuzte sich mit den Fingern die Nase. Sein heller Anzug war schwarz wie der Rotz, der ihm aus der Nase schoss, sein Gesicht war schwarz, nur die Augen waren nicht schwarz, die Augen glommen. Sie war froh, dass er sich selber so nicht sehen konnte. Er zählte seine Finger, ob sie noch alle da waren.

Beba versuchte aufzustehen. Die Frau fasste sie unterm Arm. Aber sobald Beba stand, begann die Welt sich zu drehen.

Ich glaube, sagte sie, ich brauch noch einen Moment.

Die Frau trank Wasser aus einer grünen Flasche, setzte sie ab, wir sind, sagte sie, gerade im Hungerstreik. Etwas an ihr erinnerte Beba an Zeisler, was genau, hätte sie nicht sagen können, nicht ihr Aussehen, eher die Art, wie sie das Kinn reckte vielleicht, oder war es der Blick? Teile von Blumen lagen auf der Erde. Stiele, Blütenblätter, Kelche. Schuhe trampelten darüber, sie stand auf.

Gehts?, fragte die Frau besorgt.

Beba nickte, jetzt ging es. Danke noch mal, sagte sie, und viel Glück für deinen Kampf.

Können wir brauchen, lachte die Frau, tschüss.

Zu Hause legte Beba sich hin.

Augen zu. Kampf hatte im Blick der Frau geflackert, Hunger, dünn, zäh und zornig hatte sie vor ihr gestanden, Kampf wofür oder wogegen?

Wie oft, fragte Koni in ihrem Kopf, ist das Gute schon verdorben? Das Wetter zu heiß, Fliegen setzen sich darauf, Maden schlüpfen, ungenießbar wird das Ganze im Handumdrehen.

Ach du, sagte sie, immer musst du alles schlechtreden.

Ich frage mich, sagte er, wie Ideen jahrelang nebeneinander im Schrank hängen können. Und eines Tages muss man plötzlich eine gelbe Idee tragen oder eine blaue, eine rosarote oder eine graue – und trägt man sie nicht, drehen sie dir den Hals um.

Wer dreht dir den Hals um?, fragte Beba.

Die oder die, sagte Koni, egal.

Die oder die?, fragte Beba.

Das verstehst du nicht, sagte Koni, niemand versteht es.

Aber hier, in diesem Land, fragte sie, gibt es doch keine Ideen, die schöner sind als andere?

SCHON WAR SIE GEÜBT im Hungerhaben. Arturo schlief seit einer Woche bei ihr im Camp. Manchmal glänzten Farben vor ihrem inneren Auge, manchmal sah sie ihre Mutter gehen am Strand, immer ging sie, immer sah sie nur ihren Rücken, und immer war sie froh, nur ihren Rücken zu sehen.

Die Politik wartete ab. Die Politik wollte sich nicht erpressen lassen. Wer, fragte sich Isa, erpresst hier wen? Die Stimmen der Flüchtlinge wurden lauter, die Abfallberge höher. Hinten bei den Containern stapelten sich Matratzen, Sofas, Kleider, Essensreste, alle Gefäße quollen über. Niemand leerte sie, warum leerte sie niemand? Ratten huschten am helllichten Tag über den Platz. Die Ratten mussten keinen Hunger leiden. Die Ratten haben ein Recht zu bleiben, sagte Amidou, und die Menschen sowieso.

Gestern war Dodo zusammengeklappt, noch im Camp hatten sie ihr einen Schlauch in den Magen geschoben. Schlag auf Schlag. Hunderte sammelten sich ums Camp, skandierend zogen sie zum Krankenhaus. *Freedom for Dodo.*

Und heute schien die Sonne. Isa saß auf dem gelben Sofa, die Hosenbeine hochgekrempelt, oben nur der BH. Der BH wurde von nichts mehr gefüllt, ihre Brüste waren geschrumpft. Sie gefiel sich so. Sie wusste, Arturo war nur ins Camp gezogen, weil er sich Sorgen machte, Sorgen um sie.

Brauchst du nicht, hatte sie gesagt, ehrlich, nie habe ich mich besser gefühlt.

Er hatte sie bloß angesehen. Der Wille, spürte sie, war eine eiserne Klammer. Mit einem eisernen Willen ließ sich alles erreichen.

Vorhin, gerade als Esra sie abgelöst hatte, war ein holländischer Tourist ins Infozelt gekommen, was wollt ihr eigentlich, hatte er gefragt.

Sichtbar werden, hatte sie gesagt.

Bleiben, hatte Esra hinzugefügt. Werden wir vertrieben, sagte er, werden wir andere Plätze besetzen, wir sind viele. Wir haben das Recht, hier zu sein, wir haben das Recht, überall zu sein. Freiheit oder Tod.

Das Camp war zur Sehenswürdigkeit geworden, ständig kamen Leute und fotografierten oder filmten.

Das Weiße in Esras Augen war gelb.

Ihr beutet Afrika aus, sagte Esra und zeigte auf die holländische Brust.

Ganz so einfach ist das nicht, sagte der Holländer.

Fuck, sagte Esra, sehr einfach ist das.

Hans kam rein, brachte Wasser.

Wenn das so ist, sagte der Holländer, dann gute Nacht.

Esra spuckte ihm vor die Füße.

Krüger ist schon lange nicht mehr hier gewesen, sagte Isa.

Er will, sagte Hans, dass ihr den Hungerstreik abbrecht, jetzt, wo Dodo.

Woher weißt du das?

Twitter, sagte er.

Ohne mit uns zu reden? Das ist Verrat, verfluchter Verrat, sagte Isa.

Was hast du denn erwartet, sagte Hans, jetzt geht es zur Sache, Otten will räumen.

Scheiße, sagte Isa, dieses Schwein, ich könnte nur noch kotzen.

Was willst du denn kotzen?

Arsch!

Isas Gedanken kreisten um immer dasselbe, um die Durchsetzung ihrer Forderungen, um jeden Preis muss das Wirklichkeit werden, was wir wollen, dachte sie, was ich will.

Das Sofa, durchsifft von Regen und Tau, wurde selbst unter heißester Sonne nicht mehr trocken.

Drüben trat Amidou aus dem Küchenzelt, Isa sah woanders hin, er aber kam auf sie zu, blieb vor ihr stehen.

Zieh was an, sagte er, oben, und deutete auf ihren BH.

Sofort hatte sie den Impuls zu gehorchen. Er war nicht laut, er wusste nur genau, was er wollte, und zweifelte keine Sekunde, dass es zu dem, was er wollte, keine Alternative gab.

Sie senkte den Blick.

Sie stand auf und ging hinüber ins Zelt, kramte ein Shirt aus ihrer Tasche und zog es an. Sie war froh, das Shirt angezogen zu haben.

Amidon war weg. Ganz ruhig war sie, als sie sich wieder aufs Sofa setzte, sie sah: Vor dem Infozelt hatte sich ein Pulk Touristen versammelt. Jemand erklärte etwas, mehrere fotografierten oder filmten. Ein Reisebus stand an der Straße, die Sonne spiegelte sich in der Frontscheibe. Drei, vier Krähen kraxelten auf dem Abfallberg herum, hackten Stücke aus einem aufgerissenen Sack. John machte sich auf zum Pfandflaschensammeln, er winkte ihr zu. Eine Frau trat ihm in den Weg, nahm seine Hand und schüttelte sie.

Krass, wieder so eine! Isas schöne Ruhe wich einer kühlen Wut. Manche schleimten sich ohne jede Hemmung an die Jungs ran. Meistens waren es fette verlebte mittelalte Weiber, ab und zu auch Typen. Die Frau stand jetzt so nah an John, dass ihr Busen beinahe seinen Bauch berührte, er trat einen Schritt zurück, lächelte verlegen und machte sich davon.

Die Frau blieb noch einen Moment stehen, sah ihm nach, sah sich um, entdeckte Isa, setzte sich in Bewegung und stand gleich darauf vor ihr.

Ich finde das, sagte sie, toll, was ihr da macht.

Ja? Dann tu auch was dafür.

Wie denn?

Na wie wohl, wie unterstützt man in dieser beschissenen Gesellschaft Sachen, die man gut findet? Na? Mit Kohle, richtig! Vorne, im Infozelt, kannst dir ne Kontonummer abholen.

Was ist los?, fragte Arturo.

Isa hatte ihn gar nicht kommen sehen. Die Frau verschwand Richtung Straße.

Na bravo, sagte er.

Er ließ sich neben Isa aufs Sofa fallen und stand gleich wieder auf, Scheiße, das ist ja ganz nass. Warum sitzt du denn auf nem nassen Sofa?

Das war wieder so ne Schlampe.

Na und? Wenn du was erreichen willst, musst du froh sein, wenn dich auch die Durchschnittskartoffel unterstützt.

Gerade die. Egal, ob sie sich nun in einen der Jungs verknallt hat oder ob sie einfach aus Langeweile was Gutes tun will.

Isa merkte, wie ihr die Tränen kamen. Sie versuchte sie zurückzudrängen, hinunterzuschlucken. Sie wollte das nicht, sie wollte keine faulen Kompromisse, sie fand Arturos Haltung beschissen, sie heulte los.

Du weißt schon, sagte Arturo, dass Amidou heimlich isst.

Was soll der Scheiß, schrie sie, hast du das eigentlich nötig, woher willst du das überhaupt wissen, was musst du so einen Scheiß erzählen!

Isa, komm runter. Kein Wunder, du bist ja nur noch Haut und Knochen, steh auf, zieh dir trockene Sachen an, wenn du krank wirst, kannst du das hier vergessen.

Das sah sie ein.

Sie zog sich um, trank fast einen halben Liter Wasser auf einmal, würgte, einen Teil des Wassers erbrach sie wieder, dann wurde ihr schwindlig, schwarz vor Augen.

Sie hört jemanden singen, zarte, schöne Lieder, dunkle Gesichter vor dunklem Grund, nur das seltsame gelbe Weiß in den Augen glüht neongrell. Auch die Lieder bekommen eine grelle Farbe, eine heulende Komponente, eine panische Schattierung. Die Gesichter fallen über sie her, sie wirft sich herum, aber sie ist zu schwach, sie rollt sich ein, will weiterschlafen, alles über sich ergehen lassen. Von Ferne hört sie – ist das Arturos Stimme?

Isa, sie kommen!

Isa, sie räumen!

Ein Tumult ist das, lasst mich doch in Frieden. Ich habe den Fluss durchschwommen, den Gipfel genommen, ich bin angekommen im Paradies, was wollt ihr denn noch?

Was redest du denn da? Isa? Nicht einschlafen, wach bleiben, komm, komm schon.

Wessen Stimme ist das bloß?

Sie hört ein hartes Klatschen wie von einem Körper, der nackt aufs Wasser fällt, aber sie spürt nichts, keinen Schmerz.

Hochgehoben, hinausgeschleift aus der Wärme, den unschuldigen Träumen, schlägt sie die Augen auf. Voller Pöbel ist das Paradies, voller Geschrei und beißendem Gestank. Sie will aufstehen und kämpfen, sie wird zurück- und festgehalten von starken Armen. Sie wird gebunden, gefesselt, über ihrer Brust schließt sich ein eiserner Ring. Bleibt ihr nur noch zu schreien, aus vollstem, tiefstem Herzen zu schreien, gegen die Gewalt anzuschreien, die den Menschen angetan wird. Wo ist Arturo, wo sind die anderen, Amidou, John? Sie will nicht, sie will das nicht, sie will hierbleiben, weiterkämpfen, ihr verfluchten dreckigen Schweine, ihr Bastarde.

Dann strauchelt sie und fällt. Aber sie fällt nicht hinunter, sondern hinauf, wie kann das sein? Hinauf in einen lichten Himmel, in einen sonderbar fahlen Glanz.

Isa?

War das nicht Arturos Stimme?

Isa?

Und Hans'.

Isa?

Und Lindas.

Halt!

Sie versuchte etwas zu erkennen. Weiß, alles um sie herum war von einem so blendenden, kalten Weiß. Von einer derart brutalen Reinheit.

Du hast Glück gehabt, sagte jemand.

Wieso?

Langsam dämmerte es ihr, das waren nicht Arturo, Hans, Linda, sondern Sabine und Erich. Die anderen hatten sie wohl im Stich gelassen. In ihrem Innersten krampfte sich alles zusammen, ein solcher Schmerz. Was waren das überhaupt für Schläuche?

Was sind das für Schläuche, schrie sie und wollte sie wegreißen, ausreißen, aber sie konnte nicht. Ihre Arme ließen sich nicht heben, waren sie neben dem Körper irgendwie … festgenäht?

Sie wollte sich wehren und ließ es, bevor sie damit begonnen hatte, schwer atmend lag sie da, flach kam sie sich vor, wie ausgeschnitten aus einem Stück labberigem Papier. Jemand kam herein, trat ans Bett, legte ihr die Hand auf die Stirn und redete, redete, als hätte er sich Arturos Stimme ausgeliehen.

Arturo?

Ja?

Du bist es. Warum lässt du all das zu, fragte sie leise.

Er beugte sich zu ihr, Isa, flüsterte er ihr ins Ohr, wer tot ist, kann nicht mehr kämpfen.

Was redest du denn für einen Scheiß? Sie haben unseren Willen gebrochen.

Isa, kapierst du es nicht? Du hättest sterben können.

Na und? Hast du schon vergessen? Freiheit oder Tod, was bist du für ein Feigling. Ich muss hier weg, ich will hier nicht sein.

Wie halbiert war ihre Stimme.

Was ist bloß mit dem Kind los, fragte Sabine unter Tränen.

Verraten, dachte Isa, verraten.

Hauchdünn war die Decke, unter der sie lag, und wärmte

nicht. Allein gelassen hatte Arturo sie, wie hatte sie sich getäuscht in ihm, was war übrig von diesem großmäuligen Revoluzzer, wie hatte sie sich blenden lassen, ein Garnichts war er von Anfang an gewesen.

Ich will, sagte sie ruhig, dass ihr geht. Alle!

Isa.

Verpisst euch!

Sie schüttelten die Köpfe, sie machten krumme Gesichter, sie wanden sich und strengten sich an.

Aber dann.

Dann gingen sie.

Sie musste wissen, was mit Dodo war und mit Amidou. Mit dem Camp, mit all den andern. Sie musste wissen, ob der Hungerstreik zu Ende war, sie musste wach bleiben, damit man ihr keinen Zwang mehr antun konnte, sie musste für sich selber sorgen. Zwangsernährung war nicht erlaubt in diesem Land, in diesem Land hatte jeder das Recht zu verhungern.

Sie hätte Arturo nicht wegschicken dürfen, er hätte sie hier rausholen können, er hätte dafür sorgen müssen, dass sie wach blieb. Aber nein, er hatte diese Entmündigung, diese Demütigung ja zugelassen. Würde sie nicht wundern, wenn Motte …, wenn sie hier jemals wieder rauskäme. Wem denn konnte sie noch vertrauen? Sie musste einen Plan machen.

Wurden draußen Gesänge angestimmt – auch für sie?

Freedom for Isa?

Oder nicht?

Plötzlich waren ihre Arme frei, ihre Beine.

Was passierte?

Gut geschlafen?, fragte eine Stimme.

Automatisch fuhren ihre Hände hoch zur Nase, zu dem Schlauch, der aus ihrer Nase kam.

Oh nein, junge Frau, das ist keine gute Idee! Sie würden sich sehr wehtun.

Was für ein Affe. Sie schlug die Augen auf, und was mussten ihre Augen sehen? Der Affe war ein junger Arzt, dunkelhaarig, dunkelhäutig. Das kann nur, dachte sie, ein schlechter Witz sein. Wie konnte so jemand zur Gegenseite überlaufen?

Nehmen Sie das Ding raus, sagte sie, ich will das nicht.

Ich weiß, sagte er nur.

Da hätte sie schon wieder explodieren können.

Ganz ruhig, ich nehme das Ding gleich raus, aber vorher wollen wir beide noch ein Gespräch führen.

Musste sie ein solches Gelaber ertragen?

Sie sind jetzt, sagte er, seit drei Tagen bei uns, Ihre Vitalfunktionen waren kollabiert, Sie haben Glück gehabt, ich will nur, dass Sie das wissen. Wir können Sie nicht gegen Ihren Willen hier festhalten, Sie sind erwachsen.

Blabla.

Er begann den Schlauch aus ihrem Körper zu montieren. Zog ihr die Kanüle aus dem Arm. Er nahm das Papier, das er auf dem Nachttisch abgelegt hatte, und ließ das Kopfende des Bettes hochfahren, bis Isa fast aufrecht saß.

Hier, sagte er, würden Sie das bitte unterschreiben. Im Schrank sind Ihre Kleider, frisch gewaschen von Ihrer Mutter, wollen Sie nicht jemanden anrufen?

Sie schüttelte die Arme, rieb sich die Stellen, an denen sie festgebunden gewesen waren. Rotblaue Striemen zogen sich über ihre Handgelenke.

Sie nahm den Stift und unterschrieb.

Sie hob die Beine aus dem Bett, suchte Grund, prüfte, ob er sie zu tragen imstande war. Fuß vor Fuß, nicht schwach und schwankend, nein, sicher trugen ihre Beine sie hinüber zum Schrank. Die Jacke. Die Jeans, das Shirt, eine Unterhose und Socken, fein duftend nach Sabines Waschmittel, tiptop zusammengelegt lagen die Kleider im Schrank. Daneben, klein gefaltet, zwanzig Euro, eine angebrochene Packung Zigaretten, Feuerzeug und das Handy. Sie nahm die Sachen, trug sie hinüber zum Bett. Jetzt erst wurde ihr bewusst, dass sie allein in diesem Zimmer gelegen hatte. Dass die Krankenkasse, von ihren Eltern bezahlt, ihr wohl Privilegien einräumte. Sie wartete, bis der Arzt den Raum verlassen hatte. Dann begann sie mit der Hose; das Shirt, die Sandalen, alles ging langsam, aber es ging.

Endlich war sie draußen.

Sofort schlug sie den Weg zum Camp ein. Aber schon vorne am Kanal klappte sie beinah zusammen, sie schaffte es noch bis zum Kuttercafé, setzte sich hin.

Sie musste einen Plan machen.

Sie musste die Mittel wählen.

Sie war draußen und obdachlos, aber es war Sommer. Auf der Wiese längs des Kanals lagen Paare, spielten Hunde, soffen Säufer. Nichts hatte sich verändert. Das Kuttercafé war ein abgetakeltes hölzernes Segelschiff. Sie saß an der prallen Sonne, ihr Kopf war ein Ballon, groß und farbig. Auf dem Tisch lag eine Zeitung. Von der Titelseite grinste fett ein fettes Gesicht.

Krass, dachte sie, wie die Physiognomie die Gesinnung bestätigt. *Senator Otten verteidigt Räumung des Flüchtlingscamps.* Ha! Die Zeitung war von gestern. Isa bestellte einen

Kamillentee und nahm das Telefon aus ihrer Jackentasche, machte es an. Drei Anrufe von Hans, fünf von Arturo, fünf von ihrer Mutter. Sie rief Arturo an.

Wie gehts Dodo, fragte sie als Erstes.

Das Camp ist geräumt, der Hungerstreik ist zu Ende, wir haben die Fabrik besetzt, und Dodo ist schon seit gestern raus.

Welche Fabrik?

Kennst du, beim Momo in der Bogenstraße, ganz hinten, die alte Schuhfabrik. Soll ich dich holen?

Nein, sagte sie, bin schon unterwegs.

Auch das Denken ging langsamer als sonst. Dunkel konnte sie sich erinnern, dass Krüger die alte Schuhfabrik mal als Ausweichquartier vorgeschlagen hatte. Sie kippte viel Zucker in den Tee, rührte. Mit kleinen Schlucken trank sie. Kurz war ihr, als müsste sie gleich kotzen, dann aber wurde es besser. Sie starrte auf das Bild von Otten, sie kam zu Kräften, sie nahm die Zeitung und las.

Da der Bezirk auch nach mehrmaliger Aufforderung nichts unternommen habe, sei ein Einschreiten von Senatsseite die letzte Möglichkeit gewesen, diesen Hungerstreik, der für manche der Beteiligten lebensbedrohlich geworden sei, zu beenden. Und natürlich auch, um die öffentliche Ordnung wiederherzustellen. Außerdem würden die Flüchtlinge von der Unterstützerszene instrumentalisiert, es sei geradezu infantil anzunehmen, die Asylpolitik lasse sich mittels Erpressung ändern. Die Stadt sei nicht gewillt, sich von einer Gruppe illegaler Zuwanderer erpressen zu lassen.

Dieses Gesicht, dachte Isa, dieses feiste, glatte Schweinsäugleingesicht. Diese Lügen, diese Unterstellungen, diese Verachtung für alles, was anders war, was lebendiger war, offener, menschlicher, fantasievoller. Sie grub die Fingernägel in

Ottens Nase, in die Wangen, in die Augenhöhlen, sie riss die papierne Fratze ein.

Sie begann, einen Plan zu machen.

OTTEN FASSTE HINÜBER auf die Seite seiner Frau, auf Cecilias Bettseite, er tastete nach ihrer Hand, fuhr über die knotig verdickten Gelenke an ihren Fingern. Sie war wach, er merkte es an ihrem Atem. Oft lag sie halbe Nächte lang wach, wollte ihn nicht stören, lag da, wie ein schlafender Mensch niemals daliegen würde, steif und mit fast unhörbar flachem Atem. Sie hatte ihm noch nie erzählt, worüber sie in diesen Stunden nachdachte, ob sie Angst hatte und vor was. Ob sie Schmerzen hatte in den Gelenken.

Hast du das auch gehört?, fragte Cecilia leise.

Da ging schon der Alarm los. Wahrscheinlich wieder ein Fehlalarm, schon mehrmals hatte die Firma die Anlage überprüft, aber nichts gefunden, seit zwei Tagen war die Leitung zur Zentrale unterbrochen. Er stand auf.

Ich geh mal abstellen, sagte er, bleib du liegen.

Meinst du nicht, dass doch etwas ist?, fragte Cecilia, jetzt, nach der Räumung.

Wenn es nach ihm ginge, würde er diese ganze verfluchte Technik abschaffen, aber das ließ die Gefährdungslage nicht zu. Er stand also auf. Mit einer Hand lockerte er den Gummizug der Schlafanzughose über seinem Bauch. Er schlüpfte in die Pantoffeln und stieg hinunter in den Keller.

Zur Sicherheit würde er aber doch noch einen Rundgang machen. Er begann im Wohnzimmer, ein moderner, voll verglaster Anbau, schon deswegen brauchten sie die Alarmanlage.

Ein gebrochener Glanz lag auf dem Flügel im hinteren Teil des Raumes, sein Blick glitt weiter über die Bilder an der Wand, über den Tisch, versuchte in der Dunkelheit draußen, jenseits der großen Scheiben, etwas zu erkennen. Er ging zur Wand und drückte auf den Knopf. Die Terrassentür entriegelte sich und schob sich langsam zur Seite, die Gartenleuchten gingen an. Er hatte keine Scheinwerfer am Haus, keine Bewegungsmelder, er hatte nicht gewollt, dass jede streunende Katze sein Haus in ein Rampenlicht taucht.

Otten trat ins Freie. Friedlich stand die Nacht über dem Viertel. Hörte er ein Klackern, Klappern? Ein Auto wurde gestartet, vorne an der Straße, fuhr weg. Dem verklungenen Geräusch sann er noch eine Weile nach, dann wandte er sich um, sein Blick streifte die Scheibe. Etwas war anders. Er sah genauer hin. Ein Mal prangte auf dem Fenster, ein riesiges Kreuz, ein Hakenkreuz, wie schwarzes Blut tropfte die noch feuchte Farbe bodenwärts. Drinnen ging das Licht an, da stand Cecilia und starrte auf das Zeichen. Sofort trat er zu ihr hinein, nahm sie in den Arm. Er war seltsam gelassen.

Was ist das?, fragte sie, sich frei machend, als ob er wissen müsste, was eben geschehen war.

Sie zitterte, er versuchte sie zu wärmen, zu beruhigen.

Nichts, sagte er, Kinderkram.

Das waren die.

Wer, die?

Na, die vom Camp, wegen der Räumung, du bist doch in deren Augen ein Nazi.

Cecilia, das ist jetzt über drei Wochen her.

Sie beide waren beleuchtet, wurde ihm plötzlich bewusst. Versteckte sich dort draußen jemand, sähe er jedes Detail. Überhaupt konnte man durch diese Scheiben ihr ganzes Leben beobachten. In der Senatsverwaltung, ja, dort flogen ab und zu Farbbeutel, aber bei ihm zu Hause?

Du kannst doch nicht so naiv sein, sagte Cecilia, du in deiner Position.

Wie oft hatten sie schon darüber diskutiert, fast gestritten. Von nun an, dachte er, würden sie die Vorhänge abends zuziehen müssen. Im nächsten Moment kam ihm das übertrieben vor. Sollen sie doch schauen, dachte er, er hat nichts zu verbergen, nie gehabt. Er wird sich doch von so einem Bubenstreich nicht durcheinanderbringen lassen, kommt gar nicht infrage.

Er zündete sich eine Zigarette an und setzte sich an den großen Holztisch in der Mitte des Wohnzimmers. Seine Frau tigerte hin und her. Cecilia hatte keine guten Nerven. Als würden sie sich durch den täglichen Gebrauch abnutzen, waren sie mit den Jahren immer dünner geworden.

Cecilia, komm, setz dich.

Am liebsten würde er jetzt nichts weiter tun. Morgen die Sauerei wegwischen lassen und gut ist. Drohbriefen, Pöbeleien begegnete er normalerweise mit einem Schulterzucken, bevor er wieder zur Tagesordnung überging. Er war überzeugt, dass nichts von alledem ernst zu nehmen war. Wichtigtuer, Wichtigmacher und das Vorrecht der Jugend, über das Ziel hinauszuschießen.

Du rufst jetzt Franz an, sonst tue ich es, sagte Cecilia.

Er nickte, das wollte ich sowieso, das muss ich sogar.

Hier, sagte Cecilia und legte das Telefon vor ihn auf den Tisch.

Nach einem halben Klingeln schon nahm der Polizeipräsident ab, Franz, sagte Otten knapp, könnt ihr vorbeikommen, mit wenigen Worten schilderte er ihm, was geschehen war. Er kannte Franz schon lange, schon lange bevor er ihn auf seinen Posten berufen hatte, waren sie befreundet gewesen, ein hervorragender Präsident, die Grillabende draußen auf seinem Grundstück am See waren legendär, auch Cecilia mochte ihn.

Er wusste, Cecilia hatte Angst, nicht erst seit heute. Angst um ihn, um die Kinder und um Calipso, ihr Pferd. Um alles, was zu ihr gehörte und was nicht ständig um sie war.

Wenn sie rausgefunden haben, wo wir wohnen, sagte sie, finden sie auch raus, wo die Kinder sind, wo Calipso untergestellt ist.

Cecilia, hör auf damit, jeder weiß, wo wir wohnen.

Sie rieb und zupfte sich an den Fingern herum. Es tat ihm weh, sie so zu sehen, sie hatte die latente Bedrohung, die sein Amt nun einmal mit sich brachte, immer schon schwer erträglich gefunden. Ein Hakenkreuz, pffhh … Das kennt man ja, im Handumdrehen ist man ein Nazi.

Er hätte Spielraum gehabt, er hätte nicht räumen müssen, wurde ihm vorgeworfen. Falsch, er wollte nicht riskieren, dass jemand verhungerte. Und außerdem waren ihm Sonderrechte für eine bestimmte Gruppe suspekt. Er war zutiefst überzeugt davon, dass Sonderrecht vielfaches Unrecht nach sich zog.

Richtig wütend war er geworden, als er in den Polizeiberichten las, dass ein Obdachloser in einer Sturmnacht aus dem Camp geprügelt worden war. Die Presse hatte den Vorfall nicht aufgegriffen, nicht einmal der Boulevard, das hatte ihn stutzig gemacht. Auf Krügers Twitter-Seite hatte einer geschrieben, der Angreifer sei ein Neonazi gewesen, der die

Flüchtlinge bedroht habe. Das hatte Otten nun genau wissen wollen.

Er besuchte den Obdachlosen im Krankenhaus; vor ihm im Bett lag ein alter Mann, schon vor der Prügelei gebrechlich, er habe nur unterschlüpfen wollen in den Zelten, sagte er, es sei kalt gewesen in jener Nacht.

Otten war nicht bereit gewesen zu glauben, dass jemand sich von so einem bedroht gefühlt haben konnte.

Cecilia, sagte er, zieh dir doch was über.

Obwohl es im Wohnzimmer warm war, schien sie zu frieren.

Warum dauert das so lange, fragte sie, bis die kommen?

Es hatte eine Zeit gegeben in seiner Jugend, da hätte er alles dafür getan, Sohn eines Arbeitervaters zu sein. Eines armen, aber aufrechten Schluckers, eines Schlossers oder Schusters. In schmuddeligen Jacken lief er damals herum, unrasiert und mit langen Haaren. Es war lächerlich, weil an der Uni ohnehin alle wussten, wessen Sohn er war, und sie schienen auch zu wissen, wes Geistes Kind er war. Umso mehr Mühe musste er sich geben, ihnen das Gegenteil zu beweisen.

Er hoffte, Dreck am Stecken seines Vaters zu finden. Er ging in die Archive, studierte Zeitungen und Dokumente, Briefe und Geschäftspapiere. Schon dass ihm sein Vater keine Steine in den Weg legte, hatte ihn irritiert. Er aber hatte sich nicht vorstellen können, wie man als Direktor eines renommierten Bankhauses sonst durch diese Zeit gekommen sein sollte. Er fand nichts. Und Otten erinnerte sich daran, dass er nicht froh war, keine Schuld gefunden zu haben, er war enttäuscht.

Cecilia, sagte er, ich glaube, wir sollten die Sache vielleicht nicht überbewerten, was meinst du?

Wie bitte? Joachim! Das ist nicht dein Ernst, oder?

Sie war aufgestanden, wieder ging sie hin und her, von Wand zu Wand. Als manifestierte sich in den Schritten ihr Herzschlag, wurde das Klacklack immer hektischer. Sie wusste nicht, wohin mit sich, und diese innere Unruhe machte auch ihn unruhig. Er stand auf und holte sich ein Bier aus der Kühlschublade in der Küche, Cecilia, rief er, willst du auch ein Bier, oder soll ich dir einen Tee machen?

Jeden Freitagabend kaufte er im Blumengeschäft vorne an der Hauptstraße einen großen Strauß Nelken oder Lilien oder Rosen.

Klacklack auf dem schwarzen polierten Schiefer.

Nein, nichts, rief sie.

Die Blumen standen in einer Keramikvase auf dem Tisch. Sie waren zwei Tage alt und ließen schon die Köpfe hängen. So etwas ärgerte ihn.

Sie kommen!, rief Cecilia.

Gleich darauf ging die Klingel. Auf dem Monitor sah Otten Franz' Gesicht grell ausgeleuchtet, hinter ihm ein undeutliches Gewusel, er öffnete das Tor, setzte sich wieder an den Tisch, zündete sich eine neue Zigarette an, starrte vor sich hin. Als könnten die ihre Welt jetzt gleich wieder kitten, stürzte Cecilia den Männern entgegen.

Mit einem Mal war Otten unvorstellbar wütend. Nicht über die Schmiererei an sich, sondern über die nächtliche Störung, über die Spurensicherer und Staatsschützer in seinem Garten, in seinem Wohnzimmer, die Lampen, die Hitze, die Aussicht, seine ohnehin beschränkte Freiheit ab jetzt wieder komplett der Sicherheit opfern zu müssen.

Joachim? Können wir uns irgendwo ungestört unterhalten?

Otten drückte die Zigarette aus.

Komm rüber ins Arbeitszimmer, brummte er.

Kann ich verstehen, sagte Franz, ohne zu sagen, was er verstehen konnte.

Ist die Presse schon da?, fragte Otten.

Ich hoffe nicht, sagte Franz, wir werden auch nichts groß rausgeben.

Otten nickte.

Du weißt, sagte Franz, es gibt eine erhöhte Anschlagsfrequenz aus dem linksmilitanten Milieu.

Ja, natürlich weiß ich das. Und *du* weißt, sagte Otten, dass *ich* der Meinung bin –

– ja, weiß ich, unterbrach ihn Franz, aber –

– nichts aber, fuhr Otten dazwischen, wir haben Sabotagegeschichten, wir haben Sachbeschädigung, wir haben, außer bei Demos, keine Gewalt gegen Personen, wir haben also keinen Grund, mich hochzustufen.

Machst du jetzt neuerdings die Gefährdungsanalysen, so Pi mal Daumen?

Du nimmst doch diesen Kinderkram nicht ernst, also wirklich, Franz.

Zuwider war ihm das alles, so sehr.

Egal, sagte Franz, jedenfalls, er räusperte sich, ist das hier nicht irgendein Amtsgebäude, sondern dein Zuhause.

Natürlich, fauchte Otten, weiß ich das.

Ich lass dir einen der Jungs da, sagte Franz, rund um die Uhr diesmal, ist die Einliegerwohnung frei? Und ab morgen wirst du wieder für ne Weile mit der Dienstlimousine chauffiert.

Nein, sagte Otten, letzter Versuch, wenn ich das akzeptiere, erkenne ich die Bedrohung an, und das will ich nicht. Nicht wegen einer Schmiererei. Totale Sicherheit ist ohnehin Illusion, das muss ich dir doch nicht erzählen.

Er konnte sich ein Schmunzeln nicht verkneifen, vorigen Monat war beim Regierenden Bürgermeister eingebrochen worden, trotz selbstverständlich allerhöchster Sicherheitsstufe, niemand konnte sich das erklären, gestohlen wurde nichts.

Ich fürchte, du hast, sagte Franz gelassen, keine Wahl.

Draußen lief Henry quer über den Rasen, ein hohes geflecktes Gerippe, der Kater ihrer Nachbarin Frau Caplik, ein methusalemaltes Tier, kaum noch Fell auf der ledrigen Haut. Otten schaute Henry nach, bis dieser ganz ohne Eile den beleuchteten Bereich verlassen hatte. Vor nichts hatte der Angst, manchmal lag er mitten auf der Straße an der Sonne. Wollte man vorbei, musste man anhalten, aussteigen und ihn persönlich bitten aufzustehen. In einem anderen Viertel wäre ein Henry längst überfahren worden.

Otten wollte ins Bett, weiterschlafen. Franz langweilte ihn, die ganze Sache langweilte ihn. Er hatte es satt, immer wieder zu erklären, dass er keine Angst hatte. Oder dass er nicht vor Anschlägen Angst hatte, sondern vor einem gesellschaftlichen Klima, in dem nur noch Dinge gesagt werden durften, von denen jeder wollte, dass sie stimmten, und jeder wusste, dass sie nicht stimmten. Vor einem moralischen Regelwerk, dessen Hüter keine noch so geringe Abweichung mehr duldeten. Schon jetzt wurde ihm keine unabhängige Entscheidung zugestanden, eine Entscheidung einzig aufgrund der Gesetze oder aufgrund der Vernunft. Im Voraus wusste er, welche Lager ihm zustimmen und welche ihm wieder Rechtspopulismus unterstellen würden. Beides ödete ihn an. Die Politik ödete ihn an. Er zündete sich eine neue Zigarette an.

Wars das?, fragte er.

Joachim, ich muss noch wissen, ob ihr was gesehen habt, gehört, bemerkt. Haben sie ein Bekennerschreiben dagelassen, im Briefkasten vielleicht?

Nicht, dass ich wüsste.

Die müssen euch schon eine Weile beobachtet haben, das Haus, die Umgebung. Irgendwo müssen sie ja reingekommen sein.

Glaub mir, Franz, ich habe nichts bemerkt.

Wars das jetzt?

Ist Cecilia drüben? Ich muss auch mit ihr noch reden.

Otten stand auf, drückte die eben angerauchte Zigarette aus, tu das, brummelte er und schlurfte Richtung Tür.

Gibst du mir den Schlüssel für die Wohnung?

Cecilia?, rief Otten in den Flur, Franz lässt jemanden hier. Gibst du ihm dann bitte den Schlüssel für die Einliegerwohnung?

Was meinst du?, sie kam aus dem Wohnzimmer.

Den Schlüssel für die Wohnung, Franz will jemanden dalassen.

Sie nickte, sie war froh, er sah es ihr an.

Er ging zur Treppe. Was man nicht ernst nimmt, dachte er, nimmt einen auch nicht ernst. Damit war er bisher nicht schlecht gefahren. Man verweigerte gewissen Umständen einfach die Aufmerksamkeit, und das machte sie meistens harmlos. Zugegeben, nicht immer.

Joachim!

Er drehte sich um. Beide Hände in die Hüften gestützt, stand Cecilia unten im Flur.

Du kannst mich jetzt hier nicht einfach allein lassen!

Tu ich nicht, komm doch auch ins Bett.

Er wusste, sie hasste ihn, wenn er so war. Wenn ihn alles nichts anzugehen schien. Wenn er die unangenehmen Dinge einfach ihr überließ.

Jemand muss sich ja kümmern, sagte sie.

Falsch, sagte er, du denkst, jemand müsse sich kümmern. Dabei machen die hier einfach ihre Arbeit, und das tun sie auch ohne dich, im Gegenteil, du stehst ihnen nur im Weg.

Schon als Kind hatte er sich gewissen Dingen kommentarlos entzogen. Unter dem Balkon der Remise hatte er sich eine Hütte gebaut. Ausgestattet mit einer Matratze, mit Wolldecken, Kissen, etwas Proviant, einer Taschenlampe und, ganz wichtig, dem alten Feldstecher seines Großvaters. Die Remise war unbewohnt, der Balkon von Waldreben und Glyzinien vollkommen überwuchert. Er schnitt ein paar lichte Stellen in den grünen Vorhang. Ein wunderbarer Ort, von dem aus er beobachten konnte, was ums Haus geschah, ohne selbst gesehen zu werden. Damit niemand merkte, wohin er verschwand, hatte er sich auf der Rückseite der Remise durchs Dickicht einen Gang zu seinem Unterschlupf gerodet.

In dem Sommer, in dem er dreizehn wurde, baute ein Wespenvolk sein Nest direkt über ihm in den hohlen Raum zwischen Balken und Brettern. Sie wollten ihn vertreiben, so kam es ihm vor, es gelang ihm nicht, ruhig zu bleiben, während die Wespen um ihn herumschwirrten. Er schlug nach ihnen, sie holten Verstärkung. Er ließ sich vertreiben.

Zwei oder drei Jahre später wurde die Remise abgerissen, sein Vater wollte an ihrer Stelle eine Garage bauen.

Das Schlafzimmer war hell vom Licht der starken Lampen unten im Garten. Er schloss die Läden, zog die Vorhänge zu.

Er wartete auf Cecilia.

Wenn man nichts findet, dachte er, heißt das noch lange nicht, dass da nichts ist. Herkunft als Auszeichnung oder als Mangel, immer schon, immer noch. Je mehr Dreck am Stecken der Eltern klebte, desto höher standen deren Kinder in der Hierarchie einer Bewegung, die alle Hierarchien abschaffen wollte. Nicht nur die Kinder der Opfer, auch die Kinder der Täter taugten zu Helden in dieser neuen Gemeinschaft. So nah lagen die Dinge beieinander.

Irgendwann gingen die Lampen aus. Er hörte das Zuschlagen von Autotüren. Er hörte Frau Caplik nach dem Kater rufen. Er hörte Cecilia nach Franz rufen. Er hörte Motoren, die gestartet wurden. Ein Lärm war das mitten in der Nacht. Tritte auf der Treppe, jede zweite Stufe knarrte.

Cecilia?

Sie setzte sich zu ihm aufs Bett. Er nahm ihre Hand. Sie zitterte, die ganze Cecilia zitterte, während ihr Gesicht, die künstlich geglättete Haut ihrer Wangen, ihrer Stirn, die Erschütterung über das Geschehene perfekt verbarg. Er strich ihr über die Wange. Schade. Er war nicht dafür gewesen. Es kam ihm absurd vor, an allen Fronten gegen das Alter zu kämpfen, ohne die geringste Chance zu gewinnen. Aber das sagte er nicht, das hatte er nicht gesagt. Vielleicht hatte sie geglaubt, er brauche wenigstens einen Rest von Jugend, damit sie ihr Gesicht nicht eines Tages mit dem einer Praktikantin vergleichen muss. Ich tue es für mich, hatte sie gesagt.

Cecilia, sagte er, willst du dich nicht auch noch ein bisschen hinlegen?

Wie geht das jetzt weiter?, fragte sie und blickte ihn an.

In ihren Augen konnte er die frische Wunde sehen.

Ich weiß nicht.

Dir ist das egal, oder? Du nimmst einfach nicht zur Kenntnis, was geschehen ist. Du nimmst die ja sogar noch in Schutz.

Cecilia! Franz wird seine Arbeit tun, du kennst doch Franz, der lässt nicht locker.

Es war unpassend, aber wieder staunte Otten über die fast vollständig gelungene Auslöschung ihrer Mimik.

Gehst du morgen in den Stall?

Ja, gleich nach dem Frühstück.

Aus deren Sicht hatte er eine Aktion wie diese verdient. Rache? Warnung? Erpressung? Nun war die Fabrik besetzt. Und Krüger hatte schon verkündet, dass der Bezirk die Besetzung dulden werde. Die Flüchtlinge wollten dort selbstbestimmt ihr Leben organisieren, das unterstütze er.

Eigentlich, dachte Otten, müsste man ja von Migranten sprechen. Auch er hatte sich, wurde ihm bewusst, bereits der populären Terminologie angepasst.

Er versuchte sich vorzustellen, was Krüger und diese Leute glaubten. Dass demokratisch legitimiertes Recht für sie nicht gälte? Dass es Spielraum gäbe? Glaubten sie, ihr spezielles Anliegen wäre wichtiger als spezielle Anliegen anderer? Glauben konnten sie alles, fordern konnten sie alles, an ihm aber würden sie nicht vorbeikommen.

BEBA WAR DIE MITTE an diesem Tag. Ein Strauß weißer Rosen stand auf dem Tisch. Sie saßen um die Ecke bei Theopolus, sie hoben die Gläser.

Prost, auf dich, sagte Katjana, auf unsere Beba, die jetzt legal in diesem Land leben darf.

Prost auf euch! Was soll ich sagen?

Niemals würde sie Manuela und Katjana genug danken können. Es machte sie eher still als laut, das zu wissen. Auch der Grieche kam, um ihr zu gratulieren.

Von Herzen, sagte er, von Herzen für dich.

Oh je, du wirst doch nicht etwa weinen, sagte Manuela.

Und schon liefen Beba die Augen über vor lauter Glück.

Früh hatte Beba gelernt, dass Menschen immer etwas wollen, wenn sie etwas geben. Dankbarkeit. Gehorsam. Nirgendwo wirst du Liebe umsonst bekommen, hatte ihre Mutter gesagt, und vielleicht hatte Koni sich aufgehängt, weil er mit der Liebe keine Geschäfte machen wollte.

Beba zahlte der Mutter und der Großmutter die Liebe heim. Buchstäblich. Jeden Monat bekamen die Frauen von ihr mehr Geld, als ein Professor in ihrem Land verdiente. Das war normal, alle verreisten Kinder schickten Geld nach Hause. Ohne dankbare Kinder wäre das Leben dort nicht denkbar. Dass Beba dafür fremden Männern auf den Bauch stieg, interessierte sie nicht, nie hatten sie gefragt, wie Beba das Geld verdiente, das sie ausgaben.

Auf dem Foto, das mit dem letzten Brief gekommen war, freuten sich ihre Gesichter über den neuen Fernseher. Nur solche Sachen, Sachen, die über den täglichen Bedarf hinausgingen, bewiesen, wie weit ihr Fleisch und Blut es in der Fremde gebracht hatte.

Ihre Mutter schrieb: Deine Großmutter hat einen Krebs, bald müssen wir zu einer teuren Behandlung ins Krankenhaus. Hinter den Gesichtern auf dem Foto, hinter dem Fernseher, sah man durchs Fenster hinaus aufs nahe Feld. Man sah die Haufen geernteten Maises vom letzten Jahr, gelb wie Gold, das im Vergleich zu Bebas Verdienst wertlos war. Beba wusste, dass ihre Großmutter nur Krebs hatte, weil das Geld nicht mehr reichte für all die geweckten Bedürfnisse. Sobald sie mehr Geld schicken würde, würde die Großmutter gesunden – um sich ein paar Wochen später bei einem Sturz die Schulter zu brechen. In Bebas Heimat waren Kinder Kühe, die man melken konnte. Kämen nicht Bebas eigene Bedürfnisse zu kurz, wäre dagegen nichts zu sagen. Ein Klavier wollte sich Beba kaufen, kein teures, ein eher mittelmäßiges, aber immerhin ein Klavier, und jedes Mal, wenn sie dafür Geld zur Seite legte, hatte sie ein schlechtes Gewissen.

Theopolus brachte das Essen. Als ob heute ihr Geburtstag wäre, steckte im Salat ein riesiges glitzerndes, rosarotes Herz.

Es ist ja auch eine Art Geburtstag, sagte Manuela.

Ja, vielleicht, sagte Beba, ich muss nicht mehr zum Amt, das ist so gut wie neu geboren.

Noch immer grabe man Knochen aus, schrieb Bebas Mutter, auf den Feldern hinter dem Dorf. Es seien mehr Knochen, als man gewusst habe, überhaupt habe man weniger gewusst, als man geglaubt habe zu wissen. Ein Schädel, zum Beispiel, habe Alishas Haare getragen, fast genau solche Haare, und in den fast genau solchen Haaren habe noch eine fast genau solche Spange gesteckt, wie Alisha sie immer getragen habe: ein kleiner Stern aus rotem Glas. Dabei seien sie sicher gewesen, Alishas Familie sei in die Stadt gezogen.

Immer wenn Bebas Sorgen sich schlafen legten, kam Alisha daher. Sie stupste Beba an, sie schlenkerte die dünnen Arme, sie klappte die Augen auf und zu. Sie sagte nichts, nie, sie schaute nur.

Wann kommt eigentlich Jochen?, fragte Katjana.

Jochen kommt?, fragte Beba.

Manuela hatte ihr gar nichts erzählt davon. Sie war froh, dass Jochens Gesicht, rot, rund und lebendig, sich zwischen sie und Alishas Augen schob.

Nein, sagte Manuela, Jochen kommt nicht.

Warum nicht?, fragte Katjana.

Darum, sagte Manuela.

Einmal hatte Beba Manuela begleitet, hinauf in den Norden an die Küste. Weil man dort, wo Manuela herkam, sonst nicht hinkam, hatte sie sich fürs Wochenende ein kleines Auto gemietet.

Fast, hatte Manuela gesagt, als sie von der Autobahn ab in die winzigen Verästelungen der Landstraßen bogen, sei hier alles so wie immer schon.

Eine Weile schwiegen sie. Manuela fuhr zügig in die Kurven, Beba hielt sich am Türgriff fest.

Davon, dass sie mit dem Fahrrad gegen den Wind nicht vom Fleck komme, träume sie oft, begann Manuela mit seltsam weicher Stimme zu erzählen. Musst dir vorstellen, gegen die steife Brise aus Nordwest, die über die See fegt ohne Unterlass, haben deine dünnen Beinchen keine Chance. Ich träume mich, fuhr sie fort, immer als Mädchen, als junge Frau in einem kurzen Rock mit dünnen Beinen auf dem Fahrrad, strampelnd mit aller Kraft, und dann merke ich, dass ich kein

Stück vorwärtsgekommen bin. Und natürlich, lachte sie, bin ich wieder mal die Einzige, die nicht vorwärtskommt, alle andern auf ihren Rädern rasen vorbei und verschwinden nach und nach in der Ferne. Und nie im Leben habe sie dünne Beine gehabt, immer schon sei alles an ihr fett gewesen. Deswegen habe auch niemand bemerkt, dass sie schwanger gewesen sei, bis das Kind auf dem Badezimmerboden gelegen habe. Ein dürres, gespenstisch farbloses Würmchen, das aber lebte, denn es habe gestrampelt und sich gewunden, während es noch über die Nabelschnur mit ihr verbunden gewesen sei. Erst habe sie ja rundweg abstreiten wollen, dass dieses Kind zu ihr gehöre, wäre da nicht die Nabelschnur gewesen. So sei der Erste von drei Jungen ans Licht gekommen, gezeugt in einer kalten Sturmnacht des vergangenen Winters mit Jochen, dem Sohn der besten Freundin ihrer Mutter. Jochen, den sie nicht geliebt, noch nicht einmal besonders gemocht habe, der aber wunderbar weiche Ohren hatte, und wenigstens, fügte sie hinzu, habe sie sich vor ihm nicht geschämt, weil er genauso fett gewesen sei wie sie.

Auf die Art sind wir, sagte sie, zusammengekommen, Jochen und ich. Tja, und zusammengeblieben, wie lang? Dreißig Jahre!

Den Rest kennst du ja, sagte sie.

Welchen Rest?, fragte Beba.

Na, dass ich in der Post gearbeitet habe und dass ich eines Tages, statt zur Post, zur Bushaltestelle gegangen bin. Das mit der Bushaltestelle habe ich dir doch erzählt? Ich bin aber erst gegangen, schob sie hinterher, als die Jungs groß genug waren.

Ich weiß, sagte Beba, und dann?

So wie du in der Stadt angekommen bist, fuhr Manuela fort, so bin auch ich angekommen, nur zehn Jahre früher. Mit nichts. Oder nur mit meiner Haarpracht und dem gut gepolsterten Leib, der so schnell blaue Flecken bekommt, sie lachte.

Und was war mit Jochen?, fragte Beba. Lass dir doch nicht jedes Wort zur Nase rausziehen.

Aus der Nase ziehen, heißt es, sagte Manuela.

Ich weiß, sagte Beba.

Na jedenfalls, sagte Manuela, was mit ihm sei, habe Jochen gefragt, als sie ihn nach ein paar Tagen angerufen habe. Er sei nicht wütend oder böse gewesen, nur ratlos und vielleicht verletzt, er habe die meiste Zeit geschwiegen am Telefon, er habe ja noch nie viel geredet, und schon gar nicht am Telefon.

Jochen komme ohne sie bestens zurecht, sagte sie, und er habe ja noch seine Mutter, die sowieso nie aufgehört habe, sich um ihn und die Söhne Jens, Sven und Tuve zu kümmern. Irgendwann später habe sie dann erzählt, dass sie in einem Club arbeite, in einem Bordell, als Hauswirtschafterin. Das sei nicht nichts. Sie verdiene ordentlich, mehr als bei der Post.

Als müsse sie sich selber beipflichten, schlug Manuela mit der flachen Hand aufs Lenkrad. Aber das sei jetzt auch schon Jahre her und inzwischen wisse es natürlich das ganze Dorf.

Eben fuhren sie am Ortsschild vorbei, kurz dahinter blinkte Manuela und bog dann auf einen weiten, baumbestandenen Hof ab. Als Manuela ausstieg und aufs Haus zuging, wirkte ihr Körper straffer als sonst, das Hinken war kaum noch zu sehen. Ein strenger Wind kam aus der Richtung, in der Beba das Meer vermutete, zu sehen war es nicht. Aus dem Haus traten vier Männer. Alle klein, alle dick. Manuela strahlte. Sie umarmte jeden und stellte sie dann Beba vor. Rosig waren die Gesichter der Männer und freundlich, sie schüttelten Beba die Hand.

Katjana sah auf die Uhr, sie müsse um 14 Uhr zurück sein, sie erwarte eine Lieferung. Es war Mittwoch, das Lola hatte heute geschlossen. Katjana winkte Theopolus, zahlen!

Als Manuela aufstehen wollte, knickte ihr das Bein weg, sie fiel zurück auf die Bank. Ihr Gesicht war blass, sie biss sich auf die Lippen.

Was ist?, fragte Beba.

Nichts, sagte Manuela.

Sie stützte sich mit den Händen auf dem Tisch ab, versuchte sich hochzuwuchten, es ging nicht, schwer atmend blieb sie sitzen.

Das Knie?, fragte Beba.

Manuela nickte.

Katjana wartete am Ausgang, kommt ihr, rief sie.

Manuelas Knie, sagte Beba, ich glaube, sie muss ins Krankenhaus.

Nein, sagte Manuela.

Doch, sagte Beba, wir fahren jetzt ins Krankenhaus.

Was ist mit deiner Klavierstunde, wandte Manuela mit dünner Stimme ein.

Die lasse ich heute mal ausfallen.

Ich bestelle euch ein Taxi, sagte Katjana, sie telefonierte, zehn Minuten, rief sie, hob die Hand und ging.

Theopolus und Beba stützten Manuela auf beiden Seiten. Nach ein paar Schritten schon sagte sie, es gehe jetzt wieder, sie könne schon wieder auftreten, sie müsse nicht ins Krankenhaus.

Wir fahren trotzdem, sagte Beba.

Bis auf den Flur standen die belegten Betten. Die Schwester am Aufnahmeschalter saß hinter dickem Glas. Eine Traube

Menschen drängte sich davor. Alle schienen irgendwie wütend zu sein, so laut und durcheinander redeten sie die ganze Zeit.

Es wurde schon dunkel draußen, als Manuela in eins der Zimmer gerufen wurde.

Beba muss aber mit rein, sagte sie, sonst ist die ganze Warterei umsonst gewesen.

Ausnahmsweise, sagte der Arzt müde.

Im Behandlungszimmer waren alle Geräte angekettet. Selbst das Telefon und die Stifte, der Block. Kurz untersuchte der Arzt Manuelas Knie und schickte sie dann zum Röntgen.

Er verstehe nicht, wie man mit einem solchen Knie überhaupt noch gehen könne, sagte er, nachdem er sich die Bilder angesehen hatte. Lange blickte er Manuela an. Als wäre hier endlich jemand, der sich sein Mitgefühl redlich verdient hätte.

Das Kniegelenk, sagte er, sei so gut wie gar nicht mehr vorhanden, der Knorpel weg, der Knochen schon teilweise aufgelöst, ob sie Schmerzmittel nehme?

Manuela schüttelte den Kopf.

Er spritze ihr jetzt gleich etwas. Und er überweise sie an den Orthopäden, um ein künstliches Kniegelenk werde sie wohl nicht herumkommen. Und er schreibe sie natürlich krank, bis auf Weiteres.

Krank?! Da wurde Manuela munter. Das werde ja immer schöner, ihr Lebtag sei sie nie krank gewesen, und das werde auch so bleiben, sie habe schon genau gewusst, warum sie nicht zu den Ärzten gerannt sei, krank werde man von den Ärzten, von jetzt auf gleich ein Krüppel, was sie denn zu Hause solle, so allein?

Manuela, sagte Beba.

Der Arzt blickte von einer zur andern.

Beba sah die Sorge in Manuelas Augen. Sie beide wussten, dass jemand Manuela würde ersetzen müssen im Lola, die Arbeit tat sich ja nicht von selber. Sie nahm Manuelas Hand, streichelte die weiche, immer warme Haut. Das Kettchen, mit dem das Blutdruckmessgerät um das Tischbein gesichert war, schwang hin und her.

Garantien gebe es auch mit einem neuen Gelenk keine, sagte der Arzt, man müsse ohnehin schauen, ob der Knochen noch stabil genug sei.

Ich will das gar nicht hören, sagte Manuela, komm, wir gehen.

Moment, sagte der Arzt, sie bekomme noch die Spritze und ein Rezept. Die Überweisung solle sie sich vorne am Schalter abholen. Am Schalter aber standen schon wieder zu viele Leute, sie gingen direkt zur Nachtapotheke.

Manuela, sagte Beba, du musst dich operieren lassen, das wird vom Warten ja nicht besser.

Es ist doch schon besser, sagte Manuela, schau!

Auf dem Weg vom Bus zu Manuelas Wohnung kamen sie an den Ringgärten vorbei.

Wo sind die Zelte, fragte Beba, wo sind die Flüchtlinge?

Weg, sagte Manuela.

Das seh ich, aber was ist mit ihnen passiert?

Warum willst du das wissen?

Nur so.

Paar Straßen weiter sind sie jetzt, sie haben eine alte Fabrik besetzt, Zustände sind das.

WEIT DRAUSSEN IM WASSER schwimmt ein Kopf. Der Kopf treibt allein zwischen den Wellen. Mit kurzen Zügen schwimmt das Kind seinem Blick nach. Sein Blick endet an keinem Ufer, er ist hinaus aufs Meer gerichtet, auf das flüssige Gold der untergehenden Sonne.

Dort, denkt das Kind, will es hin, wo die Sonne das Wasser berührt, mitten hinein in diese irrsinnige, unvernünftige Schönheit. Die Sonne geht unter, und das Kind schwimmt weiter in schwarzem Wasser, in kaltem Wasser. Es hört die Schreie hinter sich, es hört das Keuchen. Ein Arm fährt ihm um den Bauch, ein sanfter Ruck, die Richtung ändert sich. Das Kind strampelt und schlägt um sich. Es sieht, dass sein Retter Erich ist. Dann muss, denkt das Kind, das Kind wohl Isa sein. Erich sieht aus wie eine Eule, ein trauriger nasser Nachtvogel, am liebsten hätte Isa ihm alle Federn ausgerissen. Er lässt sie nicht los, er schwimmt mit ihr zurück zum Strand.

Warum Isa das getan habe, fragt Sabine, ob sie sich habe umbringen wollen? Ob ihr eigentlich klar sei, dass nicht viel gefehlt habe.

Sie ziehen sich an und packen zusammen, gehen zurück ins Ferienhaus, der Spaß ist ihnen verdorben.

Das rot gestrichene Ferienhaus steht unter Kiefern, zwischen zwei Stämmen ist ein rotes Nylonseil gespannt. Am Seil hängen rote Hemden. Sie flattern im Wind. Von der Terrasse aus sieht man das Meer.

Isa strampelte sich aus dem Schlafsack, stand auf und ging hinüber zu den anderen.

Gut geschlafen?, fragte Arturo.

Vom späten Vormittag bis nach drei Uhr stand die Sonne auf den Dachfenstern. Es war ein kleiner Raum, in dem sie vier seit der Räumung des Camps hausten – früher war das vielleicht ein Büro gewesen, eine Abstellkammer, oder vielleicht hatte ein Nachtwächter hier seine Zeit zwischen den Rundgängen abgesessen.

Hans hatte den Arm um Dodo gelegt, seit der Räumung war er mit ihr zusammen, vielleicht schon vorher, Linda hatte sich seitdem nicht mehr blicken lassen.

Isa sah den Spalt zwischen Dodos Brüsten. Sah ihre schönen Lippen sprechen, lachen, flüstern. Alles an ihr war prall und fleischig und voller Leben. An so einer Frau, dachte Isa, kann niemand vorbeisehen, und schon gar nicht Arturo.

Du musst Vertrauen haben, sagte sie zu sich selber, oder das Gegenteil davon, es muss dir in Zukunft egal sein, mit wem Arturo und wann und wie viele und wie oft. Ob mit Motte oder mit Dodo oder mit jemandem, den sie gar nicht kennen wollte. So ist er, dachte sie, er liebt das Spiel, er kann der Gier nach Unverbrauchtem einfach nicht widerstehen.

Wir gehören auf einer andern Ebene zusammen, sagte Arturo manchmal, um sie zu beruhigen. Exklusivität ist Besitzdenken, sagte er, geizig und kleinlich.

Als ob ihr das nicht klar wäre, als ob sie das nicht sowieso schon lange hinter sich lassen wollte. So kann man es sehen. So muss man es sehen, dachte sie, die Nischen, die kleinen privaten Hexenkammern untergraben das große Ganze, daran wird sie jedenfalls nicht scheitern, nicht an dieser scheißsentimentalen bürgerlichen Sehnsucht nach kuscheliger Wärme und Geborgenheit.

Wie um ein Lagerfeuer saßen sie im Schneidersitz um eine Tüte Gummibärchen, Hans suchte sich die roten raus, der Fernseher lief, auf dem Boden verstreut lagen Zeitungen.

Ey, sagte Dodo, jetzt friss doch nicht alle Roten raus, ich will auch noch ein paar.

Komm schon, sagte Isa, macht ihr jetzt einen Gummibärchenaufstand?

Es war brüllend heiß in dieser Kammer unterm Dach, und es war feucht, nichts trocknete mehr, nicht der Schweiß, nicht die Kleider, nicht die Schlafsäcke, der Gestank von drüben aus dem Klo mischte sich mit dem Gestank ungewaschener Körper. Was sie redeten, war dummes Zeug, worüber sie lachten, war dummes Zeug.

Ottens Gesicht vor Augen war Isa nach dem Krankenhaus in die Fabrik gekommen. Seine ekelhafte Fresse, der rechthaberische Zug um den Mund. Zweifelsfrei erkannte sie die Zeichen der Verachtung in diesem Gesicht, die repressive Entschlossenheit, die feige Gleichgültigkeit, die Struktur der Gewalt. Die ganze entsetzliche Ungerechtigkeit der Welt sah Isa gespiegelt in Ottens Gesicht. Vorher war Otten nur ein Name gewesen, einer unter anderen, einer unter vielen, dann hatte sie einen Plan gemacht.

Seid ihr dabei, hatte sie Arturo, Hans und Dodo gefragt, kann ich euch trauen?

Es war nicht schwer gewesen, herauszufinden, wo er wohnte. Es war eine noble Gegend im Westen der Stadt, eine stille, von alten Bäumen bestandene Straße. Riesige Grundstücke, umgeben von Zäunen, Eingänge, verwehrt mit schmiedeeisernen Toren, die Klingelknöpfe aus Messing. Der Abstand zwischen dem Elend der Flüchtlinge und der Art seines Lebens war monströs. Das hatte Isa eigentlich schon vorher gewusst, aber jetzt, da sie genauer hinsah, ergab sich ein neues Bild, ein tieferes, detailreicheres Bild, ein Schlachtengemälde.

Sie verbrachten Tage und Nächte auf seiner Spur. Sie warteten morgens im geklauten Auto vor der Villa, folgten ihm zur Verwaltung, zu Sitzungen im Abgeordnetenhaus und abends zu Einladungen oder ins Theater. Sie fanden heraus, wer für ihn arbeitete und wo seine Kinder lebten. Sie folgten seiner Frau zum Stall. Sie sahen Otten beim Polizeipräsidenten vor dem Holzhaus am See sitzen. Sie fügten sich ein in seine Routinen und Gewohnheiten. Ab und zu wich er davon ab. Aber auch die Abweichungen ergaben ein Muster. Er ging mittags ohne Personenschutz in ein nahe gelegenes Restaurant essen, abends auch mal in eine Kneipe ein Bier trinken. Er fuhr seinen eigenen Wagen, oft begleitet von einem anderen Fahrzeug, aber nicht immer. Nachts kontrollierte jede zweite Stunde eine Streife die Straße, manchmal auch nur jede dritte oder vierte Stunde. In den Zwischenzeiten erkundeten sie die Gärten der Nachbarn. Vielversprechend war der verwilderte Garten einer älteren, alleinstehenden Frau rechter Hand. Sie hatten mehrmals den Secur-Firmenwagen vor Ottens Haus stehen sehen, es gab wohl Probleme mit den Sicherheitssystemen. Isa hatte hinter dem Secur-Wagen im Auto gesessen bei offenem Fenster, sie hatte gemütlich eine Zigarette geraucht. Ein Mitarbeiter, das Handy am Ohr, ging auf der Straße hin und her, nein, brüllte der Mann ins Telefon, nicht einen, drei Tage würden sie brauchen, mindestens, bis sie die Anlage wieder zum Laufen kriegen würden.

YES, dachte Isa, das würde reichen, fünfmal würde das reichen!

In der kommenden Nacht sägten sie eine Strebe aus dem maroden Zaun des Nachbargrundstücks. Gerade so passte Isas schmaler Körper hindurch.

Am nächsten Morgen stellte Isa eine Erklärung bei Ziggymedia ein. Durch Öffentlichkeit erst wurde so eine Tat zur Tat. Zum Stachel im Fleisch der Gesellschaft. Erschüttert wurden die Sicherheiten. Man musste den Wortführern das Wort entwenden, wenn nötig mit Gewalt.

Sie nannten sich Antirassistische Zone, ARZ.

Gegen Mittag war die Polizei gekommen. Sie durchkämmten die Fabrik von oben bis unten. Sie brachen Türen auf und hebelten Bretter aus den Fußböden. Sie fanden Marihuana und Koks, Messer und drei Pistolen. Und sie fanden Arturo im Bett. Sie nahmen ihn gleich mit.

Typisch, schrie Isa, klar waren wir das, klar kommt man zuerst zu uns, mit uns kann man das ja machen! Nazischweine, schrie sie, Drecksbullen, wenn einer mal im Knast gesessen hat – schön einfach ist das!

Dabei war die Aktion Isas Idee gewesen, sie hatte den Krieg begonnen, und nicht Arturo. Beinah fühlte sie sich übergangen.

Was, wenn er den Mund nicht hält, befürchtete Dodo.

Sicher hält er den, sagte Isa, für Arturo lege ich die Hand ins Feuer.

Im selben Moment erinnerte sie sich an die Nacht der Räumung, sie war ausgeliefert, verraten worden, von Arturo, von wem sonst? Hans blickte sie an und schwieg. Er hatte Arturo noch nie gemocht.

Und wenn doch, fragte Dodo, die Hans' Blick richtig gelesen hatte.

Wenn wir einander nicht vertrauen, sagte Isa, dann können wir es gleich lassen.

Schon tags darauf war Arturo wieder frei gewesen.

Und, fragte Dodo.

Nichts haben sie, gar nichts, Arturo zuckte die Schultern, hätte mich auch gewundert. Dachten wohl, ich könne ihnen helfen.

Und, fragte Hans, konntest du?

Hä, machte Arturo.

Jetzt rück schon raus, sagte Hans.

Lass ihn, sagte Isa.

Hans hatte dabei sein wollen, weil Dodo dabei war. Im Grunde war Hans ein Schisser, als sie die Aktion besprochen hatten, hatte er gezaudert, er zauderte, die Dinge zu sehen, wie sie waren.

Wir brauchen jeden und jeden ganz, hatte Isa gesagt.

Hans berief sich ständig auf die Schärfe des Verstandes, auf die Vernunft, auf seine Vernunft, die Vernunft der anderen ließ er außer Acht.

Überlegt noch mal, ob so eine Schmiererei klug ist, hatte er gesagt, ob wir damit nicht eher die Öffentlichkeit gegen die Geflüchteten aufbringen.

Na und, hatte Isa ihm entgegengehalten, die Öffentlichkeit ist eine dumpfe, manipulierbare Masse. Entscheide dich, zu wem du gehören willst.

Isa, hatte er gesagt, das ist kein Spiel mehr.

Natürlich ist das kein Spiel mehr, das wissen wir alle. Hans, sagte sie, du denkst einfach in die verkehrte Richtung. Du denkst, man könne die Dinge doch noch anders ändern. Das ist eben falsch.

Sagst du, sagte Hans.

Was haben wir, sagte Isa, noch mit dieser herrschenden Ordnung zu tun, mit den moralischen Kategorien dieser Gesellschaft? Alles ist erlaubt, was der guten Sache nützt, restlos alles. Du solltest schon weiter sein, Hans, wir alle arbeiten an uns, und du, was machst du? Du stellst dich hin, du willst nur recht haben und recht behalten.

Und warum, sagte Hans, musst du deine scheißmoralische Scheißüberlegenheit immer so raushängen lassen?

Arturo hatte den Arm um ihre Schulter gelegt. Isa, sagte er, lass mal stecken, sieh alles mal etwas lockerer.

Für einen Moment hatte sie sich vorgestellt, wie es wäre, würde sie Arturos Rat befolgen. Zu leicht wäre es. Was leicht war, glaubte sie, konnte nicht gleichzeitig auch richtig sein.

Zum Bekennerschreiben auf Ziggymedia jedenfalls waren unzählige positive Kommentare eingegangen. Die Genossen ließen sie nicht im Stich. Otten, das war Isa klar, war seit der Räumung der gemeinsame Nenner in der Unterstützerszene, sie vier hatten nur getan, was längst hätte getan werden müssen. Aber nicht wenige fanden die Aktion naiv, viel zu harmlos.

Dodo nahm das letzte Gummibärchen, hielt es hoch, ließ es tanzen, als wäre es ein winziger Kasper, gab ihm eine albern quäkende Stimme, steckte es sich zwischen die Brüste, Hiilfe, Hilfe, schrie der Kasper, Hans zögerte nicht lange, mit den Zähnen versuchte er das Gummibärchen zu retten.

Arturo stand auf.

Er müsse noch mal weg, sagte er, schon im Gehen.

Jetzt?, rief Isa. Ist doch gleich Plenum.

Das Plenum war ihr scheißegal, warum gehst du ohne mich weg, hätte sie fragen wollen, seit einiger Zeit ging er oft ohne sie weg und sagte nicht, wohin. In der Wärme dehnte sich Isas Bedürfnis aus, nahm mehr Platz ein, als es sollte, ihr Bedürfnis nach Gefühl, sie wollte sich zurückziehen zu ihm, in ihn.

Bis später, sagte er und ging.

Zehn, fünfzehn Leute saßen schon in der großen Werkhalle im Anbau, es waren immer dieselben, die kamen. Isa, Hans und Dodo holten sich Stühle und setzten sich dazu. Es war angenehm kühl hier unten, verrostete Maschinen standen herum, stumme Zeugen ihrer Bemühungen, sich selber Regeln zu geben, es roch noch immer ein wenig nach Maschinenöl.

Er finde das nicht gut, begann John, wenn Leute meinten, den Müll einfach aus dem Fenster schmeißen zu müssen.

Für den Müll, sagte Dodo, sei die Stadt zuständig. Niemand sei illegal, also müsse die Stadt auch für sie, die Refugees, sorgen.

Amidou sei dagegen, sagte Amidou, dass er sein Haus mit Obdachlosen und Zigeunern teilen müsse. Das sei ein Haus für Refugees.

Isa fand es lustig, dass Amidou von sich immer in der dritten Person sprach, wie ein Kind, dabei war Amidou nichts weniger als ein Kind.

Einer, den Isa in der Fabrik noch nie gesehen hatte, fragte, ob sie jetzt die Grenzen dichtmachen wollten, nein, im Ernst, er verstehe nicht, warum Obdachlose und Roma weniger Rechte als die Refugees haben sollten.

Amidou stand auf.

Amidou ist gefoltert worden, begann er, Amidou hat Kind verloren und Bruder und jetzt muss Amidou sich hier, in diesem Land, wo er Schutz von Verfolgung sucht, mit Bastarden verwechseln lassen.

Die anderen klopften mit den Knöcheln auf das Holz ihrer Stühle.

Raus, sagte Dodo zu dem Neuen, wir brauchen keine Nazis hier.

Lass ihn doch, sagte John.

Der Neue schüttelte den Kopf, stand auf und ging.

Isa sah und hörte zu, als ginge sie das alles nichts an. Die Aufregungen hatten etwas Unpersönliches, Automatisches, als hätte man einen Knopf gedrückt und nun spulte sich ein vor langer Zeit gedrehter Film ab. Als bliebe dem Menschen keinerlei Wahl, anders zu agieren, als von irgendwelchen reaktionären Regisseuren festgelegt.

Gut, sagte John, machen weiter? Was ist mit Müll und Ratten?

Ratten haben genauso viel Recht, hier zu leben, sagte Amidou, du bist ja auch eine.

Alle lachten.

Dann kam Krüger. Er entschuldigte sich, er habe es leider nicht früher geschafft. Er nickte in die Runde und setzte sich dazu.

Er stehe, sagte er, zwischen den Fronten, zwischen ihnen und dem Senat, er, im Gegensatz zu Otten, wolle reden, er glaube, im Dialog seien Konflikte besser zu lösen als mit Gewalt.

Zustimmendes Gemurmel.

Es gehe um die Beschwerden der Anwohner, um den Müll, um die Ratten, sie lebten nun mal nicht im luftleeren Raum, sie müssten den Müll schon selber in die Container werfen, ob das zu viel verlangt sei? Er dulde die Besetzung unter der Bedingung, dass alle, die hier derzeit leben, selber für Ordnung sorgten.

Sie alle hätten ein Recht hier zu sein, sagte Dodo, und ohne die seit Hunderten Jahren andauernde kolonialistisch-imperialistische Politik des Westens, ohne die Waffenlieferungen in Krisengebiete wären sie nicht hier.

Ich weiß, sagte Krüger, aber ganz so einfach ist das nicht, ein wenig Verantwortung müsst ihr auch übernehmen, seine Stimme klang gereizt.

Hast du schon mal von Menschenrecht gehört?, sagte Esra. Wir leben hier bei unwürdigen Bedingungen in einem Land, das sich sonst für Menschenrecht stark macht.

Krüger schüttelte den Kopf.

Na und, schrie Dodo, wir kämpfen für unsere Rechte so lange und wie wir wollen, bis alle Forderungen erfüllt sind!

Sie solle mal den Mund halten, sagte Krüger, sie sei überhaupt kein Flüchtling, ihn interessiere, was die Betroffenen zu sagen hätten.

Er wolle sie doch nur spalten, fuhr Amidou dazwischen, die Bewegung spalten, die Refugees sähen das genauso.

Und dann war nichts mehr zu verstehen, jeder krähte oder brüllte, jeder wollte gehört werden, keiner wurde gehört. Krüger stand auf und hob die Hände, versuchte zu beruhigen, zu beschwichtigen.

Immer nur reden, tönte Esras mächtige Stimme, ich will, dass man uns endlich zuhört.

Krüger hatte sich an eine der Maschinen gelehnt, Isa kam es vor, als überlegte er, ob es sich überhaupt noch lohne, sich für solche Chaoten einzusetzen.

Man muss, dachte sie, den Film total neu drehen. Alles Reden ist nicht handeln, reden ist nur ein anderes Wort für Feigheit, Krüger ist feige, Krüger will ums Verrecken Frieden. Friedliche Lösung, friedliches Miteinander, jeder Dreck ist ihm recht, wenn er ihn nur friedlich nennen kann. Otten wenigstens ist nicht feige. Ottens Mut wird unser Glück sein.

Krüger nahm seinen Rucksack, niemand schien noch auf

ihn zu achten, aber sobald er draußen war, wurden die Stimmen leiser und verstummten bald ganz.

Nächstes Plenum Montag, sagte John.

Kommst du mit, fragte Dodo, wir wollen noch rüber ins Momo.

Es war früh, das Momo war noch ziemlich leer. Motte war nicht da, auch Arturo war nicht da. Sie holten sich Bier und setzten sich auf zwei Sofas nahe der Bühne. Ein paar Leute spielten etwas zwischen Balkanpop und Linton Kwesi Johnson.

Dodo drehte einen Joint, zündete ihn an, nahm einen Zug und reichte ihn dann herum. Tief zog Isa den Rauch in die Lunge. Hans blies Dodo Rauch in den Mund, dann küssten sie sich. Dodos Haar wuchs, aber es sah nicht länger aus, nur dichter. Isa sah es wachsen, das bildete sie sich ein, es hatte einen rötlichen Schimmer. Ihr Mund war trocken, das kam vom Dope. Sonst nahm sie nichts, kein Koks, kein Ice, sie wollte klar bleiben im Kopf, bei Bewusstsein.

Es schien, als hätten Dodo und Hans vergessen, dass neben ihnen noch jemand saß. Isa musste lachen, sie wusste nicht, warum.

Warum lachst du, fragte Hans.

Hans sah aus wie Donald Duck irgendwie, mit diesem breiten gelben Schnabel. Du siehst aus, sagte sie, wie Donald Duck, das ist so unglaublich witzig.

Findest du?, sagte Hans und wandte sich wieder Dodo zu.

Es war spät, als Arturo kam, allein.

Das schwarze T-Shirt war an der Schulternaht eingerissen. Er sah sich um, er erkannte Isa nicht. Amanda, die Transe, stand jetzt auf der Bühne und sang Dean-Martin-Songs. Arturo begann zu tanzen, niemand sonst tanzte, hier tanzte man nicht. Seine Jeans, abgetragen, schmutzig, eng um die Hüften. Er stieg auf die Bühne, griff nach dem Mikro, legte den Arm um Amanda, sie sangen im Duett *Memories are made of this*. Isa hatte nicht gewusst, dass Arturo überhaupt singen konnte, so singen, mit einer solch unfassbar rauchigen, tiefen Stimme, nach *made of* machte er eine kurze Pause und zischte das *this* dann tonlos ins Mikro.

Sie hielt das nicht aus.

Am liebsten wäre sie aufgestanden und hinausgerannt, geflohen – um ihn nicht so sehen zu müssen und zu wissen, dass er nicht ihr gehörte. Dürfte sie es zugeben, würde sie ihn haben wollen, sie würde ihn besitzen wollen, sie würde jeden, der ihr dieses Recht bestritte, vernichten.

Am nächsten Morgen stand Arturo nicht auf, den ganzen Tag blieb er im Bett und schaute sich die DVDs an, die er wahrscheinlich von Motte mitgebracht hatte, *Züchte Raben, Mala Noche, American History X*.

Sie hatte ihn nicht gefragt, wo er gewesen war.

Sie legte sich eine Weile zu ihm, sie schloss die Augen. In Isas Innerm fand ein Umbau statt. Stützstreben wurden gespannt zwischen Boden und Decke, hektisch wurden neue Kammern und Flure angelegt, Außentüren zugemauert, Wände tapeziert, Rahmen gemalert. Noch ging sie fremd in diesen Räumen umher, blickte aus dem Fenster in eine Umgebung, die noch zu entdecken war. Sie blickte in ein Paradies. Wasserrauschen war zu hören, Vogelgezwitscher, Kinderlachen. Anders als kindlich konnte sie sich das Paradies nicht vorstellen.

Würde jemand sie fragen nach Unschuld, nach Friede, nach Glück, käme jemand und würde sie fragen, wer den Menschen eigentlich das Glück vom Leben trennt, würde sie antworten: Faschisten! Rassisten! Sexisten! Gewucher einer kranken Gesellschaft. Ihr Hass war ein gerechter Hass, ein gerechtfertigter Hass. Die Welt befand sich am Vorabend des Aufstandes. Sie hatte begonnen, einen neuen Plan zu machen, einen besseren Plan. Sie setzte sich auf.

Wo willst du hin, fragte Arturo.

Sie lächelte. Zu wissen, wohin man geht. Eine Klarheit war das plötzlich in ihrem Kopf. Sie sah, was zu tun war: das und das ergibt das.

AUF DEM TISCH lag die Post von gestern. Schnell fächerte Otten durch den Stapel, stutzte, hielt inne. Was war das? Ein hellblauer Umschlag, beschrieben mit steif verstellten Buchstaben. Keine Adresse, nur sein Name, jemand musste den Brief persönlich eingeworfen haben.

In drei Schichten belagerten sie sein Leben, und trotzdem hatte jemand das hier unbemerkt einwerfen können. Eine Art aufdringlicher Harmlosigkeit ging von dem Umschlag aus, er hätte nicht genau sagen können, warum er sich davon bedrängt fühlte. Otten hatte ein Gespür für Gefahr, und er hatte die Neigung, diese Gefahr zu ignorieren. Er wusste das. Er glaubte nicht an Sicherheit. Wochen war das jetzt her mit der Schmiererei, und nichts hatten sie herausgefunden, nichts.

Einen der alten Kunden hatten sie verhaftet, einen, der nichts sagen wollte oder konnte. Er nahm einen Schluck Kaffee, pfui Teufel, fettarme Milch. Cecilia!

Er setzte mit dem Daumen an, zögerte und löste dann grob die Verklebung. Wir sind doch, dachte er, nicht mehr in den Siebzigern! Aus dem Umschlag zog er eine Karte, eine Geburtstagskarte. Herzlichen Glückwunsch, goldgeprägte Schrift, das Foto eines Marienkäfers. Er klappte die Karte auf: *johnny otten aus der traum, bald liegst du im kofferraum.* Sehr witzig. Gegen seinen Willen tauchten in seinem Kopf Bilder auf, schlechte Qualität in Schwarz-Weiß, Polizeifotos. Also doch die Siebziger ... Er nahm das Handy und wählte Franz' Nummer, stand auf, trug den Kaffee hinüber in die Küche. Durchs Fenster sah er Frau Kovacs, die Gärtnerin, im hinteren Teil des Gartens den Rasen mähen. Der neue Zaun ums Grundstück war erst vor ein paar Tagen fertig geworden, noch klafften da und dort Lücken im Buschwerk. Von Cecilia war nichts zu sehen und nichts zu hören. Er kippte den Kaffee in den Ausguss.

Franz? Kommt ihr mal eben vorbei?

Was gibts?

Ich hab ne Geburtstagskarte bekommen.

Nee wa, und dabei hast du doch gar nicht Geburtstag, haha. Bei dir zu Hause? Per Post?

Ja, sagte Otten, aber nicht per Post, jemand muss sie eingeworfen haben, nur der Name, keine Marke, nichts.

Was ist mit deinem Babysitter, hat Müller nichts bemerkt?

Ach, Müller heißt er, nein, offenbar nicht, den hab ich heute noch gar nicht gesehen.

Wir sind gleich da.

Otten nahm eine neue Tasse und stellte sie unter die Maschine, drückte auf den Knopf. Laut schredderte das Mahlwerk die Bohnen. War das immer schon so laut gewesen, oder gab das Ding bald den Geist auf? Würde ihn nicht wundern. Mit zwei Fingern fasste er in den Trichter und lockerte die Bohnen. Er fand keine Vollmilch, auch keine Sahne. War das jetzt nötig gewesen, fragte er sich, Franz anzurufen?

Auf der Terrasse, auf den warmen Platten, lag Henry, der Kater. Warum der immer zu ihnen kam?

Zurück im Arbeitszimmer, klappte er den Laptop auf und öffnete Krügers Twitter-Seite, sporadisch schaute er, was der Kollege so alles postete.

Otten las sich fest, las, wie Krüger auf unverhohlen aggressive Postings harmlos beschwichtigend reagierte. Immerhin war er Politiker. Indem er die Besetzung der Fabrik offensiv duldete, setzte sich Krüger über geltendes Recht hinweg. Mit welcher Begründung? Menschenrechte? Bei ihren gelegentlichen Treffen zur Lagebesprechung gab Krüger sich moralisch so hochgerüstet, dass Otten es insgeheim aufgegeben hatte, ihn ganz ernst zu nehmen. Aber Krügers Handlungsweise widersprach in seinen Augen so fundamental jeder Vernunft, dass er dennoch manchmal befürchtete, das Recht und die Vernunft wären womöglich tatsächlich auf Krügers Seite. Niemand war da, den er fragen konnte, niemand war unparteiisch, er versuchte selber so unparteiisch wie möglich zu sein.

Alle würden nicht bleiben können. Niemand kam um eine Auswahl herum, heute oder morgen. Die einzige annähernd gerechte Unterscheidung konnte doch nur sein: verfolgt oder nicht verfolgt. Niemand in diesem Land wollte politisch Verfolgten Schutz verweigern. Wer das behauptete, zündelte mit dem sozialen Frieden. Wo aber war das Gesetz, das für jene, die statt einem Krieg der Armut entfliehen wollten, eine legale Einwanderung vorsah? Glaubte Krüger, es würde sich etwas ändern, wenn er blauäugig Hoffnung verteilte, großzügig die Forderung nach einem generellen Bleiberecht unterstützte? Vorerst war diese Forderung maßlos. Gut, um überhaupt etwas zu erreichen, mussten Forderungen vielleicht zunächst maßlos sein.

Er scrollte zurück bis zu den Kommentaren zur Hakenkreuzaktion. Krüger distanzierte sich zwar, aber nur halbherzig. Die Aktion sei unbedingt zu verurteilen, aber. Otten versuchte, sich in Krügers Lage zu versetzen. War Krüger wirklich so sehr überzeugt davon, dass seine Sache gut war? Oder brauchte er einfach jemanden, an dem er seine Menschenliebe auslassen konnte?

Krüger hatte das Camp in seinem Bezirk geduldet, er duldete jetzt die Fabrik. Damit hatte er die Verantwortung übernommen. Die Zustände in der Fabrik fand auch er desaströs; um keine weiteren Anreize zu schaffen, wollte er aber weder neue Duschen einbauen noch die Toiletten reparieren lassen. Das war verantwortungslos, fand Otten.

Mit der Duldung schürte Krüger die Hoffnung, die Forderungen könnten von jemandem erfüllt werden, wenn dieser Jemand nur wollte. Dieser Jemand war natürlich er, Otten. Er könne, unterstellte Krüger ihm, den Härtefallparagrafen anwenden und Leuten, die eigentlich schon lange hätten abgeschoben werden müssen, ein Bleiberecht verschaffen.

Eine Räumung kam für Krüger nicht infrage. Räumen wäre Gewalt. Räumen wäre Gewalt gegen ihre Gewalt. Ihre

Gewalt aber war in Krügers Augen die berechtigte Reaktion auf staatliche Gewalt, auf strukturelle Gewalt.

Krüger wollte reden, er wollte versöhnlich, friedlich und vor allem sauber bleiben, er hoffte klammheimlich, Otten hole ihm die Kartoffeln dann schon aus dem Feuer, wie mit dem Camp. Aber Krüger täuschte sich, auch Otten hatte keine Lust auf Gewalt, er hatte keine Lust gehabt zu räumen. Er hatte es nur getan, um diesen idiotischen Hungerstreik zu beenden, wenn man so wollte, um Leben zu retten, gegen den Willen der Betroffenen, zugegeben.

Oder vielleicht hatte er geräumt, um den Obdachlosen zu rächen, primitive Impulse, er schloss vom Kleinen billig aufs Große, er gestand jenen, die für sich alle Grenzen abschaffen wollten, nicht zu, dass sie selber Grenzen erklärten, die andere ausschlossen.

Facetten einer Entscheidung – auch er bewegte sich wahrscheinlich nicht ausschließlich auf dem Pfad der Vernunft. Er würde der Sache jetzt erst einmal zusehen; Krüger sollte ruhig verhandeln, er hatte nichts dagegen.

Das Handy klingelte, Otten nahm ab, wir sind da, sagte Franz, machst du auf?

Er bereute jetzt, Franz angerufen zu haben.

Ja, sagte er und entriegelte das Tor.

Auf der Terrasse stehend, beide Hände in den Hosentaschen, beobachtete er, wie Franz langsam die Auffahrt hochfuhr, während der Wagen der KTU unten vor dem Tor stehen blieb. Zwei Männer begannen den Briefkasten zu untersuchen.

Franz fuhr bis vor die Garage, stieg aus.

Hast du einen Kaffee für mich?

Komm rein, sagte Otten.

Sie gingen in die Küche, Franz lehnte sich an den Eichenblock in der Mitte.

Espresso?

Gerne. Du weißt schon, sagte Franz, dass du keine Briefe öffnen sollst, die du nicht zuordnen kannst, auch zu Hause nicht, wo ist denn eigentlich Müller?

Drüben, nehme ich an, in der Wohnung.

Warum hast du ihn denn nicht geholt?

Otten zuckte die Schultern.

Zeig mal her, die Karte.

Ich dachte, du willst erst Kaffee?

Aber Franz zog sich schon die Latexhandschuhe über.

Otten holte die Karte vom Schreibtisch im Arbeitszimmer, hier, sagte er.

Krasse Lyrik, Franz schüttelte den Kopf. Was soll das heißen, du wie Schleyer im Kofferraum, oder was?

Wieder zuckte Otten die Schultern.

Franz nestelte einen Plastikbeutel aus der Brusttasche, schob die Karte samt Umschlag hinein und legte sie auf den Herd.

Als Otten auf den Knopf der Kaffeemaschine drückte, rasselte das Mahlwerk los.

Sag mal, fragte Franz, ist das kaputt, so wie das scheppert?

Dachte ich auch schon, sagte Otten, aber der Kaffee ist einwandfrei. Er wartete, bis die dunkle Flüssigkeit die kleine Tasse halb gefüllt hatte, und reichte sie dann Franz.

Das ist eine handfeste Drohung, ist dir doch klar, nehme ich an. Franz blies in den feinen Schaum, der den Espresso bedeckte.

Otten nickte.

Ist Cecilia nicht da? Franz nahm einen Schluck, stimmt, sagte er, schmeckt prima.

Nein, sagte Otten, sie ist schon in den Stall gefahren.

Franz stellte die Tasse in die Spüle, ich geh mal rüber zu Müller.

Willst du nicht austrinken, fragte Otten.

Da war Franz schon draußen.

Otten ließ sich hinter dem Schreibtisch in den Sessel fallen. Warum war er plötzlich so müde? Fünf Termine hatte er heute noch, doch er könnte sich gleich wieder ins Bett legen. Alles fiel ihm schwer seit einiger Zeit. Wurde er alt? Die Elstern, diese Elstern draußen auf dem Rasen, wie sie kreischten. Durchs Fenster sah er Franz mit Frau Kovacs reden. Dann ging er telefonierend aus Ottens Blickfeld Richtung Wohnung.

Kurze Zeit später stand er mit Müller in der Auffahrt, die sonst straffen Schultern des Leibwächters hingen vornüber, der Kopf war gesenkt, der große Mann tat Otten leid.

Sie konnten noch so lückenlos sein Dasein überwachen, der limitierende Faktor, das wussten sie alle, war: erstens der Mensch und zweitens der Mensch. Die Beamten, schlecht bezahlt, gering geschätzt, unterbesetzt, überfordert. Hinzu kam die Routine. Und Ottens Eigensinn.

Hallo?

Otten schreckte hoch. Einer der KTU-Männer stand an der Tür, ich soll was abholen, sagte er.

Drüben, sagte Otten und nickte Richtung Küche, auf dem Herd.

Ein paar Minuten später tauchte Franz wieder auf, wir fahren, sagte er, ich halte dich auf dem Laufenden.

Habt ihr was gefunden?, fragte Otten.

Ne Kippe, n Haar, Fingerprints, etwas DNA, später wissen wir mehr. Franz hob die Hand zum Gruß und verschwand.

Durst. Otten hatte Durst. Er nahm den Cognac aus der Schublade, schenkte sich ein Glas ein. Es schmeckte nicht nach dem exquisiten Getränk, das es war, es brannte im Rachen wie Fusel. Er zündete sich eine Zigarette an und rauchte mit langen, tiefen Zügen.

Müllers Kopf wanderte durchs Fenster, rechts am Rand schob sich der Dienstwagen in sein Blickfeld. Schon Zeit? Er sah auf die Uhr.

Cecilia? Keine Antwort. Ob sie wirklich schon in den Stall gefahren war? Vielleicht war es ganz gut, dass sie von der Karte nichts mitbekommen hatte. Er legte die Unterlagen in seine Mappe, zog sich im Flur das Jackett an, schaltete den Innenalarm ein und öffnete die Tür.

Frau Kovacs, rief er laut, um das Surren des Rasenmähers zu übertönen, ist meine Frau schon gefahren?

Ja, rief sie zurück, vor, sie sah auf die Uhr, etwa zwei Stunden, in den Stall. Schönen Tag, rief sie und lachte und winkte.

Er mochte Frau Kovacs' Lachen, ein Lachen, das ihr Gesicht weich und schön machte. Müller stand mit dem Fahrer neben der offenen Dienstwagentür, sie rauchten.

Wollen wir, sagte Otten.

Müller hielt ihm die Tür zum Fond auf. Ottens eigener Wagen war zwar gepanzert, aber nicht gepanzert genug; die Motorisierung seines Jaguars ließ einen höheren Schutz nicht zu. Sanft glitten sie hinaus auf die Straße.

Rosel, seine Sekretärin, nahm ihm Mappe und Jackett ab. Auf ihrem Schreibtisch stand ein großer Strauß weißer Lilien, sie hatten vorgestern ihr zwanzigjähriges Dienstjubiläum gefeiert. Er wusste nicht viel von ihr. Dass sie einen Sohn hatte und geschieden war seit langer Zeit. Ich bin öfter mit ihr zusammen als mit Cecilia, dachte er, während er in sein Büro ging, aber ich weiß nichts von ihr. Er wählte Cecilias Nummer. Nach dem fünften oder sechsten Klingeln nahm sie ab.

Es passt jetzt grad nicht, sagte sie, sie mochte es nicht, wenn er hinter ihr her telefonierte. Er hörte den Wind, er hörte Hufgetrappel, er hörte ihren Atem, er beneidete sie.

Warum hast du nicht Bescheid gesagt, bevor du gegangen bist?

Hab ich doch.

Hast du?

Sie lachte, ja, du hast mich sogar angeschaut.

Er versuchte sich zu erinnern.

Hm, entschuldige, ja, jetzt fällts mir wieder ein. Aber nichts fiel ihm ein.

Na dann, sagte er, viel Spaß, bist du allein?

Ja, sagte sie.

Warte nicht auf mich heute Abend, kann später werden.

Wie immer also, sagte sie, tschüss dann.

Er stand auf und ging zum Fenster. Auf dem Sims waren noch Sprengsel rosaroter und grüner Farbe zu sehen, die übrig gebliebenen Spuren einer Demo kurz nach der Räumung des Camps. Vor der Reinigung hatte die Fassade der Senatsverwaltung ausgesehen wie eine Kinderzeichnung. Sonnen, Spinnen, Monstertiere, alles durcheinander.

Müde fühlte er sich. Was war bloß los mit ihm?

Nie hatte er sich um die eigene Befindlichkeit gekümmert, und nun drängte sie sich ihm mit einer Vehemenz auf, die er nicht gewohnt war. Er hatte nicht mehr viel Zeit, für ihn würde es keine nächste Amtszeit geben. Er setzte sich hinter den

Schreibtisch, lehnte sich zurück, er könnte es jetzt ruhig angehen lassen, niemandem musste er noch etwas beweisen, am allerwenigsten sich selber.

Der Obdachlose kam ihm wieder in den Sinn.

Er hatte sich lange schon abgewöhnt, sich emotional zu sehr zu engagieren, zu lausig waren all die Ränkespiele, die Intrigen von rechts bis links, von oben bis unten, er selber natürlich nicht ausgenommen. Aber dieses Mal: Hatte er wahrhaftig geglaubt, Leute, die unter Gewalt zu leiden gehabt hatten, seien bessere Menschen? Geglaubt, sie könnten nicht zusehen, wie andere leiden, weil sie wüssten, wie das ist, zu leiden? Geglaubt, sie gewährten einem Obdachlosen in ihren Zelten Asyl, weil sie wüssten, wie das ist, abgewiesen zu werden? Dass sie seine naive Erwartung nicht erfüllt hatten, erschütterte ihn, wie ihn lange nichts mehr erschüttert hatte. So dick seine Haut auch war, manchmal sehnte er sich wie ein Kind nach einer guten Welt. Nach einer Welt, in der alle Dinge einfach sind.

Vor ihm, aufgeklappt, lag der Kalender: Sitzung Haushalt, Sitzung Kulturfonds und um 14 Uhr Pressekonferenz zum neuen Verfassungsschutzbericht. Der letzte Termin um sechs.

Rosel, sagte er, als er gegen halb vier zurück ins Büro kam, bitte, würden Sie die beiden anderen Termine verschieben.

Sie blickte ihn an.

Wie lange war er jetzt schon ihr Chef? Noch nie hatte er Termine abgesagt ohne triftigen Grund.

Tun Sie es einfach, sagte er.

Er steckte Geld, Handy und Zigaretten ein, nahm das Jackett von der Garderobe, legte es sich über den Arm, er brauchte jetzt Bewegung. Müller war abgelöst worden.

Wie heißen Sie?, fragte er den Neuen.

Schulz, sagte Schulz.

Ich vertrete mir kurz die Beine im Hof, sagte Otten, gönnen Sie sich einen Kaffee.

Offenbar wusste der Kollege nichts von den Vorkommnissen des heutigen Morgens, sonst wäre er nicht so leicht von Ottens Seite gewichen. So war das, er wurde nicht beschützt, er wurde bewacht, nie würde er sich daran gewöhnen, eng war das, verdammt eng, und ausgerechnet heute hatte er ein so erbittertes Bedürfnis, sich freizumachen.

Gegenüber der Verwaltung wurde die Straße aufgerissen. Ein Presslufthammer schnitt den Asphalt längs des Bürgersteigs in Streifen, ein Bagger grub die Stücke frei, fasste sie, hob sie hoch, drehte sich um 180 Grad und ließ sie in den leeren Container fallen. Ein höllischer Lärm. Im Büro hörte man davon fast nichts. Der Verkehr staute sich bis zur nächsten Kreuzung. Fußgänger und Fahrräder schlängelten sich zwischen den stehenden Autos hindurch. Im Gehen steckte er sich eine Zigarette an. Wie oft war er in seinem Leben gerannt, gehetzt, aber das Schlendern, merkte er, hatte er verlernt. Das Gehen ohne Zweck und Ziel. Er malte sich aus, wie ein Leben mit genug Zeit aussähe. Reisen, Garten, Rudern. Ja, er hatte wieder angefangen zu rudern. Aber nur, weil ihm der Arzt Bewegung empfohlen hatte. Als Student hatte er gerudert, und inzwischen hatte er ganz vergessen, wie schön dieser Sport sein konnte. Im zarten Abendlicht über den See zu gleiten – er hatte vergessen, wie sehr er das früher geliebt hatte, nicht den Sport an sich, sondern das Alleinsein auf dem Wasser. Manchmal kam es ihm so vor, als triebe das Alter ihn auf mäandernden Wegen in die Arme seiner Jugend zurück. Er schaltete sein Telefon aus.

Am Straßenrand linker Hand tauchte ein grünes Gesicht auf, ein riesenhaftes Antlitz ohne Körper, als er näher kam sah er, dass es das Plakat zu einer Ausstellung war. Ein grün bemaltes Gesicht. Er blieb stehen. Ein übergroßer Kummer lag auf diesem Gesicht, oder war es kühl taxierende Verachtung? Blickten die Augen auf einen erledigten Gegner oder auf die Scherben der eigenen zerbrochenen Existenz? Rot geschminkte Lippen, braunes, kurzes Haar. Mehr gab das Bild nicht preis. Das Bild passte nicht in den hektischen Straßenraum, nicht zu den Gruppen kichernder Mädchen, die vorbeigingen. Unerträglich zwiespältig war dieses Gesicht.

Das Foyer der Nationalgalerie war beinahe leer, eine Frau stand drüben im Shop und blätterte in einem Katalog, eine junge Angestellte saß an der Kasse. Treppab fand er die Räume, in denen die Bilder hingen, ein Bestiarium aberwitziger Figuren, waren das noch Menschen? Menschliche Stillleben? Auf Videos in Endlosschleifen spielten sich rätselhafte Vorgänge ab, er setzte sich hin, sein Verstand versuchte Fuß zu fassen, rutschte ab, blieb zurück, blieb immer weiter zurück. Er fühlte sich beschenkt und beraubt zur gleichen Zeit.

Vor sich sah Otten das übergroße Gesicht seines Vaters, die strengen Züge, Augen hinter Brillengläsern, die jeden, der näher treten wollte, das Fürchten lehrten. Zwei Tage hatte die Köchin an dem Knusperhaus gearbeitet, das sich sein Vater zum Geburtstag gewünscht hatte, weil er diese dunkle Schokolade so gerne mochte, mit der das Haus überzogen war.

Weich wurde das Gesicht seines Vaters, während die Schokolade schmolz auf seiner Zunge, brauner Speichel verschmierte ihm die Mundwinkel, färbte die Zwischenräume seiner Zähne dunkel. Es sah aus, als faulten ihm die Zähne im Mund. Einen kurzen Moment lang ahnte Joachim, wie sein Vater unter anderen Umständen vielleicht wäre: verschroben und verloren.

Alle Erfahrung, all das Wissen um Komplexität und alles Bemühen um Differenziertheit, so kam es ihm vor, hatten immer nur den einen Wunsch befeuert: gut und böse zweifelsfrei erkennen zu können, um nachher an das Gute glauben zu dürfen. Die Hoffnung, das Wahrhaftige, das unschuldig Gute ließe sich finden, wenn man nur lange genug suchte. Und über der Unmöglichkeit dieses Unterfangens hatte man gelernt, die Widersprüche auszuhalten oder auch nicht. Vielleicht lernte man das nie. Noch einmal ging er durch die Räume, blieb vor dem grünen Gesicht stehen. Es hieß Hornet, Hornisse.

Er hatte Hunger.

Während er auf der Suche nach etwas zu essen die Straße entlangging, schaltete er das Telefon ein, um Rosel anzurufen. Er sah, dass sie ihn schon dreimal zu erreichen versucht hatte. Sie kannte ihn, sie wusste, wenn er für ein paar Stunden verschwand, brauchte sie es noch nicht gleich an die große Glocke zu hängen. Nach dem ersten Klingeln nahm sie ab. Es war kurz nach halb sechs, es tat ihm leid, dass sie wegen ihm wohl länger im Büro geblieben war. Sie klang aufgebracht, er ignorierte es. Er bat sie, Schulz nach Hause zu schicken.

Auf gar keinen Fall, sagte Rosel, hätte Schulz seine Pflicht vergessen dürfen.

Kommen Sie, Rosel, er *musste*, ich habe ihm keine Wahl gelassen. Sagen Sie ihm, er könne es im Protokoll vermerken, ich übernehme die Verantwortung.

Aber.

Und dann vergessen wir den Vorfall. Ich verlasse mich auf Sie, ich danke Ihnen!

Er legte auf und schaltete das Telefon wieder aus. Was wäre, fragte er sich, wenn wirklich einmal etwas geschähe?

An einem Stehimbiss aß er einen Döner, in einem Café trank er einen Kaffee, es war ja nicht so, dass ihn jeder auf der Straße gleich erkannt hätte. Auf dem Tisch lag das Stadtmagazin. Er nahm die Zeitschrift und schlug sie auf. Unter der Rubrik Musik stieß er auf das Don Quichotte. Ach, das gibt es noch? Als Student hatte er oft die Jamsessions besucht, immer dienstags, fünf Mark kostete damals der Eintritt, man wusste nie, ob der Abend gut werden würde oder schlecht, aber es war immer brechend voll. Er sah auf die Uhr.

Eine halbe Stunde später stieg Otten die steile Treppe hinunter. Die Wände waren mit rotem Samt bezogen, neben der Bar hing eine Zeile gerahmter Fotos berühmter Jazzmusiker, die hier einmal gespielt hatten. Der Eintritt kostete statt fünf Mark jetzt fünf Euro, ein Schild neben der Kasse verbot das Rauchen. Sonst hatte sich nicht viel verändert.

Er holte sich ein Bier, lehnte sich rechts der kleinen Bühne an einen Pfeiler. Seine Gedanken gingen zurück zu den Bildern in der Nationalgalerie, zu den lebendig-leichenhaften Figuren, der Melancholie, dem Widerspruch, den sie in ihm geweckt hatten, nach und nach aber verdrängte die Musik alles andere aus seinem Kopf, die Bassläufe, das Schlagzeug, die Stimme. Er schloss die Augen.

Als ob sich sein gewohntes Dasein mit dem Eintritt in diese Höhle unerwartet und endgültig erledigt hätte, lösten sich die Beklemmungen der letzten Monate im Sog dieser Musik auf – war er doch noch fähig, sich hinzugeben, und wenn ja, woran? An ein pathetisches, ein grenzenloses Lebensgefühl? Er nahm einen Schluck Bier. Die Musiker wechselten nach jedem Stück. Gerne würde er jetzt eine rauchen.

Ein paar Takte eines Standards, angerissen das Thema, ins Zigeunerische gleitend, das Piano lockte auf unentdecktes Terrain, immer ein paar Schritte voraus, Steppschritte, Hüpfschritte, Arabesken, Kapriolen. Finger, die geschmeidig die Tasten beherrschten, lange, schlanke Finger, ein knochiger Unterarm. Perfekte Balance zwischen Harmonie und Dissonanz. Rückkehr zum Thema, erneuter Ausflug, er vergaß den Wunsch zu rauchen, er überließ sich dem Spiel der Pianistin, hell, klar, trittsicher in unwegsamem Gelände. Einer gab immer den Ton an, hier war es diese Frau am Klavier. Braunes langes Haar, im Profil die Nase etwas zu groß, das Kinn etwas zu wenig markant, sie kaute, während sie spielte. Eine Person, die so vollkommen hinter die Musik zurücktrat. Sie schien das Publikum vergessen zu haben, sich vergessen zu haben, sie vergab sich, erzählte gelebte Geschichten, scherzte, trällerte, trauerte, brach, zerbrach, klaubte sich wieder zusammen, weiter ging es, immer weiter und darüber hinaus.

Otten rieb sich die Augen, Tränen, waren das wirklich Tränen? Soeben war das Set zu Ende, die Pianistin und die anderen Musiker verbeugten sich und stiegen von der Bühne, schon warteten die Nächsten. Die Frau ging zur Bar und holte sich ein Bier. Als sie sich umdrehte, stand er ihr im Weg. Sie wollte ihm ausweichen, an ihm vorbeischlüpfen.

Ich weiß nicht, sagte er, wie ich anfangen soll.

Sie sollte nicht denken, er wolle sie anmachen.

Ihre Musik, sagte er.

Ja?

Großartig, gratuliere!

Wie dumm das klang, wie billigste Anmache. Aber wie sonst sollte man als alter Mann eine junge Frau ansprechen, der man ein Kompliment nicht ob ihres Aussehens, sondern ob ihrer Musik machen wollte. Gar nicht?

Studieren Sie noch, fragte er, oder müsste man Sie kennen? Verzeihen Sie, ich bewege mich seit Langem nicht mehr in der Szene, früher ja. Gehören Sie zu einer Band?

Mein Gott! Er fand die Worte nicht, die hierherpassten, in dieses Lokal, an diese Bar, zu dieser Frau. Er sah sich selber von schräg oben, sein weißes Haar, seine große Nase, sein Blick, der linkisch suchend das Wesen wiederzufinden hoffte, das er vorher, während sie spielte, in ihr entdeckt zu haben glaubte.

Ja? Ja, wirklich? Hat es Ihnen gefallen?, fragte sie, als hätte noch nie jemand ihr ein solches Lob geschenkt.

Ja, sagte er, wirklich! Darf ich Sie auf einen Drink einladen, irgendwo hier in der Nähe, wo es ruhiger ist.

Himmelherrgott, ist er denn verrückt?

Sie nickte, warum nicht, sie schien nichts Anstößiges zu finden an seiner Frage. Das verstand er nicht ganz. Sie stellte das Bier auf die Theke und holte hinter der Bühne ihre Jacke. Er wartete.

Ich bin übrigens Joachim, sagte er, als sie zurückkam, eben begann das nächste Set mit einem treibenden Schlagzeugsolo.

Beba, rief sie zurück, ich heiße Beba.

Dann pflügten sie zusammen durch das dicht stehende Publikum, hinaus an die frische Luft.

Puh, sagte sie, ist aber auch voll heute Abend, und drehte sich das Haar hinterm Kopf zusammen.

Ich kenne, sagte er, das Don Quichotte noch von früher,

schon damals hat es diese Sessions gegeben, und schon damals ist es dienstags immer brechend voll gewesen.

Wo wollen wir hin?, fragte sie.

Jetzt erst hörte er den Akzent, er würde sie später fragen, woher sie komme.

Hier, sagte er, ein Stück die Straße runter ist eine ruhige Bar, nettes Publikum.

Während sie gingen, rauchte er. Die Bar, die er meinte, gab es nicht mehr, an ihrer Stelle war jetzt ein Café, im hinteren Teil des Lokals setzten sie sich an ein Tischchen.

Ob sie noch studiere, wiederholte Otten seine Frage von vorhin.

Ja, sie nehme Stunden, wenn er das meine, Klavierstunden.

Er wollte mehr wissen von ihr, er wusste wieder nicht, wie er fragen sollte. Von sich aus schien sie nichts erzählen zu wollen.

Ob er fragen dürfe, fragte er, woher sie komme, ursprünglich, was das für ein Akzent sei?

Ob das wichtig sei, lachte sie und blieb ihm die Antwort schuldig, war sie schon etwas betrunken?

Sie spreche aber gut Deutsch, sie sei bestimmt schon lange hier? Otten schätzte sie auf Mitte zwanzig, höchstens. Vielleicht war sie mit ihren Eltern vor den Kriegen im Osten geflohen.

Dreiundeinhalb Jahre, sagte sie.

Und da hast du schon dermaßen gut Deutsch gelernt?

Er war wirklich verblüfft. Würde er in knapp vier Jahren beinahe akzentfrei eine fremde Sprache sprechen lernen? Vielleicht. Sie war jung. Wozu sie wohl hergekommen war? Er konnte nicht anders, als sich diese Dinge zu überlegen.

Darf ich fragen, fragte er wieder, zögernd, unsicher, auf dünnem Eis, nein, überlegte er, nicht, was sie hier machte in diesem Land, ob sie verheiratet war, nein, auch nicht, oder doch, was sie arbeitete.

Wenn du nicht studierst, fragte er, was arbeitest du denn?

Zu spät fiel ihm ein, dass es vielleicht egal war, was sie arbeitete.

Sie arbeite in einem Club, sagte sie, sie sei Hure. Sie sage lieber geradeaus Hure, Sexarbeiterin möge sie nicht, Prostituierte auch nicht.

Es klang fast ein wenig stolz, trotzig stolz.

Er war nicht bereit, das zu glauben.

Warum nicht?

Macht es einen Unterschied, fragte er sich, ob sie Hure *ist* oder als Hure bloß *arbeitet*? Alles fehlte ihr, was zu seinem Bild einer Hure gehörte. Wie sollte er jetzt reagieren, was sagen? Auf eine solche Auskunft gab es keine richtige Reaktion. Der Verdacht schoss ihm durch den Kopf, sie könnte nur deshalb mit ihm gekommen sein, weil sie in ihm einen potenziellen Freier gesehen hatte. Natürlich. Jetzt wunderte er sich nicht mehr, dass sie so leicht einverstanden gewesen war, mit ihm zu gehen. Er war enttäuscht, ja, er war enttäuscht, sie hatte ihn missverstanden. Und er bereute, ihr so sorglos schnell das Du angeboten zu haben. Sollte er aufstehen und gehen? Eine Stimme in ihm bat zu bleiben. Sie hätte ja flunkern können, sie hätte ohne Weiteres sagen können, sie studiere. Warum hatte sie das nicht getan? Kannte sie den Unterschied zwischen studieren und »bloß« Klavierstunden nehmen nicht? Warum setzte sie sich extra dem Vorurteil aus? Nirgends war Prostitution ein Beruf, zu dem man sich einfach so bekennen konnte. Ein Beruf, der nicht sofort Mitleid weckte oder Misstrauen. So wie bei ihm. Säße sie in seinem Wohnzimmer als neue Bekannte und stellte er sie den andern Gästen vor als Beba, die als Prostituierte arbeitet, sie dächten, er wäre nicht mehr ganz dicht. Oder sie nähmen es als die Attraktion des Abends. In seinen Kreisen war es wichtig zu wissen, wer was ist.

Jetzt wissen Sie nicht, was Sie sagen sollen, hab ich recht?

Aus Versehen hatte sie seinen Fehler korrigiert, oder war auch ihr das Du falsch vorgekommen? Er war erleichtert.

Ja, sagte er, stimmt, ich weiß es wirklich nicht.

Oder vielleicht sollte ich fragen, warum Sie als Hure arbeiten bei Ihrem Talent?

Wie wärs mit *Geld verdienen*?

Ein Lächeln federte den Sarkasmus ab. Alles an ihr schien ihm so richtig. Er schwieg. Er blickte auf seine Hände. Er war nicht oft um Worte verlegen, jetzt war er es.

Es tut mir leid, sagte er.

Für jede denkbare Situation hatte er normalerweise ein Gesicht parat, eine Geste, einen Spruch. Und jetzt, hier, scheiterte er an diesem Wort: Hure.

Schmucklos saß er an diesem Tischchen. Von oben bis unten gekleidet in sauteuren Tweed von der Insel Harris, Hemd Seide, Schuhe englisch. Über Kreuz auf dem Tischrand lagen seine Hände, seine plumpen, dicken Pfoten. Er hatte keinerlei Verlangen nach ihrem Körper. Nur ein überwältigendes Bedürfnis, mit dieser Frau bekannt zu sein, mit ihr Zeit zu verbringen. Er konnte sich das nicht erklären.

Ich bewundere Ihre Musik, sagte er hilflos.

Sie nickte, und es schien ihm, wenn es das gab, ein sarkastisches Nicken zu sein. Er wollte den Verdacht loswerden, ihn zerstreuen, er wusste nicht, wie. Er wusste nicht, warum ihm wichtig war, wie sie ihn sah. Er wollte in ihren Augen kein reicher Sack sein, der sich Frauen jederzeit kaufen konnte. Nicht nur ein weiterer geiler Bock in einer langen Reihe. Sie sah ihn an. Sagte er jetzt etwas, klänge es wie eine Ausrede, wie Ablenkung, Umkreisung der Tatsache, dass sie ihren Körper täglich an Männer wie ihn verschacherte. Überhaupt waren die Umstände, unter denen er hier saß, erlogen; hätte er sich in diesem Jazzkeller nicht gefühlt wie ein Zwanzigjähriger, hätte er sie wohl kaum angesprochen.

Sie blickte auf die Uhr über dem Eingang und sagte, sie müsse langsam los.

Ich rufe Ihnen ein Taxi, sagte er.

Sie schüttelte den Kopf, sie nehme lieber den Bus, das sei gar kein Problem.

Ja dann, er winkte dem Kellner, zückte die Brieftasche. Auch sie nahm Geld aus der Tasche, einen klein gefalteten Schein.

Kommt nicht infrage, sagte er.

Doch, sagte sie.

Es klang so entschieden, dass er keinen weiteren Versuch machte. Er schob ihr eine Visitenkarte über den Tisch. Wenigstens das. Wenn Sie mal Hilfe brauchen oder jemanden, bitte, rufen Sie an. Sie steckte die Karte ein. Zum Abschied gaben sie sich die Hand. Machen Sie weiter mit der Musik, sagte er, bitte!, und es war der erste Satz, seit er sie getroffen hatte, der richtig klang. Sie lächelte und schwieg und ging.

SIE SCHLÜPFTE IN DIE JACKE, nahm die Tasche vom Stuhl und machte sich auf den Weg zum Klavierüben.

Fährst du nachher noch bei Manuela vorbei?, fragte Katjana aus dem Büro.

Beba blieb stehen.

Ja.

Wie gehts ihr?

Geht, sagte Beba, sie hat noch immer keinen Termin zur Operation.

Manuela war seit einer Woche zu Hause und konnte sich nicht entschließen, sich operieren zu lassen. Etwas juckte Beba in der Nase, sie griff in die Jacke, war da nicht noch ein altes Tempo, stattdessen bekam sie diese Visitenkarte zu fassen. Geknickt war sie und an einer Seite schon eingerissen. Könnte sie eigentlich auch wegwerfen. Sie steckte sie in die Handtasche, in eins der hinteren Fächer.

Also dann, sagte sie, ich geh mal.

Grüße von mir, sagte Katjana, den Blick schon wieder in den Rechnungen.

Sie saßen noch beim Mittagessen, als Beba kam. Lars, Katjanas Bruder, seine Frau Grit und das Kind. Beba hatte gehofft, sie seien schon fertig, aber sie aßen nie um dieselbe Uhrzeit.

Hallo, sagte sie, ich soll euch grüßen von Katjana, und dann wollte sie gleich rüber ins Flügelzimmer huschen.

Warte doch, sagte Lars, warte, willst du nicht mit uns essen?

Grit stand auf, holte Teller und Besteck. Beba setzte sich zu ihnen an den runden Familientisch. Die Terrassentür zum großen Garten stand offen, der Wind raschelte in den Bäumen und Büschen, Vogelgesang klang herein, ein Klopfen auf Holz, vielleicht ein Specht.

Lange hatte es gedauert, bis das Grün wieder aus den Ästen der verbrannten Bäume trieb, bis die Vögel wieder sangen in den Bäumen. Oder bis Beba sie wieder zu hören imstande war.

Gemeinsam trugen sie den Schutt ab. Reparierten die Häuser mit Steinen, die sie aus den Mauern anderer Häuser brachen. Irgendwann kamen LKWs mit fertigen Betonelementen, aber ohne Türen, ohne Fenster. Die Jungen schossen, als hätten sie noch nicht genug vom Töten, mit Holzgewehren auf Katzen und Vögel. Die aufgebundenen Rosenstöcke im Vorgarten waren der einzige Schmuck für die nächsten Jahre, es waren uralte Stöcke mit verholzten Stämmen, deren Triebe in gefüllten, duftenden Blüten endeten.

Grit suchte Bebas Augen, aufmerksam, prüfend.

Lars, sagte Grit, ohne wegzuschauen, willst du Beba nicht auftun?

Beba hielt den Blick aus, hörte überlaut die Stimmen der Vögel, den Wind, sie hörte das Kind den Löffel auf den Teller schlagen. Ihre Ohren waren schon immer ihr feinstes Organ gewesen. Ein Organ, das sich nicht verschließen lässt wie die Augen, ein Organ, das offen ist für alles.

Wie geht es dir?, fragte Grit.

Beba hörte die Unter- und Zwischentöne, das Hoffen auf einen schlechten Befund. Gerne zogen sie über Katjana her, über ihr Vorzeigebordell.

Auch wenn Kati, sagte Grit, ihr Lola noch so vorbildlich führt, ein Bordell bleibt ein Bordell, ich kann mir einfach nicht vorstellen, dass Frauen so etwas freiwillig tun.

Ich bin ja schon lange dafür, sagte Lars, die Freier zu bestrafen, so wie in Schweden.

Es geht mir gut, sagte Beba, danke.

Beba wusste, dass es Frauen gab, die das freiwillig taten. Sie wusste, dass es Frauen gab, die das nicht freiwillig taten.

Sie wusste nicht, zu welchen sie gehörte.

Schon wieder, sagte Grit, ist heut früh der automatische Fensterheber ausgestiegen, dreimal ist der Wagen deswegen jetzt schon in der Werkstatt gewesen, das kann es ja wohl auch nicht sein, oder?

Hast du nicht manchmal Heimweh?, fragte Lars.

Och, sagte Beba, es geht.

Ihr entschuldigt mich, sagte Grit, ich muss mal eben noch ne Mail abschicken.

Sie stand auf und ging hinüber zum Laptop auf dem Tischchen am Fenster. Das Kind nutzte die Gelegenheit, stand auf und rannte hinaus in den Garten.

Fühlst du dich eigentlich wohl, hier, in diesem Land?, fragte Lars.

So viele Fragen. Hätte sie ein eigenes Klavier, dann würden ihr keine Fragen mehr gestellt werden, deren Antworten im Voraus schon feststanden. Konnte man mit ihr eigentlich kein normales Gespräch führen? Musste man immer mit jemandem leiden, der auch nicht mehr litt als andere? Musste man immer sie als Zeugin aufrufen? Würden sie wissen wollen, dass dort, in Bebas Heimat, wie sie es nannten, die Ankunft des Geldes, das sie schickte, willkommener war als die Ankunft der eigenen Tochter? Sie nahm einen Schluck Wasser. Sei nicht so aufsässig zu Leuten, die es gut mit dir meinen, rief sie sich selber zur Ordnung, sei doch ein wenig dankbar dafür, dass sie dich hier spielen lassen.

Doch, sagte sie, eigentlich fühle ich mich ganz wohl hier in diesem Land und auch im Lola.

Lars sah aus wie ein zu alter Punker, sein Haar war an den Schläfen rasiert, da und dort war der Bart schon etwas grau. Grit trug meistens einen Rock über der Hose, wild und bunt gemustert. Es sah witzig aus, interessant, ein Mädchen, das zeigt, dass es sich von der Mutter nicht mehr sagen lässt, welche Farben zueinanderpassen. Grit rief nach dem Kind, das draußen im Kreis herumrannte und seltsame Geräusche von sich gab, es hörte nicht, es rannte weiter, sie setzte sich wieder zu ihnen an den Tisch.

Wir können unser Glück ja auch ein bisschen teilen, sagte sie, so wie jetzt mit dem Flügel, es macht ja keinen Sinn, wenn der ungenutzt herumsteht.

Ich bin wirklich froh und dankbar, sagte Beba, darauf spielen zu dürfen.

Du musst dich doch nicht immer bedanken, sagte Lars, magst du noch Reis, etwas Gemüse?

Sie stelle sich das entsetzlich vor, sagte Grit, mit dem Krieg in Bebas Heimat, das müsse doch ein furchtbares Trauma gewesen sein, auch mit diesen ganzen Sachen, sie meine diese Dinge, die danach geschehen seien. Sie, die das nicht erlebt hätten, könnten sich nichts von alledem auch nur annähernd vorstellen.

Ja, sagte Beba.

Sie blickte hinaus in den Garten durch die breiten Fenster. Auf Beete mit Salaten. Das Kind lag jetzt am Boden und wälzte sich.

Er spielt Pferd, sagte Grit, er will unbedingt reiten lernen.

Er spielt ja auch mit Puppen, sagte Lars.

Na und, sagte Grit etwas gereizt.

Beba schob den Stuhl zurück, stand auf.

Auf dem Weg ins Flügelzimmer dachte sie, es sei vielleicht nicht gut, so oft allein zu sein, besser wäre es, zusammen mit einer Familie zu Mittag zu essen. Mit jemandem, den man liebt, die Nächte zu teilen. Es sei vielleicht falsch, sich einigermaßen zu Hause zu fühlen in einem Land, von dem alle behaupten, es sei kalt zu Leuten wie ihr. In ihrem Kopf wuchs Unkraut. Sie musste ihren Kopf wieder einmal jäten, den Boden lockern, gießen. Sie schloss die Tür hinter sich, sie wusste, sie würde gehört werden im ganzen Haus. Ihr wäre lieber, nicht gehört zu werden.

Fingerübungen. Wie ihr Vater begann auch sie immer mit der *Staschuka*. Nein, sie brauchte keine Noten, die Töne saßen ihr im Ohr. Frau Jordi wunderte sich, was bei Beba so alles im Ohr saß. Geräusche. Insektengeräusche, Geräusche von Maschinen, jetzt zum Beispiel hörte sie von weit her, ziemlich leise, das Fräsen einer Motorsense, grimmig, aggressiv, immer von Neuem geifernd angreifend. Dazwischen wieherte das Kind im Garten, ein Bus fuhr vorbei, vorne auf der Hauptstraße. All das hörte sie trotz geschlossener Fenster. Unaufhörlich versuchte ihr Gehirn die Töne zu sortieren, ihnen ein Wesen zuzuordnen, sie hatte keine Ahnung, wohin das noch führen würde, was sie mit all den Wundern anfangen sollte, die, versammelt in ihrem Kopf, sich bald gegenseitig auf die Füße treten würden.

Frau Jordi war es gewesen, die Beba ins Don Quichotte mitgenommen hatte. Unter ihrer Aufsicht hatte sie zum ersten Mal vor Publikum gespielt.

Lass dich gehen. Geh weiter, hatte Frau Jordi gesagt. Beba folgte, verfolgte und überholte sich selber, sie ließ die *Staschuka* hinter sich, wurde mitgezogen vom Strom der Musik, tauchte ab in die Tiefen des Glücks, konnte man das Glück nennen? Nichts anderes war Glück für Beba, sie kannte keine großartigere Empfindung als den Tauchgang in die Strudel, Stürze und Wirbel einer eigenen, spontanen Komposition.

Gerade noch erwischte sie den Bus. Sie setzte sich ans Fenster ganz hinten. Der Bus fuhr schnell, es wippte und schaukelte. Von der Ortschaft im Speckgürtel fuhren sie ein gutes Stück durch den Wald, dann entlang an Feldern, bis die zweispurige Straße sich auf eine Spur verengte, oft war hier Stau, heute nicht. Einzelne hohe Wohnblocks zwischen Einfamilienhäusern, Kindergärten und Einkaufszentren. Der Bus zog nach rechts in eine Haltestellenbucht. Viele Leute stiegen ein, wenige aus.

Gerade als der Bus wieder anfuhr und kurz darauf hart bremste, weil ihn ein Auto trotz des Ausscherens noch überholte, sah Beba das Tier. Es lag in der Mitte der Gegenspur. Krampfartig zog sich sein Körper zusammen, die Beine ruderten steif ins Leere, der Mund war etwas geöffnet, Blut war nicht zu sehen. Mehrere Autos versuchten auszuweichen, keines hielt an. Der Bus fuhr weiter. Beba starrte geradeaus, über Hecken, über Dächer. Ihre Finger hatten sich in die Polster des Vordersitzes gegraben. Erst nach einer ganzen Weile löste sich ihr Griff wieder.

Sie erinnerte sich an die Musik, die sie eben gespielt hatte, sie dachte an das Klavier, das sie sich bald kaufen würde. Niemand wollte das Tier töten, trotzdem war es tot.

Im Supermarkt an der Ecke kaufte sie ein. Bepackt mit Tüten ging sie zu Manuela, drei Straßen weiter. Sie durchquerte den Hof und stieg im Hinterhaus in den zweiten Stock. Sie klopfte. Nichts. Sie klopfte noch einmal, etwas härter. Sie hörte ein Schlurfen, dann wurde die Kette eingehakt, die Tür öffnete sich einen Spaltbreit.

Manuela, sagte Beba, du weißt doch, dass ich es bin.

Trotz der Schmerzmittel konnte Manuela kaum noch gehen. Sie hatte versucht, sich nichts anmerken zu lassen, keinen einzigen Tag war sie zu Hause geblieben.

Was ist eigentlich mit Manuela, hatte Katjana Beba gefragt, ist es wieder das Knie?

Frag sie selber, hatte Beba geantwortet.

Hab ich. Sie sagt nichts.

Sie hat Angst, hatte Beba gesagt.

Wovor denn?

Dass du merkst, dass sie ersetzbar ist.

Manuelas Knie war dick geschwollen, es dehnte die Hose, oft saß sie in der Küche hinter der Tür auf ihrem Schemel und ruhte sich aus, kam kaum mehr hoch.

Katjana hatte nicht lange gefackelt und sie nach Hause geschickt. Als wäre sie erloschen, saß Manuela seither in ihrer kleinen Wohnung. An Manuelas statt arbeitete jetzt eine junge Tschechin im Lola.

Ja, schon, sagte Manuela, hakte die Kette aus und ließ Beba herein. Grüße von Katjana, sagte Beba.

In der Wohnung roch es muffig. Beba öffnete die Fenster, machte Durchzug. Sie ging in die Küche und sah das schmutzige Geschirr, sie schafft es nicht mehr, dachte sie, das Geschirr im Regal war voller eingetrockneter Essensreste. Der Kühlschrank war leer. Beba stellte die Tüten mit den Einkäufen auf den Tisch. Jeden zweiten Tag kaufte sie für Manuela ein.

Brauchst du nicht, sagte Manuela jedes Mal, ich komm schon zurecht.

Man sieht ja, wie du zurechtkommst, sagte Beba. Manuela, setz dich mal hin!

Manuelas Haar stand in alle Richtungen, ihr Gesicht wirkte aufgequollen. Bisher hatte Beba Manuelas Sträuben respektiert. Damit war jetzt Schluss.

So wütend hatte sich Beba selten erlebt. Das darf doch nicht wahr sein, dachte sie, dass diese Frau, die sie liebt, die ihr eine Freundin, ja, fast eine Art Mutter geworden ist, an ihrem trotzigen Stolz zugrunde geht.

Bebas Großvater war an diesem Stolz verreckt. Mitten in der Nacht, lange vor dem Krieg, hörten sie ihn schreien, drüben im Haus, das später Koni allein bewohnte.

Wie eine gestochene Sau, sagte die Mutter, was ist da los?

Sie gingen hinüber, da war er schon tot. Ihre Großmutter war dabei, den Verband an seiner Hand zu lösen. Die Hand darunter war nur noch ein schwarzgelber Klumpen, Eiter tropfte in die Schüssel, große Stücken Haut und Fleisch lösten sich, ein dicker roter Streifen zog sich den Arm hinauf bis unter die Achsel. Es stank entsetzlich. Die Großmutter begann, die Hand zu waschen, so eifrig, als könnte sie damit noch etwas retten. Einen Monat zuvor hatte ihr Großvater sich beim Baumschneiden in die Hand gesägt. Er hatte die Wunde verbunden und sie dann vergessen. Er vergaß den Schmerz.

Was für eine bodenlose Dummheit, hast du denn nichts gemerkt, keifte die Mutter. Beba verstand nicht, wie jemand, der so groß und tapfer war wie ihr Großvater, gleichzeitig dumm sein konnte.

Ich rufe jetzt ein Taxi, sagte Beba, und dann fahren wir ins Krankenhaus, du und ich.

Schon hatte sie das Telefon in der Hand. Schon protestierte Manuela, nirgendwohin gehe sie und ganz sicher nicht ins Krankenhaus, keiner vertreibe sie aus ihrer Wohnung, auch Beba nicht, und wenn, dann müsse sie sie schon tragen, vorsichtshalber klammerte sie sich schon mal am Tisch fest. Beba schüttelte den Kopf.

Manuela, hör auf! Niemand wird dich tragen. Du selbst auf deinen Füßen wirst mit mir nach unten steigen, ist das klar, ein für alle Mal!

Du brauchst gar nicht so zu schreien, sagte Manuela.

Beba packte ein paar Sachen zusammen, bürstete Manuelas Haar und half ihr beim Anziehen. Dann klingelte es.

Komm, sagte Beba.

Manuela wehrte sich nicht mehr, brav stand sie auf, stützte sich auf Bebas Arm. So gut es eben ging, kämpften sie sich zusammen die Stufen hinunter, über den Hof bis vor zur Straße, wo das Taxi wartete.

DIE DEMOS WURDEN GRÖSSER. Ein gewaltiger Haufen hatte sich in den Straßen um die Fabrik versammelt, heute wollten sie die Bezirksversammlung besuchen. Das Bezirksamt lag fünf Straßen weiter, jenseits des Kanals, an einem großen Platz.

Obwohl Arturo, Hans, Dodo und Isa andere Pläne schmiedeten, machten sie mit, oder gerade deswegen. Sie würden nicht an vorderster Front kämpfen, unauffällig würden sie im hinteren Drittel bleiben, mitlaufen, mehr kam nicht infrage. Sie schlüpften hinein in die Menge, unter den Schweiß der anderen, noch standen alle herum, nach und nach aber wurden sie von Unruhe erfasst, der beginnende Rausch steckte auch Isa an, ein Fieber, das sie taumeln ließ.

Es war ein finsterer Sommertag, es nieselte leicht. Sie marschierten, angefeuert von Stimmen aus Megafonen, eins hinten, eins vorne, die Botschaften überlagerten sich, was gerufen wurde, war nicht zu verstehen, der metallisch hohle Klang brach sich vielfach an den Hauswänden. Aus der Mitte, aus vielen Stimmen wuchs ein alles übertönender Chor, *say it loud, say it clear, refugees are welcome here*. So zogen sie durch die Straßen bis kurz vor das Bezirksamt, wo sie von einer Hundertschaft der Polizei gestoppt wurden. Der Zug schob sich zusammen, wurde dichter, schwärzer, lauter, plötzlich waren sie doch fast vorne. Isa verfloss mit den anderen, sie spannte sich zusammen, sie versuchte, ihre eigene Deutlichkeit zurückzugewinnen, alle diese Gesichter um sie waren kaum noch voneinander zu unterscheiden, eine Masse, ein Schrei, sie tauchten auf und unter, während sie schwiegen und tobten zugleich, Krieg. Sie führen, dachte Isa, Krieg gegen uns.

Wir lassen uns von diesem Bullenterror nicht aufhalten, schepperte es aus einem Megafon, das jetzt direkt neben ihnen war. Mattweiß glänzten die nummerierten Helme der Polizisten, so ist es, dachte Isa, Nummern sind das, keine Menschen, Ausführer, Denkversager. Von rechts wurde ein Fahrrad geworfen, prallte ab am Schild von Nummer acht. Feuerwerk schoss hinein in die feindlichen Reihen. Glas splitterte, beißender Gestank brennenden Gummis breitete sich aus. Es riss an ihr. Teerschwarzer Qualm stieg über die Köpfe. Isa wollte hin. Dorthin, dort, wo sie nicht war, wollte sie sein. Den Nummern eine Regung entlocken, einen Laut des Schmerzes, das Zeichen eines Zweifels. Wie kann, fragte sie sich, jemand bloß so absolut das Denken delegieren, Handlanger einer Herrschaft werden, die Menschen das Menschsein abspricht? Isa wollte vorwärts, wo es weder vorwärts noch rückwärts gab. Die um sie Stehenden versperrten ihr den Weg, die dasselbe wollten wie sie, ließen sie nicht durch. Bedenkenlos, alle Vorsätze in den Wind werfend, hätte sie sich durchgebissen, hätte Arturo sie nicht festgehalten. Die Stimme aus dem Megafon mahnte jetzt etwas hysterisch, friedlich zu bleiben.

Dann, plötzlich, änderte sich alles: Jemand pfiff die Polizisten zurück. Rückwärts, Schritt für Schritt, räumten sie den Platz. Die Menge verharrte überrascht, irritiert, und dann, und dann, drängte es, schob und trieb und pulste voran. Als wäre das Parlament aufgegeben worden, standen die Türen des Gebäudes weit offen. Einige vom schwarzen Block rannten hinein, anderen war das nicht geheuer, manche versuchten die Nachdrängenden zurückzuhalten. Farbbeutel flogen, Steine flogen, Scheiben gingen zu Bruch, Feuerwerk traf die eigenen Leute. Die hineingegangen waren, kamen wieder heraus, hoben die leeren Hände, zuckten die Schultern, keiner da. Deeskalation, höhnten ein paar. Feiglinge, Feiglinge, schrie es von hinten.

Eben kamen Hans und Dodo aus einer der Türen.

Ihr wart drin, fragte Isa.

Klar, sagte Hans.

Und, fragte Isa, ist heute überhaupt Sitzung, oder hat sich irgendein Idiot geirrt?

Sicher ist heute Sitzung, sagte Hans, nur nicht hier. Die haben uns verarscht.

Die können doch, dachte Isa, nicht einfach verschwunden sein. Etwas geschieht, und du weißt nicht, was es ist. Wann werden sie eingreifen, angreifen? Wie viel muss zu Bruch gehen? Wo führt das hin? Mit den Blicken suchte sie die Hausecken ab, die Balkone, die Giebel, wo versteckten sie sich? Sie fühlte sich im Fadenkreuz. Als wären sie in eine Falle gelockt worden, als könnten jederzeit von irgendwoher Schüsse fallen. Aber nein, nichts geschah, sie ließen sie ins Leere laufen.

An die Stelle des Rausches trat allmählich eine kalte Wut, als würde sie schreien und schreien und keiner da, der sie hörte. Als könnte sie tun, was immer sie wollte, keiner da, der sie hinderte. Diese Wut war anders als die Wut, die sie empfunden hatte, als die Staatsgewalt ihnen gegenübergestanden hatte, diese Wut war neu, unvergleichlich, elementar und vernichtend. Sehnlichst wünschte sie sich ins Fadenkreuz.

Am nächsten Morgen tat ihr alles weh. Arturo machte den Fernseher an und blieb im Bett. Isa drückte das Fenster auf, und sofort brandete Hitze herein. Wie zum Hohn war heute der Sommer zurück. Sie blickte hinunter auf die Straße. In der Häuserlücke gegenüber spielten Kinder. Immer die gleichen drei, sie hatte sie schon oft beobachtet. Zwei Mädchen, ein Junge. Die Mädchen trugen blumige Kleidchen, so altmodisch verträumt wie Eltern ihre Kinder neuerdings gerne anzogen. So natürlich unschuldig und voller Dreck. Der Junge trug einen blauen Trainingsanzug und ein knallrotes Basecap. Sie spielten friedlich zu dritt, die Schulranzen lagen daneben auf einem Haufen. Das eine Mädchen warf unversehens Sand nach dem Jungen. Das andere Mädchen schmiss die Schaufel, sie traf ihn am Kopf. Der Junge rannte ein Stück weg, blieb stehen, weinte, wollte zurück, aber die Mädchen ließen ihn nicht.

Sie zog das Fenster zu und ging hinunter in die Küche. Was war noch da? Ein Stück Butter, zwei Radieschen, hartes Brot, nichts, was eine Mahlzeit ergäbe. In der Spüle türmte sich dreckiges Geschirr. Im Tiefkühlfach fand sie eine Pizza. Eine dicke Schicht Eis bedeckte das Cellophan, in das die Pizza eingeschweißt war. Sie schabte das Eis ab, fasste mit den Fingernägeln die Plastiknaht und riss sie auf. Gefriergetrocknet klebten auf dem Teigfladen Käsekrümel und Ketchupkleckse. Sie legte die Pizza auf ein Blech und schob es in den Ofen. Jetzt erst sah sie am Tisch die zwei Männer sitzen, sie spielten Mühle.

Hallo, sagte sie.

Was will die Fotze, sagte der eine, der andere lachte.

Die Käsekrümel verbrannten, bevor sie schmolzen. Als sie wieder hoch ins Zimmer kam, hatte eben eine neue Folge von irgendetwas begonnen. Isa setzte sich an den Tisch und begann zu essen, willst du auch ein Stück, fragte sie Arturo.

Er antwortete nicht.

Sie aß, egal was.

Sie hatte Arturo satt, sie begehrte ihn.

Lange kaute sie auf jedem einzelnen Stückchen herum. Kleine Bissen, eins ums andere. Im Film explodierte ein Auto. Arturo zuckte zusammen, schreckte hoch, wischte sich mit dem Handrücken den Speichel aus dem Mundwinkel.

Arturos Telefon klingelte. Ja, auch das, wie oft hatte Isa ihm das schon gesagt; man sollte sich nicht mehr ständig anrufen lassen, man wusste doch, dass feindliche Ohren in jeder Leitung lauerten. Sorglos griff sich Arturo das Handy.

Hi, sagte er.

Er streckte sich und begann, sich ausgiebig an der Brust zu kratzen. Er merkte das gar nicht. Er merkte nicht, wie er sich entlarvte. Er kratzte sich an der Brust, am Bauch, am Sack. Gestern hatte Motte dreimal angerufen. Isa ging hinaus aufs Klo.

Sie kannte Arturos Ausreden: Es ist nichts, wir müssen nur was besprechen. Wieder und wieder. Das hat mit dir nichts zu tun. Ja, er hatte recht, mit ihr hatte das nichts zu tun.

Sind wir, dachte Isa, nicht alle Kinder von Eltern, die alles besser machen wollten? So frei, wie sie erzogen wurde, sollte sie längst frei sein. Nie wurde dem Kind Zwang angetan, eigenmächtig durfte es seine Entfaltung bestimmen, wann, wo und wie, so war es gedacht. Sabine glaubte fest, ihre Tochter müsse mehr sein als ihrer beider Summe, etwas ganz besonders geniales Neues. Mit vier hatte Isa schon lesen können und mit fünf schreiben, ganze Sätze ohne Fehler. Und auch das Talent für die Geige hatte Anlass zur Hoffnung gegeben.

Was bleibt von jemandem übrig, fragte sich Isa, der, von Anfang an in Superlativen beschrieben, nicht gehalten hat, was andere sich von ihm versprochen haben? Die Haare steif wie ein Helm um das rotgesorgte Gesicht, steht Sabine in der Tür und starrt auf die Falten in Isas Leben. Sie will Rechenschaft, warum die Entfaltung auf einmal ins Stocken gerät, warum da, wo doch vorher alles schon glatt war, plötzlich wieder Falten sind.

Isa machte die Augen zu. Zu. Die Geister verscheuchen. Sie hörte Arturos Lachen. Sein Lachen, das er mit Motte teilte, nicht mit ihr. Sie presste die Hände auf die Ohren, sie suchte blind die Wand, die ihr Widerstand gab, ihrem Kopf, den Gedanken darin. In einer sanft schaukelnden Bewegung stieß ihre Stirn gegen die harte Fliesenwand. Nicht so, dass die Haut aufplatzte. Die rhythmische Bewegung besänftigte sie. Als würde sie vom Wind gewiegt, als wäre sie ein Zweig, der gegen die Hauswand wischt.

Komm schon, schrie Arturo drüben im Zimmer und brach wieder in dieses Gelächter aus. Er wird weggehen, dachte sie, gleich wird er wieder weggehen, und jedes Mal, wenn er ging, glaubte Isa, er käme nicht zurück, und wenn er nicht zurückkäme, wurde ihr klar, würde sie sich nicht mehr zurechtfinden.

Sie drehte den Wasserhahn auf und hielt ihr Gesicht darunter, klatschte sich das kalte Wasser gegen die Wangen, prustete. Sie ahnte, sie würde weit gehen, verdammt weit.

Isa? Was machst du da?

Er stand vor ihr, das Lachen noch im Augenwinkel. Wie aufgeweckt, wie angezündet. Duschen wollte er noch, bevor er ging. Offenbar musste nur sie ihn dreckig ertragen. Er wechselte die Seiten, wie es ihm gerade passte, man konnte sich auf ihn nicht verlassen.

Beide Hände verbarg er in den Hosentaschen, beide Fäuste. Kam auf sie zu, spielte sie an die Wand, trieb sie in die Ecke, wollte sie umarmen, umfangen mit Armen, deren Enden Fäuste waren.

Ich geh noch mal los, sagte er, nicht, was du denkst.

Was denk ich denn, sag, weißt du jetzt schon, was ich denk? Geh, geh doch, fauchte sie, zischte sie, hasste sich, ödete sich selber an, lud den Bick mit Verachtung auf, dann geh doch!

Alle Duschen waren kaputt. Er fluchte, er ging ungewaschen. Er ging.

Wo waren denn bloß all die anderen, alle machten alles ohne sie, dabei sollten sie doch alles gemeinsam machen. Sie ging auf und ab, sie ging im Kreis, sie stieg über die Matratzen, sie legte sich hin, sie versuchte zu schlafen, konnte nicht, machte den Fernseher an und wieder aus. Sie fand eine halbe Flasche Wein, soff, sofort wurde ihr schlecht, sie kotzte und schlief in der Kotze ein. Sie wachte auf und hatte wieder Hunger, sie suchte nach Essen, nach mehr Wein oder Bier oder Schnaps. Sie suchte nach Geld, in den Kleiderhaufen, im Schrank, unter den Matratzen.

Unter Arturos Matratze fand sie eine Pistole.

Fuck.

Woher hatte Arturo diese Knarre, wieso, wozu? Wer war Arturo? Bildete sie sich ein, ihn zu kennen, dabei kochte er sein eigenes Süppchen? Was wusste sie von ihm? Was er ihr zu verstehen gab, war das alles, war das genug? War das genug für gemeinsame Pläne, für eine Aktion, bei der sich einer auf den andern verlassen können musste, hundertprozentig. Oder vielleicht konnte man sich erst danach auf ihn verlassen. Vielleicht plante sie die Aktion überhaupt nur, damit sie sich endlich auf Arturo verlassen konnte.

Als könnte sie jeden Augenblick von selber losgehen, legte sie die Waffe vorsichtig aufs Bett, sah sie an, nahm sie wieder in die Hand. Der Lauf fühlte sich kühl an, samten, das geschwärzte Metall war etwas ölig. Mit klopfendem Herzen untersuchte sie das Ding, die Fingerspitzen strichen über den gerippten Griff aus schönem Holz, die Scharten im Metall, den Schriftzug an der Seite, die Kimme, das Korn, sie umrundeten die Mündung, verweilten, fuhren hinunter zum Abzug. Allmählich fasste sie Zutrauen. Sie legte sich den Lauf an die Wange, wartete, bis das Metall die Temperatur ihres Körpers angenommen hatte. Je länger sie die Waffe in der Hand hielt, desto weniger wog sie, desto intensiver wurde der eigenartige Trost, der von ihr ausging, ein trotziger Trost, ein kompromissloser Ernst.

Die große, halb gesprungene Scheibe in der Tür war ihr Spiegel. Die Beine breit, beide Arme neben dem Körper locker, in der einen Hand die Pistole.

Isa fühlte sich zweifellos und endgültig. Sie fühlte sich ohne Wenn und Aber. Sie trat zwei Schritte zurück. Sie hob die Pistole. Eine Hand kam zur andern, ein Finger kam zum Abzug. Sie wusste ja nicht einmal, ob sie geladen war, sie wusste ja nicht einmal, wie man nachsähe, ob sie geladen war.

Sie zielte, der Finger zog, bremste sanft am Druckpunkt – überwände er den Widerstand, zöge weiter, verließe eine Kugel den Lauf mit einer unvorstellbar schnellen Bewegung; die Konsequenz der konsequenten Bewegung war der Tod. Die Vorstellung des Todes schockierte sie nicht. Die Risse im Glas der Tür waren ein Fadenkreuz auf ihrer Stirn. Sie kniff ein Auge zusammen, zielte auf die Mitte.

Zwischen Stirn und Waffe rollte sachte Ottens Jaguar.

Stunden hat sie vor Ottens Haus gewartet, als der Jaguar endlich in die Straße einbiegt. Er bremst ab, blinkt. Das Tor, das sich sonst per Fernbedienung automatisch öffnet, streikt. Es geht nur halb auf, nicht weit genug, um den Wagen durchzulassen. Otten stoppt und steigt aus. Ein großer, schwerer Mann mit schlaksigem Gang. Etwas gebückt steht er da und drückt weiter auf den Sender. Nichts. Er dreht sich um und blickt die Straße hinauf und hinunter. Dem gegenüber geparkten Polo schenkt er keine Beachtung. Im Licht der Einfahrt leuchten hell Kragen, Manschetten und Haar, das Haar so weiß und voll, als wäre er ein zu mächtig geratener blonder Junge. Er ist dumm, er lässt die eigene Sicherheit außer Acht, er ist ein wunderbares Ziel.

Aber noch zog sie den Abzug nicht durch.

Sie legte die Pistole zurück unter die Matratze.

Isa?

Sie schreckte hoch, wirbelte herum. John stand in der Tür.

Hilfst du mir kochen? Dodo ist nicht da, vielleicht hat sie vergessen.

John kam ihr wie gerufen.

Klar, sagte Isa, gerne.

Er blieb stehen und sah sie an.

Was ist?

Du hast da was, in deinem Gesicht.

Sie fasste sich ins Gesicht. Ein schmieriger, bröckliger Film halb eingetrockneter Kotze bedeckte Wange, Ohr und Kinn. Jetzt, plötzlich, roch sie auch den Gestank.

Ja, sagte sie, mache ich weg, ich komme gleich nach.

Auf dem Tisch in der Küche standen zwei große Tüten mit Lebensmitteln.

Was gibts denn, fragte Isa.

Überraschung, lachte John.

Ach komm, wenn ich dir schon helfe.

Kujata sagen wir, aus meiner Heimat. Spinat, kleine Fisch und Reis.

Was für kleine Fisch?

John suchte in der Tüte und zog dann ein Glas heraus, hier, Sar-del-len, las er.

Mmh, superlecker bestimmt! Wer ist denn überhaupt da?

John zuckte die Schultern, zwanzig etwa?

Hast du für zwanzig eingekauft?

Er nickte, für mehr Geld nicht reicht.

An der Wand hing eine Essensliste. Zwei Leute hatten sich eingetragen für den Abend, das hieß aber nichts.

Okay, sagte Isa, ich wasche den Spinat.

Was ist das?, fragte John.

Was?

Sie drehte den Wasserhahn zu. Laute Stimmen waren zu hören.

Nein, keine Bullen, sagte John, jetzt seh ich, es ist Telly, nur Telly.

Isa musste lachen, du immer mit deinem Telly, sie mochte dieses Wort für Fernseher.

Nicht lachen, sagte John, so sagt man in meinem Land.

Ich weiß, sagte Isa.

Sven trat in die Küche, gefolgt von einem Schwarm schnatternder Leute, Kamera, Spots und puscheligem Mikro.

Sorry, Leute, sagte er, wir drehen für ne Doku.

Mann, sagte Isa, kannst du nicht vorher Bescheid sagen? Es gibt Leute, die wollen nicht gefilmt werden.

Hab ich doch, sagte Sven, ist alles abgesprochen, kann ich auch nix für, wenn ihr nicht miteinander redet.

Ein selbstgefälliges Grinsen lag auf seinem Gesicht oder vielleicht wirkte jedes Lächeln auf seinem Gesicht wie ein Grinsen, eine abstoßende Verzerrung, sie hatte ihn ja vom ersten Augenblick an nicht leiden können, ein Funktionär, einer, der immer richtig lag. Wo ist Dodo, fragte er, sie ist für ein Interview eingeplant.

Nicht da, sagte John.

Isa drehte den Wasserhahn wieder auf und begann den Spinat zu waschen, Blatt für Blatt riss sie in winzig kleine Fetzen.

ER NAHM EIN MESSER und half Cecilia, Tomaten zu schneiden. Er war froh, sich eine Weile nur auf das Zerkleinern von Tomaten konzentrieren zu müssen. Oder aber: Das Tomatenschneiden brauchte so wenig Konzentration, dass seine Gedanken nicht bei der Sache bleiben wollten. Hatte er eigentlich noch teil an der Wirklichkeit? Spitzenqualität waren selbst die Schlappen an seinen Füßen. Was er nie, auch früher nie infrage gestellt hatte: Gottgegeben sind die Schlappen an seinen Füßen. Auch wenn er anders geredet hatte damals. Es wäre schön, wenn es anders wäre, aber es ist nicht anders.

Hörst du mir überhaupt zu?, fragte Cecilia.

Hast du was gesagt?

Vergiss es.

Freute er sich auf Claras Besuch? Sie kam selten, sie studierte Tiermedizin im Norden. Er fragte sich, warum er kein engeres Verhältnis zu seiner Tochter hatte. Warum es ihn beinahe gleichgültig ließ, wenn sie zu Besuch kam. Er wusste schon im Voraus: Sie hat wieder irgendeine tolle Idee, die viel kosten würde, sie braucht einen neuen maßgefertigten Sattel, sie möchte noch dieses Pferd haben und an jenem Kurs teilnehmen und in den Semesterferien fliegt sie nach Fuerteventura, wo Freunde von ihr ein Architektenhaus haben, direkt am Strand, nein, nicht einfach bloß ein Haus, ein Architektenhaus.

Aber sie war doch seine Tochter. Meine Tochter, dachte er, ist das erbärmliche Klischee einer Tochter aus reichem Haus. Wie hatte ihm das bloß passieren können?

Warum hast du denn so schlechte Laune, fragte Cecilia. Da kommt Clara so selten, und du freust dich nicht.

So gut er mit Cecilia über vieles reden konnte, wenn es um Claras Wünsche ging, wurde sie bockig.

Ich habe keine schlechte Laune, sagte er.

Es ist, dachte er, als gebäre jeder erfüllte Wunsch einen neuen Wunsch. Hatte sie sich ein Pferd gekauft, redete sie schon vom nächsten Pferd, das sie sich wünschte. Es gab ja, außer erzieherischen, keine Gründe, Clara die Erfüllung ihrer Wünsche zu verweigern. Musste man ein Kind mit fünfundzwanzig Jahren noch erziehen? Nein, fand Cecilia.

Vor ein paar Wochen hatten sie Clara besucht, und Cecilia wollte natürlich in den Stall fahren, um die Pferde zu sehen. Erst druckste Clara rum, keine Zeit, keine Lust. Kein Wunder: Schmutzig, beinahe verwahrlost standen die drei Tiere im Paddock, überlang gewachsene Hufe, verfilzte Mähnen, das eine hatte an der Flanke eine Wunde, die schon zu eitern begann.

Was ist denn hier los, hatte Cecilia fassungslos gesagt, schaut denn hier niemand nach den Tieren?

Sie habe letzte Woche Prüfungen gehabt, maulte Clara.

Was hatten sie ihren Kindern vorgelebt? Eine Wirklichkeit, in der Geld zwar nicht zum Fenster hinausgeworfen wurde, sonst aber nie eine Rolle gespielt hatte. Woher hatte Clara diese Maßlosigkeit? Er wusste nicht, wie er damit umgehen sollte. Einmal hatte er den Vorschlag gemacht, ihr nur noch eine bestimmte Summe zu überweisen.

Sei nicht so geizig, hatte Cecilia prompt gesagt, das Geld ist doch da. Ererbtes Geld. Cecilias Familie hatte seit Generationen eine Papierfabrik.

Außerdem, hatte sie hinzugefügt, gibt sie ja auch Geld aus für gute Zwecke, Tierschutzvereine, Theaterprojekte.

Ich weiß, hatte er gesagt.

Noch so ein Thema, zu dem er lieber schwieg. Immer, wenn sie Geld für sogenannte gute Zwecke ausgegeben hatte, posaunte sie es hinterher hinaus in alle Welt. Seine eigene Tochter ging ihm zutiefst gegen den Strich.

Wenn sie das Geldausgeben wirklich glücklich machte, hätte er wohl auch nichts dagegen, aber es machte sie unruhig und unzufrieden. Wie ein Kind wollte sie haben, was sie sah.

Wie wärs, hatte er bei ihrem letzten Besuch gesagt, wenn du dich auch einmal zufriedengäbest mit dem, was du schon hast?

Die beiden Frauen hatten ihn angesehen, als hätte er von ihnen verlangt, auf der Stelle die Koffer zu packen und in einen Wohnwagen zu ziehen.

Eben umfasste Cecilia ihn von hinten, drückte ihm einen Kuss auf den Hals.

Und ob du schlechte Laune hast, sagte sie, ich kenne dich doch. Immer, wenn Clara kommt, wirst du muffelig. Sei doch froh, dass sie so lebenslustig ist, so offen und für vieles zu begeistern, wär dir eine Tochter lieber, um die man sich ständig sorgen muss?

Darum geht es doch gar nicht, sagte er, wirklich, Cecilia, du musst nicht immer gleich ins andere Extrem fallen, du weißt doch, was ich meine, es gibt auch noch etwas dazwischen.

Oh nein, wenn es um Clara ging, gab es nichts dazwischen. Sie war das Nesthäkchen, das Mädchen, auf das Cecilia so lange gewartet hatte. Und dann hatte Clara diese Hasenscharte. Diese leichte Missbildung, die sofort nach der Geburt von den besten Ärzten operiert worden war, und wenn man es nicht wusste, war kaum noch etwas zu sehen davon. Für Cecilia aber war diese längst korrigierte Anomalie eine Art Versagen, das sie glaubte unermüdlich wiedergutmachen zu müssen.

Hallo Liebes, rief Cecilia, du bist ja schon da?

In der Tür stand Clara. Groß, schlank, langes hellbraunes Haar, hochgesteckt, leuchtend blaue Augen. In den Ohren Perlen. Exquisit gekleidet. Wie wunderschön sie ist!, dachte Otten, nicht ohne Stolz. Er küsste sie auf die Wange.

Na, Papa, heute mal zu Hause?

Was soll das heißen, ich bin doch immer zu Hause, wenn du kommst.

Ja klar, lachte sie, immer. Immer öfter, wirst ja auch älter.

Jetzt komm mir nicht frech, sagte er.

Ihre Spielchen, die er liebte. Cecilia hatte recht, sie war ein tolles Mädchen, talentiert, klug.

Einen schönen neuen Zaun habt ihr, sagte sie, wurde ja auch langsam mal Zeit.

Ach stimmt, den hast du ja noch gar nicht gesehen, sagte er.

Wegen der Sache im Frühjahr, sagte Cecilia.

Na ja, sagte Clara, auch ohne die Sache im Frühjahr wär ein neuer Zaun mal nötig gewesen. Soll ich noch was helfen?

Nein, sagte Cecilia, alles fertig, sogar Papa hat geholfen.

Echt? Oh la la.

Sekt?

Ja gerne. Sie ließ sich mit ausgebreiteten Armen in einen Sessel fallen, zog sich im Sitzen Jacke und Schuhe aus. Bin ich froh, hier zu sein, auf der Autobahn war die Hölle los.

Cecilia reichte ihr ein Glas.

Prost, sagte Clara, hab ich schon erzählt?

Was hast du erzählt, fragte Otten.

Ich verkaufe die Pferde.

Was, sagte Cecilia konsterniert, warum?

Ich gehe nach dem Studium nach Afrika, in eine Auffangstation für Wildtiere, du hast recht, Papa, man muss auch mal mit etwas zufrieden sein.

Er sah sie an.

Ich verkaufe die Pferde und die Wohnung und das Auto. Ich brauche das alles nicht mehr. Sie lachte.

Aber Clara!, sagte Cecilia.

Hast du dir das auch gut überlegt, fragte er.

Ja, sagte sie, hab ich. Und seit ich mich entschieden habe, fühle ich mich so was von befreit.

Sie nahm einen Schluck Sekt.

Und die Pferde, fragte Cecilia, tut es dir denn nicht leid, sie wegzugeben?

Clara zuckte die Schultern.

Cecilia, war sich Otten ganz sicher, würde Calipso nie weggeben, selbst wenn die Stute nicht mehr reitbar wäre, würde sie so oft wie möglich in den Stall fahren, nur um mit dem Tier zusammen zu sein. Sie würde es zum Grasen auf die Wiese führen, sie würden lange Spaziergänge zusammen machen.

Einmal, als ihr Auto in der Werkstatt war und er hinausfuhr, um sie abzuholen, hatte er sie in Calipsos Box sitzend gefunden. Eine ganze Weile hatte er sie beobachtet; sie saß neben dem Kopf der Stute im Stroh, den Rücken an die Boxenwand gelehnt, die Beine breit ausgestreckt, an den Füßen Gummistiefel. Calipso fraß Heu von einem großen Haufen. Selbstvergessen hatte Cecilia zugesehen, ab und zu fuhr ihr Calipso mit der Nüster über Gesicht und Haar. Cecilias Haltung, ihr ganzes Wesen hatte auf eigenartige Weise jung gewirkt.

Cecilia, hatte er leise gesagt, ich bin da.

Sie schreckte auf, lächelte, zog sich an den Gitterstäben in die Höhe, strich sich Heu und Stroh aus den Kleidern, aus dem Haar und schob dann die Boxentür auf.

Aber, sagte Cecilia hilflos, du kannst doch nicht einfach die Pferde verkaufen. Außerdem, fuhr sie fort, bist du dann so weit weg. Hast du denn keine Freunde, ich meine, willst du einfach alles hinter dir lassen?

Clara nickte fröhlich.

Otten lehnte sich zurück. Zündete sich eine Zigarette an. Es war sinnlos, darüber noch weiter zu diskutieren. Sie würde nicht nach Afrika gehen. Es würde sein wie die anderen Male. Sobald sie sich an den Gedanken gewöhnt haben würde, nach Afrika zu gehen, würde sie diesen und jenen Nachteil entdecken, sie würde von einem Tag auf den anderen keine Lust mehr haben und entscheiden, dass sie doch lieber hierbleiben wollte.

Für jede zurückgenommene Entscheidung gab es beste Gründe. Die vielen Möglichkeiten, die sie hatte, brachten sie um ihr Leben. Er hörte nicht mehr zu. Eine Laune konnte alles wieder über den Haufen werfen und sie für Launen zu tadeln, kam ihm absurd vor. Er hasste sich für diese Gleichgültigkeit, aber er konnte nicht anders. Hinter ihrem zugegebenermaßen ansteckenden Aktionismus entdeckte er Verzweiflung, ihr Enthusiasmus war nichts anderes als ein irres Freudengeheul über die gelungene Flucht vor einer entsetzlichen Langeweile.

Wollen wir nicht essen?, fragte Cecilia.

Ach Papa, sagte Clara, du hast ja noch gar nichts gesagt.

Was soll ich sagen, sagte er.

Er stand auf und ging in die Küche, um Cecilia zu helfen, das Essen aufzutragen.

Was soll das jetzt, rief sie hinterher, du hast doch gesagt, ich soll mal mit etwas zufrieden sein.

Hab ich, sagte er.

Lass uns von was anderem reden, sagte Cecilia.

Aber Cecilia sagte den ganzen Abend kaum noch ein Wort.

NA, IMMER NOCH IN DEN FEDERN?, fragte Beba und trat zum Bett. Manuelas roter Schopf war ein Farbklecks auf dem Weiß des Kissens, im Weiß des Zimmers.

Haha, sehr lustig!

Warum hat denn hier noch niemand die Vorhänge aufgemacht, sagte Beba, willst du nicht die Sonne sehen?

Beba ging zum Fenster und schlug die Vorhänge zurück.

Unten lag der Kanal. Das Café auf dem alten Kutter war noch geschlossen. Wind spielte in den Bäumen, die silbrig glänzenden Blätter einer Pappel, war es, überlegte Beba kurz, eine Pappel?, spindelten im Licht.

Diese Hitze, sagte Manuela, hält man ja kaum aus, schon am frühen Morgen.

Es ist aber nicht besonders warm hier drin, sagte Beba, und früh ist es auch nicht mehr.

Ab Mittag schon, sagte Manuela, wenn die Sonne auf den Fenstern steht.

Ja, sagte Beba, dann vielleicht.

Gestern, nach dir, sagte Manuela, war Katjana da, sie meinte, dass die Tschechin alles schlechter macht.

Stimmt, sagte Beba, alles macht sie schlechter, eigentlich ist sie gar nicht zu gebrauchen.

Und die Schwestern hier sind unfreundlich, sagte Manuela, manche können nicht mal richtig Deutsch.

Ich kann auch nicht richtig Deutsch, sagte Beba.

Das ist was anderes.

So so, sagte Beba und nahm Manuelas Hand.

Manuelas Gesicht war etwas schmaler geworden, die Falten tiefer. Am Haaransatz zeigte sich ein breiter weißer Streifen. Sonst hat sie diesen Streifen wohl mit dem Tuch verdeckt, dachte Beba, damit sie nicht zu oft nachfärben muss. Sie nahm die Flasche, die auf einem Tischchen neben dem Bett stand, und goss Wasser in ein Glas.

Trinkst du auch genug?

Folgsam trank Manuela, Beba schenkte nach.

Kommt Jochen?, fragte sie.

Nein, sagte Manuela.

Warum nicht?

Sie wissen gar nicht, dass ich hier bin.

Nein?

Ich hab ja nichts, sagte sie.

Nein, sagte Beba, du hast nichts.

Beba drückte ihr die Hand.

Die Tür ging auf, herein rauschte ein halbes Dutzend weiß beschürzter Leute, Ärzte oder Studenten oder beides.

Guten Morgen, Visite, sagte munter der Vorderste.

Morgen, knurrte Manuela.

Morgen, sagte Beba, dann werde ich mal.

Geh nicht, sagte Manuela und hielt sie am Handgelenk fest. Ich will, dass sie bleibt, fauchte sie, obwohl niemand Beba hinausgeschickt hatte.

Der Arzt nickte, er hatte es wohl aufgegeben, mit Manuela zu diskutieren.

Wie fühlen Sie sich?, fragte er.

Wie schon, schnaubte Manuela.

Der Arzt lachte, nichts kann man ihr recht machen, sagte er zu Beba. Er schlug die Decke zurück und betastete das operierte Knie. Manuela verzog keine Miene.

Tut das weh?

Sie schüttelte den Kopf.

Wunderbar, sieht gut aus, noch eine Woche, dann kann sie in die Reha.

Er redete, als wäre Manuela gar nicht vorhanden, sie wollte hier wohl auch nicht vorhanden sein.

Andere wären froh, wenn man ihnen helfen würde, sagte Beba, als die Schar verschwunden war.

Hm, machte Manuela.

Beba zog das Laken wieder über das geflickte Knie, strich es glatt.

Ich muss, sagte sie, ich komme morgen wieder.

Ja, sagte Manuela.

Beba ging hinaus in den schönen, windigen Tag. Das Café auf dem Kutter wurde gerade geöffnet, sie setzte sich an einen Tisch, der in der prallen Sonne stand. Ihr war keine Sonne zu warm. Sie blickte hoch zu Manuelas Zimmer. Sie konnte ja nicht aufstehen und aus dem Fenster schauen, sie konnte nicht sehen, dass Beba noch genug Zeit blieb, hier zu sitzen und einen Kaffee zu trinken. Der Kutter hatte nur einen Mast – eine Seeräuberflagge war gehisst, weißer Totenkopf auf schwarzem Grund, eine Regenbogenflagge flatterte auf halber Höhe. Auf dem Tisch lag eine Zeitung, beschwert von einem Aschenbecher. In Gedanken noch bei Manuela, zog Beba die Zeitung näher, blickte auf die Titelseite, auf ein Gesicht. Halt, kennt sie den nicht? Die Züge dieses Gesichts unter dem vollen weißen Haar, die eher kleinen Augen, darüber buschige Brauen, die etwas schiefe Nase, das starke Kinn. *Senator Otten in der Kritik.* Hieß er Otten? War er Senator? Wo hatte sie bloß diese Karte gelassen. Sie suchte in der Handtasche und fand sie in einem leeren Fach, ziemlich zerknittert, halb zerrissen. Kein Beruf stand darauf, keine Funktion, nur der Name, Joachim Otten, und die E-Mail-Adresse, auf der Rückseite eine Telefonnummer, von Hand geschrieben.

Eigentlich könnte sie das Ding auch endlich wegwerfen. Stattdessen glättete sie die Karte und steckte sie dann in ihrem Portemonnaie hinter die Aufenthaltsgenehmigung. Sie wandte sich wieder dem Bild zu. Die Oberfläche seines Gesichtes erinnerte sie an den Mann, den sie an jenem Abend kennengelernt hatte, nicht aber der Ausdruck. Auf dem Foto saß er an einem Tisch, vor dem Mund Mikrofone. Als hätte er sich in seinen großen Körper wie in eine Festung zurückgezogen, waren die Augen Schießscharten. Sehr einsam sah er aus, er tat ihr leid. Dabei kannte sie ihn doch gar nicht.

Er wolle diese Fabrik räumen lassen, las sie, diese Fabrik, in der die Flüchtlinge aus dem Camp sich selber überlassen seien. Aus dem Artikel las Beba, dass sie offenbar sich selber überlassen sein wollten.

Ob die Frau, die ihr geholfen hatte, jetzt auch dort lebte? Viel Glück hatte sie ihr gewünscht, ihr und ihrem Kampf. Sie war nett gewesen, sympathisch. Auch Otten hatte Beba nett gefunden. Sie hatte seine Verlegenheit gut verstehen können. Sie hatte an seinem Gesicht gesehen, wie ihm die Gedanken durch den Kopf marschiert waren. Er hatte keine billige Chance gewittert. Das sprach für ihn. Der Artikel in der Zeitung sprach gegen ihn. Sie faltete die Zeitung zusammen und legte sie beiseite. Sie bezahlte und ging.

Sie nahm den Uferweg am Kanal entlang. Ausgerechnet heute würde Zeisler wieder einmal kommen. Er kam nie spontan, immer rief er vorher an und fragte, ob sie Zeit für ihn habe. Seine Besuche waren unregelmäßig, manchmal kam er lange nicht, dann wieder zweimal die Woche. Sie schlenkerte mit den Armen. Das Wasser des Kanals war brackig, zerfurcht, und aufgebrochen vom Wind sah es aus, als strömte es in eine falsche Richtung.

Bald würde sie das Geld zusammenhaben.

Sie überquerte die Brücke und schlug den Weg zum Musikgeschäft ein. So oft wie möglich besuchte sie ihr Klavier. Es stand etwas schräg im Schaufenster, ein glänzend schwarzes Möbel, eine weiche, elegante Form. Manchmal trat sie ein und fragte, ob sie spielen dürfe. Nicht zu oft. Sie hoffte, dass es nicht verkauft würde, bevor sie das Geld zusammenhatte.

Ob sie es reservieren lassen könne, hatte sie gefragt.

Bis wann?

Ja, bis wann? Sie wisse es nicht genau.

Heutzutage, sagte der Verkäufer, könne man auch auf Raten kaufen.

Davon hielt Beba nichts. Wenn es in ihrem Zimmer stehen würde, sollte es ganz und gar ihr gehören. Sie fragte, ob man es dann vielleicht bitte aus dem Schaufenster nehmen könne, damit niemand anderes in Versuchung gerate.

Der Verkäufer schüttelte den Kopf. Wenn es verkauft sei, sagte er, könne man ja einfach wieder ein neues bestellen.

Aber Beba wollte genau dieses Klavier haben. Das Klavier, das sie so oft betrachtet hatte, das sie angefasst hatte, auf dem sie gespielt hatte. Auch wenn es genauso aussehen würde, wäre ein anderes Klavier eben ein anderes Klavier. Stellte sie sich vor, ihr Klavier stünde diesmal nicht mehr im Schaufenster, es stünde in irgendeinem fremden Wohnzimmer, fremde Hände würden darauf spielen, schossen ihr die Tränen in die Augen, das war dumm, aber so war es.

Zeisler kam zu früh, er klopfte diesmal nicht an die Tür, er rief, es klang, als riefe er um Hilfe. Beba war gerade fertig mit duschen, noch im Bademantel öffnete sie ihm. Klein stand er da, geschrumpft. Komm, sagte sie. Sie nahm ihn in den Arm. Sie waren weder alte Freunde noch flüchtige Bekannte, sie waren zwei Leute, die Geschäfte miteinander machten. Es war, als hätte er lange niemanden mehr umarmt, als versuchte er, sich in ihre Arme zu retten.

NACHT, DIE LÄNGSTE NACHT, die längste Zeit war Nacht. Arturo neben ihr schnarchte leise, Hans und Dodo, drüben auf ihren Matratzen, flüsterten, verstehen konnte Isa nichts, unten feierten einige, jeden Abend wurde irgendetwas gefeiert.

Eigentlich sollte sie schlafen. Um ausgeschlafen zu sein, wenn sie bald aufstehen würde. Aber der Schlaf wollte nicht kommen. Unablässig sicherte sie die Gedanken im Inneren ihres Kopfes, zurrte sie fest mit dicken Stricken. Sie hörte den Wind in den Dachrinnen pfeifen, sie hörte den Regen auf das Dachfenster fallen, sie bereitete sich vor, pausenlos.

Isa wollte aufhören, sich an ihre Herkunft zu erinnern. Aber würde sie sich nicht an ihre Herkunft erinnern, hätte sie auch keinen Grund mehr, sich vorzubereiten.

Als Isa sieben Jahre alt war, wollte Sabine von ihrer Tochter nicht mehr Mama genannt werden, sondern Sabine.

Er fände das richtig, sagte ihr Vater, obwohl es ihm egal war. Lange konnte Isa die fremden Namen nicht aussprechen. Es kam ihr vor, als seien Sabine und Erich ganz andere Leute als Mama und Papa, unbekannte Leute. Inzwischen hatte sie sich daran gewöhnt.

Letzte Woche hatte Isa ihr Bankkonto aufgelöst. Keine faulen Kompromisse sollten ihr in Zukunft das Leben erleichtern und vor allem: Keine Fährte sollte noch zu ihr führen. Auch das Auto hatte sie abgemeldet, seither fuhr sie mit gestohlenen Kennzeichen. Sprit und was sie sonst zum Leben brauchte, klaute sie sich zusammen und immerhin, einen kleinen Betrag bekam sie gelegentlich aus der Spendenkasse der Fabrik. Sie mochte es, sich arm zu fühlen. Arm wie jene, für die sie kämpfte. Der abnehmende Abstand zwischen ihr und den Flüchtlingen beruhigte ihr Gewissen. Sie und Arturo und Hans und Dodo waren dabei, den Plan umzusetzen.

Ab morgen würde Isa gewachsen sein, größer sein, als sie sich je erträumt hatte, stärker. Sie würde jeden eigennützigen Impuls hinter sich gelassen haben. Streng verbot sie sich die Lust am Kampf, das fiebrige Verlangen nach Abenteuer. Urteil um Urteil fällte sie mit immer leichterem Herzen, sie wurde zu ihrer eigenen Instanz. Nicht mehr oft streiften sie Schatten von Zweifeln, sie konnte die Dinge nicht mehr so oder so sehen.

Um halb zwei stand Isa auf und weckte die anderen. Schnell waren sie wach, müde, aber wach. Alles war vorbereitet. Damit niemand sie zusammen gehen sähe, verließen sie einzeln die Fabrik und gelangten auf verschiedenen Wegen zum Parkplatz am Kanal. Sie trafen sich an dem Audi, den Arturo gestern spätabends noch geklaut hatte.

Dodo setzte sich hinters Steuer.

Natürlich hatte Otten seit der Sprayerei aufgerüstet. Ein Bodyguard wohnte jetzt im Haus. Der Zaun ums Grundstück war neu, höher und versehen mit nach oben hin spitz zulaufenden Streben, ein Betonband im Grund sollte verhindern, dass jemand auf die Idee käme, ein Loch zu graben. Ein fein verzweigtes Alarmsystem umgab die Villa, Kameras, Scheinwerfer, gekoppelt mit Bewegungsmeldern. Der Bodyguard machte exakt alle zweieinhalb Stunden einen Rundgang. In kurzen Abständen fuhr eine Streife durch die Straße. Irgendwann, hatte Arturo gesagt, ist jede Abwehr abwesend, wie beim Fußball, haha. So war es: Zwischen drei und halb vier Uhr nachts fuhr die Streife zur Raststätte an der Autobahn, etwa fünf Kilometer stadtauswärts. Die Polizisten stellten sich auf den Parkplatz, holten sich Soljanka oder eine Wurst. Manchmal tranken sie dazu ein Bier. Sie erleichterten sich im Wäldchen neben den Stellplätzen, rauchten eine, dösten eine halbe Stunde im Wagen, mindestens. Eine weitere Schwachstelle in Ottens Sicherheitssystem war, wie bei der ersten Aktion, Frau Capliks hübsch verwilderter Garten. Die Buche, die direkt am Zaun stand.

Isa, Arturo, Dodo und Hans hatten sich gut vorbereitet, jede Möglichkeit bedacht. Bedacht, was der Gegner bedacht haben musste, herausgefunden, was der Gegner vergessen hatte: Die unteren Äste der Buche waren zwar abgesägt worden, dass die Buche aber den Zaun schräg überragte, war ihnen wohl entgangen. An Frau Capliks Garage hing eine lange Leiter. Sie hatten es ausprobiert. Die Leiter direkt am Zaun anzulegen war zu riskant, Arturo hatte, oben auf der Querstrebe des Zaunes stehend, nicht genügend Halt, die Leiter nachzuziehen. Die Buche hingegen war perfekt. Der Abstand von der Spitze des Zauns bis zum ersten starken Ast betrug etwa einen Meter, Zaunhöhe um die drei Meter, Gesamthöhe vom Boden bis zum ersten Ast also rund vier Meter. Es war zwar etwas mühsam, die Leiter nachzuziehen, aber auf dem dicken Ast sitzend ging es. Die Buche war von keiner Seite her einzusehen. Dichtes Buschwerk verdeckte die Sicht.

Es war kurz vor drei Uhr, als sie ankamen. Sie warteten an der Hauptstraße, bis die Streife um zwanzig nach drei Richtung Autobahn an ihnen vorbeifuhr. Den Wagen stellten sie zwei Häuser vor Ottens Villa ab. Dodo blieb am Steuer. Hans duckte sich hinter die Mauer neben dem Eingang zu Frau Capliks Grundstück.

Es war eine stürmische Nacht, keine Sommernacht mehr,

eine Nacht, durchweht von kühlem Regen, eine Nacht, in der man die Fenster geschlossen hielt.

Isa und Arturo huschten in den Garten, im Laufen zogen sie sich die Masken vors Gesicht. Es war wie ein oft geübtes Ballett. Von der Pforte zur Garage, die Leiter von der Halterung nehmen, Isa hinten, Arturo vorne, über den Rasen zum Zaun im Laufschritt, geduckt unter dem Buschwerk hindurch zum Baum; sie legten die Leiter an den Stamm, Arturo stieg hoch, Isa sicherte vom Boden aus. Nässe tropfte herunter, lief ihr in die Augenlöcher der Maske. Der Bodyguard im Haus hatte seine Wohnung nach hinten raus. Eben sah Isa den Lichtkegel seiner Taschenlampe über den Putz des Hauses gleiten und gleich darauf verschwinden. Arturo zog die Leiter nach, kurz hörte Isa ihn fluchen. Jetzt musste es schnell gehen: Bevor der Bodyguard seinen Rundgang antrat, schaltete er die Alarmanlage aus, etwa zehn Minuten, nachdem er ihn beendet hatte, schaltete er sie wieder ein. Diesen Zeitraum mussten sie nutzen. Arturo würde auf dem Weg zum Windfang vor der Haustür quer über den Rasen laufen, den Rucksack mit dem Sprengsatz unter die Kommode im Windfang schieben, dann so schnell wie möglich zurückkommen.

Isa wartete. Lange nichts, im Baum der Sturm, in der Brust das Herz, gefasst darauf, dass etwas schiefgehen, dass doch irgendein Alarm losheulen würde. Regen, stärker werdend, die Lederjacke war nass und schwer, die Maske klebte ihr am Gesicht, um sich warm zu halten, trippelte sie hin und her. Plötzlich stieß ihr Fuß an etwas Weiches, Lebendiges, beinah hätte sie geschrien, stattdessen schrie dieses Etwas, sehen konnte Isa nichts. Vielleicht die Katze der Nachbarin, ein Waschbär? War es weg? Dann sah sie auf der andern Seite des Zaunes

Arturo zurückkommen, flink kletterte er die Leiter hoch, zog sie nach, Isa streckte die Arme aus, um sie in Empfang zu nehmen. Sie fasste die unterste Strebe, rammte das Ende in den tief durchnässten Boden, sicherte mit den Schuhen, sah hoch, es regnete ihr ins Gesicht, und schon stand Arturo wieder neben ihr. Er hob den Daumen, sie hob den Daumen, dann brachten sie die Leiter zurück.

Arturo zündete sich eine Zigarette an.

Nicht im Auto, sagte Dodo.

Schnauze, sagte Arturo gereizt.

Von ihrem Atem, den nassen Kleidern beschlugen sofort die Scheiben.

Dreh die Heizung hoch, fauchte Isa.

Sie alle waren gereizt. Froh und gereizt. Hier ging es um viel. Es ging darum, das Blatt zu wenden. Die dort, sie hier. Hatte man sich einmal für Gewalt entschieden, war die Trennlinie plötzlich messerscharf. Sie waren eine Bande, sie gehörten jetzt zusammen, wie Menschen sonst nicht zusammengehören konnten.

Dodo drehte die Heizung auf die höchste Stufe und fuhr los.

Was war das vorhin, fragte Arturo nach einer Weile, warum hast du so gequiekt?

Eine Katze, sagte Isa, glaube ich, keine Ahnung, ich hab mir fast in die Hose gemacht.

Der Bann war gebrochen, sie grölten los, sie gluckten und schrien, während Dodo auf die Stadtautobahn bog.

Mal schauen, was der reiche Sack in seinem Audi so für Musik hört, sagte Hans kichernd, Mahler, Britten, Lou Reed, ah hier, Johnny Cash.

Die Straße war breit und frei. *And it burns, burns, burns, the ring of fire* sangen sie mit, Isa war, als führen sie durch eine Stadt der Zukunft, durch einen Science-Fiction-Film, als könnten sie jederzeit abheben und zwischen verrückt futuristischen Türmen hindurch in ein verheißungsvolles All fliegen.

Sie parkten am Hauptbahnhof, zogen sich um. Den Wagen ließen sie stehen. Masken, Handschuhe und Schuhe entsorgten sie in einem Container auf dem Weg zurück zur Fabrik. Nicht zu nah. Barfuß gingen sie das letzte Stück, barfuß wie Kinder.

Alles war noch wie vorher, aber sie konnten nicht mehr verhindern, dass bald nichts mehr sein würde wie vorher.

Um sieben Uhr würde Otten das Haus verlassen. Um halb acht würde seine Frau in den Stall fahren. Der Zeitzünder war auf 8.45 Uhr eingestellt, niemand sollte verletzt werden. Es war nicht viel Sprengstoff, gerade genug, um die alte Kommode in die Luft zu jagen, vielleicht bekäme die Tür einen Kratzer ab, aber der Windfang würde stehen bleiben. Sie wollten Ottens Zuhause nur symbolisch unbrauchbar machen, sie wollten ihm beweisen, wie verwundbar er war.

Isa stellte den Wecker. Sie legten sich noch mal hin, keiner schlief. Um halb acht stand Isa auf, ging rüber aufs Klo. Als sie zurückkam, lief der Fernseher, alle drei saßen davor und schwiegen, Isa setzte sich dazu. Sie konnten es kaum erwarten, bis die Tat aus der Welt zu ihnen dringen würde.

Was sie aber um kurz nach neun Uhr hörten, zerriss die Gruppe, statt sie zu kitten. Eine Gärtnerin, wurde gemeldet, sei bei einem Anschlag auf das Privathaus des Senators Otten schwer verletzt worden.

Verdammte Scheiße, sagte Hans, fuck!

Dodo schwieg.

Arturo zündete sich eine Zigarette an.

Isa nahm ein Ziehen wahr, ein kurzes Brennen im Bauch, mehr nicht. Wer für den Gegner arbeitet, dachte sie, ist selber ein Gegner. Es ist entschieden. So klar, so einfach. Die Schlichtheit ihrer eigenen Rechtfertigung überzeugte sie sofort. Wichtig war: Sie, Isa, und ihre drei Genossen hatten eingegriffen.

Hans stand am Fenster und blickte hinaus. Dodo ging zu ihm und legte ihm den Arm um die Hüfte. Er trat einen Schritt beiseite.

Das mit der Gärtnerin ist echt Kacke, sagte er.

Schicksal, sagte Isa, warum muss sie auch für das Schwein arbeiten? Außerdem lebt sie ja noch.

Hans drehte sich um.

Bist du eigentlich schon immer so zynisch gewesen, fragte er.

Komm schon, sagte Isa, natürlich hat das keiner gewollt, aber so was kann eben immer passieren. Wenn dich das jetzt so stresst, musst du dir schon mal überlegen –

Was, brauste er auf, was muss ich mir überlegen? Hast du ein Problem mit Kritik, ihr alle habt doch ein Problem mit Kritik.

Hans, sagte Arturo, so war das nicht gemeint, sie sagt doch nur, wenn du damit nicht leben kannst, es zwingt dich keiner.

Red doch nicht so einen Stuss, fuhr Isa dazwischen, er kann nicht mehr einfach aussteigen. Ab heute ist alles anders. Das, was heute passiert ist, ist nicht mehr nur eine Schmiererei. Und du, Hans, du warst dabei.

Hans' Blick ging vom einen zum anderen. Dann schüttelte

er den Kopf, öffnete den Mund, wollte etwas sagen, holte aber nur tief Luft und schwieg.

Unvermittelt war echt und ernst geworden, was in der Vorstellung immer noch Probe gewesen war, aufregende Vorbereitung. Wie sehr sich Isa nach diesem Ernst gesehnt hatte, wurde ihr soeben klar. Ein existenzieller Ernst. Als hätte sich etwas in ihr gelöst. Als hätte sie sich mit dieser Tat selbst befreit.

Sie dachte an Zora, die Frau von jenem ersten Abend im Momo. Sie bewunderte die Hingabe. Die Konsequenz, den Mut, nach einer Idee zu leben. Natürlich wusste sie heute, wer die Frau war, was sie getan hatte. Mindestens zwei Menschen hatte sie getötet, im Namen einer besseren Welt. Sie hatte nicht gezweifelt und zweifelte auch heute nicht, sie hatte ein gutes Gewissen. Sie hatte keine Überzeugungen verraten, wie so viele andere.

Man musste den Zweifel verfluchen, der sich doch immer wieder heimlich und wichtigtuerisch von hinten anschlich. Der Zweifel trieb Keile ins Denken, er zersplitterte den Glauben an das revolutionäre Recht, das alles erlaubt, er lähmte die Kraft.

Isa war dabei, das enge Herz ihrer Herkunft zu sprengen. Jetzt ging es erst richtig los.

Er habe den Schlüssel eines Künstlers, der drei Monate für ein Stipendium im Ausland sei, sagte Hans, sie könnten vorerst in seine Wohnung.

Hast du sie nicht mehr alle, sagte Arturo, wir können jetzt nicht einfach verschwinden, wir müssen weitermachen, weiterleben, als wäre nichts geschehen.

Dodo hatte sich von Hans abgewandt, sie saß jetzt auf der Matratze neben Arturo. Sie trug, obwohl es ziemlich kühl war in der Kammer, ein tief ausgeschnittenes, ärmelloses Shirt.

Gelassen löste Isa den Blick von Dodos Haut, friemelte ein zusammengefaltetes Blatt Papier aus der Gesäßtasche. Sie hatte das Bekennerschreiben am vorigen Abend schon verfasst, sie las es noch einmal durch. Klar, die verletzte Gärtnerin würde sie Unterstützung kosten – oder auch nicht.

Arturo setzte sich zu ihr und sah sie an, lange, gründlich. Als bemerkte er erst jetzt, was in ihr steckt.

Und wenn wir diesmal kein Bekennerschreiben rausschicken, fragte Hans, wäre das in diesem Fall nicht klüger?

Isa sah hoch.

Du hast Schiss, sagte sie, das ist es. Du hast einfach nur Schiss um deinen Arsch. Dir geht es gar nicht um die Frau, dir geht es um dich.

Noch sei die Zeugin nicht vernehmungsfähig, sagten sie im Fernsehen, man hoffe aber auf mehr Informationen am frühen Abend. Ein Bekennerschreiben sei noch nicht eingegangen. Noch sei also nicht klar, von wem der Sprengsatz deponiert worden sei, der Anschlag werde aber einer linksextremistischen Splittergruppe zugerechnet, die bereits einmal mit Schmierereien am Privathaus von Doktor Otten in Erscheinung getreten sei, sie nenne sich Antirassistische Zone, ARZ. Der Staatsschutz sei eingeschaltet, ermittelt werde in alle Richtungen, auch, ob der Anschlag etwa der Gärtnerin, die aus Polen stamme, gegolten haben könnte und somit fremdenfeindlich motiviert sei.

Ein Reporter kommentierte: Muss nach den Ermittlungsfehlern bei der Aufklärung der Verbrechen des Nationalsozialistischen Untergrundes jetzt mit eklatanten Ermittlungspannen im linksextremistischen Untergrund gerechnet werden? Kann man unserem Staat noch vertrauen?

Hans lachte. Er krümmte sich vor Lachen, ein irres, halsbrecherisches Gelächter. Der Kampf hat begonnen, grölte er, der Aufstand wird kommen.

Sie rauchten. Sie schwiegen. Sie warteten.

Ist sie euch wirklich egal, begann Hans wieder, oder tut ihr nur so? Ich frage mich, ob es einem egal sein kann, wenn man verantwortlich ist für einen verletzten oder toten Menschen.

Hans, sagte Isa, deine Frage ist sinnlos. Es ist egal, ob es mir egal ist. Der Punkt ist doch, es lässt sich nicht mehr ändern.

Ich weiß, sagte Hans leise, ich weiß.

Wollte er wirklich einen Schritt zurück? Ein Schritt zurück wäre ein Schritt zurück in den Dreck, in die Gosse der Normalität. Dass er nicht weiterdachte, enttäuschte Isa, dass er wohl aus den Augen verloren hatte, wozu sie all das taten.

Die Frage, ob in der gegenwärtigen politischen Situation Gewalt angebracht sei, hatten sie rauf und runter diskutiert. Analyse, Kritik, Aktion – oder Ablehnung. Hans hatte Gewalt nicht abgelehnt. Angesichts der strukturellen Gewalt des herrschenden Systems, angesichts der Brutalität, mit der Menschen an den Grenzen abgewiesen wurden und zu Tausenden verreckten, hatte er unbedingt unter jenen sein wollen, die diesem Wahnsinn etwas entgegensetzten. Glaubte er, Veränderung gäbe es ganz ohne Risiko?

Wir wollen eine bessere Welt und verletzen Menschen, murmelte Hans. Das kann es doch auch nicht sein.

Doch, Hans, doch, sagte Isa, das gehört dazu. Das muss dazugehören. Hans, das sind keine Menschen, das sind Schweine, auch die Schlampe. Sie arbeitet für ihn, sie nimmt seine dreckige Kohle.

Aber vielleicht muss sie? Isa! Hallo? Hörst du dir eigentlich selber zu? Menschen das Menschsein abzusprechen ist ein alter Trick, das haben schon die Nazis gemacht, ist dir das denn nicht klar?

Alle sahen zu Hans. Als wäre er plötzlich auf die Größe einer Ameise geschrumpft, sahen sie auf ihn hinunter.

Du vergleichst uns jetzt hier, sagte Isa leise, nicht ernsthaft mit den Nazis, oder?

Nein, sagte Hans, natürlich nicht.

Isa faltete den Zettel mit dem Bekennerschreiben zusammen. Sie ging los, um den Text in einem Internetcafé einzutippen. Sie würde ihn per E-Mail erst an die Senatskanzlei schicken und dann bei Ziggymedia einstellen.

TIEF ZOG OTTEN DEN RAUCH in die Lunge. Eben war Cecilia losgefahren, sie wollte die nächsten Tage bei ihren Eltern verbringen, sie halte es hier nicht mehr aus, hatte sie gesagt, den Tränen nah.

Er starrte auf den Bildschirm. Immer und immer wieder las er das Bekennerschreiben und war nicht imstande zu begreifen, was er da las. Als ob die Buchstaben, Wörter und Sätze ein mehrfaches Leben führten in ihrer Bedeutung oder Bedeutungslosigkeit. Bis unter den Kragen gefüllt mit Gier nach Geltung.

Abgesehen von hämischen Einlassungen, wie recht ihm geschehe, dass seine trügerische Sicherheit endlich erschüttert worden sei, dass sie hofften, er kapiere jetzt, wie verwundbar er sei, stand da ein solch hanebüchener agitatorischer Unsinn, dass er einfach nicht fassen konnte, wie jemand, ein denkender Mensch, ja, noch nicht einmal ein dummer Mensch, an so einen kindischen Quatsch heutzutage noch ernsthaft glauben konnte: *mit unserer militanten aktion … im kontext unserer sozialrevolutionär-klassenkämpferischen und antirassistischen linie … die erfahrung der sinnlosigkeit des gewaltlosen widerstandes … gegen eine gewalttätige asylpolitik … ist erkannt worden, dass die gesellschaft in der moralischen illegalität … der militante widerstand gegen die menschenverachtende asylpolitik legal ist … die hinnahme der herrschenden gewalt illegal ist … in der herrschenden bewusstlosigkeit … des sogenannt gesunden volksempfindens … usw. antirassistische zone arz* nannten sie sich, wie beim letzten Mal.

Meine Güte!, dachte Otten, Weltbilder, in so konventionell düster flammenden Farben gemalt von Leuten, die jede Konvention weit von sich wiesen. Weltbilder, menschenleer, vollgestellt mit Brocken erkalteten ideologischen Gesteins.

Der Staatsschutz hatte das Schreiben als echt eingestuft.

Er las es noch einmal, laut. Wie das klang. Wie das klapperte im Kopf.

Echt, was hieß schon echt.

Schier unerträglich lärmte ihm die Armseligkeit dieser kurzsichtigen Dummheit im Ohr, einer so elementaren Dummheit, dass es ihm die Sprache verschlug. Was fängst du damit an?, fragte er sich. Kannst du das verstehen, kann man das verstehen? Jenseits pubertärer oder adoleszenter Unzurechnungsfähigkeit? Ohne wenigstens den Versuch zu machen, es zu verstehen, kam man wohl nicht weiter.

Besinn dich also, sagte sich Otten. Klapp denen die Köpfe auf und schau, was drin ist. Klapp deinen eigenen Kopf auf. Du, damals, du und dein Vater. Woran erinnerst du dich?

An den großen Tisch, der jetzt drüben im Wohnzimmer steht. Zwischen deinem Vater und dir vier Meter glatt poliertes Holz. Dein Vater alt, so alt etwa, wie du jetzt bist, du, aufgewühlt von den Unruhen der Zeit, sitzt ihm gegenüber in abgetragenem Hemd, langhaarig, unrasiert, auf dem Kopf die Schiebermütze, die du extra nicht abgenommen hast.

Es gelingt ihm nicht ganz, sein Missfallen zu verbergen. Ein erster Sieg, das stachelt dich an. Umso stoischer wahrt er von nun an die Form, höflich hört er dir zu, lässt dich ausreden. Solche Selbstbeherrschung, denkst du, muss unbedingt auf einer Lüge fußen, anders kann das gar nicht sein. Du redest vernünftig, du glaubst an die Kraft des Arguments, du bringst deine Behauptungen in Stellung, mit Logik muss einem wie ihm doch beizukommen sein. Gelassen, glänzend führt dein Vater seinen Widerspruch ins Feld, auch er glaubt an die Kraft des Arguments, und dir dämmert allmählich, dass es für und wider jede Behauptung immer die besten Argumente gibt.

Um das zu akzeptieren aber, bist du zu jung, du musst dich behaupten, und du behauptest dich. Du schraubst dich zusammen, rückst vor. Dein Vater aber legt beide Hände flach auf den Tisch, lächelt, abgeklärt selbstgefällig, er ist sich sicher, wie du dir sicher bist, er lässt sich nicht überzeugen.

Die Entrüstung kommt in Wellen. Du musst, du musst, du darfst nicht aufgeben. Von diesem Menschen also stammst du ab, von diesem Menschen hast du gelernt, wie man andere Menschen lächelnd erledigt. Auch du lächelst, herablassend, selbstgefällig. Übrig bleibt der Wille, unbesiegt zu bleiben.

So sitzen sich zwei Menschen gegenüber, vier Meter glatt poliertes Holz zwischen ihnen.

Andererseits, in den tiefen Nächten am Küchentisch irgendeiner WG: Dort gab es keine glatt polierten Flächen, dort war alles roh, alles lebendig. Besoffen von endlosen Gesprächen und Diskussionen, war man einverstanden mit den neuen Entwürfen. Dort lenkten blumige Fantasien von den gekreuzten Klingen ab, bereitwillig schob man die Schuld für Mängel Männern wie seinem Vater zu.

Wie ändern sich, fragte sich Otten, Ansichten, Überzeugungen, wie ändert sich ein Glaube? Durch Erfahrung? Einsicht? Ein anderer Mensch ist er ja nicht geworden, nur ein älterer Mensch.

War es das? War ihm nicht klar gewesen, dass die Utopie vom Leben abstrahiert gehört? Nahm er sich das heute noch übel? Verkrümmt und verbogen hatte er sich, nur um nicht aussortiert zu werden. Vielleicht hatte die Erkenntnis das Blatt gewendet, dass die Menschen, zu denen er damals unbedingt gehören wollte, Menschen, die lauthals eine gerechtere Welt einforderten, die gegen Faschisten und Rassisten kämpften, gegen Unterdrückung und Herrschaft, eben auch nur einfach sich selber behaupten wollten. Um jeden Preis. Er und die anderen hatten die guten Ideen missbraucht, so kam es ihm vor.

Gelegentlich traf er sie noch, die Genossen von früher. Er bekam Einladungen zu Premieren und Vernissagen, zu Lesungen oder Konzerten. Manchmal waren sie hingegangen, Cecilia und er, das letzte Mal zu einer Theaterpremiere kurz nach der Räumung.

Hinterher saßen sie noch zusammen im Angelino. Sie aßen Pizza und tranken Rotwein. Greta war dabei und Simon und Fritz und Rachel. Die Wege des Lebens hatten sie aneinander vorbei geführt und auseinander. Keiner war wirklich militant geworden, fast alle hatten Karriere gemacht in Wirtschaft, Politik oder Kunst, die meisten, angekommen in einem ordentlichen linksbürgerlichen Dasein, waren wohlhabend, manche sehr.

Gretas Familiengeschichte, sagte Rachel, sei so unglaublich, eigentlich müsse man ein Buch darüber schreiben.

Fritz solle mal erzählen, sagte Greta, gegen seine Geschichte sei ihre gar nichts.

Es waren die gleichen Geschichten, die gegeneinander antraten, wie früher schon.

Die Tür ging auf, und eine junge Frau kam herein, stellte sich hinter Simon und küsste ihn auf die Wange. Simon hörte schlecht, er erschrak, dann aber schlüpfte ein Leuchten auf sein Gesicht. Gesine!

Simons schöne Tochter, flüsterte Rachel Cecilia so laut ins Ohr, dass auch Otten es hören konnte, sie sei eine berühmte Dramatikerin, im In- und Ausland gespielt.

Meine Tochter, sagte Simon, sie ist Theaterautorin und gerade kurz zu Proben in der Stadt.

Kommst du, sagte die junge Frau leise nach einem knappen Nicken in die Runde.

Sie holt mich ab, sagte Simon, wir wollen noch etwas um die Häuser ziehen.

Während er zahlte und aufstand und mit seiner Tochter am Arm hinausging, erzählte Greta, dass ihr Sohn gerade stellvertretender Ressortleiter einer überregionalen Zeitung geworden sei.

Sie sei immer außen vor gewesen, sagte Rachel, schon damals.

Otten hatte gar nicht mitbekommen, worauf sie Bezug nahm.

Immer schon, betonte Rachel, und das wolle sie auch bleiben, außen vor.

Ja, ganz genau, sagte Fritz, auch er sei sich immer ziemlich abseits vorgekommen, aber herrje, das sei mitnichten die schlechteste Position.

Rachel warf ihm einen Blick zu, irritiert, als wäre es ihr Privileg, außen vor zu sein. Du, außen vor?, fragte sie spitz.

Nun wollte auch Greta außen vor gewesen sein, schon weil sie aus einer Arbeiterfamilie stamme und die andern ja, wie man wisse, alle aus dem Bildungsbürgertum. Sie habe sich schließlich alles, aber auch wirklich alles selber erarbeiten müssen und akzeptiert sei sie trotzdem nie gewesen, aber Ablehnung sei sie ja gewohnt. Sie nahm die Brille ab und wischte sich mit dem Handrücken über die Augen, nieste dann zweimal, sie hatte schon viel Wein getrunken. Aber was sie erreicht habe, fuhr sie fort, darauf dürfe sie stolz sein, ihre Tochter, und das wusste nun wirklich jeder am Tisch, trotzdem sagte sie es noch einmal, habe eben die Moderation einer neuen Kultursendung übernommen.

Otten war elend zumute. Vielleicht war er ja nur neidisch auf die prächtig geratenen Kinder, das konnte er nicht ausschließen. Fritz bestellte einen Grappa und Rachel einen Cognac.

Und du, sagte Greta.

Otten wusste, sie meinte nicht seine Kinder.

Ich finde, sagte Greta, die Linie, die du fährst in Bezug auf die Geflüchteten, zum Kotzen. Ich habe gar nicht gewusst, wie reaktionär du mittlerweile geworden bist. Vielleicht solltest du mal ernsthaft über einen Parteiwechsel nachdenken.

Finde ich auch, sagte Rachel, ich wundere mich sowieso immer wieder, was aus ehemals überzeugten Genossen und Genossinnen geworden ist.

Ich bin dabei gewesen bei der Räumung, meldete sich Fritz zu Wort, ich habe mit eigenen Augen gesehen, wie die Bullen die Demonstranten niedergeknüppelt haben, wie sie die Refugees aus den Zelten gezerrt haben, ich habe gesehen, wie sie geschlagen wurden, und ich habe gehört, wie sie von den Bullen rassistisch beschimpft worden sind, menschenverachtend war das, pfui Teufel.

Davon weiß ich nichts, sagte Otten, nach meinen Informationen ist alles verhältnismäßig ruhig abgelaufen.

Nach deinen Informationen, soso, sagte Greta.

Du weißt aber schon, sagte Rachel, dass die Polizei in diesem Land im Kern total rassistisch ist? Kein Fußbreit den Nazis, nie wieder!

Ich werde mich, sagte Otten lachend, diesem Tribunal jetzt entziehen, ich wundere mich sowieso, wie ihr mit einem wie mir noch am selben Tisch sitzen könnt.

Was gibt es da zu lachen, sagte Greta, ich finde dein Verhalten, ehrlich gesagt, gerade ziemlich unpassend.

In der Tat, sagte Fritz, finde ich es schon recht unverschämt, dass du dich noch blicken lässt unter Leuten, die ihre Ideale nicht verraten haben.

Otten winkte der Bedienung.

Du bist, wenn ich das einmal so deutlich sagen darf, sagte Rachel, ja schon damals ein Feigling gewesen.

Cecilia, fiel ihm auf, hatte die ganze Zeit geschwiegen. Er bezahlte, sie standen auf und verließen das Lokal.

Lass uns noch etwas Luft schnappen, sagte er.

Hand in Hand spazierten sie den Kanal entlang. Wie eine Doppelung ihrer selbst, folgten ihnen die Personenschützer, ein Mann, eine Frau, sie hatten im Wagen vor dem Restaurant gewartet. Er versuchte, sich an ihre Namen zu erinnern. Am Ufer, im mageren Licht der Straßenlampen, spielten ein paar Leute Boule, auch Kinder waren dabei, ein Hund schwamm im Wasser.

Frau Kovacs hätte an diesem Morgen gar nicht kommen sollen, aber sie hatte am vorigen Tag günstige Buchsbäumchen gekauft und wollte sie nur schnell in die Lücken am neuen Zaun pflanzen, bevor sie weiter zu einem anderen Kunden fuhr.

Um genau 8.45 Uhr griff sie mit der rechten Hand in die Kommode, in der ihre Arbeitsschuhe standen. Der Sprengsatz zerriss ihr die rechte Hand, ein Finger musste amputiert werden. Wäre der Sprengsatz nur dreißig Sekunden später detoniert, wäre sie bereits im Garten gewesen.

Otten fühlte sich haltlos.

Er glaubte, sie hatten kein Menschenleben gefährden wollen. Hatten sie aber. Er suchte nach etwas, nach einer Freiheit, die durch eine andere Freiheit begrenzt wurde. Oder nach einer Grenze, die für jeden galt. Auch für jene, die ihre Wahrheit für die Wahrheit hielten.

Was geschehen war, machte ihn hellwach, riss ihn aus einer Lethargie, von der er nicht gewusst hatte, dass er ihr verfallen war. Ein Gefüge aus Pflichterfüllung, wenig Freude, noch weniger Freiheit. Bestimmte Dinge mussten auf eine bestimmte Art getan werden. Beba kam ihm in den Sinn. Er wusste weder, wo sie wohnte, noch, wo sie arbeitete. Nie in seinem ganzen Leben war er zu einer Hure gegangen. Aus keinem besonderen Grund. Ihn interessierte das nicht. In dieser Beziehung war er einfach gestrickt, in sexueller Hinsicht hatte er sich noch nie besonderen Herausforderungen gestellt. Er brauchte keinen jungen Körper, um sich vom Alter abzulenken, er mochte Cecilias weicher werdendes Fleisch, ihre oft etwas trockene, warme Haut, ihren Geruch. Die Schönheit, die er brauchte, fand er in ihrem alternden Körper. Er schloss die Augen. Was ist, fragte er sich, was hat er noch zu wollen?

Draußen, in den hohen Bäumen, in den Büschen vor seinem Fenster, ging der Wind, zu hören war nichts. Die Scheiben hielten jedes Geräusch fern von seinen Ohren.

EIN GROSSER TAG WAR HEUTE. Ein großer Tag für Beba, für andere ein normaler Tag, für manche ein schlechter Tag oder ein Tag wie jeder andere. Heute würde Bebas Klavier geliefert werden. Sie hatte letzte Nacht nicht schlafen und am Morgen nichts essen können. Dort, zwischen Tisch und Kommode würde es bald stehen, ein Platz, der schon lange freigeräumt war.

Es sei ein mittelgutes Klavier, hatte Frau Jordi gesagt, kein richtig gutes. Aber doch eines mit vollem, etwas jazzigem Klang. Beba hätte es auch gekauft, wenn es kein mittelgutes, sondern ein schlechtes Klavier gewesen wäre. Es sah ein wenig aus wie das Klavier ihres Vaters, aber der Glanz von seinem Klavier war an manchen Stellen schon vergangen gewesen, an den Kanten hatte fahl das hellbraune Holz durchgeschienen.

Der Krieg hätte am Klavier ihres Vaters auch einfach vorbeigehen können. Er hätte es stehen lassen können in seiner schlichten Schäbigkeit; ein Klavier, dachte Beba, ist doch zu nichts nütze, es taugt zu keiner Gefahr, es zu verschonen wäre kein Wagnis gewesen. Das Klavier träumte vor sich hin an der Wand in der Stube, ein Möbelstück bloß, unschuldig, harmlos. An den Wänden rings hingen so viele Bilder, dass man die Wände nicht mehr sah. Auf einem Bild war ihr Vater neben ihrer Mutter zu sehen, es war ihr Hochzeitsfoto, im Hintergrund die Berge. Der Vater schien beinahe doppelt so groß zu sein wie die Mutter. Auf einem anderen Foto war ihr Vater allein zu sehen vor seinem Elternhaus – ein flaches Haus in einer flachen Landschaft. Darüber lächelte eine Tante, die kurz vor Bebas Geburt gestorben war, und darunter hing ein Säugling, Bebas Bruder, der kurz nach der Geburt gestorben war. Überhaupt nahmen die Gestorbenen viel Platz ein an der Wand.

Die Schergen, vom Krieg geschickt, interessierten sich für jene Dinge, die den Menschen am Herzen lagen. Sie erschlugen Klaviere und fegten Bilder von den Wänden. Wurde den Menschen nicht das Leben genommen, wurde ihnen das Gedenken genommen, die Schergen zertrampelten, was den Menschen ausmacht, zurück blieben die Lebenden, getrennt von allem, was sie mit dem Leben verbunden hatte.

Beba stand am Fenster. Warum kommen die denn nicht?, fragte sie und trommelte mit den Knöcheln auf die Fensterbank. Manuela versuchte sie zu beruhigen.

Seit einer Woche zurück aus der Reha, hatte sie gleich wieder arbeiten wollen, unbedingt, sofort, von Katjanas Rat, sich noch etwas zu schonen, hielt sie nichts. Schonen kann ich mich, wenn ich tot bin, hatte sie gebrummt, beinahe hätten die beiden Streit bekommen. Manuelas neues Knie war noch kaum eingelaufen, ohne Krücken kam sie nirgendwohin. Ständig hatte sie das Gefühl, jemand mache ihr den Platz streitig. Die Tschechin, ein dünnes, kränkliches Mädchen, keine Konkurrenz für Manuela, war ihr überall im Weg. Die Tschechin, so sah Manuela das, gehe ihr zur Hand, bis sie selber wieder ganz auf dem Damm sei, grob kommandierte sie sie herum, so geht das nicht, Kind, das muss schneller gehen, lass mal, hab dich nicht so.

Manuela, sagte Beba, es ist gut jetzt!

Sie wussten nicht, ob dieser verkohlte Rest, den sie in den Sarg legten und begruben, auch wirklich Bebas Vater war. Gefunden im eigenen Stall – wessen Rest sollte es sonst sein, hatte die Mutter gesagt, wenn nicht Vaters Rest.

Beba hatte Dinge gesehen, die kein Mensch sehen sollte und schon gar kein Kind. Beba hatte Dinge gesehen, die jede Hoffnung, jedes Vertrauen für immer hätten erledigen können.

Überleben? Weiterleben? In einer Welt, unter Menschen, von denen man nicht wusste, ob sie eines Tages alte Ideen aus dem Schrank kramen und sie anziehen würden. Farben und Schnitte in einer Mode, die man nie mehr für möglich gehalten hätte. Man würde nicht begreifen können, warum alle plötzlich wieder schön fanden, was sie vorgestern noch wegwerfen wollten.

Beba versuchte zu vergessen, und ständig vergaß sie zu vergessen. Wider Willen wurde sie immer wieder Zeuge dieses neuen Tages, der in solch verflucht schönen lichten und zarten Farben aufzog, der so rein und unschuldig über den Bergen dämmerte – als wäre nichts geschehen. Es kümmerte den Morgen nicht, ob Menschen starben oder lebten.

Es kommt!, rief Manuela.

Es kommt, es kommt!, rief Beba und klatschte in die Hände. *Klangfarbe* stand in großen kursiven Buchstaben auf dem LKW. Sie parkten direkt vor dem Lola, Beba hatte den Platz mit Stühlen frei gehalten, sie raste hinunter, Manuela wartete oben.

Hier, sagte Beba, hier hoch, und dirigierte die Männer zur Treppe, sie wollte helfen, mit anfassen, sie befürchtete, es könnte kippen, oder aber den Männern käme mitten auf der Treppe die Stärke abhanden oder die Lust, überhaupt konnte sie sich nicht vorstellen, wie zwei Männer ein solches Gewicht eine solch steile Treppe hochschaffen sollten.

Aber problemlos gelangte das Klavier in Bebas Zimmer. Es war bezahlt, es gehörte ihr. Wiedergänger einer Zeit, die sie sich zurück wünschte und gleichzeitig weit fort wünschte. Schon öffnete sie die Klappe, strich mit den Fingern über den schwarzglänzenden Lack, über die weißen Tasten und die schwarzen Halbtontasten, ein kaum spürbarer Widerstand, bevor der Ton kam, der Hammer auf die Saite traf.

Danke, sagte sie, danke, danke!

Sie gab den beiden Männern ein viel zu hohes Trinkgeld für die Vergangenheit und für die Zukunft, die sie mit ihrer Kraft hinauf in ihr Zimmer getragen hatten.

Manuela stand daneben.

Beba hörte die Männer die Treppe hinunterpoltern, hörte die Tür ins Schloss fallen, und gleich darauf fuhr der LKW weg.

Manuela, fragte Beba, magst du mein Publikum sein?

Manuela setzte sich aufs Bett und legte die Hände in den Schoß.

Der Schemel war etwas zu niedrig, Beba drehte ihn höher. Dann nahm sie den Tastenläufer aus der Schublade des Nachttischs. Sie legte ihn über die Tasten, an jedem Ende war der Läufer mit drei goldenen Kronen bestickt.

Beba wusste nicht, ob ihr Vater ihn gekauft hatte oder ob er ein Geschenk gewesen war. Sie wusste nichts über ihren Vater, nicht, wo ein Bauer wie er Klavier spielen gelernt hatte, nicht, ob er lieber etwas anderes geworden wäre als Bauer, sie war zu jung gewesen für solche Fragen. Sie faltete den Läufer wieder zusammen und legte ihn beiseite.

Drüben auf dem Tisch lag ein Packen Noten. Frau Jordi wollte sie Noten lesen lehren. Beba sträubte sich. Um vorwärtszukommen, müsse sie die Notenschrift beherrschen, sagte Frau Jordi, um sich später wieder von ihr lösen zu können.

Sie brauche das nicht, sie wolle keine Töne beherrschen, sagte Beba störrisch.

Sie fragte sich, ob das nicht ein verkehrtes Glück wäre, vorwärtsgekommen zu sein. Sie fragte sich, ob Rückwärtsgehen mit Vorwärtskommen verwechselt werden konnte. Wer wies die Richtung? Hatte ihr Vater vorwärtskommen wollen? Er wolle ein Mensch bleiben, hatte er gesagt, dass er, statt bloß ein Mensch, auch ein guter Mensch gewesen war, wusste sie nicht, sie glaubte es nur. Es war das Bild, das sie sich von ihm machte, eine Kinderzeichnung, etwas zu groß geraten waren vielleicht die Hände.

Sie begann mit der *Staschuka*. Sie schlug den ersten Ton an, den zweiten, den dritten. Das Klavier würde noch gestimmt werden müssen, in zwei Wochen oder drei, wenn es sich an Beba gewöhnt haben würde, an die Witterung in ihrem Zimmer. So nahm sie die Töne, wie sie kamen, manche wackelten, manche krümmten sich, waren zu hell oder zu hoch, egal. Die falschen Töne, behauptete Beba mit ihrem Spiel, klängen genau richtig, wer wollte ihr das Gegenteil beweisen? Sie schlug schrillere, kantigere Töne an, getrieben, der Laune ergeben.

Sie steigt hinauf in die Klippen hinter dem Dorf, kraxelt steil bergan, keucht, klammert sich an Felsvorsprünge, krallt die Finger in Polster verbliebener Erde, Steilküste, der das Wasser fehlt. Angekommen auf dem Grat, schöpft sie Atem, wandert entlang der Kuppe, sieht unten das Dorf, sieht die Menschen krumm um eine Grube stehen, in der grob gezimmerte Holzsärge liegen. Auf der Wiese grasen ein paar Tiere, ein Kalb galoppiert bockend ein Stück weg. Es ist Sommer, aber auf den Dächern, in den Ruinen liegt Schnee. Sie muss hier nicht bleiben. Sie beginnt zu hüpfen, leicht fällt ihr der Weg, unterwegs wendet sie sich jederzeit woanders hin. Es ist eine Reise, die sie begonnen hat, von der sie nicht weiß, wo sie enden wird.

Als Manuela zu klatschen anfing, erst leise, dann immer lauter, erschrak Beba. Bravo, rief Manuela, bravo.

DURCH DIE ÄSTE UND Wipfel der Bäume schien der Vollmond. So klar war das Licht, so kalt. Die Pistole locker in der rechten Hand, stand Isa für das, was gut, was besser ist. Ihr Haar war ein Stück gewachsen, es war etwas zottig jetzt, es wuchs in ihre Gedanken hinein.

Was sie bisher vermocht hatte, dachte sie, war ungenügend. Der Fortschritt war nicht vollkommen genug. Otten hatte nach dem Anschlag ja kaum gezuckt, er machte weiter wie bisher, das konnte sie ihm nicht durchgehen lassen. Die Zeit drängte. Hunderte Flüchtlinge waren letztes Wochenende wieder im Meer ertrunken, einen Schritt weiter musste sie gehen und noch einen.

Breitbeinig stand Isa in der Waldweite jenseits der Stadt, mit beiden Händen umfasste sie die Tat: Eine kleine, leichte russische Pistole, ein Spielzeug fast, sie hieß PSM, sie nannte sie Pistölchen. Der Boden sandig, die Bäume Kiefern, die Baracken verlassen. Arturo hatte ihr das Ding besorgt, es bestimmte sie zum Angelpunkt einer Aufgabe, die gleich machen würde, was ungleich war, gerecht, was ungerecht war.

Noch führte Arturo ihr die Hand. Noch konnte sie es nicht alleine. Unmöglich war es, nicht zu zittern. Isa schluckte, atmete stoßweise, ihre Hände schwitzten.

So geht das nicht, sagte Arturo, du bist ja total verkrampft, gib her.

Er hob das Pistölchen, es war zu klein für ihn, es machte ihn kleiner, als er war. Sein Blick war nach innen gerichtet, er atmete ruhig, verharrte lange, und als er den Schuss löste, bewegte sich die Waffe kaum, eine der Flaschen zersprang.

Schießen, sagte er, ist Mystik, du spannst die Sehne ohne Kraft, du denkst an kein Ziel, weich lässt du den Pfeil von der Sehne. Du musst von dir selber loskommen, genauso ist schießen mit einer Pistole, zwecklos, absichtslos, unbetroffen von der Welt, gleichgültig.

Gehts noch, sagte Isa, was redest du denn da für einen esoterischen Scheiß, das ist das Gegenteil von dem, was ich will. Ich denke an ein Ziel, an das einzige Ziel, ununterbrochen. Versuch es, sagte er.

Ohne lange zu zögern, drückte sie ab, der Druckpunkt war kaum zu spüren gewesen. Die Waffe riss nach oben hin aus, der Mond war eben hinter Wolken verschwunden, es bellte kurz und trocken, die Flaschen glänzten unversehrt in einem Licht, das von nirgendwoher zu kommen schien.

Kein Anfängerglück.

Von Schuss zu Schuss wurde sie ruhiger, sicherer, einverstandener. Sie erfasste den Druckpunkt, bevor sie ihn erreicht hatte, kurz hielt sie inne, sauber löste sich der Schuss, die grüne Flasche zersprang.

Bravo, sagte Arturo, es schießt, nicht du schießt.

Arturo reichte ihr ein neues Magazin, geübt schob sie es in den Schacht, zog den Schlitten nach hinten, spannte den Hahn. Sie hob die Pistole, zielte. Aber wohin war der Glanz plötzlich verschwunden, der feine grüne Schimmer? Hatte jemand das Ziel getauscht, dort, ein graudunkles Gebilde, fast schwarz, sie hatte Mühe, einen Punkt zu fixieren, sie hob den Blick.

Sie ließ die Pistole fallen. Arturo! Arschloch! Verfluchtes verficktes Arschloch, spinnst du, ich hätte abdrücken können, ich hätte dich erschießen können.

Er lachte, sie aber war den Tränen nahe, er trat zu ihr, bückte sich, hob die Pistole auf. Sie schlug ihn ins Gesicht. Ungerührt legte er ihr die Waffe in die Hand, ging und stellte sich wieder vor die Flaschen.

Du zielst jetzt, befahl er, hier, auf meine Brust, auf diesen Knopf, kannst du ihn sehen?

Als wären die Pistole und Arturos Brust zwei Magneten, die sich gegenseitig abstoßen, gelang es ihr noch nicht einmal, die Waffe zu heben.

Mach, sagte er, los!

Seine Stimme war leise und finster, sie hob die Pistole auf Augenhöhe, ließ sie gleich wieder sinken.

Gut, kam Arturos Stimme, noch mal!

Sie suchte seinen Blick, sie suchte eine Verbindung zu ihm, etwas, das ihr zeigte, dass er noch bei ihr war.

Schau hin, rief er, hier, auf meine Brust.

Sie hob die Pistole, der Lauf zitterte.

Ich kann nicht.

Du kannst, noch mal!

Noch mal.

Dann, nach vielen Versuchen ging es plötzlich, diesmal konnte sie schon fast so konzentriert auf Arturos Brust zielen wie vorhin auf die Flaschen.

Noch mal, noch mal.

Sie übten, bis es keinen Unterschied mehr machte, ob das Ziel Flaschen waren oder eine menschliche Brust.

Gut, sagte Arturo, super, einmal noch.

Sie hob die Pistole. Zielte. Der Knopf auf Arturos Brust, im Glanz des Mondes ein mattweißer Kreis, zwei Löcher für die Fäden. Sie krümmte den Finger, sie spürte deutlich den leichten Widerstand, sie schloss die Augen und dachte an kein Ziel, an keine Folgen, an nichts mehr. Sie zog langsam, behutsam durch –

Okay, das reicht!

Sie öffnete die Augen. Er war einen Schritt zur Seite getreten, genau im richtigen Moment, der Schuss war ins Leere gegangen. Isa war nicht erschrocken, abgedrückt zu haben, nur erstaunt, dass er gewusst hatte: Sie würde abdrücken.

Woher weiß Arturo, fragte sich Isa, dass erst die Vorstellung und dann die Gewöhnung die Tat möglich macht, jede Tat. Das Erschrecken, der Ekel, das Mitleid, man gewöhnt sich und man gewöhnt es sich ab.

Eine vergnügte Schlauheit erahnte sie in seinem Blick, in tiefem Schatten lagen seine Augen. War für ihn alles ein großer Spaß? Probierte er Abenteuer aus und an, weil ihm grad ein bisschen langweilig ist, weil er die Aufregung braucht wie die Luft zum Atmen, Reize, stärkere Reize, endgültige Reize. Dann wieder war sie vom Gegenteil überzeugt. Als ob er, so wie vorhin, die Stelle, an der sie ihn verortete, eben verlassen hätte, er gleichzeitig hier wie dort wäre.

Mal war er ihr nah, mal war er ihr fern. Alles konnte er besser als sie. Könnte sie alles besser als er, wäre sie imstande, ihn zu übersehen.

Er nahm zwei Zigaretten aus der Schachtel, zündete sie an, gab ihr eine. Das mochte sie an ihm, wenn er an sich dachte, dachte er gleichzeitig auch an sie. Sie rauchten schweigend.

Sie wollte ihn kennen. Benutzt du mich, müsste sie ihn fragen, sind wir Instrumente einer Idee, oder sind wir nur unsere eigenen Instrumente? Wer war er? Jeden Tag ein anderer? Damit könnte sie nicht leben.

Im Osten, zwischen den Stämmen der Kiefern, färbte sich der Himmel lilablau.

Gegen neun waren sie zurück in der Fabrik. Isa setzte sich zu den anderen an den Tisch und Arturo sagte, er sei müde, er gehe schon mal hoch. Isa hatte Hunger. Niemand fragte, wo sie gewesen waren. Sie schmierte sich eine Stulle. Immer mehr Menschen suchten Schutz in der Fabrik. Immer enger wurde es in der Küche, immer seltener reichte das Essen für alle.

Noch spürte Isa den Griff der Pistole in ihren Händen, nicht nur ihr Finger, ihr ganzer Körper erfühlte den Druckpunkt, kurz bevor sie ihn erreicht hatte. War man am Druckpunkt, konnte man nicht mehr zurück.

Arturo lag auf dem Bett, als sie hoch in die Kammer kam. Er hatte sich eins ihrer Bücher genommen und las darin, die Augen fielen ihm ständig zu.

Rutsch zur Seite, sagte sie, mach mir Platz.

Eine Luft zum Schneiden war das hier drin, ein Dämmerlicht, die Scheiben waren so dreckig, dass sie kaum noch Licht durchließen. Sie legte sich zu ihm, schob ihm die Hand zwischen die Schenkel. Es dauerte kaum ein paar Sekunden, da fühlte sie durch den Stoff der Hose das Zucken seines Schwanzes. Sie verstärkte die Spannung in ihrer Hand. Sie biss ihm zart ins Ohrläppchen. Er stöhnte. Sie öffnete seine Hose und schob ihre Hand in die feuchte Enge, umfasste derb Schwanz und Hoden. Er drängte sich ihr entgegen. Sie küsste ihn, neckte ihn mit Zunge und Zähnen. Dann plötzlich hörte sie auf, zog die Hand zurück, drehte sich um, drehte sich weg. Arturo winselte, jammerte, sanft wollte er sie zwingen weiterzumachen.

Lass mich, sagte sie grob, sie stieß ihn zurück, er war ein Tier, er stank wie ein Tier, ihr wurde übel von seinen Ausdünstungen.

BÖEN SCHOBEN DAS WASSER zu kurzen, harten Wellen zusammen. Er ruderte gegen den Wind über den See, der messerschmale Rumpf des Skiffs durchschnitt die Wellenkuppen quer. Während die Bewegung seines Körpers schnell und kraftvoll war, rückte das Ufer in der Ferne zeitlupenlangsam vor. Er versuchte die Distanz, die er mit jedem Schlag zurücklegte, abzuschätzen. Schhh, schhh, schhh … seine ganze Kraft brauchte er, um die Ruder durchzuziehen, das Gesicht feucht von Schweiß und Gischt. Mit der Zunge fuhr er sich über die Lippen, ab und zu warf er einen Blick über die Schulter, um sich zu vergewissern, dass kein Hindernis in seiner Bahn lag. Der See war leer. Es war Oktober, kalt war die Luft, der Winter stand bevor.

Das Alter vergaß er in den Stunden des Trainings, reibungslos funktionierte das Zusammenspiel von Muskulatur, Knochen, Sehnen, keine Spur von Steifheit oder Schmerz. Den Widerstand des Elements elegant zu überwinden machte ihm Spaß, befriedigte ihn. In einer windgeschützten Bucht lag Nebel auf dem Wasser. Dort tauchte er hinein, er musste die Geschwindigkeit halten, sonst verlor er die Balance, nichts schied für den Blick die Luft noch vom Wasser. Voller Lust zog er durch, voller Ungeduld, voller Leichtsinn.

Keinerlei neue Erkenntnisse hatten die Ermittlungen bisher gebracht. Nichts. Nach außen hin war er der Alte geblieben; unerschrocken, souverän. Der Wind war weg, das Boot glitt jetzt ruhig durch den Nebel dahin. Lautlos schlüpften die Blätter ins Wasser, zogen ihn vorwärts ohne Mühe. Was er nicht gekannt hatte bisher: Angst, zuweilen fast Panik. Vor dem Unberechenbaren. Der Angriff warf Schattenkreise weit über sein politisches Leben hinaus. Das wollten sie doch. Und dass sie erreicht hatten, was sie wollten, machte ihn anfällig.

Ohne das Rudern wäre er aufgeschmissen. Mit einem Mal die Woche hatte er vor einem halben Jahr angefangen. Jetzt fuhr er jeden dritten oder vierten Tag, bei jedem Wetter. Er musste. Nicht um zu trainieren, er wollte keinen Wettkampf gewinnen, nein, er ruderte, um die Entrüstung loszuwerden. Manchmal ruderte er bis zur Erschöpfung.

Seine Haltung gegenüber den Forderungen der Flüchtlinge hatte sich nicht geändert, konnte sich nicht ändern, er machte die Gesetze nicht. Aber darum ging es auch nicht, davon war er überzeugt. Es war ein Machtkampf zwischen ihm und diesen Leuten, die er nicht kannte. War es einer, waren es mehrere? Sie ließen nicht ab. Hunde, eine kläffende Meute, zuvorderst aber ein besonders wütiger Köter, die Zähne tief in die Wade des Opfers geschlagen, der Kiefer lässt sich unter einem elenden Krampf nicht mehr öffnen.

Ein Köter wie Tante Betti. Es gab solche Menschen.

Schon ihr Name war Heuchelei. Viel zu gut, viel zu harmlos für eine Frau wie sie. Otten hatte Gott gedankt, als Tante Betti starb, da war er neun. Er hatte am offenen Fenster gekniet und in den nächtlichen Himmel gebetet, er hatte demselben Gott gedankt, der Betti, so dachte er, gemocht hatte, wie sie gewesen war: hart und kalt, brutal und gemein. Musste man brutal und gemein sein, um Gott zu gefallen?

Betti war die Schwester seiner Mutter, sie war eine protestantische Nonne und lebte in einem Diakonissinnenhaus nicht weit von ihnen entfernt. Seine Mutter dachte, ihr Einfluss sei gut und wichtig für ihn, Tante Betti aber umgab ein so heftiger, heiliger Ernst, eine so unumstößliche Gewissheit des Glaubens, dass ihn heute noch fror, wenn er an sie dachte. Und wehe, sie kam einem Streich auf die Schliche.

Einmal glaubte Tante Betti gesehen zu haben, wie er aus der Tasche seiner Mutter Geld stahl. Daraufhin unterzog sie ihn einem entwürdigenden Verhör, und obwohl er das Taschentuch zeigen konnte, das er aus der Tasche seiner Mutter genommen hatte und Tante Betti kein Geld bei ihm fand, war sie nicht davon abzubringen, im Grunde recht zu haben. Recht zu haben schien ihr christlicher Auftrag zu sein. Und so ging es weiter, immer neue Grausamkeiten fielen ihr ein. Sie hörte nicht auf, ihn zu quälen, bis sie starb.

Es ging doch längst nicht mehr um diese Räumung, es ging nicht um seine politische Haltung, es war ein irrationaler Kampf, er war ihr ganz persönlicher Feind, sie brauchten einen, dem sie die Herrschaft anhängen konnten, die sie bekämpfen wollten. Du bist paranoid, dachte er, wenn du etwas nie in deinem Leben warst, dann paranoid. Mit einer Gründlichkeit, die ihn selber erstaunte, vermochte er dieses tiefe Gefühl der Verunsicherung aber zu verbergen, nach außen hin abzuschirmen. Nach außen zeigte er die Souveränität, die alle von ihm gewohnt waren.

Eins, zwei, eins, zwei. Seine Lippen zählten lautlos die Schläge. Müsste er jetzt nicht bald das Ufer erreicht haben? Allmählich schob sich die Dämmerung über den See.

Er ein Opfer?

Regelmäßig bekam er Briefe. Briefe, in denen ihm in einer eigenartig vertraulichen Form gedroht wurde. Diese Briefe waren anders als der ganze Müll, der ohnehin ständig über ihm ausgekippt wurde, die Beschimpfungen, die Morddrohungen. Diese Briefe waren nicht nur vertraulich, sondern auch unerträglich vertraut. Er fühlte sich bedrängt und betroffen.

Der Staatsschutz ermittelte in alle Richtungen. Zog in Erwägung, dass der Anschlag nicht ihm, sondern seiner polnischen Gartenhilfe gegolten haben könnte. Bisher gab es keine Hinweise darauf. Alle dem linksmilitanten Spektrum zugerechneten Personen, Organisationen, Gruppen, Lokale waren nach dem Anschlag unter die Lupe genommen worden. Die Fabrik natürlich. Nichts. Er hatte selber nachgeforscht. Er las die Berichte, die Rechtfertigungen, die Standortbestimmungen radikaler linksautonomer Gruppen im Netz. Kampf, wie oft war ihm dieses Wort begegnet? Kriegsrhetorik auf Schritt und Tritt.

Wogegen sie kämpften und wofür, rechts und links, war das nicht von gestern? Hatte man diese Einteilung nicht längst überwunden geglaubt? Ideologische Grabenkämpfe, das reine Gute gegen das reine Böse. Die beiden Seiten arbeiteten sich aneinander ab. Und dazwischen standen die Flüchtlinge.

Gab es bessere Menschen und schlechtere oder nur bessere und schlechtere Ideen? Ihn interessierte der Vergleich. Was schied die Rechten von den Linken? Was machte die extreme Linke sympathischer als die extreme Rechte? Die Motivation? Das Ziel? Die Wahl der Mittel? Gab es überhaupt einen Unterschied? Wie wurden die krummen Dinge in den Köpfen geradegebogen? Rechtfertigte das Gute das Böse? Oder war Böses im Namen des Guten nicht mehr böse?

Für ihn gab es keine hierarchische Ordnung fundamentalistischer Werte. Ganz egal, welche Himmelsrichtung, legte sich jemand fest, machte er keine Erfahrungen mehr, die ihm wenn nicht ein Gegenteil beweisen, so doch vielleicht einen Zweifel ans Herz legen könnten.

Alte Fragen, unbeantwortete Fragen, nicht zu beantwortende Fragen. Er dachte an all die Bücher und Filme, die den Linksterrorismus zum Thema hatten. Die Figuren, die Ikonen. Sie kamen oft nicht ohne eine gewisse Heroisierung aus, eine anerkannte Heroisierung. Er stellte sich einen Film über rechten Terrorismus vor in der Art, wie es Filme über den linken Terrorismus gab. Sofort kam ihm der Vergleich anstößig vor. Warum? Die einen wie die anderen hatten Menschen getötet als Mittel zum Zweck. Die einen wie die anderen hatten geglaubt, es sei nötig, jene zu töten, die sie getötet haben. Hatten geglaubt, jene, die sie getötet haben, hätten den Tod verdient. Wer, fragte sich Otten, hat den Tod eher verdient, ein Bankenchef oder ein türkischer Imbissbesitzer? Oder hatten beide den Tod nicht verdient, egal, wie schwach oder mächtig sie schienen oder tatsächlich waren?

Die fehlenden Fehler seines Vaters hatten seine moralische Überlegenheit zunichtegemacht, seinen Glauben, er sei jemand, dem das Gute näher läge als die Selbstbehauptung. Und hatte nicht diese Erkenntnis, als er sie sich endlich eingestand, eine neue Überlegenheit zur Folge gehabt? Die Überlegenheit, so könnte man sagen, war zur Routine seines Lebens geworden.

Warum sollte es bei anderen anders sein?

Was bleibt von meinem Ich, fragte er sich, nachdem der Zuckerguss abgelutscht ist? Keine Illusion mehr? Nur noch Pflichterfüllung, Körperschindung. Manchmal sah er sein Ich als eine traurige Gestalt, wenn es überhaupt eine Gestalt war. Vielleicht war es auch keine Gestalt, nur eine Hülle, ein krawattierter Anzug, der jeden Morgen ins Büro ging. Ungefüllt, leergelebt.

Das war natürlich auch keine Lösung, es so zu sehen. Aber es anders zu sehen fiel ihm zunehmend schwer.

Augen zu, weiterrudern!

Außer Nichtstun konnte er nichts tun.

Heute hätte es regnen sollen, hatte es aber nicht.

Eins, zwei, eins, zwei. Tief atmete er die nebelfeuchte Luft ein, aus. Was blieb? Stopp. Jäh war er ans Ufer gestoßen. Die Spitze des Bootes steckte im Morast der Böschung fest. Mit den Skulls stützte er sich rechts und links auf dem flachen Grund ab, schob sich zurück, wendete das labile Gefährt behutsam und begann die Reise zurück über den See.

Als er beim Bootshaus ankam, war es stockfinster. Oben, auf der Straße zwischen den Bäumen, sah er das Licht im Inneren des Begleitfahrzeugs leuchten. Dieses Licht hatte ihm den Weg gewiesen. Mittlerweile durfte er wieder sein eigenes Auto fahren, immerhin.

Er zog das Skiff auf die Rampe, ließ es abtropfen, löste die Skulls aus den Dollen am Ausleger, trug es zum Bootsgestell und legte es kopfüber darauf ab, holte die Skulls. Er trat ein paar Schritte auf das Bootshaus zu und wedelte mit dem ausgestreckten Arm auf und ab, um den Bewegungsmelder zu aktivieren. Das helle Licht blendete ihn. Mit einem weichen Tuch trocknete er Rumpf und Ruder. Wischte über das mahagonifarbene, glänzende Holz, das Tuch blieb hängen an einer rauen Stelle im Lack, er rieb, polierte, die Stelle blieb.

Die ganze Zeit schon hatte er das Gefühl, jemandes Aufmerksamkeit zu erregen. Stand einer dort im Gebüsch neben dem Bootshaus und beobachtete ihn? Oder drüben beim Steg? Wartete nur auf die richtige Gelegenheit? Die richtige Gelegenheit würde kommen, irgendwann, er wusste es.

Er glaubte nicht, dass ihn Schulz oder Müller, oder wie sie alle hießen, schützen konnten, es war, als wären sie gar nicht vorhanden. Seine Angst verhielt sich umgekehrt proportional zu Franz' Einschätzung. Gerade jetzt hätte er Schulz und

Müller gebraucht, nicht oben im Auto, sondern hier neben sich, seine Hände haltend.

Mumpitz! Er hängte das Tuch über die Leine, die zwischen Bootsständer und einer Kiefer gespannt war, ging dann hinüber zum Haus, trat in die Garderobe.

Als er den alten Porzellanschalter drehte, hörte er den Strom surren, das Licht ging etwas verzögert an, flackerte. Was war das? Wackelkontakt, Kriechstrom? Er holte seine Sachen aus dem Spind, suchte das Telefon, wählte die Nummer zu Hause. Wie froh war er, Cecilias Stimme zu hören. Er wollte nicht fragen, ob bei ihr alles in Ordnung sei.

Wo bist du, fragte sie.

Im Bootshaus. Ich ziehe mich noch um und fahr dann los.

Gut, ich warte mit dem Essen, bis gleich.

Liebe, du, dachte er, danke, dass du da bist, dass du alles im Rahmen hältst. Dann ging das Licht ganz aus. Er verharrte, halb hatte er sich die Hose schon angezogen. Lächerlich, ein Mann wie er. Immer öfter war er nicht mehr ein Mann wie er. Ohne dass er etwas dagegen tun konnte, schrie er los, schrie die Stille des abendlichen Bootshauses nieder: Wer seid ihr, was wollt ihr?

Wie durch Zauberhand ging das Licht wieder an, er zitterte am ganzen Körper. Er zog die Hose hoch, stopfte das Hemd in den Bund und fasste Mut. Er stieg in den Keller hinunter und suchte den Sicherungskasten. Es war eine alte Anlage, noch mit schraubbaren Sicherungen, und tatsächlich, eine saß locker. Er schraubte sie wieder fest ins Gewinde. Na also.

Hallo? Doktor Otten?

Er fuhr herum. Es war Müller, der oben an der Treppe stand, sie hatten wohl seinen Schrei gehört.

Alles in Ordnung, sagte Otten, wir fahren.

Bevor er zündete, zögerte er. Er schalt sich für sein Zögern, sobald der Motor sauber angesprungen war. Während er zurücksetzte, glaubte er im roten Licht der Hecklampen eine Gestalt zu erkennen, unwillkürlich trat er aufs Gas, der Wagen schoss rückwärts ins Gesträuch. Hätte dort jemand gestanden, hätte er ihn erwischt. Es hatte niemand dort gestanden, natürlich nicht. Er schaltete auf Drive und fuhr den ausgewaschenen Weg hinauf zur Hauptstraße. Er machte das Radio an. Ausgerechnet Laurie Anderson, *Strange Angels*, ausgerechnet, er fuhr schnell, Schulz und Müller hatten Mühe, ihm zu folgen, einmal schien es, als hätten sie ihn verloren.

Die Scheinwerfer erfassten den Teppich gefallener Blätter auf der Straße vor der Auffahrt, das Tor glitt zur Seite. Er fuhr hoch und stellte den Wagen in die Garage. Cecilia erwartete ihn schon an der Tür.

Was ist, fragte sie.

Er nahm sie in den Arm. Sie sollte nicht wissen, wie es in ihm aussah, niemand sollte das wissen. Er glaubte, sie verließe sich auf seine Stärke. Er wusste, er traute ihr zu wenig zu, er konnte nicht anders.

Jemand hat angerufen, sagte sie, eine Beba, wer ist das?

Hatte er Beba die Karte mit seiner Privatnummer gegeben? Wie dumm von ihm. Er wollte Cecilia nicht beunruhigen.

Eine Bekannte, sagte er vage.

Er war froh, dass Beba angerufen hatte.

Eine sehr talentierte junge Musikerin, sagte er, ich habe sie im Don Quichotte kennengelernt, du erinnerst dich, an jenem Abend.

Sie nickte. Ja, an jenem Abend.

Geheimnisse hatte er sonst keine vor ihr, sie wusste das, keine solchen Geheimnisse jedenfalls.

Wenn du einverstanden bist, sagte er, werde ich sie einmal zu uns einladen. Hat sie überhaupt eine Nummer hinterlassen?

Schien sie ihm wie ein Ausweg, diese junge Frau, die er nicht kannte, ihr vertraute, vielleicht, weil er sie nicht kannte. Ein Ausweg – wohin? Er wusste es nicht.

Nein, sagte Cecilia, sie hat gesagt, es sei nicht so wichtig.

Weckte sein Alter in ihm das Bedürfnis, mit jemandem wie Beba befreundet zu sein? Die sechzig überschritten, sie beide, Cecilia und er. Zusammengeblieben waren sie all die Jahre. Nichts war mehr intensiv in seinem Leben. Die Bedrohung stieß wie ein Messer in ihr Dasein. Filetierte es, legte bloß, was bleiern, leblos und vertrocknet war. Das musste man ihnen lassen, das hatten sie fertiggebracht. Ihm wieder starke, unverbrauchte Gefühle beizubringen. Sehnte er sich nach Unschuld? Nach der Unschuld, die er Beba unterstellte?

Aber ihre Nummer, sagte Cecilia, ist noch auf dem Display, wenn es dir so wichtig ist.

SIE HATTE SICH der Visitenkarte erinnert, sie aus ihrer Handtasche genommen und Otten angerufen. Sie sah seine Hände vor sich. Während er geschwiegen hatte, war es gewesen, als hätten seine Hände weitergeredet, während sie an seine Hände dachte, wählte sie seine Nummer, und während sie überlegte, ob sie nicht besser wieder auflegen sollte, nahm auf der anderen Seite jemand ab.

Ja bitte, sagte eine warme Frauenstimme.

Etwas hatte sich verändert in Bebas Leben.

Sie hatte jemanden kennengelernt. Im Don Quichotte hatten sie einen Abend lang zusammen gespielt.

Wünsche waren aufgetaucht.

Sie hörte Elias neben sich, wie er Luft holte. Wie er diesen unwahrscheinlichen Ton aus der Trompete zauberte. Wie konnte man, fragte sie sich, so jung sein und so herzergreifend trompeten?

Am Ende spielten sie beide nur noch zu zweit. Nach und nach waren alle anderen von der Bühne verschwunden, nur noch sie beide, der Trompeter und die Pianistin, waren übrig, kein Bass, kein Schlagzeug, keine Stimme. Erst hatte sie es gar nicht gemerkt, so sehr war sie vertieft gewesen ins Spiel und in seine Augen. Gebannt sie beide, gebannt das Publikum, entwickelten sie in einer federleichten Zwiesprache das Thema. Dringend, drängend, tastend, polternd, fragend, zagend, die Harmonien umarmend, Dissonanzen, Synkopen, Rhythmen verschiebend, jede Farbe, jede Nuance, die ihnen und ihren Instrumenten zur Verfügung stand, probierten sie aus.

Wenn du dich verliebst, musst du aufhören, hatte Katjana immer gesagt. Beba musste aber weitermachen, sie hatte keine Wahl. Jetzt zerriss es sie fast, jetzt könnte sie heulen, wenn ein anderer als Elias sie anfasste. Jetzt war sie ungeduldig und manchmal hart.

Wie oft hatte sie die Möglichkeiten schon durchdacht. Doch einen Job an der Kasse in einem Supermarkt suchen? Dann könnte sie kein Geld mehr nach Hause schicken, keine Klavierstunden mehr nehmen.

Elias war Meisterschüler am Konservatorium. Er war ein rotschopfiger Junge aus gutem Haus, der nichts wusste von den Welten, in denen Beba lebte. Ein behütetes Fuchsgesichtchen voller Sommersprossen, von der verruchten Aura des Jazz umgarnt. Dabei würde er sich nicht vorstellen können, dass diese Musik tatsächlich dem Leben abgerungen sein könnte. Sie hatte es noch nicht übers Herz gebracht, ihm zu sagen, als was sie arbeitete.

Nach dem Abend waren sie zu ihm gegangen, er wohnte mit zwei anderen in einer WG. Angezogen von seiner Unschuld, hatte sie ihn verführt, er hätte sich nicht getraut. Bereit für alles, lag er da, saugte auf, was sie ihm zeigte, behutsam erst, dann forscher, selbstsicherer entdeckte er die Umstände, unter denen sie lebte, ohne sie zu kennen.

Keinen klaren Gedanken bekam sie seither zu fassen, ständig musste sie an ihn denken, an seinen weißen Leib, die feinen rotblonden Haare, die sich vom Bauchnabel hinunter zum Geschlecht zogen. Die Umarmungen und Verschränkungen.

Als wäre sie in jener Nacht auf einen fernen Planeten geflogen, schien am nächsten Tag der Takt ihres Lebens vollkommen verschoben. Die Figuren, denen sie im Lola begegnete, zogen an ihr vorüber, starrten sie an, der Ausdruck ihrer Gesichter war puppenartig und starr, zu rote Münder, zu lange Wimpern, zu fette Bäuche. Stimmen und Geräusche drangen verwischt und verzögert an ihr Ohr.

Sie fragte sich, wie sie all das so lange hatte aushalten können, wie sie Halt hatte finden können an etwas, das in fremden Augen haltlos war. Sie fürchtete, alles falsch zu machen, sie erinnerte sich an die ersten Zeiten im Lola, als sie alles falsch gemacht hatte. Nichts hatte sie gewusst vom Zu- und Miteinander in diesem Land. Sie deutete Lachen falsch, Eifersucht, Freude, Spott. Sie stand quer in der Gesellschaft, sie wusste nicht einmal, wie man sich begrüßte oder verabschiedete. Ob man sich die Hand gab, sich küsste oder nur auf den Tisch klopfte.

Weil sie ein bisschen Englisch konnte, radebrechten erst alle auf Englisch, wenn sie mit am Tisch saß, bald aber fielen sie wieder ins Deutsche zurück, und Beba dachte dann, sie redeten über sie, lachten über sie. Und selbst als sie die Sprache schon einigermaßen beherrschte, verstand sie die Späße nicht. Spaß verstand sie noch lange nicht. Manuela war es, die ihr half, die ihr hundertmal, unermüdlich, immer wieder versicherte, dass niemand sich über sie lustig mache. Manuela lehrte sie all die kleinen und großen Dinge, die sie wissen musste, um zu begreifen, wie die Menschen hier miteinander umgingen. Dass sie manchmal rau waren, es aber nicht so meinten. Dass sie manchmal freundlich waren und es nicht so meinten, hatte Manuela vergessen zu erwähnen, sonst hätte sich Beba vielleicht nie auf Harald eingelassen.

Sei vorsichtig mit Elias, sagte Manuela, denk an Harald.

Hör auf, sagte Beba, das mit Elias ist was ganz anderes. Kann man denn ein zweites Mal, fragte sich Beba, an etwas scheitern, das einmal schiefgegangen ist? Seit sie Harald vertraut hatte, misstraute Beba sich selber.

Harald war mit einer liebenswürdigen Art zu ihr gekommen, er war jünger als die meisten Gäste sonst, in der Hand trug er einen Geigenkoffer, eigentlich, sagte er, sei er schwul.

Was er denn von ihr wolle?

Er habe gewettet, sagte er, sie könnten es ja mal versuchen.

Er war lustig und charmant und klug, sie quatschten über dies und das, es klappte nicht, aber sie hatten viel Spaß.

Ob sie mal zusammen ausgehen wollten, fragte er, bevor er ging, klar, sagte Beba, warum nicht. Er war ja kein richtiger Freier, und sie kannte noch kaum Leute außerhalb des Lola.

Okay, wann, fragte er, übermorgen, sagte sie, da habe sie frei.

Ich hol dich ab, sagte er, um acht?

Zum Abschied verriet sie ihm ihren richtigen Namen.

Er lud sie zum Essen ein in ein schickes Restaurant. Er redete ohne Punkt und Komma. Vom Geld seines Vaters lebe er, ein schlechtes Gewissen habe er deswegen aber nicht, lange schon habe er sich das schlechte Gewissen abgewöhnt. Was sie sonst so mache, fragte er, außer arbeiten.

Beba zuckte die Schultern, erst wollte sie nichts sagen, dann sagte sie, sie spiele Klavier.

Super, sagte er, ich spiele Geige, nicht besonders gut, obwohl ich, schon seit ich fünf bin, Unterricht nehme, aber es macht Spaß, wollen wir mal zusammen spielen?

Ja, sagte Beba, vielleicht.

Nächsten Samstag, sagte er, habe er ein paar Freunde zum Essen eingeladen, ob sie auch kommen wolle?

Ein paar Freunde! Der Garten war voll mit Menschen. Ein riesiger Garten, der zu einem riesigen Haus gehörte. Über Köpfe hinweg rief er ihren Namen, als er sie entdeckte. Er umarmte sie, er hakte sich bei ihr unter, er nahm von ihr Besitz. Auf der Wiese spielten Hunde und Kinder, ein Feuer brannte, ein Mann kam auf sie zu, Rolf, mein Mann, sagte Harald, Beba. Rolf nickte knapp, lächelte säuerlich und ging dann weiter.

Er ist eifersüchtig, lachte Harald übertrieben laut, mit ihm habe er damals gewettet, natürlich habe er ihm erzählt, dass es geklappt habe.

Nicht eifersüchtig, sondern herablassend war Rolfs Blick gewesen und etwas mitleidig. Sie kam nicht dazu, weiter darüber nachzudenken.

Darf ich dir Mark vorstellen, sagte Harald, Dozent für Fotografie an der Uni. Und hier Detlef, Geschäftsführer bei Roundabout-Movie, und Carmen, sie hat eben ihren ersten Lyrikband veröffentlicht.

Beba, eine *upcoming* Pianistin, so stellte er Beba vor, sie arbeitet nebenbei als Hure, eine hinreißende Mischung, finde ich, von ihr wird man noch hören.

Was fällt dir ein, sagte sie und machte sich los, sie wollte gehen, sofort, aber Harald ließ sie nicht, zerrte sie in die Mitte, alle glotzten sie an, sie fühlte sich geschmeichelt und gleichzeitig kam sie sich vor wie eine Beute.

Ist doch nichts dabei, sagte er unbefangen, als sie später drin allein waren. Er zeigte ihr das Haus, das ganze große Haus. Du brauchst dich doch nicht zu schämen, sagte er, im Gegenteil, geh aus dir raus, sei stolz auf dich.

Als wäre sie ihm der wichtigste Gast, blieb Harald den ganzen Abend bei ihr. Am Ende vertraute sie den vielen Leuten, die nichts dabei fanden, mit Harald befreundet zu sein.

Er bestand darauf, sie am nächsten Wochenende wiederzusehen. Da waren sie nur zu zweit. Rolf sei verreist, sagte Harald.

Sie fuhren hinaus zu einem See, spazierten am Ufer entlang, erst schwiegen sie beide, dann begann Harald zu erzählen.

Dass er immer im Schatten seines Vaters gestanden habe, dass er angefangen habe, Medizin zu studieren, um später die Klinik seines Vater übernehmen zu können. Nie habe er Arzt werden wollen, aber auch sonst habe er nichts richtig werden wollen. Dass er immer schon außen vor gewesen sei, in der Schule früher, weil sein Vater so reich sei, dass er sich überhaupt schwertue mit Menschen und lieber allein sei, dass das aber niemand verstehe, nicht einmal Rolf, Rolf schon gar nicht. Jemand wie Beba habe ihm gefehlt, das merke er erst jetzt. Diese Offenheit und diese Lebendigkeit, da könne ihm das ganze präpotente oberflächliche Künstlerpack gestohlen bleiben, sie sei dreimal so viel wert wie die alle zusammen, man merke eben, dass sie aus anderen Quellen schöpfe.

Immer noch fand sie ihn etwas überspannt, zu selbstbewusst, zu eitel, aber unter all dem glaubte sie eine schüchterne Bescheidenheit zu entdecken, eine Verletzlichkeit, die sie rührte.

Allmählich schlug sie ihre Zweifel in den Wind, sie fand Worte für das, was sie ihm eigentlich nicht hatte erzählen wollen, für das, was sie beschäftigte, was ihr wichtig war.

Mit halbem Ohr hörte er ihr zu.

Er plane einen Think Tank, sagte er großspurig, mit Musikern, Schriftstellern, Unternehmern, Wissenschaftlern, ob sie dabei sein wolle, ihre ganz besondere Sicht sei ihm wichtig, auch ihre Sicht als Hure. Und nächstes Wochenende fahre er ans Meer, er habe dort ein Segelschiff, ob sie ihn begleiten möge, auf Rolf habe er gerade keine Lust. Er vertraute ihr an, dass er glaube, seine gemeinsame Zeit mit Rolf sei vorbei, es aber nicht auszusprechen wage. Er habe das Gefühl, sie beide, Beba und er, kennten sich aus einem früheren Leben, anders könne er sich diese Nähe nicht erklären, eigentlich sei er alles andere als ein Esoteriker, lachte er.

In den folgenden Wochen rief er sie fast täglich an. Manchmal nur kurz, fragte sie um Rat oder erzählte ihr eine kleine, unwichtige Begebenheit. Sie mochte das. Sie war stolz darauf, seine Vertraute zu sein. Fast jedes Wochenende machten sie Ausflüge zusammen, wanderten, segelten, teilten alles, außer das Bett.

Mit Rolf, sagte Harald, gehe es wohl zu Ende. Das tue ihm sehr weh.

Sie nahm ihn in den Arm, tröstete ihn und erinnerte sich an Rolfs mitleidigen Blick, damals auf der Party, mitleidig, nimm dich in Acht, Kindchen, schien dieser Bick sagen zu wollen. Etwas arrogant, deswegen wohl hatte sie ihn nicht ernst genommen.

Er brauche sie sehr, noch nie habe er jemanden so sehr gebraucht, sagte Harald, als sie wieder einmal auf dem Meer kreuzten, die Küste entlang.

Mittlerweile brauchte auch sie ihn, sie brauchte ihn, weil er sie brauchte. Sie segelten dahin, leicht und frei, in ablandigem Wind.

Die ersten Male, als er keine Zeit hatte, als sie ihn anrief, dachte sie, das ist normal, das kann vorkommen, sei nicht so empfindlich, du hast ja auch schon keine Zeit gehabt. Außerdem bin ich vielleicht zu lange zu zurückhaltend gewesen?

Er meldete sich tagelang nicht. Als sie ihn endlich erreichte, kam es ihr vor, als würde sie ihn belästigen, obwohl er fröhlich wie immer war, fast habe er schon unter Entzug gelitten, sagte er, so lange wie sie nicht miteinander gesprochen hätten. Beba war erleichtert. Sie verabredeten sich für den gleichen Abend.

Als sie kam, saß er schon am Tisch in ihrer Kneipe. Er telefonierte und schäkerte und hörte nicht auf damit. Beba wartete.

Das war Rolf, sagte er, als er aufgelegt hatte.

Versteht ihr euch wieder?

So lala, sagte er und machte mit der Hand eine wellenförmige Bewegung.

Hey, sagte er, was ist? Ich freu mich so, dich zu sehen!

Ich freu mich auch, sagte Beba.

Es schien ihr plötzlich kleinlich, ihn auf ihr Unbehagen anzusprechen, sie waren ja kein Paar. War sie abhängig von ihm, von seiner verschwenderischen Anerkennung?

Ich liebe diese Kneipe, sagte er, wegen dir, sie bringt einen so nah ans Leben.

Er trug ein rosa Hemd mit orangem Schlips.

Wie bist du denn wieder angezogen?

Sie lachten.

Was macht die Kunst?, fragte er jovial.

Das Lachen blieb Beba im Hals stecken.

Geht, sagte sie knapp.

Über den Tisch hinweg strich er ihr sanft über die Wange, hey, was ist denn, du bist so anders als sonst.

Nichts, sagte sie.

Nichts war geschehen. Sie bildete sich das alles nur ein, er war doch wie immer, ein wenig verrückt, ein wenig hyperaktiv, aber das Herz auf dem rechten Fleck.

Sonst hatte er immer irgendetwas mit ihr vorgehabt, so viel vorgehabt, dass Beba ihn eher bremsen musste, weil das, was er so alles plante, gar nicht in die Zeit passte, die ein normaler Mensch zur Verfügung hat. Jetzt lud er sie zu keinen Unternehmungen mehr ein, und als sie beinahe schüchtern fragte, ob sie am Wochenende mal wieder einen Ausflug machen wollten, sagte er, es passe diesmal leider nicht. Warum es nicht passte, sagte er nicht. Wieder kam es ihr vor, als dränge sie sich ihm auf.

Okay, sagte sie, kein Problem.

Sie hatte ihn lieb gewonnen in den vergangenen Monaten. Sie umarmten sich zum Abschied, herzlich wie immer.

Er rief die ganze Woche nicht an. Auch die nächste nicht. Sie rief an, er war nicht zu erreichen. Als wäre sie verlassen worden. Als trüge sie Schuld daran. Sie fuhr zu seinem Haus, sie stand vor der Tür, sie klingelte. Eine Weile passierte nichts. Dann hörte sie Schritte näher kommen. Rolf öffnete.

Ach, die upcoming Pianistin, sagte er. Wunderst du dich, fragte er, dass Harald nicht mehr anruft? Leicht schräg hielt er den Kopf, oh, das wusstest du nicht? Er begann zu lachen, laut und schäbig lachte er ihr ins Gesicht. Er hat jetzt eine Malerin, gluckste er, großartige Künstlerin, seelenverwandt, tut mir leid für dich, aber nimms nicht persönlich.

Er schloss die Tür.

Beba starrte auf das dunkle Holz, auf den wohl von irgendeiner Weihnacht übrig gebliebenen roten Stern. Wäre das eine große Liebe gewesen, wäre sie aus heiterem Himmel verlassen worden, hätte der Schmerz kaum größer sein können. Jemand hatte sie mit Aufmerksamkeit überschüttet und ihr diese wieder entzogen. Aus keinem besonderen Grund, aus einem Spieltrieb heraus, einfach so, ohne wirklich sie zu meinen. Hätte sie merken müssen, dass sie nichts weiter als ein Spielzeug war?

Den hätt ich gleich rausschmeißen sollen, hatte Manuela gesagt, als Beba ins Lola zurückgekommen war, sie habe ja von Anfang an so ein Gefühl gehabt.

Aber jetzt schreib dir hinter die Ohren: nie was mit einem Freier anfangen. Wie Köter kommen die aus ihren Löchern gekrochen, und nie weißt du, welche Krankheiten sie mitschleppen.

Als ob man sich im normalen Leben nicht auch anstecken könnte, sagte Beba.

Kindchen, sagte Manuela, du hast noch viel zu lernen.

Vorerst hatte sie zu lernen, wie man etwas wird. Wie man sich anders das Überleben sicherte. Wie man nutzte, was man hatte. Deswegen vielleicht hatte sie Otten angerufen. Nicht, weil sie ihn gerne wiedersehen wollte, nein, aus kalter Berechnung. Musste es sein, rief sie jeden an, egal, ob den Kaiser von China oder eben den Innensenator. Wenn sie etwas gelernt hatte im Lola: Hohe Ämter waren auch nichts weiter als Socken, die nach einem langen Tag nach Schweißfüßen rochen.

VORNE AUF DEM PODIUM saß Zora und ordnete Papiere. Blatt um Blatt legte sie von einer Seite zur anderen und dann wieder zurück.

Was macht denn Zora hier, fragte Isa, setzt sie sich jetzt auch für die Flüchtlinge ein? Das wär ja super!

Die alten Seilschaften, sagte Arturo und brach dann ab.

Was ist mit den alten Seilschaften?, fragte Isa nach.

Na, nichts weiter, immer noch mischen sie mit, schau sie dir an, Zora und Sven sind nur zwei von vielen.

Sven auch?

Na, Sven hat nie gesessen, wie er das gemacht hat, keine Ahnung.

Hey, sagte sie, was regst du dich denn so auf?

Ich reg mich nicht auf.

Wusste von den Flüchtlingen jemand, fragte sich Isa, wer Zora war? War sie denn jemand? Als sie aus dem Knast kam, hatte Arturo einmal erzählt, sei sie so was wie ein Star gewesen, alle möglichen wichtigen Leute hätten ihr Jobs angeboten, Theater, Film, Zeitungen. Jetzt, dachte Isa, muss sie sich offenbar selber anbieten. Neben Zora auf dem Podium saßen Dodo und Amidou, Sven kam gerade herein und setzte sich dazu.

Die Pressekonferenz war für elf Uhr angesetzt, jetzt war es kurz nach halb eins, hatten sie auf Sven gewartet?

Lasst uns anfangen, sagte Sven und begann gleich selber mit einem langen Statement zur rassistischen, menschenverachtenden Asylgesetzgebung, er holte weit aus und endete mit der Zwangsläufigkeit des antiimperialistischen Kampfes. Dodo übersetzte simultan auf Englisch, ließ die Hälfte weg, und anschließend übersetzte sie noch in eine afrikanische Sprache.

Der hetzt uns auf, rief Esra, kaum war Dodo fertig, der weiß überhaupt nicht, wie wir hier leben müssen.

Müssen?, fragte einer der Journalisten.

Das gehört nicht hierher, sagte Dodo, das ist eine Pressekonferenz.

Wo das Senatorium sei, rief Amidou dazwischen, er fordere das Senatorium auf, hierherzukommen und endlich mit Amidou zu sprechen.

Alle lachten. Irritiert blickte Amidou zu Dodo, sie flüsterte ihm den richtigen Ausdruck zu.

Noch Fragen?, fragte Sven und blickte in die Runde.

Jemand polterte in den Raum, baute sich vor den Journalisten auf und begann unverständliches Zeug zu reden, zwei, die an der Tür standen, wollten ihn greifen.

Lasst ihn, rief Dodo, er soll sagen, was er zu sagen hat, jeder soll sagen dürfen, was er zu sagen hat.

Nichts hat der Typ zu sagen, dachte Isa, aber alle hören geduldig zu. Dann, als habe er einen Befehl von anderswo erhalten, rannte er hinaus.

Gut, sagte Dodo, Zora?

Sven stand auf, packte seine Papiere in den Rucksack und ging.

Zora schnäuzte sich die Nase, faltete eine fürchterlich verbogene Brille auseinander, setzte sie auf und verlas einen komplizierten Text. Mehrmals verrutschte sie in der Zeile, sie merkte es nicht. Zum Schluss hob sie die Faust und rief: Für einen europäischen Frühling! Kampf dem Imperialismus!

Dodo übersetzte wieder, es dauerte ewig. Ein paar Leute klatschten.

Er habe jetzt schon dreimal, sagte Hans, beim Bezirksamt angerufen, damit die Toiletten repariert würden, hiermit fordere er die Bezirksregierung auf, endlich ihrer Verantwortung nachzukommen.

Zwei der Journalisten standen auf und gingen. Ein Anwohner rief zur Solidarität mit den Flüchtlingen auf, ein anderer Anwohner sagte, er habe es schon zigmal im Guten versucht, aber jetzt sei es genug. Er arbeite in dem Altenheim direkt gegenüber der Fabrik, eine Zumutung sei dieser Lärm jede Nacht, jede Nacht Party –

Die Refugees, unterbrach ihn Dodo, kämpfen Tag und Nacht um ihr Leben, und du fühlst dich von ein bisschen Lärm gestört? Shame on you!

Er finde, sagte ein Journalist, die Interessen der Anwohner seien, bei allem Verständnis für die Lage der Geflüchteten, durchaus zu berücksichtigen.

Was sucht der Nazi hier, rief Amidou, das ist eine Konferenz von Refugees, Amidou nicht und niemand hat den eingeladen.

Der Anwohner ging. Danach plätscherte es so vor sich hin.

Wenn alles gesagt ist, sagte Dodo, lösen wir das jetzt auf. Während sich der Raum nach und nach leerte, blieb Zora sitzen.

Worauf wartest du, fragte Isa.

Jemand kommt mich abholen, sagte sie.

Aber niemand kam.

Ich fahr dich, sagte Isa.

Oh, sagte Zora, das ist nett.

Zora wohnte im Norden der Stadt in einem schmucklosen, älteren Mehrfamilienhaus. Isa fand einen freien Parkplatz direkt vor dem Eingang.

Willst du noch mit hochkommen auf einen Tee?

Unten im Hausflur standen Kinderwagen. Zoras Wohnung lag im ersten Stock. Mühsam kämpfte sie sich die Treppe hoch, suchte in der Tasche nach dem Schlüssel, fand ihn, schloss auf. Aus der Wohnung kam ein abgestandener Mief nach Duftkerzen und etwas wie Mottenkugeln.

Ziehst du dir bitte die Schuhe aus?

Isa zog sich die Schuhe aus. Zora ging in die Küche und füllte Wasser in den Wasserkocher.

Dauert noch einen Moment, setz dich doch, sagte sie und zeigte auf die Sitzgarnitur im Wohnzimmer. Sie nahm zwei Tassen aus dem Schrank und stellte sie auf einen kleinen runden Tisch. Die Tassen hatten bräunliche Ränder, Isa rieb sie mit dem Finger ab. An der Wand über dem Schreibtisch hingen zwei Poster, Mao und jemand, dessen Gesicht Isa nicht kannte. Auf dem Sofa lag eine grüne Decke, auf dem Boden ein alter Perser. Vieles in dieser Wohnung war bunt, aber auf allem schien eine dicke Schicht Staub zu liegen.

Die Wände waren voller Bücher. Bücher auf dem Boden, auf Simsen. *The Pale Horse* von einem Boris Savinkov lag aufgeschlagen, mit dem Rücken nach oben, auf dem Sofa. Neben Isas Füßen stapelte sich ein Stoß Papiere. Material von Clear-Asyl und, halb aus dem Stoß gerutscht, ein altes Fahndungsplakat. Isa zupfte es heraus. Es war zerfleddert, oft gefaltet, eines der Schwarz-Weiß-Fotos war durchgestrichen, wütend geführte rote Striche durchkreuzten ein hübsches Gesicht.

Zora brachte den Tee, schenkte ein und setzte sich. Wir haben uns damals, sagte sie, Namen aus Kinderbüchern gegeben.

Isa nickte.

Nicht jeder dürfe sie Zora nennen, sagte Zora.

Ach so, sagte Isa.

Wie fühlt man sich, würde sie gerne fragen, wenn man Menschen getötet hat. Bereute sie? War es wirklich eine Frage der Umstände, fragte sich Isa, ob die Tat ein Verbrechen war oder ein Segen? Welche Umstände waren die richtigen Umstände für eine solche Tat?

Isa rührte im Tee. Auf dem Schreibtisch stand ein altmodisches Telefon. Daneben lagen zwei Lupen. Zora stand auf und prüfte, ob der Hörer richtig auf der Gabel lag.

Es ist ja heute, sagte sie, noch viel schlimmer als damals, der faschistische Kapitalismus nimmt mit der Globalisierung ja die schlimmstmögliche Wendung, die Endphase ist das. Ich habe ja immer noch den Kopf voll davon, wie die Dinge anders und besser zu machen wären, ein Verlangen immer noch nach grundlegender Veränderung, das hört wohl nie auf.

Nein, sagte Isa, zum Glück hört das nie auf.

Ob es ihr etwas ausmachen würde, nicht so laut zu reden, bat Zora.

Wieder stand sie auf und prüfte den Sitz des Telefonhörers, überlegte dann einen Moment, nahm aus einer der Schubladen ein Heft und reichte es Isa. *Kassiber aus der Freiheit* stand auf dem Deckblatt. Isa schlug das Heft auf und überflog die erste Seite. Es war der handschriftliche Anfang einer Autobiografie.

Das ist wohl meine letzte Aufgabe, sagte Zora mit leiser Stimme, mein Leben niederzuschreiben, meine Überzeugungen darzulegen für die Nachgeborenen, das habe ich ja eigentlich nie gewollt, aber jetzt halt, jetzt habe ich das Angebot von einem renommierten Verlag. Von einem sehr renommierten Verlag.

Was war mit ihm, fragte Isa und zeigte auf das durchgestrichene Foto auf dem Fahndungsplakat.

Zora nahm das Plakat, holte eine der Lupen und sah lange auf das Bild. Als würde sie in der Vergrößerung nun einen Aspekt erkennen, den sie bisher übersehen hatte, oder als ob sie vergessen hätte, wessen Konterfei sie markiert hatte und warum.

Ah, sagte sie dann, ja, das ist Branko, wir waren damals zusammen. Er hat uns später verraten, er hat die Idee verraten für ein paar Jahre weniger, was sind schon ein paar Jahre. Landauf, landab in jeder Talkshow hat er gesessen und Lügen verbreitet, solche Lügen über uns als Gruppe. Lenins *Die Verkörperung des Terrors ist der Staat* hat er umgedreht, gegen uns gerichtet, stell dir das mal vor. Ein fehlgeleiteter, faschistoider Haufen sollen wir gewesen sein, der Gruppendruck enorm, Gewalt und Wahn – keine Ahnung hat er gehabt, er hat nie begriffen, dass man mit anderen Menschen zu einem Kollektiv ohne Eigennutz verschmelzen kann, das hat er einfach nicht kapiert.

Aber, sagte Isa, er war doch mit dir zusammen?

Jaja, sagte Zora, er hat aber nie zum Kader gehört, nur ein kleines, eitles Arschloch ist er gewesen, alles hat er abgefasst, was so ein Dreckstaat für einen Verräter bereithält, groß rauskommen hat er wollen auf unsere Kosten.

Zoras Finger verfehlten die Tasse, sie kippte um.

Entschuldige, sagte Isa, ich wollte nicht.

Kein Problem, sagte Zora, sie sei längst darüber hinweg und dass es ihm jetzt, wie man höre, gesundheitlich scheiße gehe, sei, wenn man denn daran glaube, sie lachte bitter, eine Art höhere Gerechtigkeit. Fast tue er ihr ein bisschen leid.

Isas Füße waren kalt, sie versuchte, sie aneinander zu wärmen. Draußen schrie ein Vogel, drei-, viermal, Isa hörte den Ruf durch die geschlossenen Fenster.

Zora hatte gezielt und geschossen. Sie hatte geglaubt, der Tod eines Menschen sei das kleinere Übel. Zuvor hatte sie beurteilt, sortiert und aussortiert. Sie hatte sich dieses Recht genommen. Sie hatte irgendwann nicht mehr gezweifelt, sie hatte abgedrückt.

Isa stand auf und holte aus der Küche einen Lappen, wischte den verschütteten Tee auf. Zoras Mund zitterte, das eine Auge zuckte und tränte, danke, sagte sie.

Wir alle, dachte Isa, leiden unter Verhältnissen, wir alle wollen etwas verändern, etwas besser machen. Irgendwann kommt der Zug an eine Weiche, ist es Zufall, in welche Richtung die Reise weitergeht? Schnöder, purer Zufall, in welcher Idee die Rettung gesehen wird.

Isas und wohl auch Zoras Instinkt: die Schwachen beschützen, die Ausgesonderten, die Abgehängten, die Rechtlosen. Ein schöner Instinkt, fand Isa, ein besserer Instinkt. Wenn man tötet, dachte sie, muss das Gewissen rein sein. Aber es gab so viele gute Gründe für ein reines Gewissen.

Schönes Geschirr, sagte Isa.

Von meiner Großmutter, sagte Zora, sie war eine berühmte Schauspielerin, vor dem Krieg in Wien, am Burgtheater. Das Geschirr erinnert mich an sie.

Sie stand auf, kontrollierte wieder das Telefon, verharrte einen Moment vor dem Regal, griff ein Album und kam zurück.

Sie habe nicht mehr oft Gelegenheit, Fotos zu zeigen. Fotos von ihren Eltern, ihren Geschwistern, ihren Großeltern eben. Ihr Vater sei Gymnasiallehrer gewesen, ihre Mutter Kindergärtnerin. Ihr Elternhaus ein offenes Haus voller Bücher.

Sie blätterte vor und zurück, ah, sagte sie dann, das hier ist Großmutter in, ich weiß nicht mehr in was, auf der Bühne am Burgtheater, starke Frau.

Ja, sagte Isa, eine tolle Frau, wow.

Mensch, sagte Zora, ich hab noch Kekse.

Ich habe keinen Hunger, sagte Isa.

Zora holte die Kekse trotzdem, die Packung war schon angebrochen. Aus Höflichkeit nahm Isa einen, er schmeckte nach Fisch. Zora schien es nicht zu bemerken, sie kaute und nahm sich den nächsten, noch bevor sie geschluckt hatte.

Isa wollte in Zora nichts Armes sehen, nichts vom Leben Zerfleischtes. Sie sah sie vor Gericht stehen, eine berückend schöne Frau, ungezähmt. Eine Frau wie eine Fackel, eine Frau, die bereit war, ihr Leben zu geben für das, woran sie glaubte.

Wer ist das?, fragte Isa und zeigte auf das Poster neben Mao, auf das Gesicht, das sie nicht kannte.

Das, sagte Zora, ist Netschajew, russischer Revolutionär, solltest du kennen.

WIE LANGE WOLLTE ER NOCH ZÖGERN, sie anzurufen? Mittlerweile drängte ihn Cecilia schon dazu. Wenn es dir so wichtig ist, musst du sie anrufen, sagte sie.

Schicht um Schicht trug er ab vom Stapel des täglichen Wahnsinns. War es vielleicht doch unklug gewesen, sich Beba so nah zu fühlen, so schnell und leichtfertig, er kannte sie doch gar nicht. Hatte er sie deswegen nicht schon längst angerufen, zweifelte er? Warum? Warum sollte er nicht zweifeln?

Heute hatte er ohnehin keine Zeit, heute ging es Schlag auf Schlag.

Gestern hatte er aus der Zeitung erfahren, dass einer der Zeugen im NSU-Prozess damals beim Verfassungsschutz gewesen war. Jetzt musste er sich dafür rechtfertigen, dass er nichts gewusst hatte. Oder dass er es gewusst und nichts gesagt hatte. Dann war in der U-Bahn wieder einer halb tot geprügelt worden. Nachdem er in der Pressekonferenz vermieden hatte, Nationalitäten zu nennen, wurde ihm heute von der Opposition vorgeworfen, er wolle rechte Straftaten verschleiern. Hätten Ausländer auf Inländer eingeprügelt oder Ausländer auf andere Ausländer und er hätte Nationalitäten genannt, hätten sie ihn auch gelyncht. Es traf ihn nicht wirklich, er war weder rassistisch noch reaktionär, das musste er sich nicht mehr beweisen.

Nur kurz zwischen allem hatte er Zeit gehabt, mit Rosel einen Kaffee zu trinken. Rosels stille, freundliche Art beruhigte ihn, er lehnte sich zurück, atmete durch. Was er Rosel noch nie erzählt hatte: dass er von ihr träumte. Dass er manchmal in Albträumen durch stillgelegte Industriegebiete irrte und seinen Jaguar suchte. Dass er rannte und rannte und in seiner Not nur den einen Gedanken hatte: Rosel anzurufen. Er musste Rosel anrufen – aber er fand ihre Nummer nicht mehr in seinem Telefon. Sein Unterbewusstsein glaubte also, sie, als Einzige, könne ihm helfen, nicht Cecilia, nicht Franz.

Nächste Sitzung, danach brachte Rosel die Mappe mit den Vorlagen, er brauchte eine halbe Stunde, bis er alles unterschrieben hatte, dann Mittagessen, dann Aktuelle Stunde. Erschöpft. Erschöpft gab es nicht, gestattete er sich nicht, er hielt durch, schon wartete Franz in seinem Büro.

Auf Weihnachten zu, sagte Franz, da geht es ja immer drunter und drüber, das müsstest du langsam wissen, er lachte.

Wir haben gerade mal November, sagte Otten.

Na und? Locker saß Franz ihm gegenüber, locker, wie Franz sich immer gab. Er hatte Neuigkeiten zu berichten. Die Sprengstoffspur, sagte er, führe doch tatsächlich zu einem einschlägig bekannten Händlerring im Rockermilieu, der im Rahmen der Ermittlungen gegen eine rechte Zelle schon eine Weile überwacht werde. Allerdings habe man den Auftraggeber bislang nicht ermitteln können.

Dann also doch rechts?, fragte Otten.

Theoretisch, sagte Franz, wäre auch ein sehr seltsamer Zufall möglich.

Hat sich da etwa irgendein Clown fälschlicherweise bekannt? Ihr habt doch gesagt, das Schreiben sei echt.

Was heißt schon echt, sagte Franz, authentisch. Die Wortwahl, die Zusammenhänge.

Otten schüttelte den Kopf, glaube ich nicht, sagte er, die Linken haben doch so etwas wie ein Anschlagsethos, Propaganda der Tat spielt bei denen doch eine große Rolle.

Na, mein ich doch, das kann irgendein Spinner gewesen sein, sagte Franz, der mit der Szene nichts zu tun hat. IP-Adresse ist ein türkisches Internetcafé. Dort kann sich natürlich keiner erinnern, bezahlt wurde bar.

Dass einer aus der linken Szene bei einem Rechten Semtex bestellt? Ich weiß nicht. Vielleicht hat er nicht gewusst, bei wem er da bestellt?

Ach komm, Franz hob die Hände, willst mir doch nicht sagen –

Hast ja recht, sagte Otten, ich glaub es auch nicht. Also doch tendenziell eher rechts ermitteln, obwohl auch die Rechten nicht haben wissen können, dass Frau Kovacz um diese Zeit kommt. Alles ein dummer Zufall? In dem Schränkchen waren nur Frau Kovacs Sachen, können sie das gewusst haben? Sag mal, was spielt dieser Sven Jänicke eigentlich für eine Rolle?

Franz wiegte den Kopf, er ist für die Logistik zuständig, meldet Demos an, agitiert aber auch kräftig im Hintergrund, wir haben ihn natürlich überprüft.

War da ein Zögern gewesen, der Ansatz eines abgleitenden Blicks?

Franz?, hakte Otten nach, wurde dieser Jänicke nicht vor Jahren mal in Verbindung zu den alten linksmilitanten Kreisen gebracht, ist da nicht mal bei einem Prozess der Verdacht aufgetaucht, der Verfassungsschutz –

– nicht, dass ich wüsste, unterbrach ihn Franz.

Franz, du hältst mich doch auf dem Laufenden, nicht wahr?

Franz nickte und stand auf.

Auch Otten wollte das jetzt nicht vertiefen. Fahrt ihr, fragte er, raus aufs Grundstück übers Wochenende?

Klar, immer, antwortete Franz erleichtert, wann besucht ihr uns mal wieder?

Machen wir, sagte Otten, aber dann doch lieber im Sommer.

Warum hatte Otten das Gefühl, Franz sage ihm nicht alles? Was diesen Jänicke anging und auch sonst? Warum hatte Otten das Bedürfnis, nicht alles wissen zu wollen?

Er entschied sich, den Zweifel zu verwerfen. Er war froh um diese andere Spur. Er wollte nicht noch mehr Unruhe in die Fabrik bringen, und er wollte eigentlich auch nicht glauben, dass von dort eine ernstere Gefahr ausging, als er bereit war anzunehmen.

Auch in der Hakenkreuzgeschichte und der Sache mit der Geburtstagskarte: keine Fahndungserfolge. Die Spurenlage, zugegeben, war dürftig. Keine Zeugen. Der Autobrandstifter hatte in eine Sackgasse geführt; ein verstockter Pseudoanarcho, ein kleines Licht. Er war oder ist mit einem Mädchen aus der Unterstützerszene zusammen. Auch sie, laut Franz, unergiebig, ein Mäuschen, das ein-, zweimal von irgendwelchen Fernsehteams wohl eher zufällig interviewt worden war; zu sagen hatte sie, fand Otten, nachdem er die Aufzeichnungen gesehen hatte, jedenfalls nichts oder nur auswendig gelernte Parolen.

Eigentlich war es kaum zu glauben, dass es auch bei der Sprengstoffaktion keine Zeugen gab. Nicht mal die schlaflose Frau Caplik, durch deren Garten sie wie beim ersten Mal gekommen waren, hatte etwas bemerkt. Frau Caplik war leider nicht nur schlaflos, sondern auch extrem kurzsichtig und ziemlich schwerhörig, nicht hilfreich. Sie hatten Frau Capliks Verwandtschaft überprüft, nichts. Nein, er glaubte doch nicht an rechts, er glaubte, es waren dieselben Täter wie bei der Schmiererei, er spürte das. Und er glaubte, in ihrer Verblendung wäre es ihnen vollkommen egal, bei irgendwelchen Rockern oder Neonazis Sprengstoff zu besorgen, der Zweck heiligte die Mittel. Er dachte im Kreis, er war nicht fähig, diesen Kreis zu verlassen, oder war der Ausweg eben diese Spur nach rechts? Gab es etwas dazwischen?

Es klopfte.

Ja, Rosel?

Rosel öffnete die Tür, streckte den Kopf herein.

Ich habe hier noch zwei Sandwiches von der Sitzung heut Nachmittag.

Rosel, Sie sind ein Engel, danke Ihnen. Schluss für heute?

Rosel nickte.

Sie können das Licht anlassen, ich mach dann fertig. Danke. Schönen Feierabend Ihnen.

Die Fabrik war zum Pilgerort geworden, sogar BBC und Al-Dschasira berichteten mittlerweile darüber, kaum ein Tag verging ohne neue Bilder, ohne die Geschichten, die alle gleich klangen, fiel das eigentlich niemandem auf? Wie auswendig gelernt. Er wusste warum. Gaben die Länder, aus denen die Menschen kamen, keinen Asylgrund her, mussten sie eben einen erfinden, wer wollte es ihnen verdenken. Wer konnte es aber einem Gemeinwesen verdenken, nicht jeden, der Einlass begehrte, aufzunehmen? Hier glaubten Leute ganz selbstverständlich, aus dem Recht, sich frei bewegen zu können, folge auch ein Recht auf Einwanderung. Das war in Ottens Augen nicht ganz richtig. Die Freiheit des Wandernden endete exakt am Gartenzaun desjenigen, der mit diesem Zaun sein Recht auf Eigentum verteidigte.

Etwas geht schief, dachte Otten, entsetzlich schief.

Auf dem Tisch brummte das Handy. Er griff danach, verschluckte sich fast an einem Bissen Brot.

Ja, Clärchen, was gibts?

Er wusste, sie hasste es, wenn er sie Clärchen nannte, sie stieg auch sofort darauf ein.

Papa, sagte sie scharf.

Er lachte, dass du dich von mir immer noch ärgern lässt, freut mich. Also, was gibts?

Mama hat gesagt, ich soll dich anrufen, eigentlich wollte ich dich ja nicht stören deswegen.

Er wurde hellhörig. Cecilia sagte nie, sie solle ihn anrufen, meistens entschied sie selber über Claras größere Wünsche, und um einen größeren Wunsch handelte es sich hier mit Sicherheit. Oder halt, nein, sie hatte ja bei ihrem letzten Besuch verkündet, von nun an bescheiden leben zu wollen.

Du störst mich nicht, sagte er, lass hören.

Ich brauch einen Anwalt, sagte sie.

Was, wofür denn?

Ich hab vor einem Monat doch Lahischa verkauft, und jetzt wollen sie sie mir nicht zurückgeben.

Er verstand nicht. Ich steh auf dem Schlauch, sagte er, wieso sollten sie dir das Pferd zurückgeben, haben sie nicht bezahlt? Halten sie das Tier schlecht?

Doch.

Was doch?

Sie haben bezahlt.

Ja und, wo liegt dann das Problem?

Ich geh jetzt doch nicht nach Afrika, sagte sie, ich ertrage es nicht, meine Pferde bei fremden Leuten zu wissen.

Obwohl er schon damit gerechnet hatte, dass sie ihre Pläne wieder ändern würde, war er sprachlos. Am liebsten hätte er aufgelegt. Er versuchte, ruhig zu bleiben.

Aber wieso, fragte er, willst du denn jetzt plötzlich nicht nach Afrika? Du kannst doch die Tiere nicht einfach wieder zurückholen, selbst wenn sich da rechtlich was machen ließe, was ist denn das für eine Idee?

Zwei habe ich schon zurück, sagte sie, nur Lahischa nicht.

Er schwieg.

Papa! Jetzt sei nicht gleich eingeschnappt, es ist schließlich mein Leben.

Nein, sagte er.

Doch, sagte sie, es ist mein Leben.

Nein, kümmere dich selber um einen Anwalt.

Ist das dein letztes Wort?

Ja. Und bezahlen kannst du ihn auch selber.

Er legte auf. Er hatte keinen Hunger mehr, er schmiss das Sandwich in den Papierkorb. Er steckte Zigaretten und Feuerzeug ein, legte die Akten in seine Mappe, machte überall das Licht aus, schloss zu.

Vor einem Monat hatte sie angerufen und verkündet, dass sie das letzte Pferd verkauft habe. Ein ganz toller Platz für

Lahischa, hatte sie erzählt, bei einem Mädchen, fünfzehn, es habe sich so sehr gefreut über ihr erstes eigenes Pferd. Sie sei sogar noch ein wenig mit dem Preis runtergegangen, weil die beiden so gut zusammengepasst hätten.

Es begann zu regnen, er hatte den Schlüssel schon ins Zündschloss gesteckt. Keine Kraft mehr. Als hätte ihn dieses Telefonat eben zu Tode erschöpft. Ihn mehr erschöpft als die ganze Arbeit der vergangenen Wochen.

Er schob das Handy in die Halterung und rief Beba an. Ihre Stimme zu hören tat ihm wohl. Er fragte, ob sie nächsten Samstag Zeit habe, seine Frau und er würden sich freuen, wenn sie zum Essen käme.

SIE ENTSCHIED SICH für den wärmeren Mantel. Das Wetter hielt sich an keine Regel. Gestern war es schön, fast frühlingshaft warm gewesen, heute lag Schnee in der Luft.

Ich geh dann mal, rief sie um die Ecke und winkte Katjana zu, die mit Lotta an der Bar stand.

Jaa, tschüss.

Sie wusste nicht, was sie erwartete. Ein wenig sträubte sie sich, ein wenig bereute sie, Otten angerufen zu haben. Kurz dachte sie an Harald, und lange dachte sie an Elias, während sie durch die Nacht zum Bus ging.

Einfach den Lichtern nach hoch zur Tür, kam Ottens Stimme aus der Gegensprechanlage.

Sie ging den Lichtern nach hoch zur Tür. Er und seine Frau standen oben auf dem Treppenabsatz vor dem Windfang.

Freut uns sehr, dass Sie kommen konnten, sagte Otten, meine Frau Cecilia und ...

Beba, sagte Beba, mein Nachname ist zu kompliziert, sie lachte, und danke für die Einladung.

Also gut, sagte Frau Otten, wenn Ihnen das recht ist, wir freuen uns sehr.

Das Erste, was Beba auffiel, waren Frau Ottens Hände, die knotig verdickten Gelenke, sie dachte an den Schmerz, den diese Frau ständig haben musste. Sie drückte die Hand vorsichtig, sie war warm und trotz der Verknotungen weich.

Bitte, sagte Otten, gehen wir doch rein.

Es war ein angenehmes Licht in diesem Haus, der Tisch stand schon gedeckt in einem verglasten Anbau, die Vorhänge waren nicht zugezogen. Sie fragte, ob sie noch etwas helfen könne.

Nein, sagte Frau Otten, alles fertig, setzen Sie sich doch, sie wartete, bis ihr Mann und Beba sich gesetzt hatten, dann trug sie das Essen auf. Der Tisch war groß, sie saßen weit voneinander entfernt, die Teller waren nicht rund, sondern eckig.

Erst redeten sie übers Wetter. Über den Wettersturz von gestern auf heute, fast fünfzehn Grad Unterschied, sie redeten über Pflanzen und über den Garten. Dann wechselte Frau Otten abrupt das Thema.

Ihr Mann, sagte sie, habe ihr erzählt, dass Beba in einem Bordell arbeite, es interessiere sie, wie das sei.

Cecilia, sagte Otten, ich weiß nicht, ob das jetzt der richtige Zeitpunkt ist.

Schon in Ordnung, sagte Beba.

Die Frage war nicht durchtränkt von Mitleid oder Misstrauen wie sonst oft, sie war ernst gemeint und schloss nicht von vornherein unerwünschte Antworten aus. Gespannt sah Frau Otten sie an, wie winzig ihr Gesicht ist, dachte Beba, wie glatt die Haut, nur um die Augen dieser helle, fein gefältelte Ring.

Noch nie hatte Beba wirklich über ihre Arbeit gesprochen und schon gar nicht zu jemandem, dem diese Arbeit ferner nicht liegen konnte. Es kam ihr vor, als verlangte Frau Otten von ihr, Rechenschaft abzulegen.

Sie wolle um Gottes willen nicht indiskret sein, sagte Frau Otten.

Nein, sagte Beba, sie überlege nur.

Sie überlegte, ob sie jetzt sagen sollte, dass sie verliebt sei und dass, wenn man verliebt sei, man diesen Beruf nicht mehr ertragen könne. Dass sie unbedingt einen andern Beruf brauche. Wie sollte sie Leuten, die sie nicht kannte, von Elias erzählen. Vielleicht später.

Es sei nicht so schlimm, sagte sie, wie jeder glaube. Sie ziehe sich den Körper aus, als wäre er ein Mantel, sie lege ihn der Kundschaft hin, sie selber setze sich an den Bettrand und schaue zum Fenster hinaus. Sie überlege, was noch einzukaufen sei, mache im Kopf eine genaue Liste. Oder sie gehe in Gedanken über ein Feld, in der Ferne seien meistens Berge zu sehen. Sie spüre dann nur den Wind oder die Hitze oder nichts oder kaum etwas. So sei es oft. Der abgelegte Mantel trage noch ihre eigene Wärme, und wenn sie ihn wieder anziehe, trage er noch die Wärme der Kundschaft. Und manchmal, sagte Beba, schlüpfe sie währenddessen in den Mantel zurück, dann spüre sie etwas, bei besonders sympathischen Gästen oder bei Gästen, die ihr leidtäten, das gebe es auch.

Frau Otten nickte und fragte, ob das immer funktioniere.

Nicht immer, sagte Beba, wenn man verliebt ist, funktioniert es nicht mehr.

Otten stand auf und ging zu einem altmodischen Plattenspieler. Jarrett, Köln-Konzert, seid ihr einverstanden?

Wer könnte, sagte Beba, mit Jarrett nicht einverstanden sein.

Er ist grandios, sagte Otten, auch wenn meine Frau meint, er sei *abgenudelt*, nicht wahr, Cecilia? Ich finde jedenfalls, das ist kein Argument.

So hab ich das nicht gesagt, sagte Frau Otten.

Aber gemeint hast du es so.

Nein, du hast es nur eine Weile zu oft gehört, überhaupt hat man es zu oft gehört, man darf Musik nicht zu oft hören.

Da hast du recht, sagte Otten, aber jetzt haben wir es schon lange nicht mehr gehört.

Beba hatte Jarrett nicht mehr gehört seit dem Tag, an dem die Mutter den Plattenspieler und alle Platten ihres toten Vaters angezündet hatte. Es war ein kühler Tag im Herbst gewesen, nachdem die Arbeit draußen getan war, saß Beba im Wohnzimmer, Jarrett lag auf dem Plattenteller, gerade kam der Strom wieder, die Platte fing an sich zu drehen. Den Kopf in die Hände gestützt, lauschte Beba auf das leere Rauschen der Platte, bevor die Aufzeichnung begann. Sie wartete auf das Murmeln des Publikums vor dem Konzert, sie wartete auf den ersten Ton. So vollkommen vergaß sie die Welt, in der sie lebte, während diese Musik spielte, dass sie nicht merkte, wie die Mutter hereinkam. Kurz vor Bebas Lieblingsstelle zog die Mutter den Stecker aus der Wand, wortlos nahm sie den Plattenspieler unter den einen Arm, die Boxen unter den anderen und ging hinaus zur Feuerstelle im Hof, wo sie immer den Abfall verbrannten. Danach holte sie die Platten. Obwohl Benzin knapp war, schüttete sie einen halben Kanister darüber, warf ein Streichholz hinterher, trat schnell zurück, meterhoch schlugen die Flammen.

Es war, als fachte die Mutter endlich eine lange schwelende Wut an zu offenem Feuer. Eine Wut auf Bebas Vater. Jarrett, noch immer auf dem Plattenteller, krümmte sich in der Hitze wie unter Schmerzen, wellte sich und schmolz dann schnell zu einem dunkel glänzenden Klumpen zusammen.

Für Beba war es, als würde ihr Vater ein zweites Mal verbrennen. Nichts, dachte sie, ist nun noch übrig von ihm, nur ich.

Habe ich etwas Falsches gesagt?, fragte Otten.

Nein, sagte Beba.

Otten schenkte Wein nach. Beba schwieg. Sie schwieg länger, als man unter fremden Leuten schweigen durfte. Eigentlich, dachte sie, müsste ich jetzt gehen. Sie nahm sich zusammen, sie bat Otten, doch etwas anderes aufzulegen. Sie spürte die Blicke, sie war froh, nicht gefragt zu werden, warum.

Otten stand auf, ob sie einen besonderen Wunsch habe?

Metheny, sagte sie, ob er Metheny habe?

Aber selbstverständlich, lachte Frau Otten, hat er Metheny!

Das Essen übrigens, sagte Beba, schmeckt sehr gut.

Danke, sagte Frau Otten, das freut mich.

Im hinteren Teil des Raumes sah Beba einen Flügel stehen. Frau Otten war ihrem Blick gefolgt.

Ich habe früher gespielt, sagte sie, jetzt kann ich nicht mehr.

Sie legte ihre Hände auf den Tisch, die Finger lassen sich, sagte sie, nicht mehr strecken.

Wie lange, fragte Beba, haben Sie das schon?

Ach, sagte Frau Otten, das hat schon mit dreißig begonnen, die Schmerzen, jetzt geht es nur noch mit starken Mitteln, aber lasst uns von was anderem reden.

Spielen Sie eigentlich regelmäßig im Don Quichotte?, fragte Otten folgsam.

Mehr oder weniger, sagte Beba, mit einem Blick auf Frau Otten, häufiger spielen wir jetzt aber im Depot 4.

Das kenne ich nicht, sagte Otten, ist »wir« eine feste Combo?

Nein, sagte Beba.

Sollte sie von Elias erzählen?

Wir, sagte sie, sind ein Trompeter und ich, wir spielen manchmal zusammen, das passt ganz gut.

An jeder Ecke, sagte Otten, eröffnen in dieser Stadt ja neue Clubs, wir kommen leider nur selten dazu, auszugehen, nicht wahr, Cecilia?

Nehmen Sie denn noch Unterricht?, fragte Frau Otten, statt einer Antwort.

Oh ja, und ich habe jetzt sogar ein eigenes Klavier zu Hause. Zwar ist es nur ein günstiges Yamaha, aber für mich ist es perfekt.

Das freut mich, sagte Otten.

Last Train Home. Variationen davon hatten Elias und sie gerade vorige Woche gespielt.

Ist das nicht unglaublich, sagte Otten, der Bass, das Piano?

Eine andere Erinnerung, eine gegenwärtige Erinnerung. Trauer und Liebe, wie heillos dicht lag das beisammen.

Elias war jung, und sie war jung, und dennoch gab es diesen Unterschied zwischen ihnen beiden: er Trompete, sie Klavier.

Wir haben uns überlegt, schob sich Ottens Stimme in ihre Gedanken, Sie könnten an unserem nächsten Hausabend spielen, was meinen Sie? Natürlich nicht umsonst, ergänzte er.

Beba blickte von einem zum anderen. Frau Otten nickte ihr aufmunternd zu.

Boten sie ihr ein Engagement an? Das hatte sie nicht erwartet, eigentlich hatte sie eher an einen Putzjob gedacht, oder vielleicht konnten sie Hilfe im Garten gebrauchen, was hatte sie denn schon gelernt? Wollte sie überhaupt Geld für die Musik? Wollte sie sich das, was ihr so viel bedeutete, bezahlen lassen?

Verstehe ich, sagte Otten, als hätte er ihre Zweifel erraten, aber nehmen Sie es ruhig an.

Wann?, fragte sie, und ihre Stimme flatterte, sie schluckte und wischte sich über den Mund.

Sie blickten sich an, am 23., vor Weihnachten, sagte Otten, geben wir immer eine kleine Gesellschaft, die Kinder, ein paar Freunde.

Aber was soll ich denn spielen? Weihnachtslieder?

Wie wärs mit einer Impro über *Stille Nacht* …?

Sie lachten. Ein brüskes Lachen, plötzlich schien Beba, als bezöge sich alles auf sie, als wären die beiden froh, nicht allein zu sein zu zweit. Sie konnte sich auch täuschen. Im Garten leuchteten einzelne Laternen, warfen Licht auf Immergrünes und Verwelkendes.

Was war das eben, sagte Frau Otten, dort, unter dem Strauch?

Ich habe nichts gesehen, sagte Otten, vielleicht Henry? Henry ist die Katze unserer Nachbarin, fügte er hinzu.

Ich weiß nicht, sagte Frau Otten. Haben Sie nichts gesehen?, fragte sie Beba.

Beba hatte, statt hinaus in den Garten, Otten ins Gesicht gesehen. Wie, fragte sie sich, kann ein weiches Gesicht sich sekundenschnell derart verkanten? Sie dachte an das Foto in der Zeitung. Tief gruben sich die Falten zwischen seine Augen. Stahlblau waren die Augen.

Herr Otten, sagte sie.

Im Hintergrund näherte sich *Last Train Home* seinem ausufernden Ende. Vielleicht war es das Bittende in ihrer Stimme, das ihn zurückholte. Sein Blick war jetzt so offen, so eigentümlich verloren, dass sie, statt Frau Otten zuzuhören, die ganze Zeit überlegen musste, warum er sie so ansah.

Sie haben recht, sagte er dann förmlich, wir sollten uns davon den Abend nicht verderben lassen.

Wovon? Stand es ihr zu, danach zu fragen?

Stell doch bitte die Musik ab, sagte Frau Otten.

Er stellte die Musik ab.

Unser ganzes Leben ist davon doch verdorben, sagte Frau Otten. Ein leises Brummen war zu hören, wahrscheinlich vom Kühlschrank in der Küche neben dem Wohnzimmer.

Wir haben Besuch, sagte Otten, müssen wir das ausgerechnet heute Abend besprechen? Also wirklich, Cecilia.

Nein, sagte Frau Otten, das müssen wir nicht. Es ist nur. Mein Mann wird bedroht, vielleicht haben Sie von dem Anschlag gehört, eine politische Sache. Das ist halt so, fügte sie hinzu, wenn man Politiker ist.

Beba nickte, sie rutschte auf dem Stuhl hin und her. Ihr war, als sähen hundert Augen zu ihnen herein.

Ja, lachte Otten, so ist das, und manchmal, wie Sie sehen, lässt sich so etwas aus dem privaten Leben nicht ganz heraushalten.

Keine Mauer, dachte Beba, kein Zaun, keine Alarmanlage ist sicher genug, wenn man sich zuinnerst unsicher fühlt. Eingeschlossen, eingefriedet. Eine Festung war so gut wie freies Feld – immer musste man damit rechnen, getroffen zu werden.

Hinterm Dorf auf dem Feld standen sie um eine offene Grube, in der grob gezimmerte Holzsärge lagen. Der Vaterrest schlief in einem von ihnen, Beba wusste nicht, in welchem. Die Blasmusik spielte ein Trauerlied für die Lebenden. Nur eines für alle. Mit leeren Händen standen sie da. Mit leeren Händen gingen sie nach Hause in die Häuser, die nicht mehr standen. Kleiderhaken waren übrig, Pantoffeln waren übrig, eine Tabakspfeife war übrig, ein Klavierstuhl.

Die Blätter draußen unter den Leuchten bewegten sich wieder, Beba sah es jetzt auch. Als huschte ein Tier unter ihnen dahin, eine Katze, ein Marder.

Es ist doch nur eine Katze, sagte sie.

Sag ich doch, dass es Henry ist, sagte Otten.

Im nächsten Moment sahen sie den Kater durch das Lichtfeld gehen, das das Wohnzimmerlicht hinaus auf den Rasen warf.

Du hast recht, sagte Frau Otten, also wirklich.

Sie langte über den Tisch und legte ihre Hand auf Bebas Arm, es tut mir leid, sagte sie, mein Mann und ich sind wohl etwas überfordert mit der Situation.

Otten stand auf und drückte auf einen Knopf in der Wand. Die weißen Vorhänge begannen sich zu schließen.

WIE EIN WINTER, ein Meisterwinter schon im November. Flocken legten sich auf die Scheiben der Dachfenster, schichteten sich zu einem dichten Polster, bläulich kränkelte der Tag in die Kammer. Isa fühlte sich begraben. Sie stieß das Fenster auf, wischte und klopfte den Schnee von der Scheibe, pulvrig stoben die Flocken herein und schmolzen dann schnell auf dem Boden.

Manchmal ging sie das kurze Stück bis zum Park und zurück. Sie ging blindlings und mechanisch, als absolvierte sie ein Bewegungsprogramm. Auf der Straße hatte sich der Schnee bereits in Matsch verwandelt. Arturo blieb seit einer Weile öfter mal ganze Nächte lang weg. Isa war sicher, er schlief bei Motte, er sagte, er schlafe nicht bei Motte. Das Baby unten bei den Roma schrie jeden Tag stundenlang, so kam es ihr vor, dazwischen hörte sie auch die Erwachsenen schreien. Einmal wurde sie von einem lauten, dumpfen Poltern aufgeschreckt. Als würde jemand etwas gegen die Wand werfen. Da hatte sie sich um das Baby gesorgt. Kurze Zeit später schrie es wieder, lauter als zuvor.

Isa sah die Spreu sich vom Weizen trennen. Alle rannten nur dem Vergnügen hinterher. Jede Demo war ein großer Spaß, ein Happening. Jede Demo entlarvte den Selbstbetrug: Könnten sie, ohne auf Widerstand zu treffen, immer einfach so durchmarschieren, würde bald keiner mehr marschieren, oder sie würden marschieren, weiter und weiter, bis jemand sie aufhielte. Sie brauchten den Widerstand – ohne Widerstand kein Widerstand –, was, fragte sich Isa, bedeutet das?

Komm, sagte sie und drehte sich um.

Aber Chipo war nicht mehr da. Als letzte Woche der erste Schnee gefallen war, spazierten sie noch zusammen durch den Park. Kennst du Schnee, hast du schon mal Schnee gesehen?, hatte sie ihn gefragt.

Er schüttelte den Kopf.

Komm, sagte sie, nahm seine Hand und legte sie auf das weiße Kissen, Chipo zuckte zurück.

Ja, klar, lachte sie, Schnee ist kalt, wusstest du das nicht?

Wieder schüttelte er nur den Kopf.

Ein Hund kam auf sie zugerannt, ein Dackel. Panisch klammerte Chipo sich an ihr fest, der Hund schnüffelte an seiner Hose und begann, den Kopf gestreckt, keuchend zu knurren. Ein Dackel! Die Lefzen zuckten nach oben und gaben die kleinen Zähne frei. Im letzten Moment wurde der Hund zurückgerufen, dass er sofort gehorchte, erstaunte Isa.

Als sie von Zora gekommen war an jenem Abend, hatte Chipo allein in der Küche gesessen.

Gestern sei er noch in Italien gewesen, sagte er in einem ziemlich guten Englisch und nestelte einen Zettel aus der Hosentasche, darauf stand die Adresse der Fabrik, er habe gehört, dass man hier ein Zimmer bekomme.

Ein eigenes Zimmer zwar nicht, sagte sie, aber eine Matratze, ob er Hunger habe? Sie aßen zusammen. Dann nahm sie ihn mit hoch in ihre Kammer und wies ihm Arturos Matratze zu. Er schlüpfte in den Schlafsack und wickelte zwei Wolldecken um sich. So lag er da.

Isa setzte sich zu ihm und fragte, ob er friere, ob sie noch eine Decke holen solle. Er schüttelte den Kopf. Sie fragte, woher er ursprünglich komme, was er erlebt habe unterwegs. Sie wollte seine Geschichte hören, er aber wollte seine Geschichte nicht erzählen. Während andere gar nicht oft genug ihre Geschichten erzählen konnten, schüttelte Chipo nur den Kopf und wich ihrem Blick aus.

Irgendwann nahm Isa seine Hand, um ihn zu beruhigen, zu trösten. Als seine Hand in ihrer lag, fühlte sie sich stattdessen beruhigt und getröstet.

Er sei, sagte er, zufrieden mit dem, was sei, und dem, was vielleicht noch komme. Ein Dach über dem Kopf, ein friedlicher Tag, eine ungestörte Nacht.

Sie konnte das nicht glauben. Hatte er den Kampf aufgegeben oder ihn gar nie begonnen? Dachte er, mit Flucht sei getan, was getan werden müsse? Hatte er keine Kraft mehr?

Sie legte sich zu ihm. Einer getraute sich nicht, den anderen zu berühren, bis Isa vorsichtig ihren Arm um seinen Körper schob, er ließ es zu. Sie begann, ihn aus den Decken zu schälen. Sie streichelte seinen Rücken. Ihre Finger stolperten über die Schrunden in seiner Haut, über die Risse und Furchen, sie verweilten an einer Kante, sie hofften auf ein Ende, auf weiche, unversehrte Haut.

Vor drei Tagen, als wegen einer Messerstecherei die Polizei kam, saßen sie in der Küche. Amidou stürzte herein, er hatte blutige Hände.

Was ist los?, rief Isa, aber Amidou rannte weiter, hinunter in den Keller.

Dann kam Dodo, John ist verletzt, kreischte sie hysterisch, ruft einen Krankenwagen.

Im gleichen Moment hörte Isa draußen die Sirenen.

Chipo hatte sich umgedreht, er starrte in eine Ecke, seine Hände waren ineinander verkrallt, Isa dachte, er habe Angst vor den Bullen.

Komm, sagte sie, komm raus hier, gleich sind sie da.

Draußen war schon die Hölle los, Sprechchöre skandierten: Wir bleiben alle, wir bleiben alle. Eine laut hallende Stimme verkündete, niemand wolle die Fabrik räumen, es gehe lediglich darum, den Täter zu fassen.

Pfeifen, Johlen, *Niemand will eine Mauer errichten*, höhnte die Menge. Isa zog Chipo mit sich, wieder rein, hoch in ihr Zimmer unterm Dach. Was war das vorhin, fragte sie. Ist was mit Amidou?

Chipo sah sie an. Nie würde sie diesen Blick vergessen.

Amidou, sagte sie, ist von Anfang an dabei gewesen, er gehört zu uns.

Chipo schwieg.

Glaub mir, sagte sie, Amidou ist ein Guter, ohne ihn hätten wir die Fabrik nicht, ohne ihn wärst auch du nicht hier.

Ihre letzten Worte gingen unter im Lärm, den das Polizeikommando machte – berstendes Holz, Geschrei, Befehle.

Raus hier, schrie es, wie Vieh wurden sie zur Tür getrieben.

Isa brüllte zurück, nahm, was sie zu fassen kriegte, schleuderte es gegen die vorrückende Gewalt, gegen die menschenverachtende Brutalität.

Als sie sich wieder umdrehte, war Chipo weg. Sie rannte nach unten, in die Zimmer, in die Klos und Duschen, in die Küche, in die Werkhalle. Keine Chance, ihn in dem Gedränge zu finden.

Um eine nachrückende Einheit daran zu hindern, die Fabrik zu stürmen, bildete sich draußen vor dem Gebäude eine Kette, um Zeit zu schinden, um Amidou die Flucht zu ermöglichen. Aber sie brachen durch, Hunde schnüffelten in jede Ecke, es dauerte keine halbe Stunde, da hatten sie Amidou gefunden. In Handschellen wurde er abgeführt. Steine flogen aus allen Richtungen.

Wo war Chipo? Isa drängte sich durch die Masse, fand Hans, hast du Chipo gesehen?

Hans zuckte die Schultern. Weiter, hinein, hinaus. Immer mehr Leute aus der Szene kamen, sie schrien, *Freedom for Amidou*. Wie einen Schwerverbrecher, dachte Isa, haben sie Amidou abgeführt, diese Pigs, diese rassistischen Schweine, einen Moment lang betäubte der Hass die Sorge um Chipo. Natürlich, klar, die Stimmung in der Fabrik war angespannt, gereizt, schon seit einiger Zeit, kein Wunder auf so engem Raum.

Freedom for Amidou, Freedom for Amidou, Isa schrie mit, als könnte der Sprechgesang den Zweifel bannen, den Chipos Blick in ihr geweckt hatte, die Angst, nichts sei in Wirklichkeit so, wie sie glaubte, dass es sei.

Freedom for Amidou!

Dann sickerte die Nachricht durch, dass John auf dem Weg ins Krankenhaus gestorben sei.

Sie hätten die Rettung extra verzögert, so lange, bis es zu spät gewesen sei, sagte jemand. John habe angefangen, sagte jemand anders, er habe es gesehen. Das stimme nicht, sagte ein Dritter, er habe es auch gesehen.

Wir sind hier, weil ihr unsere Länder zerstört, schrie Dodo in ein Mikrofon, wir bringen uns hier um, und ihr seid schuld daran. Ihr seid schuld an Johns Tod!

Alle in der Fabrik bereiteten sich auf eine Räumung vor, Türen wurden verbarrikadiert, Steine gesammelt. Aber niemand räumte. Otten, abends in einer Talkshow, forderte die Bezirksregierung auf, diese unhaltbaren Zustände zu beenden, rechtsfreie Orte hätten keinen Platz in dieser Stadt, Gewalt, antwortete Krüger, habe noch nirgends auf der Welt Probleme gelöst, im Gegenteil.

Drei Tage war Chipo jetzt verschwunden. Drei Tage war John tot. Isa zog das Dachfenster zu. Sie wollte nicht mehr an Chipo denken. Sie wollte glauben, er sei nach Italien zurückgekehrt, er habe dort einen warmen Ort gefunden, an dem er endlich bleiben könne. John würde in einem Sarg in seine Heimat zurückgeschickt werden.

Etwas musste geschehen.

Jemand musste diese Zustände beenden. Jemand musste für die Zukunft sorgen. Es schien Isa, als hätte lange niemand mehr die Dinge bis zu Ende gedacht. Machen wir so weiter? Immer weiter? Bis gegen die Wand?

Wenn man, das war Isa klar, die Dinge einmal zu Ende gedacht hatte, gab es kein Zurück. Dann konnte man nicht mehr mit den anderen lachen. Schnörkellos, illusionslos musste man das Leben sehen und die Verhältnisse, unter denen es sich abspielte.

Sie würde die Dinge ordnen. All jene ordnen, zusammenfassen, die nicht mehr tun wollten, was sie sollten, ihnen eine neue Richtung geben. Sie sah sich mit ihrem Leben die Brände befeuern. Sie sehnte sich danach, ihr Leben für etwas zu geben, für die Schwachen, für jene, die überall auf der Welt aufstanden, sich wehrten, kämpften. Sie hatte die Kraft, den Willen. Man muss tot sein, dachte sie, um nicht zu sehen, was so offensichtlich ist: das Leid der Menschen. Die Sehnsucht, die Trauer.

Weiterhin fiel Schnee, still, stetig, unaufhörlich wie im Märchen. In einem Märchen, das gut ausging. Isa wusste, es würde gut ausgehen. Ihre Stimme würde zu hören sein, ihre Stimme sagte, dass reden ohne zu handeln ein Verbrechen ist.

Allmählich wurde das Dachfenster wieder zugeschneit. Gerne hätte sie jetzt Chipo in die stillen Augen geblickt, diesen Augen vielleicht hätte sie trauen können.

Hans und Dodo saßen auf ihren Matratzen, sie stritten.

Isa holte sich den Laptop ins Bett. Keine Zeit war zu verlieren. Wort für Wort. Sie verfasste die schon gedachten Gedanken und jene, die sie in Zukunft noch denken würde. Sie würde all das Gedachte formen, umformen zur Tat. Nach und nach.

Macht leise, fauchte sie rüber zu Hans und Dodo.

Auch sie sind, dachte Isa, kleine Lichter, Schönwetterrevoluzzer, nur mit sich beschäftigt. Mit Arturo konnte sie nicht mehr rechnen. Zusammengehalten wurden sie vier nur noch von der Vergangenheit, von der Angst vor Verrat. Falsch. Isa hatte keine Angst vor Verrat. Sie hatte nur Angst, sich im entscheidenden Moment nicht entscheiden zu können, sich treiben zu lassen von den Verführungen der schieren Gewohnheit zu leben.

Einmal, da war sie vierzehn oder fünfzehn Jahre alt gewesen, hatte sie auf einer Brücke gestanden. Die Brücke führte hoch über ein enges Tal, über einen strichdünnen Fluss, erst am Ausgang des Tals öffnete sich der Himmel. Wie es wohl wäre, überlegte sie, dieses Leben abzubrechen? Auf die Brüstung zu klettern und sich fallen zu lassen. Sie war weder traurig noch verzweifelt. Zum Spaß breitete sie die Arme aus, der Wind fuhr ihr unter die Flügel. Wäre es schön wie fliegen? Würde sie in dem kurzen Moment zwischen Leben und Nichtleben noch bereuen, nicht das Leben gewählt zu haben? War das Nichtleben in Wahrheit das Leben? Sie hatte versucht, in die Konsequenz einer unwiderruflichen Entscheidung einzudringen. Und mit einem Mal verwandelte sich das freie Spiel der Möglichkeiten in einen Zwang, der ihr befahl, ernst zu machen. Schnell war sie weitergegangen.

Jetzt wollte sie nicht mehr einfach weitergehen. Sie wollte weiter gehen. Sie wollte über alles hinausgehen. Das Undenkbare denken, um es dann zu tun. Das war der Schlüssel. Sie hatte es nicht für möglich gehalten, auf Arturos Brust zielen zu können, auf eine menschliche Brust, auf ein schlagendes Herz. Sie hatte es geübt und hatte es dann gekonnt. Sie hatte abgedrückt. Ohne Wut, das Ziel im Blick: einen winzigen, perlmuttfarben schimmernden Knopf auf der linken Seite von Arturos Brust.

Seit gestern hatte sie Schorf auf der Kopfhaut. Es juckte, sie kratzte. Ihre Finger waren blutig vom Kratzen. Sie hatte das Gefühl, kleine Tiere mit vielen Füßen liefen über ihren Kopf. Zecken oder Läuse, keine Ahnung, die Tiere lenkten sie ab. Niemand kann denken, wenn ihm Ungeziefer über den Schädel wandert. Sie ging hinüber zu den Toiletten. Es stank, zwei der drei Klos waren seit Tagen verstopft, Papier schwamm in einer Brühe aus Urin und Kot. Sie hielt ihren Kopf unter den Wasserhahn. Danach war es nicht besser, sondern schlimmer. Während die Haut am Kopf trocknete, spannte es plötzlich an den Fersen, als ob ihre Hülle schrumpfte, risse, so wie lehmiger Boden beim Trocknen in einem regelmäßigen Muster aufreißt.

Sie sollte mal wieder was essen.

Hungrig ging sie zurück ins Dachzimmer und legte sich auf die Matratze, dafür stand Hans jetzt auf und ging hinaus. Sie hörte das Plätschern seines Urins ins volle Klo. Träge kam er zurück in die Kammer geschlappt, im Gehen verstaute er seinen Schwanz in der Hose. Dodo schien zu schlafen, er legte sich zu ihr.

Als wäre Verwahrlosung ansteckend, ließen sich alle hier gehen, sogar Hans. Er zog sich ja schon gar nicht mehr um, Tag und Nacht trug er diese schmuddelige afghanische Stoffhose, das fleckige Shirt. Wahrscheinlich hatte sie die Krätze von ihm. Halt!, sagte sie sich selber. Warum war er ihr nicht einfach gleichgültig?

AM SONNTAG FUHREN SIE HINAUS zu den Pferden. Es war der zweite Advent, es war warm geworden, der Schnee war schnell geschmolzen. Cecilia hatte ihn gebeten, sie zu begleiten, ein neues Pferd sollte in die Herde kommen, und sie hatte wieder einmal Angst um Calipso.

Im Schritttempo fuhren sie die ausgewaschene Straße hinauf zum Hof, tiefe Löcher zwangen sie zu einem Zickzackkurs. Müller und Schulz folgten ihnen. Der Parkplatz war leer. Niemand war zu sehen.

Zwei Wochen hatte die neue Stute jetzt abgetrennt von den anderen auf einem kleinen Paddock verbracht. Micha, der

Bauer, hatte jeweils für ein paar Tage eines der anderen Pferde zu ihr gelassen. Friedlich sei es gewesen, hatte er erzählt, besonders mit Calipso, Cecilias Pferd, habe sie sich gut vertragen.

Micha wollte das milde Wetter, die frostfreien Böden nutzen, heute sollte die Neue zu den fünf anderen in die Herde kommen.

Das sei viel zu früh, hatte Cecilia ins Telefon gerufen gestern Abend, beinahe hätte sie sich mit Micha gestritten. Er solle warten bis zum Frühjahr, so schnell beruhige sich die Herde nicht, und wenn nächste Woche der Frost zurückkomme, die Böden löchrig gefrören, brächen sich die Tiere die Knochen, ob er das wirklich wolle?

Immer wieder wunderte sich Otten, wie Cecilia wegen der Pferde so außer sich geraten konnte.

Überhaupt seien diese Böden im Winter die reine Zumutung, noch eine Weile hörte er sie argumentieren, ging dann zu ihr und bedeutete ihr, Schluss zu machen. Als sie aufgelegt hatte, nahm er sie in den Arm.

Er nähme sie ja, was das Pferd anginge, sowieso nie ernst, wollte sie gleich aufbegehren, schhh, machte er, es ist gut jetzt. Es sei doch wahr, selbst das Wohl der Tiere werde überall der Ökonomie unterworfen. Immer nur schnell, schnell, damit keine zusätzlichen Mühen und Kosten entständen.

Sie stellten sich an den Rand des Parkplatzes, Müller und Schulz parkten daneben. Otten nickte ihnen zu, bevor er und Cecilia ausstiegen und zum Stutenpaddock hinter den Stallungen gingen. Auf den ersten Blick schien alles ruhig zu sein. Die fünf Pferde standen am Heu und fraßen, die Neue, eine elegante dunkle Braune, döste im hinteren Teil des Auslaufs in einer Ecke.

Nach einer Weile machte sie zwei, drei Schritte Richtung Raufe. Als habe Ella, die zähe kleine Graue, nur auf eine solch unerhörte Provokation gewartet, schoss sie übers Paddock und scheuchte die Braune zurück in ihre Ecke. Ellas lustiger Galopp hatte auch die drei anderen munter gemacht, sie fielen ein in das Spiel, gemeinsam trieben sie die Neue, die sich gegen die feindlich gesinnte Übermacht weder wehren noch ihr entfliehen konnte, von Ecke zu Ecke. Als das Tier an ihnen vorüberschoss, sah Otten die Panik in den weit offenen Augen.

Ich habs ja gesagt, sagte Cecilia, das geht so nicht, der muss sie wieder rausnehmen. Sie hatte Tränen in der Stimme.

Plötzlich aber kehrte Ruhe ein, die Herde trollte sich zurück zum Heu, als wäre nichts gewesen, fraßen sie weiter. Mit bebenden Flanken stand die Braune jetzt am Tor.

Du weißt doch, wie das ist, sagte Otten, ich frage mich, warum wir überhaupt hergefahren sind, damit du dir wieder Sorgen machen kannst?

Micha, rief Cecilia, eben kam der Bauer vom Wohnhaus herübergeschlendert, gab ihnen die Hand, schien vollkommen unbeeindruckt zu sein von dem, was er mit Sicherheit vom Haus aus beobachtet hatte. Micha war ein umsichtiger Bauer, er hatte viel Erfahrung mit Pferden, man konnte sich auf ihn verlassen. Auch Cecilia wusste das.

Schau sie dir an, sagte sie, willst du sie nicht rausnehmen, bevor etwas passiert?

Micha schüttelte den Kopf.

Das sind Pferde, sagte er, da muss sie durch.

Otten wusste, wie sehr Cecilia diesen Spruch hasste. Es stimmte aber. Da musste jedes Pferd, das in eine neue Herde kam, durch, es war nicht einfach, das mit anzusehen, und er hätte Cecilia ausreden müssen, heute hier rauszufahren.

Komm, sagte er, lass uns gehen, aber Cecilia wollte dableiben und weiter zusehen, wie die sonst so friedlichen Tiere in toller Raserei immer wieder ihren verängstigten Artgenossen angriffen, von dem aus menschlicher Sicht so gar keine Gefahr auszugehen schien.

Sie waren ein nachgiebiges Paar, die Jahre hatten die schärfsten Kanten gebrochen, sie wussten sich den gelegentlichen Zumutungen zu entziehen, sie hatten gelernt, vieles im Voraus zu verzeihen, und wenn es gar nicht anders ging, auch mal zu streiten.

Gegen Mittag war die Stimmung so verdorben, so unerträglich, so zum Weglaufen düster – es reicht, sagte Otten, ich fahre jetzt mit Müller und Schulz zurück, du kannst den Wagen haben.

Er hielt es einfach nicht mehr aus, diesem Pferd in die panischen Augen zu sehen, er hielt es noch weniger aus als Cecilia, er machte sich auf den Weg zum Parkplatz.

Untersteh dich, rief ihm Cecilia hinterher.

Als er einfach weiterging, vergaß sie noch den letzten Rest Contenance. Ihre Stimme klang scheinbar ruhig, aber eine Tonlage höher, wie Pfeile schoss sie jene vollkommen aus dem Zusammenhang gerissenen Vorwürfe ab, die sich in den Monaten seit ihrem letzten Streit angesammelt hatten.

Dass er sie nicht ernst nehme, kam jedes Mal, dass er auch mal für Calipso Verantwortung übernehmen könne, dass dieses Grinsen, obwohl er nicht grinste und sie ein Grinsen auch gar nicht hätte sehen können, weil er mit dem Rücken zu ihr stand, so was von unpassend sei. Nie stelle er sich ihr, immer laufe er weg wie jetzt oder entziehe sich ihr mithilfe dieser abscheulichen Ruhe.

Weißt du eigentlich, brüllte sie, dass ruhig bleiben genauso aggressiv ist wie brüllen, ihre Stimme kippte, sie merkte es und brach ab.

Natürlich wusste er das. Immerhin war er stehen geblieben. Er wartete. Keine Sekunde zweifelte er daran, dass auch dieser Streit vorbeigehen würde. Er erschrak. Darüber, dass ihn ein solcher Streit tatsächlich nicht mehr aus der Fassung brachte, und er wünschte sich plötzlich sehr, dass ein Streit mit ihr ihn wieder zutiefst berühren könnte. Er wünschte sich die Zeit zurück, als die Auseinandersetzungen noch ohne Gewohnheit waren, als sie noch alles infrage stellten. Als sie sich gegenseitig noch so sehr verletzen konnten, dass an einem seidenen Faden hing, ob sie je wieder zusammenfänden.

Er drehte sich um und ging zurück. Einem Impuls folgend, begann er, die Routine zu durchbrechen.

Sie solle nicht so ein Theater machen wegen nichts, das sei ja doch wohl nicht ihr Ernst, sich mitten auf dem Pferdehof eine solch kindische Blöße zu geben.

Mit offenem Mund stand sie vor ihm. Sekundenlang starrten sie sich an, bis Cecilia die Spannung mit einem lauten Lachen löste.

Du, sagte sie und boxte ihn in den Oberarm, eigentlich sollten wir zusammenhalten, aber du kannst dir nicht vorstellen, wie sehr mich deine Ignoranz reizt, wie sie mich trifft, als ob ich es nicht wert wäre, dass du dich mit mir auseinandersetzt, als ob der, der Ruhe bewahrt, in jedem Fall überlegen wäre.

Ich weiß, sagte er, ich weiß.

Sie hasse es, sagte sie, dass er ihr Mittelmaß aller Dinge sei, wer sage schließlich, dass Ruhe besser sei als Wut.

Ein Naturgesetz, sagte er, Hysterie verbrauche im Ernstfall einfach zu viel Kraft.

Inzwischen hatte die Neue mehrere Schritte Richtung Raufe getan. Die kleine Graue begnügte sich jetzt mit einem kurzen Giften, sobald die andere sich wieder einen Schritt vorwärts erlaubte. Morgen würden sie friedlich nebeneinander fressen.

Komm, sagte Cecilia, gehen wir, fahr du.

Sie fuhren schweigend in die Stadt zurück. Im Rückspiegel, im Wagen hinter ihnen, sah er die hellen Schemen der Gesichter von Müller und Schulz. Immer öfter vergaß er, wie beteiligt sie an ihrem Leben waren. Cecilias Hände lagen einander umklammernd im Schoß.

Hast du Schmerzen, fragte er.

Es geht, sagte sie.

Er wünschte sich ihr altes, gutes Leben zurück, und gleichzeitig sehnte er sich, gebrannt zu werden. Das Einzige, was ihm im Moment sicher schien, war die Tatsache, dass es doch noch Dinge gab, die vielleicht zu lernen waren. Um halb vier schon war es dunkel.

Er blinkte, bog in die Einfahrt, geräuschlos schob sich das Tor zur Seite, er fuhr hoch zum Haus, glitt wie auf Schienen in die Garage, machte den Motor aus, blieb sitzen.

Und jetzt?, fragte Cecilia.

Was meinst du?

Wie wollen wir weitermachen?

So wie bisher, so wie immer. Cecilia, Liebe, mir fällt nichts anderes ein. Wenn wir könnten, wenn wir mutig wären, würden wir uns an einen neuen Anfang stellen.

Hast du das Leben, fragte er sich, das du dir gewünscht hast? Aber auch vor einem Wunschleben machte die Gewohnheit nicht halt. Sie walzte es so breit, eben und flach, dass man sich fragte, ob man überhaupt bei Trost war, als man sich ein derartiges Leben gewünscht hatte.

DER KLEINE UND EIN größerer Koffer standen gepackt neben der Tür, das Klavier würde in der nächsten Woche gebracht werden, hoffentlich.

Beba?, rief Manuela leise vor der Tür.

Komm rein.

Manuela brauchte keine Krücken mehr, sie hinkte kaum noch, nur in die Knie gehen, sagte sie, tue noch weh. Es war Bebas letzter Nachmittag im Lola. Manuela stand da und schaute sie an. In ihrem Blick kreuzten sich zwei große Schiffe.

Von Herzen freue ich mich für dich, sagte sie, ihre Stimme klang kurz.

Komm, sagte Beba, komm, ich spiele ein letztes Mal für dich. Sie setzte sich ans Klavier, aber Manuela blieb stehen.

Was ist, willst du nicht noch einmal die *Staschuka* hören?

Na gut, sagte Manuela, ein letztes Mal, sie setzte sich aufs Bett und legte die Hände in den Schoß.

Als ob Beba wollte und gleichzeitig nicht wollte, dass sich alles änderte, spielte sie die *Staschuka* auf eine neue Weise. Sie spielte sie in Dur statt in Moll, sie spielte sie viel zu grob, viel zu schnell, sie brach mit allen Regeln.

Manuela klatschte nicht, als der letzte Ton verklungen war. Dabei war die *Staschuka* das Stück, das Manuela immer am allerliebsten gemocht hatte. Weil es sie an etwas erinnere, hatte sie einmal gesagt, an das sie sich nicht erinnere – aber offenbar nur in Moll.

Warum müssen sich die Dinge immer ändern, fragte Manuela, manchmal möchte man, dass sich nichts je wieder ändert.

Wie hätte Beba das wissen sollen? Wie hätte sie ahnen können, dass eine solch umfassende, eine solch selbstvergessene und erfüllende Nähe überhaupt möglich war?

Immer und immer wieder musste sie Elias anfassen.

Ging sie neben ihm, lag sie bei ihm, saßen sie zusammen am Tisch, musste sie sich vergewissern, dass er da war, dass er noch immer da war. Wo bist du, fragte sie ihn manchmal, obwohl er neben ihr saß, wo hast du deinen Arm? Als wäre er eine frisch gepflanzte Blume, goss sie ihn, harkte sie ihm die Erde, beobachtete sie sein Wachstum und Befinden.

In diesem Mann, diesem Menschen spiegelte sich ihr Innerstes, sie wollte an ihm teilnehmen und teilhaben. Unerschöpflich war der Vorrat an Liebe, der Vorrat an Zärtlichkeit. Nichts würde sie je wieder von ihm trennen, sie war bereit hinzugeben, was sie hatte, die Musik, ihr Leben.

Lange hatte sie ihm nicht erzählt, wer sie war, wer sie in Wirklichkeit war. Bevor er es zufällig selber herausfände, dachte sie, würde sie Worte finden müssen für etwas, das er, glaubte sie, nicht verstehen könnte.

Während sie unter ihm lag oder auf ihm, wie sie unter oder auf ihrer Kundschaft gelegen hatte, fühlte sie sich zutiefst lebendig und gleichzeitig verbraucht, abgegriffen. Die ganze Zeit hatte sie Angst, er merke ihr das an. Während er glaubte, es sei für sie wie für ihn, wenn auch nicht das allererste Mal, so doch etwas nie Erlebtes, betrog sie ihn mit Schweigen.

Mittendrin hatte sie sich ihm entzogen, hatte sich aufgesetzt und vor sich hin gestarrt und dreimal angefangen und beim vierten Mal zu Ende gesprochen.

Ich bin eine Hure, hatte sie gesagt, ich arbeite als Hure, aber ich möchte aufhören damit.

Wie ein Boxer, der einen Volltreffer kassiert hat, ging Elias kurz zu Boden, stand wieder auf, schüttelte einmal, zweimal den Kopf, schluckte, schaute sie an.

Damit kann ich umgehen, sagte er tapfer, ich liebe dich.

Sie umfasste ihn mit Armen und Beinen, bis er sich japsend von ihr frei machte.

Du kannst, sagte er, gleich morgen bei mir einziehen! Es klang wie ein Befehl.

Das geht nicht, sagte sie, dein Zimmer ist doch viel zu klein. Und wo soll das Klavier hin?

Dann müssen wir uns eben eine neue Bleibe suchen, sagte er.

Wenn sie jetzt gleich aufhörte mit ihrer Arbeit, dachte sie, wäre noch etwas zu retten. Sie könnte dann vergessen. Sie könnte sich, sobald sie vergessen haben würde, selber neu finden.

Ich höre auf, hatte sie am nächsten Morgen zu Katjana gesagt, sofort.

Als hätte sie das längst erwartet, nickte Katjana, verstehe ich, sagte sie, dann wirst du wohl auch ausziehen?

Ja, sagte Beba, sobald wir eine neue Wohnung haben.

Geht das nicht alles ein bisschen schnell, sagte Manuela, die eben hereinkam.

Beba zuckte die Schultern.

Noch hatte sie etwas Erspartes, sie nahm keine Klavierstunden mehr, sie schickte kein Geld mehr nach Hause. Seit sie wusste, dass sie gehen würde, taten ihr jene leid, die bleiben mussten.

An den Abenden erwartete sie Elias in seinem Zimmer, manchmal gingen sie zusammen Wohnungen anschauen, aber immer waren schon zu viele Leute vor ihnen da.

Beba hatte begonnen zu warten. Auf Elias, dass er nach Hause käme, auf eine neue Wohnung, darauf, dass endlich das bessere Leben begänne. Sie wartete und wartete, auch das Klavierspiel war im Grunde nur noch Warten.

Ob sie sich vorstellen könne, Schmuck zu verkaufen, hatte Elias sie eines Abends gefragt. Eine Bekannte seiner Mutter suche Hilfe fürs Weihnachtsgeschäft.

Ja, sagte sie, warum nicht.

Drei Tage später stand sie in einem kleinen Laden und verkaufte Schmuck. Erst zusammen mit der Besitzerin, Frau Lux, aber schon bald allein.

Sie musste kaum etwas wissen über die Ware, die sie verkaufte. Halbedelsteine, Silber, Gold, fein ziseliert oder sachlich robust, für jeden Geschmack etwas. Sie sagte, dieser oder jener Stein passt wunderbar zu Ihren Augen, dieses Blau oder jenes Grün.

Ein Paar kam in den Laden, um Eheringe zu kaufen. Sie versprachen sich Ringe, die beiden ein Leben lang gefallen sollten. Es scheiterte schon am Material; er wollte Gold, sie wollte Silber. Platin, schlug Beba vor, Gold, das wie Silber aussieht, gemacht für die Ewigkeit. Sie saß ihnen gegenüber, ihr Blick wanderte von einem zum andern. Die Frau erinnerte sie irgendwie an die Monroe, ein katzenäugiges Gesichtchen, hohe Wangenknochen, volle Lippen. Die halblangen Haare blondiert, zu hell, zu strohig, ihr Lachen klang unecht. Er aber wirkte alt und ernst, abgeklärt und entschieden.

Die beiden nahmen am Ende einfache silberne Ringe mit einem winzigen Achat. Beba schaute ihnen nach, beobachtete, wie er ihr den Arm um die Schulter legte, wie sie ihre Hand in den Bund seiner Hose schob und sie so die Straße entlangschlenderten, vor diesem oder jenem Schaufenster stehen blieben.

Tag für Tag saß sie nun in dem kleinen Laden. Viel zu tun war selten. Manchmal kam Elias auf einen Sprung vorbei.

Wieder begann sie zu warten – bis es Mittag wurde, Abend, bis Elias vorbeikäme. Draußen sah sie Leute gehen, sie wäre gerne mit ihnen gegangen, es kam ihr vor, als würde sie von allen zurückgelassen.

Dann, endlich, wurde ein Zimmer frei in Elias' WG.

Du kommst uns aber dann schon mal besuchen, sagte Manuela.

Und du uns, sagte Beba.

Mal schauen.

Bist du schon weg?, fragte Katjana an der Tür.

Nein, sagte Beba.

Na, dann lass dich drücken. Du weißt, sagte sie, du kannst jederzeit – aber du wirst ja wohl kaum zurückkommen wollen, sie lachte, Kinder ich muss.

Typisch, sagte Manuela.

Ja, sagte Beba.

Komm, sagte Manuela. Statt zu weinen, drückte sie Beba so fest an sich, dass sie kaum noch Luft bekam.

So, sagte sie, und jetzt geh.

Gisela saß unten an der Bar und telefonierte, tschüss, sagte Beba, Gisela stand nicht auf, drehte sich nur kurz um, in ihrem Blick konnte Beba die Erleichterung sehen und, gleich daneben, den Neid. Mit ihren zwei ungleichen Koffern verließ Beba das Lola. Sie trat hinaus auf die Straße und war weder hier noch dort.

Nebel lag auf den Feldern, als Beba aus dem Haus gegangen war. Früh war es, noch vor Sonnenaufgang. Sie verließ ihre Heimat so gleichgültig wie Blütensamen, der vom Wind über Land getragen wird.

Zum Bus musste sie die Straße hinunter ins nächste Dorf gehen, zu Fuß etwa drei Kilometer, sie hatte nur Konis kleinen Koffer dabei, sie blickte zurück und sah die Mutter und die Großmutter am Fenster stehen. Sie sah die hellen Flecken ihrer Gesichter, sie wandte sich wieder der Straße zu.

Der anbrechende Tag hatte sie begleitet, kein menschliches Wesen. Sie war froh zu gehen, fürchtete sich aber vor dem Wiedersehen mit Stefan. Sie ging zügig, sie war etwas spät, aber wenn sie so weiterging, würde sie den Bus noch erwischen.

Auf einer Wiese standen Schafe. Vor ihr lag das Tal. Sie wusste, sie sah es jetzt für lange Zeit zum letzten Mal. Es tat ihr nicht leid. Das zarte frühe Licht, der Bodennebel, machte die Gegend schöner, als sie in Wirklichkeit war.

Niemand sonst wartete an der Haltestelle kurz vor dem Nachbardorf. Ein Betonhäuschen, dessen eine Wand weggesprengt war, rostige Armierungseisen griffen grotesk verbogen in die Luft. Beba setzte sich auf die Steinstufe davor und stellte den Koffer neben sich.

Der Bus kam spät.

Zwei andere saßen schon in den Sitzen, ihre Gesichter waren rot von der Sonne, die eben aufging. Zum Flughafen, sagte Beba stolz, aber der Bus fuhr gar nicht zum Flughafen, sondern nur in die Stadt, dort würde sie umsteigen müssen in einen anderen Bus. Dem Fahrer fehlten vorne zwei Zähne. Beba schnappte nach Luft und lachte, aber der Busfahrer lachte nicht. Bald, dachte sie, werde ich Menschen sehen, die nicht glauben zu zerbrechen, wenn sie fröhlich sind.

Der Bus fuhr hinunter in die Ebene. Hoch gestapelte Ölfässer, Feuer, die vor sich hin brannten oder glommen. Vereinzelt standen Gehöfte, die meisten zerschossen. Kriegsgerät rostete am Straßenrand. Plötzlich kam es ihr vor wie Verrat, dieses Land zu verlassen.

Warum, fragte sie sich, bleibst du nicht da und räumst auf? Räumst die Jeeps vom Straßenrand, die gesprengten Panzer. Warum löschst du nicht die schwelenden Brände, warum sorgst du nicht dafür, dass die Kinder überall wieder zur Schule gehen können, um zu lernen, dass es keine Menschen gibt, die besser sind als andere.

Weil du nur an dich denkst.

Du denkst nur an dich, weil du gelernt hast, dass Menschen im Krieg alles vergessen, was sie je gelernt haben.

Das ist eine lausige Entschuldigung.

Was willst du dort? Wohlstand, ein sicheres Leben, Frieden? Glaubst du, dort, wo du hinfährst, herrscht Frieden? Ist der Krieg nicht in jedem Frieden versteckt? Wie sie keifen, wie sie verachten, wie sie einander das Leben versauen. Als wäre das der einzige Zweck ihres Daseins. Als könnten sie nur glücklich sein, wenn andere unglücklich sind. Kannst du dir überhaupt vorstellen, wie man in Frieden lebt?

Die wenigen Bäume und Sträucher duckten sich unter dem Wind, der grob über die Ebene griff. Der Fahrer musste kräftig gegensteuern. Manchmal zischte er einen Fluch durch seine Zahnlücke. Sie wurden geschaukelt und gewiegt und geschüttelt im Inneren des Busses, drei weitere waren zugestiegen, schweigsam hockten sie da, den Blick gesenkt oder stier nach draußen gerichtet, einer schien zu schlafen. Zweimal war sie diesen langen Weg bisher erst gefahren, mit Koni damals in die Stadt und wieder zurück.

Von der einen Welt in die andere.

Je näher Beba ihrem Ziel kam, desto sicherer war sie, einen Fehler zu machen. Während sie im Flugzeug zwischen Himmel und Erde hing, sah sie Stefan am Rand der Weide sitzen mit stoppeligem Schädel, mit geradem Rücken, dem Tuch um den Hals, den Blick in der Ferne. Obwohl er sich von ihr abgewandt hatte, nahm sie die Unbeugsamkeit wahr, die von ihm ausging, die brutale Entschlossenheit zu helfen.

Der Flieger verlor an Höhe, jedes Haus konnte sie unten auf der Erde sehen, jedes Haus war heil, kein Feuer, kein Rauch. Sie nahm den Tastenläufer aus der Jackentasche und schlang ihn sich um den Hals, zweimal. Sie wartete mit angehaltenem Atem, bis das Flugzeug aufgesetzt hatte.

Sie wusste bis heute nicht, warum Stefan sie nicht abgeholt hatte, sie wollte es nicht wissen. Sie war noch einmal davongekommen.

Der gelbe Panda bog um die Ecke, Elias hielt in zweiter Reihe und machte die Warnblinker an. Zwei Koffer nur, sagte er, viel ist das ja nicht.

AUF DER ANDEREN STRASSENSEITE, hinter einer weiten, gelblich blassen Rasenfläche, gemustert vom Schattenwerk winterkahler Bäume, lag die Uni. Wie lange, fragte sich Isa, ist das her, seit ich täglich über die grauen Granitplatten die breite Treppe hoch zum Eingang gegangen bin?

Damals lebte sie noch in dem Glauben, ohne Kampf überleben zu können. Wenn sie an die Vorlesungen dachte, Seite an Seite mit Menschen, die ihr nichts bedeuteten, so wie sie ihnen nichts bedeutete, wurde ihr beinahe übel. Eine Institution, in der Menschen zugerichtet wurden. Keinerlei Unruhe ging von dort aus. Sie tun, dachte Isa, was man von ihnen erwartet. Nichts, nichts weiter.

Wäre sie geblieben, wie man es von ihr erwartet hatte, würde sie heute definitiv ein mittelmäßiges Leben führen: Stipendienaufenthalte im Ausland, gut bezahlte Stellen in der Zukunft, Sicherheit. Windelweiche Kompromisse, schleimiges Anpassertum. Wenn sie sich daran erinnerte, dass sie nichts Verkehrtes in dem Umstand hatte finden können, nach Leistungen beurteilt zu werden, die sie nicht erbracht hatte, kam ihr das Kotzen. Wenn sie daran dachte, dass sie, was ihr und anderen in den Arsch geschoben wurde, als selbstverständlich empfunden hatte.

Sie sah die Studenten vor dem Eingang stehen. Sie sah in den Studenten sich selber, unentdeckt. Trotzig in der Kälte harrten sie aus und chatteten. Rauchen und chatten. Jeder für sich allein blickte in sein Smartphone, manche lächelten, während sie lasen, manche tippten, während sie lächelten. Sie unterhielten sich mit jenen, die fern von ihnen waren, die, die neben ihnen standen, sahen sie nicht.

Zugegeben, die Finger vom Smartphone zu lassen, war Isa schwergefallen, so lädiert war sie innerlich schon gewesen. Sie hatte sich in den sozialen Netzwerken heimisch gefühlt, wie Obdachlose sich auf der Straße heimisch fühlen. Aus Not. Sie hatte sich ein beneidenswertes Leben herbeigeschwindelt, während sie faul zu Hause auf dem Bett lag, Sabine unten das Wohnzimmer saugte und Erich im Garten den Rasen mähte. Während sie im Zentrum der allerspießigsten Langeweile allmählich süchtig auf die Abenteuer im Netz wurde. Angespornt von den Nachrichten ihrer Freunde, die mit jedem Post noch Fantastischeres zu berichten wussten, versuchte sie, sich und die anderen zu übertreffen.

Sie unterlag, immer.

Abends, nachts, wenn sie sich schließlich zum Schlafen bereit machte, war ihr Selbstbewusstsein derart ausgedünnt, dass sie sich schwor, den virtuellen Laufstegen von nun an fernzubleiben. Sie schwor, in Zukunft nur noch für sich selber zu erleben; sie konnte sich gar nicht mehr erinnern, wie das früher gewesen war, als noch nicht jede Regung mitgeteilt werden musste aus Sorge, vergessen zu werden von Leuten, die sie noch nicht einmal persönlich kannte.

Noch wochenlang, nachdem sie das Smartphone entsorgt hatte, griff sie danach, suchte, fühlte sich abgekoppelt von einer Welt, die aus nichts anderem bestand als dem Wunsch, besser zu sein. Es war ihr schwergefallen, sich mit dieser notwendigen Askese abzufinden.

Isa wollte gerade weitergehen, da hörte sie eine Stimme ihren Namen rufen. Wie ertappt drehte sie sich um. Sie kannte das Gesicht aus einem anderen Leben. Wie hieß er noch mal? Mimi hatten sie ihn genannt. Eine kleine Schwuchtel aus dem ersten Semester. Dass er sie erkannte, erstaunte sie, so anders als früher fühlte sie sich.

Hi, sagte sie.

Wo warst du die ganze Zeit, Schätzchen, fragte Mimi in seiner, daran erinnerte sie sich jetzt, immer schon zu verbindlichen Art, hab dich vermisst.

Ein Ranschmeißer war er, jedem hatte er gleich von seinen Sexproblemen erzählt, von seinen lächerlichen Schmonzetten. Hab dich vermisst ... Auch wieder so ne beschissene Floskel, dachte Isa, wieso sollte er, ausgerechnet er, sie vermisst haben.

Oder mochte er sie?

Davon, nicht gemocht zu werden, war sie immer ausgegangen in ihrem alten Leben. Daran erinnert zu werden, machte sie, ja, was denn, wütend? Und es machte sie wütend, deswegen wütend zu werden. Immer wieder wurde sie überrascht von banalen Gefühlen. Sie hatte sich nicht im Griff. Gefühle waren jenseits jeder revolutionären Idee. Sie brachten ihre neue Ordnung durcheinander, die Listen, die Kartons, die fein säuberlich gestapelt im Regal ihres inneren Sicherungssystems lagerten. Nach außen hin blieb sie dennoch gelassen, locker schob sie ein Lächeln auf ihr Gesicht, nur der Küsserei verweigerte sie sich, sie machte sich steif, als er sie umarmen wollte.

Er war noch mickriger, als sie ihn in Erinnerung hatte, wie ein Kind war er, und so benahm er sich auch. Dabei hatte er damals ziemlich kluge Essays über Recht und Gesellschaft in Zeitschriften veröffentlicht. Überhaupt war er ein ekelhafter kleiner Streber. Irgendeine Erklärung musste sie ihm geben, um ihn zufriedenzustellen; was sie wirklich machte, wollte sie ihm nicht sagen.

Och, sagte sie, ich hab jetzt ein Semester in den USA studiert.

Waas?, kreischte Mimi. Echt?

Völlig übertrieben war diese Reaktion.

Wo denn?

Blitzschnell musste das jetzt gehen in ihrem Kopf, Syracuse, sagte sie und hoffte, dass er dort niemanden kannte. Und prompt: kroch ihm der Neid übers Gesicht, ließ ihn stammeln, stottern, machte ihn platt.

Echt, krächzte er, geil, davon musst du mir unbedingt erzählen, wollen wir was trinken?

Nee, sagte Isa, leider keine Zeit.

Okee, sagte er, schade.

Sie klopfte sich in Gedanken selber auf die Schulter. Dick auftragen, aber nicht zu dick. Womit sie geprahlt hatte, ließ sich, auf die Schnelle zumindest, nicht so leicht nachprüfen. Und wenn schon, auch egal. Aber wahrscheinlich würde er ihre Begegnung sowieso gleich wieder vergessen haben.

Na denn, sagte sie, machs gut.

Wie froh sie war, von diesem Ort wegzukommen. Eine Weile noch fühlte sie sich beschwingt von ihrem gelungenen Streich. So schlagfertig war sie früher nie gewesen. Dann, allmählich, begann der Triumph schal zu schmecken, warum hatte sie ihm nicht einfach erzählt, wofür sie sich einsetzte? Sie bereute den eben gemachten Schnitzer, entschuldigte ihn mit der Notwendigkeit, sich nicht in die Karten schauen zu lassen, aber eigentlich, überlegte sie dann, ist es einerlei, was dieses einfache Gemüt sich nun denkt.

Sie ging eine Zeile Schaufenster entlang, die Hälfte davon leer, zu vermieten, Telefonnummern standen auf großen neonfarbenen Schildern, im Augenwinkel sah sie sich gehen, wie sehnig und zäh sie aussah, so, genau so, hatte sie immer aussehen wollen.

FÜNFZEHN! Das ist jetzt das dritte Mal, dass du fragst. Cecilias Stimme klang ungeduldig. Zusammen mit Liz, ihrer Zugehfrau, und Hanna, Liz' Tochter, stand sie seit Stunden in der Küche. Hanna verdiente sich gerne fürs Studium etwas dazu.

Er wolle ihnen Arbeit abnehmen, hatte Otten gesagt, er decke den Tisch. Bis eben hatte er noch drüben im Arbeitszimmer gesessen, hatte zum Fenster hinausgeschaut, den Blick verloren in braunem triefendem Gesträuch. Es würde keine weißen Weihnachten geben in diesem Jahr.

Gestern, in der Aktuellen Stunde, hatte er verkündet, er sei bereit zum Dialog, bevor in der Fabriksache entschieden werde, die Räumung sei vorerst vom Tisch. Nicht nur der Koalitionspartner war in helle Aufregung geraten, auch die Parteifreunde waren im Schatten seines breiten Rückens geschützt gewesen vor allzu stürmischen Winden. Warum zum Teufel, Otten, das jetzt, hatten die Parteifreunde gefragt?

Noch nie hatte er sich friedlichen Lösungen verschlossen, aber alle schienen immer schon vorab zu wissen, dass er eine harte Gangart wählen würde. Jetzt war er müde. Moira Lisek, die Integrationsbeauftragte, würde mit den Flüchtlingen verhandeln, sie stand ohnehin schon lange in den Startlöchern. Vielleicht schafften sie es in der Fabrik ja tatsächlich, sich selber Regeln zu geben, sich so zu benehmen, dass nicht jeden zweiten Tag einer ins Krankenhaus gekarrt werden musste. Und in der Konsequenz sollte Lisek die Flüchtlinge dazu bringen, die Fabrik freiwillig zu verlassen.

Er jedenfalls würde sich nicht länger als Sündenbock zur Verfügung stellen. Im neuen Jahr sehen wir dann weiter, hatte er noch gesagt, bevor er für ein Interview zum Regionalsender gefahren war.

Knicken Sie ein, wurde er von der Moderatorin gefragt, bleibt der Rechtsstaat auf der Strecke?

Keineswegs, hatte er geantwortet, er finde nur, es mache in der gegenwärtigen Situation keinen Sinn, aufzumuskeln, der Dialog müsse noch eine reelle Chance bekommen, auch er bevorzuge selbstverständlich eine friedliche Lösung.

Das klinge, sagte die Moderatorin, als habe er Kreide gefressen.

Fünfzehn. Konnte er sich denn eine so banale Information nicht merken?

Du hast Ferien, rief Cecilia aus der Küche, lass die Arbeit doch jetzt mal Arbeit sein.

Hanna kam ihm zu Hilfe; er hatte auch noch die Gläser verwechselt, nicht schlimm, sagte sie, ich mache das.

Sie schob ihn weg vom Tisch.

Finde ich toll, sagte sie, deine Entscheidung von gestern, ich hab dich im Fernsehen gesehen.

So?

Hanna hatte sich noch nie zu seiner politischen Arbeit geäußert. Er könnte sie fragen, warum genau sie das toll fände. Ach, er war heute einfach nicht zu gebrauchen. Das erste Mal in seiner politischen Laufbahn hatte er das vage Gefühl, vor etwas zu kapitulieren. Oder sich auf ein Experiment einzulassen, Ausgang offen. Vielleicht war es an der Zeit, die Verantwortung ein Stück weit jenen zu überlassen, die glaubten, er wolle nicht, die glaubten, er verschließe sich Lösungen, die in ihren Augen friedlich waren.

Vorne am Fenster stand der Flügel bereit, vierzehn leere weiße Stühle warteten in drei Reihen auf Bebas Konzert. Den Tisch hatten sie dafür zur Seite gerückt.

Alles bereit für Bebas Konzert. Er setzte sich auf einen der Stühle. Panton Chairs, teure Sitzgelegenheiten, sachlich, praktisch, gut zu stapeln. Gefielen sie ihm? Er lehnte sich zurück, wippte. Er war es gewohnt, zu kaufen, was ihm gefiel, nicht, was günstig war.

Der Unterschied zwischen nicht wollen und nicht können, dachte Otten, ist der Unterschied zwischen Schuld und Unschuld. Krüger konnte nicht, er hingegen könnte den Härtefallparagrafen anwenden und ihnen ein Bleiberecht geben; er würde so die Voraussetzung für bessere Bedingungen in der Fabrik schaffen, wollte er aber nicht, er durfte sich nicht erpressen lassen – und nichts anderes wäre das, ein Nachgeben unter dem moralischen Druck der Öffentlichkeit.

So gesehen, war seine gestrige Entscheidung nichts weiter als Augenwischerei, die Entscheidung für einen Umweg, der aber zum gleichen Ziel führen würde. Also erstens taktisch und zweitens populistisch, nicht menschlich, wie Hanna glaubte. Reden statt räumen, das kam gut an, jeder wollte ja heutzutage reden. Sie dachten, wenn sie Gewalt nur vehement genug ablehnten, käme der Friede dann von ganz alleine. Aber nicht eine Räumung wäre Gewalt, sondern nicht zu räumen war Gewalt. Räumte Otten nicht, nahm er ihnen den Feind; er schaffte damit ein Vakuum, er gab den Druck nach innen weiter. In der Fabrik, ahnte er, würden sie nicht froh sein, sondern enttäuscht, sie würden sich endlich mit ihren inneren Strukturen zu befassen haben, und sie würden scheitern. Das war seine These.

Jo nannte er sich damals, er fand das cool, Joachim klang zu lang und zu steif. Sie hatten eine ehemalige Turnhalle besetzt und notdürftig ausgestattet. Sie veranstalteten Konzerte, zeigten Filme und betrieben eine Küche, in der sie für Trebekinder kochten.

Seit ein paar Monaten war Ruhe eingekehrt, es gab eine vorläufige Duldung als Kulturzentrum. Es roch nach Suppe und nach altem, feuchtem Gemäuer. Sie saßen in der Küche, Fritz war dabei, Greta und Rachel, die beiden Frauen kochten an jenem Abend. Von draußen herein klangen die dumpfen Rhythmen von Trommeln.

Sie redeten nicht über eine bessere Zukunft, sie redeten über Simon, der an dem Abend nicht dabei war. Sie waren froh, dabei zu sein. Sie waren ausgezeichnet dabei, während sie redeten über einen, der zufällig gerade nicht dabei war, und immer war einer gerade nicht dabei.

Jo suchte unaufhörlich nach Beweisen. Er wusste, dass kein Beweis je genügen würde, die Zugehörigkeit endgültig zu belegen. Einzig der Kampf gegen den gemeinsamen Feind war in der Lage, Abhilfe zu schaffen. Aber der Feind hatte sich verzogen, feige hatte er ihnen das Feld überlassen. So sehr brauchten sie einen Feind, dass sie ihn jetzt in den eigenen Reihen suchten. Um von sich abzulenken, machte er nicht nur mit, er war sogar einer der Eifrigsten.

Keine politische Frage interessierte ihn damals wirklich. Vielleicht war das Ringen, nein, der Kampf um Anerkennung überhaupt die einzig relevante politische Frage.

Hanna war guter Laune, sie hatte einen der wenigen Studienplätze für Psychologie in der Stadt ergattert, sie wusste haargenau, was sie wollte, Liz sagte, es sei ihr beinahe unheimlich, wie zielstrebig das Kind sei. Liz putzte bei ihnen seit fünfzehn Jahren, beide gehörten quasi zur Familie. Was würden wir ohne Liz und Hanna bloß machen, fragte Cecilia manchmal, ja, in der Tat, was würden sie ohne Liz und Hanna machen? War es Freundschaft? Sie schätzten Liz, dachte Otten, für eine Tätigkeit, die zu gewöhnlich war, als dass man Zeit für sie verschwenden wollte. Neben dem Flügel stand ein Tannenbaum, von Cecilia sparsam geschmückt mit Kerzen und weißem Tand.

Was war nur los mit ihm, solche aufrührerischen Gedanken hatte er sich jahrelang nicht gemacht, unnütz saß er hier und dachte Dinge, die keinen praktischen Sinn ergaben. Dies war sein Leben. Ein Räderwerk, das seit Jahrzehnten mehr oder weniger störungsfrei funktionierte, die Mechanik griff unermüdlich ineinander, eins trieb das andere an.

Hi Papa, er blickte auf, Clara kam auf ihn zu, umarmte ihn.

Auch Cecilia hatte sich geweigert, einen Anwalt zu bezahlen, und so war das Pferd bei dem Mädchen geblieben. Schnell, wie alle anderen Launen Claras verflogen, war auch der Ärger, der Cecilias und seiner Weigerung gefolgt war, schon wieder vergessen.

Vadder, grüß dich!

Julian, sein Sohn, und Ebba, seine Schwiegertochter. Keine Spur von Rebellion bei seinen Kindern. Noch nicht einmal ansatzweise. Julians jugendlicher Unsinn hatte im Beitritt zu einer schlagenden Studentenverbindung bestanden. Das war es aber auch schon. Oder vielleicht war die Heirat mit Ebba seine Form von Rebellion gewesen, eine viel ältere, gelinde gesagt, gewöhnungsbedürftige Frau.

Was unterschied, fragte er sich, seine Kinder von jenen, die auf der Straße protestierten? Gegen Ungerechtigkeit, gegen Unterdrückung. Empfanden die beiden die Welt nicht als ungerecht? Warum nicht? War es ihnen egal?

Dann sah er Beba vorne bei der Tür stehen. Hatte Cecilia sie hereingelassen? Noch zarter schien sie geworden zu sein. Er stand auf und ging ihr entgegen.

Hallo, sagte er, guten Abend, ich freue mich, dass Sie hier sind!

Ich freue mich auch, sagte sie.

Ihr Akzent, fiel ihm auf, war etwas stärker, vielleicht durch die Aufregung.

Julian drehte sich um, wer ist das?

Beba ist unsere Künstlerin heute Abend, Julian, mein Sohn, Ebba, meine Schwiegertochter, Clara, meine Tochter.

Bebas Hand war kühl.

Aufgeregt?, fragte Otten.

Sie nickte, ein bisschen.

Kann ich Ihnen etwas zu trinken anbieten? Sekt, Weißwein, Orangensaft, Wasser?

Nur Wasser, sagte sie, bitte.

Darf ich, fragte Ebba und zog Otten am Ellbogen zur Seite.

Was ist?

Ist das diese, ähm, Frau? Bist du noch bei Trost, so jemanden einzuladen?

Was meinst du mit *so jemanden*?

Blitzschnell überlegte er, nur Cecilia, niemand sonst wusste davon.

Sie ist nicht *so jemand*, sagte er scharf, sie ist einfach eine junge Frau, sie heißt Beba, und sie ist eine hervorragende Musikerin, Punkt. Ich will nicht, dass du noch ein Wort darüber verlierst.

Du warst ja schon immer ein guter Mensch, lieber Joachim, säuselte Ebba, und jetzt auch noch die Sache mit der Fabrik, was ist eigentlich los mit dir?

Das verstehst du nicht, sagte er nur.

Ebba war kurz davor, ausfällig zu werden, wieder einmal, wie er das hasste.

Wir wollen uns doch nicht streiten, liebe Ebba, ein andermal gern, aber nicht heute Abend.

Die andern schauten schon zu ihnen herüber, die Gespräche wurden leiser. Dieses dumme extravagante Schrappnell, immer die rotesten Haare, den exaltiertesten Schmuck, die abstrusesten Schuhe, und ganz zu schweigen von dem geschmacklosen Geschmiere in ihrem Gesicht. Er verstand nicht, wie Julian diese Vogelscheuche hatte heiraten können.

Er nahm ein Glas Wasser vom Tablett, mit dem Hanna Getränke verteilte, und brachte es Beba. Cecilia kam hinzu, sie warteten, bis alle ihre Plätze gefunden hatten.

Warum, fragte er Cecilia leise, hast du Ebba das mit Beba erzählt, du weißt doch, wie sie ist.

Ja, sagte Cecilia, es ist mir so rausgerutscht gestern am Telefon, es tut mir leid.

Bebas Blick streifte ihn kurz. Was mutete er ihr zu? Er wollte ihr helfen und stattdessen. Helfen war Mist, er wusste, dass sie Hilfe nicht nötig hatte. Sie hätte Nein sagen können, hätte sie auch getan, bestimmt.

Alles okay?, fragte er Beba.

Sie nickte. Er legte ihr die Hand auf die Schulter.

Wollen wir?, fragte Cecilia.

Während Cecilia mit der Einführung begann, setzte sich Beba an den Flügel. Die bodenlangen weißen Vorhänge waren für einmal zugezogen, Müller hatte darauf bestanden, das dunkle Draußen war unsichtbar. Die Kerzen am Baum brannten, winzige Reflexe schimmerten auf den Kugeln.

Wie abgelegt war Bebas Nervosität, sobald sie zu spielen begann. Sie spielte ohne Noten. Er hatte nicht wissen wollen, was sie spielen würde, er war sicher gewesen, mit allem und jedem einverstanden zu sein. Sie griff tatsächlich auf Weihnachtsmusik zurück, schob die bekannten Melodien aber schon nach ein paar Takten zur Seite, glitt ab in pentatonische Schichten, die sich bald aber wiederum verwandelten in wilde, anarchische Kaskaden, unvermittelt durchbrochen von harmlos-harmonischen Schlenkern.

Tief tauchte sie unter jede Oberfläche, sie verschwand in der Musik, was ihn rührte, schon damals im Don Quichotte gerührt hatte, ein Geschenk ist das, dachte er, Musik so zu erleben.

Nachdem der letzte Ton verklungen war, standen alle auf. Schweigend warteten sie einen langen Moment, dann begann Cecilia zu klatschen, Otten begann zu klatschen, die anderen fielen mit ein, manche trampelten, Julian rief Bravo, Bravo.

Beba sah zu Boden, die Hände vor dem Schoß gekreuzt, verbeugte sie sich, tonlos sagten ihre Lippen Danke, dann ging sie hinaus.

Als er in den Flur kam, war sie fort.

Schon weg?, fragte Ebba, die ihm gefolgt war, das ist aber eher nicht so ganz die feine Art.

So gesehen hatte Beba das einzig Richtige getan, sich zu entziehen, sich zu verweigern. Eigentlich hätte sie zum Essen bleiben sollen, er verstand, warum sie gegangen war.

Darf ich zu Tisch bitten, hörte er Cecilia sagen.

Wie gerne hätte auch er sich jetzt zurückgezogen – in seine Hütte unter dem Balkon der Remise, in dieses Refugium, das ihm kein noch so abgelegenes Zimmer je hatte ersetzen können.

Am nächsten Morgen rief er Beba an. Etwas verschlafen, brauchte sie erst einen Moment, bis sie sich daran erinnerte, wer Otten war.

Sie entschuldigte sich, dass sie ihn nicht gleich an der Stimme erkannt hatte, dann entschuldigte sie sich für ihr schnelles Verschwinden am vorigen Abend.

Wo er ihr das Geld hinbringen dürfe, fragte er? Das habe sie ganz vergessen, sagte sie, er könne es ihr gerne in den Laden bringen, sie müsse halt auch am 24. noch arbeiten. Wenn es ihm nichts ausmache, fügte sie hinzu.

In den Laden?, fragte er.

Ach so, ja, sagte sie, ich arbeite nicht mehr im Club. Als befürchte sie, er finde sie sonst nicht, beschrieb sie ihm übergenau den Weg, ich bin, sagte sie, ab elf Uhr da.

Als Otten den Laden betrat, kauerte sie vor einer Schublade und suchte etwas. Sie trug ein Kostümchen. Eine Art Uniform. Im Grunde kannte er sie ja kaum. Trotzdem glaubte er zu wissen, dass sie früher so etwas nicht getragen hätte, es passte nicht zu diesem trotzigen Stolz, mit dem sie ihm damals ihren Beruf verraten hatte. Inmitten dieses sauberen neuen Jobs wirkte sie sonderbar fehl am Platz.

Ist ja prima, sagte er.

Sie richtete sich auf.

Kunden, die sich nur umschauen wollten, kamen herein.

Hier, sagte er und gab ihr den Umschlag, ich weiß nicht, was ich sagen soll wegen gestern Abend, es war – sie legte sich den Zeigefinger über die Lippen.

Ist nicht viel los, sagte sie, wollen wir uns einen Moment setzen? Sie nahm den Umschlag und verstaute ihn in ihrer Handtasche. Er fühlte sich unsicher. Sie schob ihm einen Schemel hin, sie setzten sich hinter den Ladentisch.

Erst schwiegen sie. Ich habe mich verliebt, begann sie dann leise, ich kann nicht mehr *so* arbeiten wie früher, es klang fast wie eine Entschuldigung.

Das ist doch toll, ich meine, dass Sie sich verliebt haben und die neue Arbeit hier.

Ja, sagte sie, das ist toll.

Hatte er mit jemandem, überlegte er, mit dem er noch per Sie war, je über so etwas gesprochen? Mit Rosel? Nein, nie. Während Beba von ihrem Glück erzählte, sah er sie von der Seite an. Da wandte sie ihm ihr Gesicht zu, sah ihn direkt an. Das Gegenteil von dem, was sie gerade beschrieben hatte, lag in diesem Blick. Während sie weiterredete und er ihr nicht mehr zuhören konnte, weil ihn, was er sah, so sehr erstaunte; die eigentümliche Nähe in diesem Blick, ein verletzliches Zutrauen.

Kunden kamen herein, wie ertappt standen sie beide gleichzeitig auf. Er verabschiedete sich und trat dann hinaus auf die Straße. Sie winkte ihm durch die Scheibe zu.

SIE LEGTE OHRRINGE auf das rote Samtkissen, mehrere Paare. Vor ihr standen eine ältere Frau und ein Mädchen, wahrscheinlich durfte sich das Kind sein Weihnachtsgeschenk für heute Abend selber aussuchen. Es konnte sich nicht entscheiden. Bitte noch die und die und die. Beba war folgsam, sie holte die Stücke aus dem Schaufenster, tauschte die Farben, hielt den Spiegel.

Dann wollte das Mädchen doch keine Ohrringe, sondern eine Halskette. Fordernd standen die beiden Kundinnen im Laden, unzufrieden mit allem, was Beba ihnen zeigte, und am Ende kauften sie nichts. Als wäre es Bebas Schuld, dass ihnen nichts gefallen hatte, verließen sie mit einem knappen Gruß das Geschäft. So ging es die ganze Zeit, Leute kamen herein, wollten sich nur umschauen oder ließen sich ein paar Stücke zeigen, ohne etwas zu kaufen. Am Nachmittag erst verkaufte sie ein paar billige Ringe und eine Uhr. Kurz vor Ladenschluss kam Frau Lux vorbei.

Sie räumten zusammen die Auslage in den Tresor und ersetzten sie durch Kopien. Elias war gestern für ein Konzert nach Holland gefahren, er würde abends zurück sein, zum Essen waren sie bei seinen Eltern eingeladen.

Was haben Sie denn hier, fragte Frau Lux und wischte etwas von Bebas Schulter. Schon zweimal hätte sie beinahe den Job geschmissen. Das erste Mal war Frau Lux sicher gewesen, sie habe fünf Euro auf der Theke liegen lassen. Sie sagte nicht, Beba habe sie gestohlen, sie sagte nur, sie sei ganz sicher, das Geld habe auf der Theke gelegen. Später fand sie es in ihrer Schublade. Immerhin hatte sie sich entschuldigt.

Das zweite Mal hatten sich Kunden beschwert, Beba habe sie nicht freundlich genug bedient. Sie müsse noch viel lernen, hatte Frau Lux gesagt, vor allem mit Kritik umzugehen. Elias zuliebe machte Beba weiter. Elias sagte, Frau Lux sei eigentlich sonst ganz nett, es klang, als wäre sie selber schuld, dass Frau Lux zu ihr nicht nett war.

Als hätte sie den ganzen Tag lang die Luft angehalten, atmete sie, während sie schnell die Straße entlang zur Bushaltestelle ging, tief durch. Nein, sie wollte nicht undankbar sein.

Statt in den Bus nach Hause wäre sie jetzt lieber in den Bus zum Lola gestiegen. Sie wusste, an Heiligabend steht ein Weihnachtsbaum im Club, die Frauen sitzen zusammen, Katjana hat für jede ein kleines Geschenk besorgt. Auch ein paar Gäste sind schon da. Um neun, halb zehn, wenn die Kinder der Freier zufrieden in ihren Betten liegen, wird es voll. Ihren Ehefrauen oder Freundinnen haben die Männer gesagt, sie machten noch einen kleinen Spaziergang oder führen zum Bahnhof, zur Tankstelle, um Zigaretten zu holen, was sollten sie sonst gesagt haben.

Heute würde sie nicht ins Lola fahren, aber vielleicht nächste Woche, tagsüber, damit sie für Elias keine Ausrede finden müsste.

War Gesche da? Gesche war ihre Mitbewohnerin, sie studierte Gesang am selben Konservatorium wie Elias. Hörte sie nicht Gesang aus Gesches Zimmer? Aber nein, Gesche übte immer im Keller ein paar Straßen weiter. Um fünf Uhr spätestens würde Elias zurück sein. Sie zog die Jacke aus, trat sich die Schuhe von den Füßen. Zwängte sich aus dem Kostüm, zerknüllte es, schmiss es in die Ecke. In BH und Slip setzte sie sich ans Klavier. Nur ein paar Minuten.

Er musste schon eine ganze Weile in der Tür gestanden und sie beobachtet haben. Als die Schwelle knarrte, fuhr sie herum. Er stellte den kleinen schwarzen Trompetenkoffer achtlos auf einen Stuhl, umarmte sie, hob sie hoch und trug sie hinüber zum Bett. So viel Zeit muss sein, sagte er, sie lachten, er sieht so schön aus, dachte Beba, sein ungekämmtes Haar, die Sommersprossen, die stoppeligen Wangen, rot von der Kälte, die leuchtenden Augen.

Wie war der Gig?, fragte sie.

Ach, ganz okay, nichts Aufregendes, und du?

Otten ist heute in den Laden gekommen, du weißt doch, gestern war das Hauskonzert, ich hatte das Geld liegen lassen.

Sie biss sich auf die Lippen. Sie wollte dem heutigen Tag eine Freude abringen und hatte dabei vergessen, dass sie Elias gar nichts von dem Konzert erzählt hatte. Er schwieg.

Der Otten, fragte er dann, der Politiker? Was hast du bei dem zu suchen?

Ich dachte, ich hätte es dir erzählt, es war eine kurzfristige Einladung, jemand anders hat abgesagt, schwindelte sie.

Woher kennst du dieses reaktionäre Arschloch überhaupt? Aus dem Puff, klar!

Elias, nein! Ich hab ihn mal zufällig im Don Quichotte kennengelernt.

Es klang wie eine saudumme Ausrede. Wer würde schon glauben, dass eine Nutte einen solchen Mann rein zufällig in einem Jazzclub kennenlernt und dann nicht mit ihm ins Bett steigt? Solche Männer mussten in Elias' Augen natürlich Freier sein.

Das ist billig, sagte Elias, echt jetzt.

Elias, sagte sie wieder, bitte, ehrlich, mit ihm war nichts, ich kenne ihn wirklich kaum, und im Ernst, glaubst du, wenn da was gewesen wäre, würde er mich zu einem Hauskonzert einladen, seine Frau, die Verwandtschaft, all die Freunde.

Sie umarmte ihn, sie hasste sich dafür, dass sie bat und bettelte, er möge ihr verzeihen für ihre Vergangenheit.

Entschuldige, sagte sie, dass ich dir nichts gesagt habe, ich dachte, ich hätte.

Er murmelte, er brummelte und küsste sie.

Erzähl bloß nichts meinen Eltern.

Eigentlich hatte Elias vor seinen Eltern keine Geheimnisse. Und so war nicht einmal Bebas früherer Beruf ein Geheimnis geblieben. Sie wollten, hatten sie gesagt, sie aufnehmen in die Mitte ihrer Familie, gemeinsam müssten sie versuchen, Bebas Vergangenheit zu vergessen.

Am liebsten wäre Beba zu Hause geblieben. Auf oder im Bett, umarmt von diesem Körper und beschützt die Nacht verbringen. Sie konnte nicht genug von ihm bekommen. Immer und immer wieder umfasste sie ihn, ihre Finger streichelten, tasteten, tanzten über seine Haut, sie schienen nicht glauben zu können, was sie spürten.

Komm, sagte er, wir müssen.

Sie liefen die Treppe hinunter um die Wette, drei Straßen weit bis zum Panda. Elias klemmte sich das Handy zwischen Ohr und Schulter, während er ausparkte, sie kämen gleich, sagte er, sie seien unterwegs. Er verdrehte die Augen, sie warten, sagte er. Rücksichtslos jagte er das klapprige Auto durch den Heiligen Abend.

Elias, sagte Beba.

Ist gut, sagte er und bremste ab. Hast recht, ob wir jetzt fünf Minuten früher oder später ankommen.

Keine Spur von Ungeduld, als sie ankamen. Verstimmungen, dachte Beba, würgen sie wohl einfach hinunter.

Können wir noch was helfen?, fragte Elias.

Nein, sagte Elias' Mutter, alles fertig. Sie setzten sich an den gedeckten Tisch.

Die Haare hatte Elias von seiner Mutter. Ihr Haar war noch roter, noch krauser, ihr Gesicht noch sommersprossiger als seins. Dazu trug sie grünliche Farben. Wie ein sonniger

Herbstwald kam sie Beba vor, mitten im Winter. Etwas natürlich Schönes, Beba konnte sich kaum sattsehen.

Sie wohnten am See. Sie kämpften gegen einen öffentlichen Weg, der ihr Grundstück in zwei Teile schneiden würde, sie kämpften gegen die Verschmutzung der Weltmeere und für eine allgemeine Atmosphäre der Toleranz.

Sie saßen um den Tisch, Elias nahm Bebas Hand.

Frohe Weihnachten, flüsterte er ihr ins Ohr.

Über dem See stand der Mond.

Frohe Weihnachten unseren lieben Kindern, meiner bezaubernden Frau, sagte Elias' Vater und hob das Glas.

Geschenke gab es keine, sie hätten vor Jahren schon beschlossen, sich an Weihnachten nichts mehr zu schenken, hatte Elias gesagt.

Die Kerzen am Weihnachtsbaum brannten. Sie sangen Lieder. Elias begleitete sie auf der Trompete. Danach saßen sie still um den Baum, eine der Kugeln trudelte. Die Kerzen wurden allmählich kürzer.

Ich nehm die, sagte Elias plötzlich und zeigte auf eine Kerze nahe der Spitze, und ihr?

Wessen Kerze würde am längsten brennen? Als ginge es wirklich um das nackte Leben, überwachte von nun an jeder hilflos sein Licht.

Das ist ein blödes Spiel, sagte Elias' Mutter.

Es ist doch nur ein Spiel, lachte Elias, seine Kerze erlosch nach kurzem Flackern zuerst, und Elias' Mutter sagte wieder, sie finde das Spiel blöd, es verderbe ihr den Abend.

Später machten sie sich auf zur Kirche. Lauter Villen standen am Weg, manche mit hohen verschnörkelten Giebeln und Türmchen, halb verborgen hinter uralten Bäumen, andere modern und flach in den Hang geschoben.

Sie seien natürlich nicht gläubig, sagte Elias' Mutter, aber der Mitternachtsgottesdienst sei Tradition.

Wie gurgelnde kleine Gewässer flossen leise plaudernd immer mehr Menschen aus Gartentoren und Seitenstraßen auf die Allee und trieben gemeinsam der Kirche zu, man grüßte sich mit einem Nicken. Beba war noch nie in einem Mitternachtsgottesdienst gewesen.

Der Pfarrer stand in der offenen Tür und gab jedem die Hand. Aufrecht stand er da, mächtig wirkte er, behangen mit seinem langen Rock, ein halb männliches, halb weibliches Wesen.

Sie setzten sich in eine der mittleren Reihen. Sie saßen in einem hohen, weißen Schiff, die Fenster weit oben waren dunkel umrandet, neben dem Altar stand ein Weihnachtsbaum, geschmückt mit großen Kugeln und mit elektrischen Kerzen. Leises Gemurmel hinter und vor ihnen, dann setzte die Orgel ein. Beba schloss die Augen.

Wie schön du bist, flüsterte ihr Elias ins Ohr.

Sie rieb sich die Augen, sie juckten, auch das Ohr juckte. Ihr Blick glitt über die Hinterköpfe vor ihr, die Ohrringe, die Kragen. Der Mann schräg vor ihr drehte den Kopf, um seiner Begleiterin etwas zuzuflüstern, einer Frau um die fünfzig, sie hatte langes, noch fast schwarzes Haar. Während er sich zu ihr neigte, streifte sein Blick die Gesichter der hinter ihm Sitzenden, Bebas Gesicht, stutzte.

Eine ganze Weile konnte sie sich nicht aus Zeislers Augen lösen, nicht seinetwegen, nein, es war, als flöge sie über die Stadt zurück in jenes Haus, in jenes Zimmer, dessen Fenster nachts verborgen hinter grünsamtenen Vorhängen sicher verschlossen warteten, bis das Morgenlicht allen Träumen den Garaus machte. Als flöge sie zurück zu dieser Fremde, die, ohne dass sie es selber richtig gemerkt hatte, zum Eigenen geworden war, zu ihrem Leben.

Wer ist das, flüsterte Elias.

Niemand, sagte Beba.

Sie konnte ihm all das nicht erklären. Warum Umstände, die ihm leidtaten, ihr immer noch so kostbar waren. Ein Stück Land, eine wüste Gegend, die man sich, als man noch zu bleiben gezwungen war, schöngeredet hatte und die man nun, wie sich zeigte, mehr brauchte, als einem lieb sein konnte.

Bist du nicht froh, hatte er sie schon oft gefragt, nicht mehr im Club arbeiten zu müssen?

Doch, hatte sie geantwortet, schon.

Aber?, hatte er weiter gefragt.

Nichts aber.

WER WAR DAS, wer hat dich so zugerichtet?, hatte Isa Chipo gefragt, während sie ihm die Narben mit dem Mandelöl, das sie extra für Chipo in einem Bioladen geklaut hatte, einrieb, damit sie geschmeidig blieben. Immer wieder hatte sie ihn gefragt, er aber wollte es ihr nicht sagen. Er wolle nicht darüber reden, sagte er, er wolle schweigen und vergessen für immer.

Manchmal schrie er im Schlaf, wimmerte oder schimpfte in seiner Sprache. Sie wachte auf und erschrak ob seines Anblicks. Im Licht der kleinen Lampe sah er aus wie jemand, vor dem sie sich in Acht nehmen musste, dabei war es doch Chipo, wie ein Tier bäumte er sich, und es hörte erst auf, als sie ihm mit kaltem Wasser die Stirn kühlte. Dann kam er zurück von seiner entsetzlichen Reise, murmelte etwas und drehte sich zur Wand.

Amidou kam frei. Alle redeten von Notwehr. Die Zeugen schwiegen oder bestätigten Amidous Aussage, John habe ihn angegriffen, aus dem Nichts.

Isa konnte sich nicht vorstellen, dass der stille, vernünftige John Amidou angegriffen hatte. John sei ein Verräter gewesen, sagte Amidou und spuckte aus. Esra begann hysterisch zu lachen. Auch Arturo war zurück, für wie lange? Gewandt fügte er sich in ihre Welt wieder ein.

Hast du dich mit Motte gestritten?, fragte sie ihn.

Warum, fragte er statt einer Antwort, musst du immer so absolut sein, warum kannst du deine Leidenschaften nicht mal ein bisschen teilen?

Ständig kamen neue Leute an, gerade gestern standen wieder zwanzig vor der Tür, unten bei den Roma hatte es Stress gegeben, sie wollten niemanden mehr in ihre Zimmer lassen, sie verbarrikadierten sich, das Baby schrie ununterbrochen. In der großen Halle im Anbau, verteilt zwischen den Maschinen, lagen jetzt Menschen auf Matratzen, es war kalt, der Raum ließ sich nicht heizen. Der Müll im Hof stank nicht mehr, er war gefroren. Auch sie, in ihrem Zimmer unter dem Dach, waren längst nicht mehr unter sich. Sven und ein paar Leute hatten weitere Matratzen und Matten und Schlafsäcke gebracht. Nah waren sie zusammengerückt.

War Isa hier zu Hause? Hatte sie hier ein Bleiberecht? Um sie wurde in Sprachen gesprochen, die sie nicht verstand. Sie lebte unter Menschen, die hier genauso wenig zu Hause waren wie sie.

Manche hatten Fotos an die Wand geklebt. Fotos von Kindern. Fotos von Landschaften. Tagaus, tagein schauten sie fern. Je lauter der Ton, je primitiver die Sendung, desto besser. Dürfen die das, fragte sich Isa, so stumpf die ganze Zeit vor der Glotze hängen, diesen ganzen Dreck konsumieren, sich lausig ablenken, während andere für sie jede Ablenkung aufgegeben haben. War es das, was sich die Flüchtlinge wünschten: ungestört fernzusehen? Ein Leben zu führen, wie Isa es verachtete? Kämpfte sie dafür, dass diese Menschen spießig werden konnten, übersatt und gedankenlos, mit welchem Recht fraßen sie dermaßen hemmungslos all den Müll, mit dem eine korrupte Gesellschaft dem Mob das Maul stopfte? Warum warfen sie die leeren Coladosen, die Tüten der Chips, die Verpackungen ihrer neuen Smartphones einfach auf den Boden? Wer wohl, glaubten sie, räumte das weg?

Verachtete sie die, für die sie kämpfte?

Gehts noch, brüllte sie, macht mal die Glotze leiser.

Arturo nahm die Fernbedienung und machte leiser. Ein kleiner stämmiger Mann stand auf. Wollte er sich mit Arturo anlegen? Die zwei Männer blickten sich in die Augen, tasteten das Innere des andern nach faulen Stellen ab, es brutzelte und knisterte.

Ach Scheiße, sagte Arturo, macht doch, was ihr wollt.

Er drehte sich um und ging zurück zu Isa. Der Mann machte wieder lauter, nicht ganz so laut wie vorhin. Aber wenn sich der Kampf für die Refugees nicht lohnt, fragte sich Isa, was lohnt sich dann? Mit Schraubzwingen bog sie gerade, was krumm war in ihrem Kopf, machte passend, was nicht passte, unaufhörlich.

Als gehörte sie ihm, legte Arturo beide Arme um Isa.

Otten will jetzt doch reden, sagte sie, aber erst im neuen Jahr.

Wie reden, sagte er, mit wem?

Mit den Refugees, mit uns.

Ist doch prima, sagte er gelangweilt.

Als ob ihn das alles gar nicht mehr interessierte.

Findest du das etwa gut?, fragte sie.

Na ja, brummte er unentschieden.

Du glaubst doch selber nicht, dass der seine Meinung geändert hat, das kann der gar nicht, auf wessen Seite stehst du eigentlich?

Einen Moment lang, in Arturos Armen, hatte sie sich wider besseres Wissen sicher gefühlt, nicht mehr allein. Wem, fragte sie sich, kann sie noch trauen? Niemandem. Die anderen. Ein Haufen romantischer reaktionärer Spießer, auch jene, die sich revolutionär gaben, ein Arturo, ein Hans, eine Dodo. Schwach waren sie, welk.

Jetzt erst recht.

Isa brauchte Otten, um nicht vom richtigen Weg abzukommen, Leute wie ihn. Leute wie er waren schuld an verkommenen Verhältnissen, an geschundenen Sehnsüchten, an eiskalter Verachtung. Leute wie Otten durften nicht plötzlich gut sein.

Sie zielt.

Sie trifft.

Sie geht weiter. Und weiter.

Sie zog Arturo an sich, sie küsste ihn, sie verführte ihn, sie schlug ihn mit seinen eigenen Waffen, sie waren nicht allein. In der Tiefe des Schlafsackes schliefen sie miteinander, unter den Augen der anderen. Sie versuchte besser zu sein, sie konnte nicht anders, es war nichts, Sex bedeutet nicht zwangsläufig Liebe.

Und die Wahrheit ist, die Wahrheit ist. Arturos Socken haben an den Fersen Löcher, sein Schwanz ist müde, rötliche Wolken bringen den Tag, segeln durch die Fenster im Dach.

Manche gingen früh zu Bett, andere gar nicht. Die einen raschelten mit Tüten, die andern furzten. Einer hustete die ganze Zeit. Die Kälte trieb die Ratten massenhaft ins Haus, sie huschten durch die Kammer, sie fiepten.

Keiner traute dem anderen über den Weg, gewaltsam zerhäckselte das herrschende System Zugehörigkeiten, strategisch waren die Freiheiten, die es gewährte, keiner gab, ohne auch nehmen zu wollen.

Das Gehuste ging ihr auf die Nerven, das Gestöhne, das Geraschel, das Geknabber der Ratten. Isa stand auf und zog sich die ungewaschenen Klamotten an. Die Schuhe musste sie sich zusammensuchen, der rechte lag drüben bei den anderen, der linke unter dem Tisch.

Wo gehst du hin, fragte Arturo verschlafen.

Nirgends, sagte sie.

Auf dem Flur traf sie Amidou.

Wo gehst du hin, fragte er.

Nirgends, sagte sie.

Mit dem Fuß schob er ein Stofftier zur Seite und betrat das Klo. Der Kühlschrank war leer, auch Brot war keins mehr da. Der Discounter die Straße runter hatte gerade aufgemacht, sie klaute zwei Äpfel. Dann setzte sie sich in den Polo und fuhr hinaus.

Hinaus zu Otten. Sie stellte sich hinter einen Wagen, der schon vor seinem Haus stand. Die Zweige der Bäume waren weiß von Raureif, ein filigranes, kompliziertes Muster. Sie schraubte den Sitz in eine flache Position und legte sich so, dass sie von außen nicht zu sehen war.

Der Zauber dieses neuen Tages brachte sie auf gegen eine Macht, an die sie nicht glauben wollte. Wie kann ein Morgen, fragte sie sich, so klar, so schön und friedlich sein, während Krieg herrscht. Wie kann ein solcher Betrug Bestand haben.

Sie fühlte sich an nichts mehr gebunden, an keinen Wert, an keine Moral. Sie fühlte sich verpflichtet zu tun, was die Welt befreien würde. Sie fror nicht. Sie hörte, wie ein Gartentor geöffnet wurde, das Quietschen der Scharniere. Die Nachbarin trat auf die Straße, einen rosafarbenen Morgenmantel vor der Brust zusammenhaltend, wahrscheinlich suchte sie wieder ihren Kater. Henry, rief sie, Henry. Was für ein bescheuerter Name, dachte Isa. Sie setzte sich auf, um besser sehen zu können. Nach einer Weile huschte das Gerippe über die Straße, dieses lederne, hässliche, hochbeinige Etwas mit abgebrochenem Schwanz, das entfernt einer Katze ähnelte. Henry strich um die Beine der Frau. Sie gingen zusammen zurück in den Garten, was für ein Paar, dachte Isa, aber immerhin ein Paar. Isa biss in einen der Äpfel. Er schmeckte mehlig, sie aß ihn trotzdem, das Gehäuse warf sie auf die Straße.

Sie stünde, stellte sie sich vor, rechts hinter dem Pfeiler, nicht sichtbar für ihn. Das Tor glitte zur Seite, sie träte ihm in den Weg, er würde anhalten, das Fenster herunterlassen. Keinen Moment zweifelte sie, dass er das Fenster herunterlassen würde, obwohl er das nicht durfte, die gepanzerte Scheibe schied sein Leben vom Tod, er würde, sie wusste es, genau das vergessen haben. Sie aber würde, so vertraut sie mittlerweile mit seinen Gewohnheiten war, nicht vergessen haben, wofür er die Verantwortung trug. Sie würde ihm so nahe gekommen sein wie nur irgend möglich. Trotzdem würde ihr Finger am Abzug sich krümmen, würde den Widerstand vor dem Druckpunkt überwinden, ohne zu zögern.

Wie würde es sein – danach? Oder spielte es gar keine Rolle, was sein würde. Nicht für sie, sie hätte ihren Dienst am Menschen getan. Der Aufstand wäre eröffnet. Der Weg zur Freiheit geebnet. Oft genug nur musste sie sich diese Szene vorstellen, so lange, bis sie ihr vollkommen plausibel erschien. Eine Antwort, die nur noch angekreuzt werden musste.

Auf der anderen Straßenseite ging jemand mit einem Hund vorbei, wandte zufällig den Kopf, entdeckte Isa im Auto und nickte ihr freundlich zu. So sicher fühlen sie sich hier immer noch, dachte Isa, sie kommen noch nicht mal auf die Idee, eine Frau, jung, weiß, könnte eine Gefahr für ihre beschissene heile Welt bedeuten.

Selber schuld.

Allmählich überzog sich der Himmel mit schlierigem Gewölk. Wind kam auf. Die Äste über ihr zitterten, Raureif puderte durch die Luft. Die Haare auf ihrem Kopf waren ein Gestrüpp, ungewaschen, schuppig, es juckte. Sie richtete sich etwas auf und warf einen Blick in den Rückspiegel, sie sah nicht, was hinter ihr lag, sie sah in die Augen der Zukunft.

Ach, da kam er. Die Garage oben am Haus öffnete sich, heraus rollte der Bonzenwagen, gleichzeitig begann das Tor zur Straße sich seitwärts zu schieben. Kein Aufpasser heute? Seine Entscheidung zu labern statt zu räumen, dachte Isa, gibt ihm offenbar ein Stückchen Unabhängigkeit zurück; wenn du dich da mal nicht geschnitten hast. Oder aber er hatte sich fortgeschlichen wie schon öfter.

Ihr Leben glich sich dem Rhythmus seines Lebens an, sie kam ihm näher, sie hatte das Bedürfnis, ihm nah zu sein. Bald würde sie mit kleinsten Zeichen das Richtige anzufangen wissen.

Er fuhr an ihr vorbei, da hatte sie den Motor schon gestartet, sie hatte keine Mühe, ihm zu folgen. Viel Verkehr war nicht, eher musste sie darauf achten, nicht aufzufallen.

Er fuhr in die Innenstadt, stellte den Wagen in eine kleine Straße am Park. Ein Stück weiter fand auch sie eine Lücke.

Am Eingang des Parks, zwischen den beiden Pfeilern des Portals, blieb er stehen, sah sich um, steckte sich eine Zigarette an, ein paar Schritte hin, ein paar Schritte her. Der Rauch schmierte Striemen in die kalte Luft. Sein Telefon klingelte, er schaute auf das Display und drückte den Anrufer weg. Er trug einen Lodenmantel, eine feine grüne Cordhose und braune Halbschuhe; ob er in den leichten Schuhen nicht fror?

Ein Jogger rannte vorbei, zwei Punks spielten mit ihren Hunden auf der Wiese. Abfall lag im Gebüsch und Hundedreck auf dem Weg. Er wartete, immer wieder sah er in Richtung Straße. Seine Haltung war aufrecht, während ihm sonst manchmal, wenn er sich unbeobachtet glaubte, die Schultern nach vorne sanken.

Aus einem Seitenweg trat eine Frau auf ihn zu. Sie hatte einen leichten, schnellen Schritt, ihre Wangen waren gerötet, sie schüttelten sich die Hand. Isa konnte sich keinen Reim darauf machen. Die Frau erinnerte sie an jemanden, diese ungleichen Gesichtszüge, das eine Auge tiefer und etwas kleiner als das andere. Keine Schönheit. Es verwirrte sie, dass Otten sich mit einer Frau traf, die nicht schön war. Die kein Sekretärinnengesicht hatte. Und dass sie sich nicht umarmten und küssten, sondern nur spröde die Hand gaben. Die Frau machte ein Zeichen mit dem Kinn, er nickte, dann gingen sie los, sie nahmen den breiten Weg in den Park, es war ein leerer Tag, ein Tag zwischen den Jahren, eine Nullzeit, in der keiner wagte, noch Neues anzufangen.

Sie berührten sich nicht, nur die Köpfe waren einander zugeneigt, während sie redeten, zwei Menschen ohne große Gesten, was würde Isa darum geben zu hören, worüber sie sprachen, was sie einander zu berichten hatten. Sie achteten nicht die Kälte, nicht den leichten Schneefall, der eben einsetzte, nicht Isa, die ihnen jetzt ganz dicht und schutzlos folgte. Sie achteten nur sich. Sie achteten sich auf eine Weise, die Isa durchkreuzte. Sie ließ sich zurückfallen, sie ließ sich einen Moment lang zerfallen, sie fror erbärmlich, einzeln hätte man ihre Glieder abbrechen können, hätte sie nicht festgehalten an sich, an allem, was ihr einmal gewachsen war. Hätte sie nicht zur Gewissheit zurückgefunden, dass wahre menschliche Zuneigung unter den gegebenen gesellschaftlichen Bedingungen nicht sein konnte, nicht möglich war, auch nicht ausnahmsweise. Beinah hätte sie sich einer Täuschung hingegeben, einer perfiden Heuchelei. Schnell bog sie ab und kehrte auf einem Seitenweg zum Eingang des Parks zurück.

Vor der Fabrik lag ein Scherbenhaufen. Aus einem Fenster warf jemand Flasche um Flasche. Mehrere Leute standen auf der Straße und lamentierten, verlangten nach Recht und Ordnung. Ausräuchern das Pack, riefen sie, wir brauchen hier nicht noch mehr Gesindel, was das alles kostet. Schon bogen mehrere Streifenwagen um die Ecke. Isa schlüpfte ins Haus. Arturo war weg. Vom Dachfenster in der Kammer aus sah sie die Leute gestikulieren. Sie hörte, wie weiterhin Flaschen auf dem Boden zerplatzten. Sie sah, wie die Beamten die Leute nach Hause schickten und dann, ohne die Fabrik betreten zu haben, wieder abzogen.

Fenster zu, schrie jemand.

Sie zog das Fenster zu und legte sich ins Bett, nahm die Jacke als Kopfkissen, krank fühlte sie sich mit einem Mal, sie zog sich den Schlafsack übers Gesicht, bald schlief sie ein.

EIN BANKAUTOMAT WAR gesprengt worden, einem Fünfzehnjährigen hatte ein Polenböller die halbe Hand abgerissen, eine junge Frau war betrunken vom Balkon gestürzt. Otten warf die Protokolle zurück auf den Tisch.

Der übliche Irrsinn, seufzte er, wenn es nach mir ginge, könnte man Silvester ersatzlos streichen.

Ich versteh dich nicht, sagte Franz.

Otten blickte ihn an, was meinst du?

Natürlich wusste er genau, was Franz meinte, sie hatten sich nach Ottens überraschendem Strategiewechsel, was die Räumung anging, nur noch kurz gesehen bei einem Empfang, aber da hatten sie nicht reden können.

Wenn wir dort nichts machen, sagte Franz, haben wir bald eine Bürgerwehr, sieben Einsätze zwischen Weihnachten und Neujahr, Ruhestörung, Körperverletzung, Betäubungsmittel, das ist ruckzuck ein rechtsfreier Raum geworden, wir sind dabei, die Kontrolle zu verlieren, du weißt, was das bedeutet. Krüger verkriecht sich, die Anwohner glauben, auch wir ziehen den Schwanz ein, und das Pack dort glaubt das auch, die machen doch, was sie wollen, keine Rücksicht auf niemanden, nicht mal auf sich selber.

Das sind Menschen, sagte Otten, kein Pack.

Joachim, wir müssen was tun, wir können das Recht nicht nach denen richten, die lauter schreien als andere, das ist Willkür.

Franz, ich bitte dich, das weiß ich doch. Die Strategie heißt Deeskalation, lassen wir die Lisek machen, schauen wir, ob sie das hinkriegt, kann ja sein. Und natürlich Krüger, der verwaltet doch so lauthals das Vertrauen dieser Leute, der verspricht doch schon die ganze Zeit, das kriegen wir gemeinsam hin.

Ich kann es nicht mehr hören, sagte Franz.

Entspann dich, sagte Otten, schauen wir mal zu – und das bedeutet, dass wir uns zurückhalten, und zwar mit allem, auch mit Einsätzen wegen Drogen, nur noch, was unbedingt erforderlich ist, Strafverfolgung etc., du weißt schon.

Franz knirschte mit den Zähnen.

Franz, muss ich dir jetzt wirklich das kleine Einmaleins erklären? Das Thema ist im Moment derart populär, machen wir zu viel Druck, passt ihnen das hervorragend in den Kram, die mobilisieren doch in kürzester Zeit Tausende. Wir haben Verletzte, wir sind die Bösen, du kennst doch die Bilder. Lassen wir sie machen, vereinzeln wir sie. Dann müssen sie sich mit sich selbst befassen, mit ihren inneren Strukturen. Vielleicht schaffen sie es ja, wer weiß, ich lasse mich in dieser Hinsicht gern überraschen, ob du es glaubst oder nicht.

Ich warne dich, sagte Franz, der nächste Tote ist nur eine Frage der Zeit, verantwortungslos ist das.

Seit einer Woche hatte es nicht mehr geschneit. Kälte ohne Schnee ist nicht gut für die Natur, hatte Cecilia heute früh gesagt. Eine Weile hatte er über diesen Satz nachgedacht. Wegen des Pferdes überlegte sie wie ein Bauer, sie sorgte sich um die Wiesen, die im Frühjahr nicht so üppig austreiben würden. Aber es liegt doch Schnee, hatte er gesagt.

Aber nicht genug.

Ja, nicht genug.

Da, wo du sitzt, sagte Franz, möchte ich nicht sitzen.

Musst du ja auch nicht. Ein Anflug von Ungeduld streifte Otten. Wars das?

Er wollte jetzt allein sein. Es wäre gut, wenn Franz auf seiner Seite stünde. Er lockerte sich die Krawatte. Gegenwind. Sturm statt Schnee. In seiner politischen Laufbahn hatte er alles Mögliche erlebt, sauber blieb man nicht einmal mit Glück. Aber es war das erste Mal, dass er konkret bedroht wurde. Es war das erste Mal, dass er nicht ausschließen konnte, dass eine politische Entscheidung von einer persönlichen Bedrohung beeinflusst wurde.

Denk daran, sagte Franz, wir lassen uns nicht erpressen.

Ja, Franz, ich weiß, sagte Otten leise.

So sah es auf den ersten Blick aus: Er beugte sich, vielleicht auch auf den zweiten Blick, beugte er sich wirklich? Manchmal konnte man die Dinge nicht so scharf trennen, wie man es gerne wollte.

Wir sehen uns Montag, sagte Franz und ging.

Das Büro war überheizt. Er öffnete ein Fenster, tief zog er die eiskalte Luft in die Lungen, kurz musste er husten. Allmählich wurde es dunkel draußen. Vier im Herbst gepflanzte Bäumchen vor der Verwaltung sahen schütter aus, das fünfte war bei der letzten Demonstration ausgerissen worden. Die Bänke dazwischen waren mit Graffiti besprüht. Ein paar Tauben saßen auf den Lehnen. Er drehte das Licht aus, saß eine Weile im Dämmer des früh beginnenden Winterabends.

Eigentlich wollte er gehen, hielt das Tablet schon in der Hand, um es in die Mappe zu schieben, stattdessen machte er es noch einmal an und ging auf Krügers Twitter-Seite.

Was er las, konnte er wieder kaum glauben. Krüger plauderte so unbefangen über Fahrradmarken, Katzen, Kinder, Weihnachtsessen, Outdoorzubehör, verlinkte sorglos auf Ziggymedia, machte Politiker anderer Parteien lächerlich, besonders ihn, der Ball sei jetzt beim Senat, schrieb er, man dürfe gespannt sein. Krüger betrieb seine Klientelpolitik derart skrupellos öffentlich. Lange blickte Otten auf die sprachlich rudimentär gehaltenen Tweets. Ein Politiker konnte nie allen Bürgern gleichermaßen gerecht werden, aber er musste es wenigstens versuchen. Es kam ihm fast anstößig vor, dass Krüger so ungeniert zeigte, wie wenig wert er auf einen guten Teil der Bevölkerung legte. Selbst wenn man keine extreme Gegenposition vertrat, musste man sich nach Lektüre dieser Texte übergangen fühlen, im Stich gelassen vom eigenen Bürgermeister. Krüger hatte einfach noch nicht begriffen, dass er Regierungsverantwortung trug. Dass die moralische Bewertung realpolitischer Fragen nur naiv sein konnte, aggressiv naiv.

Nichts, aber auch gar nichts hatte Otten übrig für diese demonstrative Transparenz der sozialen Medien, Krüger meldete sich ja sogar ab, wenn er schlafen ging. Pervers war das. Er hatte die Kontrolle verloren. Jeder Link, jeder noch so harmlose Kommentar fügte dem Politiker Krüger Schaden zu, alles, auch das – oder besonders das –, worüber er schwieg, ließ Schlüsse zu. Modern transparent und bürgernah wollte der Krüger sein, dabei merkte er anscheinend nicht, wie er sich anbiederte, wie er sich selber jedes Geheimnis nahm, wie er sich gewöhnlich machte, menschlich, würde Krüger sagen. Die Krux war nur: Wer traute einem ganz und gar gewöhnlichen Menschen ungewöhnliche Lösungen zu?

Warum ging er eigentlich immer wieder auf diese Seite? Wollte er den Gegner im Auge behalten? Bereitete es ihm Freude, über Krügers Unvernunft entsetzt zu sein?

Noch war Feiertag, danach Wochenende, das Jahr würde erst am Montag wirklich neu beginnen. Er mochte diese Zeit, wenn die Stadt nach Silvester im Koma lag, die Ruhe, die leeren Flure in der Verwaltung. Locker lehnte er sich zurück im Sessel, streckte sich.

Eigentlich wartete er auf das, was weiter geschehen würde, mit einer Art anthropologischem Interesse. Wie würden sie sich verhalten? So, wie er es erwartete, oder komplett anders? Figuren in einem Spiel. Was würde geschehen, wenn das Gewaltmonopol des Staates dauerhaft ausgehebelt wurde. Selbstbestimmung hatten sie gefordert, Selbstbestimmung sollten sie haben. Es war Krügers Experiment – war es nun auch sein Experiment? Ein tödliches Experiment? Warum hatte niemand gehandelt nach dem Tod des Flüchtlings? Krüger hatte sich für den Polizeieinsatz hinterher noch entschuldigt und den ständigen politischen Druck von Senatsseite für die Tat verantwortlich gemacht. Das Gegenteil war richtig, Otten hatte nicht genügend Druck gemacht.

Es war bizarr. Hier wurde verhandelt, was in einem Rechtsstaat eigentlich unverhandelbar sein sollte: das gleiche Recht für alle. Erfuhren die Flüchtlinge hier nicht erneut Gesetzlosigkeit; herrschte in der Fabrik nicht längst das Recht des Stärkeren, genau das also, wovor viele von ihnen geflohen waren? Wurden die Flüchtlinge von satten, selbstgerechten Ideologen einfach nur makaber missbraucht, ohne dass ihre wahren Bedürfnisse auch nur in Erwägung gezogen wurden?

Er stand auf, ging zum Fenster, schloss es, eigentlich müsste er Krüger zwingen zu räumen, er müsste mit allen Mitteln zu verhindern versuchen, dass Menschen derart verkommen. Hatte Franz recht, handelte er verantwortungslos? War er denn von Sinnen? Müsste er nicht sein politisches Amt an die Durchsetzung einer Räumung hängen, weil tatsächlich absehbar war, was für Franz in seinem, nun ja, manchmal recht hemdsärmeligen Denken vollkommen logisch war? Verflucht. Hatte ihn Krüger angesteckt mit seinem Laissez-faire oder war er einfach nur müde? Gleichzeitig entdeckte Otten in sich ein lange vergessenes ehrliches Gefühl der Verantwortung für diese Stadt, für die Menschen in ihr. So sollte es sein, so war es aber fast nie. An erster Stelle kamen nicht die Menschen, sondern immer die eigene Karriere, so war es auch bei Krüger, er *konnte* einfach nicht räumen, auch wenn er es für richtig hielte. Nicht aus Sorge um die Flüchtlinge, sondern aus Sorge um seine Laufbahn in einer Partei, die, würde er räumen, komplett versagt hätte in den Augen ihrer abstrus dogmatischen Klientel.

Er packte seine Sachen zusammen, warf noch einen Blick hinaus auf den Platz, zog sich den Mantel an und ging. Im Gehen nahm er sein Handy aus der Tasche und tippte einen Neujahrsgruß an Beba hinein. Hatte er die leise Hoffnung, dass er sie in den nächsten Tagen oder Wochen sehen würde?

Als er nach Hause kam, brannte nur das Licht in seinem Arbeitszimmer, das mit Anbruch der Dämmerung automatisch anging, sonst war alles dunkel. Cecilia war wohl noch im Stall.

Einen Moment lang ärgerte er sich. Er legte ab und machte als Erstes Feuer im Kamin. Darauf hatte er sich gefreut, ein Feuerchen, ein Glas Wein, zusammen mit Cecilia den Abend begrüßen.

Dank Ottens Strategiewechsel wohnten sie jetzt wieder allein im Haus. Weniger Druck, weniger Gefährdung? War der Zusammenhang, fragte sich Otten, so simpel kausal? Jedenfalls hatten die Sicherheitsexperten seine Gefährdung deutlich heruntergestuft, und Franz hatte den Personenschutz im Haus abgezogen. Vorerst, hatte er gesagt.

Otten ging noch mal hinaus und holte Holz. Er packte zwei Kiefern- und ein paar Buchenscheite in den Korb. In den nächsten Tagen zumindest, fiel ihm ein, hätte er gar keine Zeit, Beba zu sehen. Morgen würden sie zu seiner Schwiegermutter fahren, bis Sonntag bleiben – und danach? Ans Danach wollte er jetzt noch nicht denken, an das neue Jahr, an die Wochen, angefüllt mit unaufschiebbaren Pflichten. Der Korb war schwer. Nicht einmal sein Rudertraining würde er schaffen nächste Woche.

Er wuchtete den Korb vors Holzregal und begann die Scheite zu stapeln. Hinterher wollte er sauber machen, aber wo war der Handfeger? Sonst lag er immer neben dem Regal, Cecilia mochte es nicht, wenn Splitter, Rinde und Sand sich über den gesamten Boden verteilten.

Eine schöne Sache war dieses Kaminzimmer, eng und gemütlich, eigentlich war das Haus doch zu groß für sie beide allein, ohne die Kinder. Er holte zwei Gläser und den Wein, rückte den Sessel näher ans Feuer und setzte sich. Allmählich behaupteten sich die Flammen, knisterten sich durch die Späne, gewannen an Kraft, versuchten sich an den dickeren Kiefern-, dann an den Buchenscheiten. Die Kälte, der Temperaturunterschied zwischen drinnen und draußen, erhöhte den Zug im Kamin.

Eine Bewegung im Augenwinkel ließ ihn innehalten, er wandte den Kopf. Dort, in der Sofaecke, rollte sich eben umständlich Henry neu ein. Als wäre das hier sein Zuhause, blickte der Kater ihn an, aus klaren gelben Augen, gähnte und legte den Kopf auf die knochigen Pfoten. Lag der schon seit dem Morgen hier, oder war er eben mit reingekommen, als er das Holz geholt hatte?

Früher war Henry bei jeder Gelegenheit ins Haus geschlüpft, hatte sich auf die frisch gewaschene Wäsche gelegt oder aufs Bett. Und dann vergaß man ihn, schloss ihn ein.

Henry, sagte er, fängt das jetzt wieder an, was machst du denn, das hier ist doch nicht dein Zuhause.

Ließ man ihm zu lange seinen Willen, würde er seinen Willen bald für sein Recht halten. Soll er doch, dachte Otten, er hatte jetzt keine Lust, ihn zu vertreiben. Er nahm einen Schluck Wein. Er sah auf die Uhr, um sechs Uhr spätestens hatte Cecilia zu Hause sein wollen, jetzt war es kurz vor sieben.

Henry, überlegte er, muss jetzt an die zweiundzwanzig Jahre alt sein, einen Tag nach Claras sechstem Geburtstag hatte Frau Caplik, ihr Mann war kurz zuvor gestorben, ihn geholt. Damit was schnauft im Haus, hatte sie gesagt, weil sonst alles so leer ist jetzt. Clara hatte daraufhin unbedingt auch eine Katze haben wollen, und Cecilia hatte ihr als spätes Geburtstagsgeschenk eine aus dem Tierheim gebracht, kaum einen Monat war sie bei ihnen gewesen, da wurde sie schon überfahren. Und Henry lebte immer noch. Unheimlich fast, wie dieses mumienhafte Tier sich um die normale Lebenserwartung seiner Art, wie um alles sonst, keinen Deut zu scheren schien.

Von Minute zu Minute wurde er unruhiger. Sollte er sie

anrufen? Sie mochte es eigentlich nicht, wenn er hinter ihr her telefonierte, jetzt aber musste er wissen, ob etwas passiert war.

Er rief sie an. Nur die Mailbox. Er rief im Stall an. Sie sei schon vor zwei Stunden losgefahren, sagte Micha.

Ihm war, als böge sich der Boden unter seinen Füßen, als wäre, was vor Minuten noch fest gestanden hatte, nun bau- und hinfällig geworden. Er rief Franz an.

Cecilia, sagte er, ist nicht nach Hause gekommen.

Joachim, sagte Franz, jetzt beruhige dich.

Sie geht nicht ans Handy, sagte Otten. Sie ruft sonst immer an, wenn etwas ist, wenn sie sich verspätet. Sie müsste seit über einer Stunde hier sein, gut gerechnet.

Das ist ja noch keine Zeit, sagte Franz, aber trotzdem, sicher ist besser. Du solltest dir aber nicht gleich das Schlimmste vorstellen, eine Entführung oder etwas in der Art.

Otten hätte dieses Wort nicht in den Mund genommen, aber nun, da es gedacht und ausgesprochen war, hielt er es für möglich, nicht nur das, er hielt es für wahrscheinlich. Was war er bloß für ein Idiot! Unterschätzt hatte er die Situation, komplett unterschätzt. Seine Achillesferse war die Familie. Was für ein egoistisches Arschloch er doch war.

Joachim, hörte er Franz von sehr weit weg sagen, ich werde die Krankenhäuser checken, die Strecke vom Stall hierher, es kann ja auch einfach ein Unfall gewesen sein, oder Stau, die Straßen sind glatt. Handyortung usw. Hast du schon deine Schwiegereltern, Cecilias Freundinnen angerufen, die Kinder? Ich melde mich, sagte Franz, du wartest zu Hause.

Bleiern war die Stille, tief, entsetzlich einsam. Sollte Cecilia etwas passiert sein? Er konnte sich überhaupt nicht denken ohne Cecilia, unmöglich. Er allein, das war nicht vorgesehen. Er konnte im Grunde nur allein sein, wenn er wusste, Cecilia war irgendwo, wenn er wusste, es ging ihr gut. Noch nie war ihm das so sehr bewusst gewesen.

Er rief niemanden an, er war sicher, sie war bei niemandem. Als liefe er auf einer Rolltreppe gegen die Fahrtrichtung, dehnte sich zäh die Zeit. Um bereit zu sein, zog er Schuhe und Mantel an, stellte sich ans Fenster, überlegte, was er tun könnte, wo er sie suchen könnte, setzte sich hin, stand wieder auf.

Dann kam der Anruf.

Sie liege im Gertraudenklinikum, sagte Franz, sie sei gegen einen Baum gerutscht, sie sei nicht schnell gefahren, es gehe ihr gut. Schon war er im Gehen, das Telefon noch am Ohr, raus ins Auto, pass auf, sagte Franz, es ist glatt, Otten lachte nur noch, kicherte albern, so erleichtert war er. Von unterwegs rief er die Kinder an, es traf sich gut, Clara war auf dem Weg zu Julian.

Cecilia schlief. Sie hatte einen dicken hautfarbenen Kragen um den Hals und einen Verband um die Stirn. Sie atmete leicht und regelmäßig. Er nahm ihre Hand und streichelte sie, die Gelenke waren stark gerötet und geschwollen, vielleicht vom Halten der Zügel, vielleicht aber auch vom Unfall. Er sah sie an. Er dachte an die Frage, die sie Beba gestellt hatte an jenem Abend. Immer noch vermochte sie ihn zu überraschen. Sie war so besonders, sie war jemand, dem er nicht misstraute, jemand, mit dem er keine Rechnungen austauschte. Das war viel mehr, als er sich jemals von einer Ehe zu erhoffen gewagt hatte.

Sie habe ein Beruhigungsmittel bekommen, vor Mitternacht werde sie nicht aufwachen, hatte der Arzt gesagt, ein Schleudertrauma, eine Gehirnerschütterung, ein paar

Schrammen. Gegen halb elf kamen die Kinder. Selten hatte er so sehr empfunden, wie fremd sie ihm waren, vielleicht schon immer gewesen waren. Wie Roboter setzten sie sich hin, mechanisch, aufrecht, steif, ihn schauderte.

Was ist passiert?, fragte Julian.

Clara starrte auf ihre Mutter, als könnte sie so, in diesem Zustand, absolut nichts mit ihr anfangen. Es kam ihm vor, als wären sie nur gekommen, weil man in so einem Fall eben kommt.

Also nichts Ernsteres, stellte Julian sachlich fest.

Nein, sagte Otten, vermutlich nicht.

Nach kaum einer Stunde stand Julian auf, komm Clara, lass uns fahren.

Wollt ihr nicht bleiben, bis sie wach ist, sie würde sich doch freuen.

Julian schüttelte den Kopf, Ebba wartet zu Hause.

Na dann, aber passt auf, sagte Otten, es ist glatt auf den Straßen.

Um kurz vor halb eins wachte sie auf.

Cecilia, sagte er, Gott sei Dank!

Was ist, fragte sie, wo bin ich?

Du hattest einen Unfall.

Bei den Kindern, dachte er, sind mir wohl Fehler unterlaufen, die nicht wiedergutzumachen sind. Auch das ist ein Fehler, dachte er, so zu denken. Sie sind, wie sie sind. Ausrede, Ausflucht.

Doch, sagte sie, jetzt erinnere ich mich. Die Straße war plötzlich glatt, ich konnte gar nichts mehr machen.

Ja, ich weiß.

Und etwas war da, etwas Weißes.

Was war da?, fragte er nach.

Eine Gestalt, groß und weiß. Aber vielleicht habe ich mich auch getäuscht. Cecilia fasste sich an die Stirn und verzog etwas das Gesicht.

Hast du Schmerzen?

Nein, sagte sie, nur so einen Druck hinter den Augen. Ich hab noch gesehen, wie der Belag gespiegelt hat, in der Kurve kurz vor der Hauptstraße, und dann …

Sie schloss die Augen.

Versuch zu schlafen, Liebe, ich fahr jetzt auch nach Hause und bin morgen früh wieder da, okay? Sie fragt gar nicht nach den Kindern, ging es ihm durch den Kopf.

Die Kinder, sagte er, waren bis eben noch hier.

Ein Lächeln streifte ihr Gesicht, schön, sagte sie.

Er drückte ihr die Hand und stand auf, bis morgen dann.

Schon schien sie wieder eingeschlafen zu sein.

Er aber war hellwach. Er fuhr nach Hause. Im Kaminzimmer hatte er das Licht angelassen. Henry lag noch immer auf dem Sofa. Man konnte ihn nicht anfassen, fasste man ihn an, verkrallte er sich sofort in die Hand. Otten nahm eine Zeitung und gab ihm einen Klaps aufs Hinterteil. Der Kater hob nicht einmal den Kopf, fauchte nur. Ein zweiter Klaps veranlasste ihn immerhin, nach der Zeitung zu schlagen, ein dritter, stärkerer trieb ihn endlich hinunter vom Sofa. Während er zur Tür stakste, gab er allerlei empört klingende Laute von sich. Otten musste lachen. Was für ein merkwürdiges Geschöpf. Er hätte ihn ja gelassen, hätte er nicht gewusst, dass er irgendwann auf den Teppich pinkeln würde.

Aus dem Keller holte er die Gummistiefel und eine starke Taschenlampe. Er zog sich die Wachsjacke an und packte

Stiefel und Lampe in den Kofferraum. Er wusste selber nicht genau, was er sich davon versprach, jetzt, mitten in der Nacht, dort hinauszufahren. Was trieb ihn? Die Vorstellung, dass einer von denen etwas mit dem Unfall zu tun haben könnte, war mehr als absurd.

Eine weiße Gestalt, hatte Cecilia gesagt.

Kein Mensch war unterwegs, es war kurz nach drei Uhr, als er die Stadtgrenze passierte. Sie sparten jetzt schon an der Straßenbeleuchtung, manche Dörfer lagen komplett finster da, dafür zwang ihn Rotlicht an einsamen Kreuzungen zum Halten. Überall lag noch Müll von Silvester.

Kurz hinter der Abzweigung zum Stall parkte er rechts in einer Bucht, stieg aus, öffnete den Kofferraum. Vollkommen war hier draußen die Dunkelheit. Kein künstliches Licht, kein Mond. Das Knacken des Motors, der sich allmählich abkühlte.

Otten folgte der Straße Richtung Stall, leuchtete abwechselnd rechts und links die Ränder aus. Reif puderte aus dem Geäst. In etwa zehn Metern Entfernung sah er die hellen Flecken des Sandes, der auf ausgelaufenes Öl gestreut worden war. Schritt für Schritt ging er auf die Stelle zu. Es war nicht glatt, ausgerechnet hier war es nicht glatt. An einer starken Eiche fehlte Rinde, noch frisch glänzte die Verletzung im Licht, der Wagen hatte den Baum zum Glück nur gestreift. Die Karosserie hatte den gefrorenen Boden mühelos aufgepflügt, an den Sträuchern waren Zweige geknickt und gebrochen. Der Wagen hatte sich wohl gedreht, etwa drei Meter schräg hinter dem Stamm war er zum Stehen gekommen. Otten suchte nichts Bestimmtes. Vielleicht wollte er sich einfach vergewissern, dass es ein ganz normaler Unfall gewesen war. Er ging ein Stück in den Wald hinein und leuchtete den Boden ab. Unrat. Massenhaft zerbrochene Flaschen, aufgerissene Müllsäcke, drei Kanister, das Skelett eines größeren Tieres. Allmählich bewegte er sich parallel zur Straße wieder in Richtung seines Wagens. Es war nichts, nein, es war nichts. Beruhigt konnte er nach Hause fahren.

EIN GEWITTER ZIEHT AUF über den Bergen. Schwarz verknoten sich die Wolken am Grat. Da kommt dieser Wicht die Straße heruntergeradelt und will Wasser haben. Wasser kommt bald vom Himmel, Wasser bis zum Hals, der Bach wird anschwellen, das Wehr wird überlaufen.

Nein, es war kein Gewitter im Anmarsch, als er kam von den Bergen wie ein Heiland. Ihr Traum ist verlogen, das wusste sie, während sie träumte. Die Friedenstaube flattert ihm vom Shirt und setzt sich ins verkohlte Geäst der Linde. Die Linde schlägt neu aus, die Triebe sprießen, während Stefan wieder auftaucht im Dorf. Diesmal noch windiger als beim ersten Mal, will er wissen, ob sie zurück sei. Eine unglaubliche Geschichte tischt er ihnen auf. Mit dem Fahrrad auf dem Weg zum Flughafen sei er in tiefem Sand böse gestürzt. Obwohl er dafür ja bestimmt nichts könne, obwohl sie ihn ja auch hätte finden können, habe er die ganzen Jahre ein solch schlechtes Gewissen gehabt, und das schlechte Gewissen hat ihm die Zähne zerfressen, so jedenfalls macht es den

Eindruck. Nein, sie gebe ihm Bebas Adresse nicht, sagt Bebas Mutter und tut so, als sitze Beba nicht direkt daneben. Neben Beba sitzt Alisha und neben Alisha sitzen viele Kinder. Die Kinder sehen aus wie eine Mischung aus Elias und Alisha.

So arm und ärmlich, so abgerissen und aufgebraucht, wie Stefan da hocke, könne sie sich nicht vorstellen, sagt die Mutter, dass es für irgendjemanden von Vorteil sei, wenn er Beba finde. Die Großmutter tanzt auf dem Tisch mit bis auf die Knochen offenen Beinen.

Von den Träumen zurückgezwungen ins Dorf, drehte sich Beba um und um, auf den Rücken, auf den Bauch, und bevor sie ganz erwachte, tastete sie nach Elias. Seine Bettseite war leer. Sie rief nach ihm. Keine Antwort. Sie stand auf.

Auf dem Tisch lag ein Blatt, auf dem Blatt stand ein Lied. Statt Liebesbriefe schrieb Elias Noten. Sie aber konnte noch immer keine Noten lesen. Es war *Down by the Salley Gardens*, sie kannte die Melodie auch so. Hell schien die Morgensonne ins Zimmer. Auf dem Weg zum Bad begegnete Beba niemandem. Auch Gesche war nicht da. Bevor Beba in die Dusche stieg, sah sie in den Spiegel, sah auf ihren Bauch, noch war keine Wölbung zu sehen.

Sie, Beba, nein, sie hatte das nicht gewollt. Niemand hatte das gewollt.

Vor dem großen Wohnzimmerfenster standen Elias' Eltern, vor den besenkahlen Bäumen. Elias' Mutter suchte die Hand ihres Mannes, als müsste sie sich festhalten an ihm, als würde sie sonst rückwärts hinaus in den Garten kippen.

Er habe das zwar nicht gewollt, sagte Elias, aber jetzt wolle er es. Er freue sich.

Wir haben ja gar nichts gesagt, sagte Elias' Mutter, wir freuen uns genauso.

Beba suchte vergeblich die Freude in den Gesichtern von Elias' Eltern.

Die Vergangenheit ist vergangen, sagte Elias' Mutter.

Ihr Mann nickte.

Die Vergangenheit, dachte Beba, ist so sehr vergangen, dass sie nicht mehr wahr ist. Verboten ist es, darüber zu sprechen, wenn sie könnten, würden sie ihr verbieten, daran zu denken.

Wir schaffen das, sagte Elias.

Ja, sagte Beba, wir schaffen das.

Aber ihre Vergangenheit verlangte zu viel von ihm.

Streifte Bebas Blick einen anderen Mann, fragte Elias: Wer war das? Es wurde nicht besser, es wurde schlimmer. Je mehr Mühe sie sich gab, je weniger Grund er hatte, ihr zu misstrauen, desto mehr misstraute er ihr. Die Verliebtheit machte sie wehrlos. Sie nahm sich zurück, sie achtete darauf, niemanden zu lange anzusehen, sie schwieg, sie spielte – fast nur noch Stücke von früher.

Beba stieg in die Dusche, stellte das Wasser etwas zu heiß ein. Sie wusch sich die Haare. Mit kreisenden Bewegungen massierte sie das Shampoo ein, massierte sich die Kopfhaut, seifte das braune lange Haar ein. Immer war es ein wenig zu kühl im Badezimmer, um zu sparen, drehte Gesche ständig die Heizung runter.

Beba wusste nicht viel über die Liebe. Sie wusste nicht, ob das die Kompromisse waren, von denen andere redeten. Sie wusste nicht, ob die Kompromisse erst aufhören würden, wenn nichts mehr übrig wäre von ihr.

Sie nahm das Handtuch und wickelte sich eng in den flauschigen Stoff. Sie fror. Zum Beispiel der Laden. Sie hatte gedacht, sie würde sich daran gewöhnen. Heute Nachmittag, morgen früh. Sie konnte nicht dankbar sein, wo sie glaubte, andere erwarteten Dankbarkeit. Noch zwei Stunden üben. Auch das hatte sich verändert, sie übte jetzt getrieben, verbissen, aber ohne Ziel. In ihrem neuen Lebensraum war es undenkbar, an etwas ohne Ziel Freude zu haben.

Was soll die sinnlose Spielerei, fragte Elias. Willst du dich nicht am Konservatorium bewerben? Ohne Studium hast du nirgends eine Chance.

Das ist keine Spielerei, sagte sie.

Seit einer Weile spielte sie lieber, wenn er nicht da war.

Die ganze Zeit versuchte sie sich wiederzufinden. So sicher aufgehoben fühlte sie sich in seiner Nähe, so vertraut war ihr sein Körper, sein Geruch, seine Musik, sein alles. Dennoch war es, als führe ihr Lebenszug, statt auf ihrem eigenen Gleis, auf Elias' Gleis weiter. Als könnte sie sich selber nur noch hinterherwinken.

Sie hörte die Tür gehen. Sie wollte gerade in die Küche, um Kaffee zu machen, sie hielt inne. Es war Elias.

Wollte nur schnell schauen, sagte er, ob es dir gut geht.

Seit sie schwanger war, machte er das ab und zu, huschte schnell vorbei, um zu schauen, ob es ihr gut ging.

Das ist lieb, sagte sie, brauchst du aber nicht.

Seit er das machte, war sie immer auf der Hut.

Ist ja nur ein Katzensprung, sagte er, statt mit den anderen in der Pause was trinken zu gehen, kam er zu ihr, musste aber gleich wieder los. Sie schüttelte lachend den Kopf, nicht einmal auf den Kaffee, den sie gleich gemacht haben würde, wollte er warten.

Manchmal fragte Elias, ob sie nicht etwas Längeres oder etwas, das nicht so weit ausgeschnitten war, anziehen wollte. Sie gab dann nach, es war ja nicht wichtig, so etwas konnte man ruhig mal machen, dem anderen einen Gefallen tun.

Aber es genügte nicht, bei Weitem nicht.

Sie waren unterwegs mit Freunden, mit Elias' Freunden. Erst hatten sie sich im Kino *Once* angesehen, dann gingen sie noch in eine Bar. Beba trug einen sackigen Rollkragenpullover und weite Hosen. Elias blieb die ganze Zeit neben ihr, vor ihr, hinter ihr. Sie spürte das Gewicht seines Armes auf den Schultern. Sie rückte etwas ab von ihm, sah ihn an. Er sah sie an. Er hatte den Film nicht gemocht. Sie fror. Ich liebe dich, flüsterte er ihr ins Ohr, sie aber fror. Sie verstand das nicht. Immer wieder prüfte er ihre Gestalt, ob da noch etwas zu sehen wäre von ihrer Gestalt. Es war nichts zu sehen, gar nichts.

Warum, fragte er auf dem Heimweg, hast du die ganze Zeit so, so breitbeinig dagesessen?

Sie blieb stehen. Er blieb stehen.

Elias, sagte sie, hast du sie noch alle?

In seinen Augen glomm dunkel die Angst. Die Angst vor den tierhaften Trieben der anderen. Sie strich ihm das Haar aus der Stirn. Ein Bus fuhr vorbei. Das Licht der Straßenlaternen machte sein Gesicht blau und hart. Mit beiden Händen fuhr sie unter seinen Pullover, spürte die Haut, die Wärme, sein muskulöser Rücken spannte sich ihren kalten Händen entgegen.

Sie goss sich eine Tasse Kaffee ein, trug sie hinüber ins Zimmer und stellte sie aufs Klavier.

Hatte sie keine Lust zu üben, half die *Staschuka*. Schon nach den ersten paar Tönen ging es dann normalerweise von ganz alleine weiter. Träge begann sie diesmal, schlurfend verließ sie die kleine Melodie, versuchte rhythmischer zu werden, schneller.

Da hörte sie Manuelas raue Stimme hinter sich, buh, rief sie laut, buh!

Beba brach ab, drehte sich um. Manuela saß nicht auf dem Bett, natürlich nicht. Sie wünschte, Manuela säße auf dem Bett.

Sie schloss die Klappe des Klaviers, stand auf und ging in den Flur. Sie zog die Schuhe an, nahm den Mantel, steckte die Schlüssel ein. Sie warf die Tür hinter sich ins Schloss und rannte. Sie rannte bis zur Bushaltestelle, der 298er kam, sie stieg ein.

Draußen wischte die Stadt vorbei, gleichzeitig, schräg auf den Scheiben spiegelte sich das Innere des Busses. Wie ein Muster kam es Beba vor, ein Muster, das die Wirklichkeiten unaufhörlich neu sortierte: Ein Gesicht schleift über Passanten auf dem Bürgersteig, eine Hand hebt sich, ein Fahrrad fährt quer durch die Leute im Bus, ein Auto hängt im Baum.

Statt schnell ging sie den gewohnten Weg von der Bushaltestelle zum Lola langsam. Sie überlegte, ob das der richtige Weg sei. Aber ja, dort vorne rechts konnte sie schon den Schriftzug sehen über dem Eingang: Lo-la. Die Tür stand offen. Sie trat ein.

Sie traute sich nicht mehr, einfach durchs Haus zu gehen. Sie rief: Manuela? Die Stühle standen kopfüber auf den Tischen. Der rote Samt der Sofas war mit Tüchern abgedeckt.

Putztag. Erst hörte sie nichts, dann kam jemand die Treppe herunter.

Du, rief Manuela, du bist es? Ja Himmelherrgottsakra, ich hab ja schon gedacht, du hast uns vergessen.

Sofort hatte Beba ein schlechtes Gewissen. Auch, dass sie Manuela bisher nie eingeladen hatte. Sie zögerte, aber Manuela umarmte sie wie früher, derb, fest. Dann hob sie zwei Stühle von einem der Tische, setz dich, befahl sie, ging zur Bar und schenkte zwei Gläser Sekt ein.

Prost, sagte sie und reichte eines der Gläser Beba, das müssen wir feiern.

Es war viel mehr als das. Als käme sie zurück von einer langen Reise, erschöpft und froh, wieder die gewohnte Sprache sprechen zu können, sicher zu sein, jemand gäbe sich Mühe, zuzuhören.

Sie redeten und redeten. Manuela erzählte von Jochen, von der Tschechin, die nicht mehr im Lola arbeitete, von dem, was sich sonst verändert hatte, von dem, was gleich geblieben war. Beba erzählte von Elias und davon, dass sie schwanger war. Sie erzählte vom Glück, nicht von den Zweifeln. Sie konnte nicht, aber das machte nichts; in Manuelas Ohren hatte Ungesagtes schon immer lauter geklungen als Gesagtes. Zum Abschied umarmten sie sich.

Du fehlst mir, sagte Beba.

Jetzt hör aber auf, sagte Manuela.

NIEMANDEM WÜNSCHTE SIE, in diesem Loch hier krank zu werden. Irgendeine Seuche hatte sie sich eingefangen, Arturo hatte sie versorgt, wie man das Meerschweinchen des Nachbarn versorgt, der in Urlaub gefahren ist; man stellt Essen hin, füllt den Wassernapf auf, sagt ein paar Worte und geht wieder. Sonst hatte sich niemand für sie verantwortlich gefühlt.

Eigentlich hatte auch Arturo keine Zeit gehabt, er und Motte arbeiteten jetzt an einem gemeinsamen Projekt, an einem antirassistischen Science-Fiction-Theaterstück mit Flüchtlingen. Als ob sich Arturo je für Theater interessiert hätte, es kam ihr vor wie eine Finte, wie eine Spur, die sie endgültig in die Irre führen sollte.

Arturo und Motte standen in der Kammer vor Isas Matratze. Fantasielos und beschränkt erzählte Motte vom Geist der Veränderung, der von der Kunst auszugehen habe, ihrer Meinung nach finde einzig die Kunst eine angemessene Antwort auf diese Zustände.

Soso, dachte Isa, Ablasshandel für ein gutes Gewissen. Sie glaubten, etwas zu tun, dabei verhinderten sie, dass etwas getan wurde. Sie traten nicht mehr nur auf der Stelle, sie machten Schritte rückwärts.

Während Isa krank gewesen war, hatte sie das Baby unten oft schreien gehört, es schien, als wären alle weggegangen und hätten das Kind allein zurückgelassen, dann aber, gerade noch rechtzeitig, klangen Stimmen herauf, und das Geschrei brach ab.

Isa setzte sich auf. Alles fühlte sich klebrig an, verquollen und verkommen, kaum sah sie noch aus den Augen.

Ist gut, sagte sie, ich bin wieder gesund, ihr braucht euch nicht mehr zu kümmern, danke.

Sie stand auf.

Arturo und Motte sahen sich an.

Ja dann, sagte Motte.

Wir wollten dich noch fragen, sagte Arturo, ob du mitmachen willst?

Wobei, bei eurem Theater? Nee, danke auch.

Ja, dann, sagte Arturo, dann gehen wir mal.

Ja, sagte Isa.

Unten im Erdgeschoss, vor der einzigen Dusche, die noch funktionierte, standen etwa zwanzig Leute. Isa stieg die Treppen wieder hinauf. Sie kramte den Schlüssel zu Arturos Wohnung aus ihrer Tasche. Es war ihr egal, was die beiden von ihr dachten, wenn sie gleich dort auftauchen würde, um zu duschen. Aber vielleicht waren sie gar nicht in die Wohnung gegangen, vielleicht war die Wohnung längst aufgegeben, und jemand anderes wohnte darin.

Sie ging durch die Straßen, sie sah nichts. Ihre Lederjacke war ein Panzer, das Hoodie schützte sie vor dem Wetter, vor den Blicken. Sie hätte auch warten können, bis alle zwanzig vor ihr geduscht hätten. Bis nur noch kaltes Wasser übrig gewesen wäre.

Aus dem Briefkasten quoll Werbung, auf dem Boden lag Werbung, unten an der Treppe standen drei Kinderwagen. Sie zwängte sich daran vorbei und stieg in den obersten Stock. Vor der Tür blieb sie stehen, außer Atem. Sie steckte den Schlüssel ins Schloss, er passte noch, sie drehte, stieß die Tür auf. Ein schäbig leerer Geruch schlug ihr entgegen. Sie trat ein, trat von dem kleinen Flur in das einzige Zimmer.

Nichts kam ihr noch bekannt vor. Der Raum war vollgestellt mit Kartons. War Arturo dabei auszuziehen oder Motte dabei einzuziehen? Oder waren das die Requisiten für ihr lächerliches Theater? Auf dem breiten Bett unter dem Fenster lagen Socken, ein Shirt, Unterhosen und ein BH. Sie sah sich den BH genauer an; es war nicht ihrer. Auf dem Nachttisch stand eine kleine Flasche Massageöl. Auf dem Laken waren Flecken. Sie roch daran. Sie drehte sich um und ging zum Schrank. Ihre Kleider lagen ganz unten, dort hatte sie sie jedenfalls nicht hingelegt. Sie nahm den kleinen Packen, ging in die Küche, wo die Dusche stand, und begann sich auszuziehen.

Als Isa zurück in die Fabrik kam, saß jemand in der Küche und sang. Ganz allein saß der Junge in der Küche, er sang zur Gitarre mit hoher Stimme ein Lied. Sie kannte weder den Jungen noch das Lied. Aus dem Nichts kamen die Leute, ins Nichts verschwanden sie wieder. Sie setzte sich zu ihm, er sah sie an und lächelte, sie verstand zwar die Sprache nicht, aber sie verstand die Musik.

Ein großer dürrer Mann kam herein, auch er war vor ein paar Tagen erst angekommen, sein linkes Auge war zugenäht. Isa dachte erst, er wolle sich nur was aus dem Kühlschrank holen, aber er trat zu ihnen und nahm dem Jungen vorsichtig die Gitarre aus der Hand.

Vielleicht will er auch etwas spielen, dachte Isa, ein Lied, das ihn an die Heimat erinnert, vielleicht, könnte ja sein, könnte ja schön sein. Der Mann aber trat zwei Schritte zurück, holte aus und schlug die Gitarre auf dem Tisch entzwei. Der Junge blickte ihn an; als hätte er bei allem, was er in seinem kurzen Leben schon hatte sehen müssen, noch nie eine solche Rohheit gesehen. Es kam Isa vor, als wäre statt der Gitarre der Junge zerbrochen. Stumm stand er auf. Ging hinaus.

Der Mann stand da und grinste.

Wie schwelende Krankheiten, dachte Isa, tragen die Refugees die gewalttätigen Verhältnisse aus der Welt in die Fabrik. Niemand würde sie retten und sie selber waren nicht imstande, sich zu retten, sie ergaben sich den primitiven Gelüsten, den niedrigsten Instinkten, es war auch hier das Gewimmel der kleinen Leute, die sich selber aussortierten.

Desertiert hierher, hatte Isa geglaubt, das würde genügen. Es genügte bei Weitem nicht. Sie hatte zu tun, was längst hätte getan werden müssen, jemand musste es tun.

Alles wiedergutmachen.

Hatte man sich einmal entschieden, war es einfach. Sie würde weitergehen, allein. Vielleicht ist das so, dachte sie, auf dem richtigen Weg bist du allein. Wenn du nicht allein bist, ist es nicht der richtige Weg.

Sie würde gehen, bis jemand sie aufhielte. Aber niemand würde sie aufhalten, weil niemand glauben könnte, dass ihr kein Gesetz noch etwas galt, keine Ordnung, keine Moral, keine Liebe. Dass sie sich, um wiedergutzumachen, alles erlauben würde, weil sie sich alles erlauben konnte.

Isa starrte auf die Gitarre. Die losen Saiten kringelten sich, vibrierten, zitterten. Sie würde sich von all dem bald nicht mehr berühren lassen, sie hatte mit endgültigen Plänen begonnen.

SEIT EINER VIERTELSTUNDE wartete er auf Moira Lisek, die Integrationsbeauftragte, sie führte mit den Flüchtlingen die Gespräche.

Eben hatte er noch mit Cecilia telefoniert; während sie ihn früher kaum je im Büro angerufen hatte, rief sie ihn jetzt täglich an.

Seit sie gesund geworden war, war sie krank.

Niemand wusste, ob die Krankheit mit dem Unfall zusammenhing oder umgekehrt. Auf einmal hatte sie begonnen im Kreis zu gehen. Als müsste sie aufbrechenden Abgründen ausweichen. In der Küche, im Wohnzimmer, überall.

Nicht hinfallen, sagte sie laut zu sich selber, fall bloß nicht hin! Er hielt sie fest, hab keine Angst, sagte er, ich halte dich fest.

Er hatte gedacht, es habe vielleicht noch mit der Gehirnerschütterung zu tun, wer konnte schon wissen, was bei dem Unfall in ihrem Kopf verrutscht war. Sie machte sich los, sie wollte nicht sagen, was ihr fehlte.

Einmal ist keinmal.

Wochen vergingen, bis es wieder passierte, und von da an fast jeden Tag. Ich sehe jemanden, sagte sie, eine Gestalt, weiß, und manchmal sind es viele.

Eigenartig, dass Cecilia Gestalten sah, er erinnerte sich, wie verfolgt er sich gefühlt hatte im Herbst, draußen im Ruderclub unter dem Eindruck der Anschläge.

Jetzt aber schien sich alles beruhigt zu haben, keine Briefe mehr, keine Anschläge, seine Strategie mochte aufgehen oder nicht. In der Zwischenzeit hatten sich zweimal die Bewohner der Fabrik selbst an die Polizei gewandt, weil sie sich, bedroht von ihresgleichen, nicht mehr anders zu helfen gewusst hatten. Das musste man sich mal vorstellen.

Doktor Otten?

Rosel stand in der offenen Tür, haben Sie schon gesehen?

Was hab ich gesehen? Ist Frau Lisek endlich da?

Rosel schüttelte den Kopf.

Ungeduldig sah er auf die Uhr. Direkt nach der Besprechung mit Moira musste er zur Innenausschusssitzung, der Rest des Tages war ihm entfallen. Was hab ich gesehen?

Dort, sagte sie, trat zum Fenster und zeigte auf die Brandschutzmauer schräg gegenüber. *Refugees welcome. Tourists piss off*, stand dort in großen roten Buchstaben.

Na und?

Das ist neu, sagte Rosel, ich meine ja nur.

Moira Lisek betrat eben das Sekretariat.

Bitte, Rosel, Sie können ja die Spurensicherung anrufen, das ist Sachbeschädigung, mindestens, er hatte jetzt wirklich keinen Nerv für so etwas.

Moira, bitte.

Moira Lisek hatte sich ja schon lange für Gespräche stark gemacht, jetzt war Zeit zu zeigen, was sie konnte. Sie hatte eine steile politische Karriere hinter sich, sie war jung genug, sie war noch immer enthusiastisch bei der Sache. Otten hatte dennoch ein schlechtes Gewissen, hatte das Gefühl, sie zu verheizen. Klappte es nicht, wovon er ausging, wie stünde sie dann da?

Moira, sagte er, Sie wissen, ich stehe hundertprozentig hinter Ihnen, sollte es nicht klappen, übernehme ich die politische Verantwortung.

Das war ein faules Versprechen, es würde trotzdem an ihr hängen bleiben.

Sie nickte, ja danke, wird aber nicht nötig sein.

So?

Es war eine Herkulesaufgabe. Sie sollte sowohl Flüchtlinge als auch Unterstützer dazu bringen, freiwillig die Fabrik zu verlassen, sie hatte nichts, was sie ihnen anbieten konnte, nicht viel. Einzelfallprüfung, ein beschleunigtes Verfahren, Unterkünfte, Sprachkurse. Sowohl die Flüchtlinge als auch die Unterstützer sollten einsehen, dass ihre Forderungen unrealistisch waren.

Sie kommen also voran?, fragte er.

Sie nickte. Klar, sagte sie, einfach ist es nicht, aber wir sind, denke ich, auf einem guten Weg. Sie haben zugestimmt, sich registrieren zu lassen. Sie beginnen ihre Ängste, ihre Verzweiflung zu formulieren. Geschichten sind das, niemand kann sich das Grauen vorstellen, das sie erlebt haben müssen.

Sie schlug das eine Bein über das andere, zugegeben, fuhr sie fort, ihre Argumentation ist oft nahe an der Agitation, in manchen Forderungen sind sie maßlos, aber vielleicht müssen Forderungen zunächst maßlos sein, um wenigstens einen Bruchteil dessen durchzusetzen. Ich bin sicher, wir kriegen das hin. Wenn man offen auf sie zugeht und ihnen Raum lässt, wenn man nicht immer zum Voraus schon den Missbrauch wittert. Menschen sind überall legal, zitierte sie den Slogan der Bewegung, hat doch was.

Bis dahin hatte Otten still zugehört. Sie klingen, sagte er dann, als hätten Sie sich agitieren lassen.

Sie sah ihn an. Manchmal rutschte ihm so etwas raus.

Entschuldigen Sie, sagte er matt, so meinte ich das nicht, aber ein generelles Bleiberecht ist selbstverständlich indiskutabel.

Na ja, sagte sie, ihre Position ist zwar extrem, aber dennoch verständlich, finde ich, man kann sich durchaus fragen, ob es sinnvoll ist, Menschen derart zu sortieren, legal, illegal …

Sie bleiben, sagte Otten, aber schon objektiv.

Er hatte das Gefühl, ihr etwas erklären zu müssen. Sie war doch Politikerin, sie sollte wissen, was sie zu tun hatte, vor allem sollte sie keine falschen Hoffnungen wecken, überhaupt keine Hoffnungen sollte sie wecken. Aber dann würden sie freiwillig nicht gehen. Dass sie hier darüber diskutierten, wie sie Leute, die das Recht brachen, dazu überreden könnten, das Recht freiwillig nicht mehr zu brechen, kam ihm grotesk vor.

Unsere Aufgabe ist es, sagte er, den Verkehr am Laufen zu halten, wir stehen auf der Kreuzung und sorgen dafür, dass jeder mal fahren kann. Und sobald wir einer Spur eine längere Fahrtzeit einräumen, müssen andere länger warten. Jedes Recht ist also auch ein Recht gegen jemanden, fordert von andern etwas, die Verpflichtung, das Recht des anderen zu respektieren.

Er merkte, er dozierte, er machte trotzdem weiter, er wollte ruhig bleiben, stattdessen wurde er hitzig.

Die Ungerechtigkeit beginnt dort, sagte er, wo wir als Politiker bestimmten Forderungen eine Priorität einräumen, weil sie zum Beispiel den eigenen Überzeugungen näher stehen als andere.

Pause.

Wenn sich die Flüchtlinge einfach ein Haus nehmen können, sagen die Obdachlosen zu Recht, hallo, wir nehmen uns auch einfach ein Haus.

Pause.

Und die Flüchtlinge in anderen Städten und Ländern sagen zu Recht, wir wollen aber auch dorthin, wo es Häuser umsonst gibt. Früher oder später gehen jedem die Häuser aus. Irgendwann würde das Leben in einem solchen Land dermaßen inhuman, dass niemand mehr dort leben möchte. Die

Flüchtlinge selber würden nicht wollen, dass ihr Eigennutz Gesetz wird, davon können Sie ausgehen.

Eigennutz, fragte sie spitz.

Ja, sagte er, Eigennutz. Ach was, machen Sie ihnen einfach klar, dass der einzige Grund, jemanden zu bevorzugen, die akute Bedrohung an Leib und Leben ist – und dass wir entscheiden, entscheiden müssen, wen das betrifft, nicht sie. Niemals werden alle kommen dürfen, die kommen wollen.

Fertig?

Ein feines Lächeln spielte um ihren Mund.

Man muss halt, sagte sie, auch mal unkonventionelle Lösungen in Betracht ziehen.

Plötzlich war ihm klar, dass keine Einigung zustande kommen würde, er brauchte sie gar nicht mehr zu fragen, was sie eigentlich mit »unkonventionellen Lösungen« meinte. Nicht, weil Moira es nicht richtig machen würde, es war schlicht egal, wie sie es machte; zu unterschiedlich waren die Bedürfnisse und Positionen und zu stark waren die radikalen Kräfte in der Unterstützerszene, die keine Einigung wollten. Er benutzte Moira, das tat ihm leid. Wenn sie es mit ihrem ganzen guten Willen nicht schaffte, war klar, dass es so nicht zu schaffen sein würde. Ein Scheißgeschäft. Er war zu alt für Utopien, zu alt für die Hoffnung, der Mensch wäre, wenn es drauf ankäme, mehr als eine eitle, selbstsüchtige, zu allem fähige Kreatur.

Okay, sagte er, Sie haben natürlich recht, weiterhin viel Erfolg, wenn es Probleme gibt, bin ich jederzeit für Sie da.

Er stand auf und ging zum Fenster, öffnete es, steckte sich eine Zigarette an. Kühle Luft strömte herein. So früh war es noch, und schon war er erschöpft. Konnte er sich ein Leben jenseits der Politik überhaupt vorstellen? Ohne die Strategien,

Winkelzüge, Triumphe, Niederlagen? Ohne die Intrigen, das Geschachere, Gegifte und Gezanke? Würde er auf seine alten Tage noch Meister einer gelassenen Kunst? Ein Wind ging über die jungen Bäumchen im Hof, anstelle des ausgerissenen war ein neues gepflanzt worden.

Mit welchen Zielen war er angetreten seinerzeit? Die Fehlschlüsse seiner Jugend zu korrigieren? Hatte ihn diese nie ganz überwundene Enttäuschung über die biedere Heuchelei jener, die mit faschistoider Geste für das Gute kämpften, in die Politik getrieben? Die tief sitzende Enttäuschung über jene, die im Namen der Gleichheit hemmungslos verachteten, verurteilten und ausgrenzten? Diese große Lüge, die auch seine Lüge gewesen war.

Komm, komm, rief er sich selber zur Ordnung, mäßige dich. Auf dem Sims drückte er die Zigarette aus, schnippte sie nach unten. Er war keineswegs so gelassen, wie er sich gab. Er war tief ergriffen, aufgewühlt. Wenn er an Krüger dachte und an das Schlamassel, das er angerichtet hatte mit seiner idiotischen Toleranz.

Beba fiel ihm ein. Beba fiel ihm oft ein und meistens aus heiterem Himmel. Wie sie zusammen durch den Park gingen, durch den winterlichen Park, nur ein paar Viertelstunden teilen, nur so dahingehen unter kahlen Bäumen, die Gedanken zwanglos hin und her gespielt. Leicht hatte er sich gefühlt mit ihr, leicht, wie schon lange nicht mehr, wie vielleicht noch nie. Ab und zu ein Wort, ein Satz, ein Geständnis, das er niemandem machen würde, der ihn besser kannte.

Schluss jetzt! Nicht oft gestattete er sich solche Ausfälle, wenn auch nie öffentlich, manchmal allein im Skiff mitten auf dem See oder wie jetzt, unter stummer Anteilnahme seiner Dienstmöbel; die einfache Entschlüsselung der Welt, zu gut wusste er, dass er anderen nichts vorzuwerfen hatte. Aber es half, es kühlte das Mütchen.

Doktor Otten, der Wagen wartet.

Rosel, ja, ich komme.

Sekundenschnell gewann seine Haltung wieder Würde. Er ging hinüber in die angrenzende Toilette, spülte sich den Mund am Waschbecken, fuhr sich mit nassen Händen durchs Haar.

Gewohnt souverän betrat er den Raum. Schüttelte Hände, nickte, lächelte, ruhig, entspannt. Nur kurz erwähnte er die Flüchtlingsgespräche, er sei überzeugt, dass man zu einem guten Einvernehmen kommen werde. Die Nennung eines Termins lehne er ab, Zeitdruck sei in der gegenwärtigen Situation wenig zielführend.

Die Rechten hatten ein Konzert im Norden der Stadt angemeldet, es wurde, wie jedes Mal, darüber diskutiert, wie die Beamten vor Ort indexierte Titel erkennen könnten. Eine entsprechende Software war erst in Entwicklung.

Jeder Beamte, sagte der Polizeisprecher, kriegt eine Liste der indexierten Songs jeder Band, die auftritt, das müsste doch machbar sein.

Grummeln drüben bei der Opposition.

Anhand einer solchen Liste die indexierten Titel zu identifizieren, könne man den Beamten doch zutrauen, sagte Otten.

Unwilliges Murmeln.

Er wünsche sich schon sehr, meldete sich einer zu Wort, dass der Kollege Innensenator die braune Gefahr endlich ernst nähme.

Der kam ihm gerade recht.

Otten zog das Mikro näher, räusperte sich, wenn wir, begann er, hier schon beim Wunschkonzert sind, dann wünsche ich mir, dass die Kolleginnen und Kollegen von der Opposition auch endlich mal die widerwärtige antisemitische Hetze gewisser migrantischer Mitbürger ernst nehmen! Jedem noch so erbärmlichen Neonaziaufmarsch, fuhr er fort, stehen Hunderte wütende Antifaschisten gegenüber, aber bei den Gazademos letzte Woche, wo, frage ich euch, waren da die aufrechten Bürger, wer hat sich dort gegen die antisemitische Propaganda gestellt? Niemand! Keiner von euch hat sich dort blicken lassen – das hat mich, ehrlich gesagt, schon ziemlich irritiert, danke.

Diese Demos, sagte der nächste Redner, werden von Neonazis unterwandert, das ist das eigentliche Problem.

Otten lachte laut, etwas Dümmeres, sagte er, habe ich ja schon lange nicht mehr gehört. Vielleicht wäre es hilfreich, wenn die Kolleginnen und Kollegen von der Opposition unsere migrantischen Mitbürger mal endlich ernst nehmen würden! Ihnen ständig alle Verantwortung abzunehmen entmündigt und entwürdigt sie, das ist, fuhr er fort, meiner Meinung nach nur eine andere Form von Rassismus, Buhrufe unterbrachen ihn, er hob die Hand, danke, ich bin fertig.

Der Regierende beschwichtigte in seiner gewohnt jovialen Art das aufgeregte Oppositionslager und leitete elegant zum nächsten Top über.

Otten lehnte sich zurück. Nichts, dachte er, was hier gesagt wird, hat die geringste Relevanz. Dieses Parlament war nichts anderes als der lange, glatt polierte Tisch im Wohnzimmer seines Elternhauses, auf der einen Seite sein Vater, auf der anderen Seite er.

Otten öffnete den obersten Hemdknopf. Warm war es hier drin, war nur ihm zu warm? Auf seinen Block malte er Männchen. Schnauzermännchen, Glatzenmännchen, dicke, dünne. Wellen, Dreiecke, Streifen.

Keine Kreise, bitte keine Kreise.

Eben meldete sich Franz zu Wort. Sie diskutierten jetzt die Sicherheitslage an den Schulen, es fiel Otten schwer, zuzuhören, seine Gedanken schweiften ab zu Cecilia.

Sie sah Lichtgestalten. Manchmal nur eine, manchmal mehrere. Sie musste die Wesen zwanghaft umkreisen, ihnen aus dem Weg gehen. Waren es viele, mäanderte sie nur so durchs Haus. Floh sie und suchte sie. Wenn sie aufschrie und hinfiel und zitternd liegen blieb, wusste Otten, sie hatte einen Zusammenstoß gehabt. Er konnte ihr nicht helfen. Liz kam jetzt öfter, ging ihr im Haushalt zur Hand und leistete ihr Gesellschaft, wenn er nicht da war. Aber Cecilia wehrte sich. Otten fragte sich, ob sie mit ihren Fantasiebildern allein bleiben wollte oder ob ihr die Versehrung vielleicht nur, wenn jemand bei ihr war, überhaupt bewusst wurde.

KOMM, SAGTE ELIAS, heute gibts Reh, ich habe mich schon den ganzen Tag darauf gefreut!

Jeden Samstag fuhren sie zu Elias' Eltern.

Können wir nicht auch mal einen Samstag auslassen, fragte Beba, wenigstens einen, heute zum Beispiel?

Reh, sagte er, du weißt doch, wie gut Mama kocht. Jetzt sag bloß, du hast keine Lust auf Reh.

Doch, sagte sie, du hast recht, wir sollten fahren.

Bei Elias' Eltern fühlte sich Beba immer in der Minderzahl, das liegt an mir, dachte sie, an einer Vergangenheit, die man sich in keiner Mehrzahl wünscht. Wenn wir bei deinen Eltern zu Besuch sind, hatte sie einmal gesagt, stellst du dich immer auf die Seite deiner Eltern. Das stimmt nicht, hatte er geantwortet, bei uns gibt es keine zwei Seiten. Bebas Wahrheit stolperte über die eigenen Füße. Das Kind strampelte von innen gegen den Bauch. Sie bildete sich das ein, es war noch zu klein, als dass seine Bewegung für sie spürbar wäre. Wenn sie könnte, würde sie das Kind fesseln, damit es ihr nicht mehr von innen gegen den Bauch treten konnte.

Was hast du heute gemacht, hatte Elias gefragt an jenem Abend.

Ich war im Lola, hatte sie gesagt, bei Manuela.

Sie wollte stark und ehrlich bleiben, keinen Winkel im Schatten lassen, sie wollte seinen Widerspruch, seine Verletzung aushalten. Nur so würde es gehen, zwei erwachsene Menschen, die verhandelten, die sich nicht hinter Erfindungen versteckten.

Du bist schwanger, sagte er.

Na und.

Du gehst da nicht mehr hin, schrie er plötzlich, zu dieser Puffmutter.

Als ob das Kind im Bauch verdorben würde von den Besuchen bei Manuela.

Entschuldige, sagte er. Aber manchmal sei es wie ein elender Zwang, er *müsse* sich vorstellen, wie sie es mit Dutzenden Männern treibe, er *könne* das einfach nicht ertragen, es tue ihm leid.

Seither sagte sie, sie sei den Kanal entlangspaziert. War sie am Kanal gewesen, wusste er bald, sie war im Lola gewesen.

War sie ihm Rechenschaft schuldig? Was war sie ihm schuldig, wenigstens Rechenschaft?

Es waren noch andere Leute zum Essen da, unsere neuen Nachbarn, sagte Elias' Mutter, vor einer Woche hergezogen. Die neuen Nachbarn waren schweigsam und das Reh war hauchzart.

Wie es sein muss, sagte Elias.

Lange geschmort, sagte seine Mutter.

Einfach perfekt, sagte er.

Beba kaute. Sie hatte solchen Hunger nach Fleisch, sie ließ sich dreimal nachschöpfen, ratzeputz aß sie alles auf.

Ich hab euch die Karten fürs Konzert besorgt, sagte Elias.

Ja toll, wir freuen uns, sagte Elias' Mutter und streichelte ihm die Wange.

Er und drei andere aus seiner Klasse würden in zwei Wochen mit den Philharmonikern im Kuppelsaal spielen.

Was ist eigentlich mit dem Uferweg?, fragte Elias und sah den Blick seiner Mutter zu spät.

Verloren in zweiter Instanz, sagte Elias' Vater. Aber wir kämpfen weiter, auch für dich, du wirst ja später mal hier leben, und dann wirst du auch nicht wollen, dass Horden von Touristen durch den Garten spazieren.

Die neuen Nachbarn nickten.

Für uns, wenn schon, sagte Elias.

Klar, für euch, sagte seine Mutter, wie geht es dir denn, fragte sie Beba.

Gut, sagte Beba, alles bestens, strampelt schon ganz schön.

Ach, sagte Elias' Mutter, Elias hat auch schon früh gestrampelt, fast jede Nacht bin ich davon wach geworden, es wird bestimmt ein Junge, Jungs strampeln früher als Mädchen, sie blickte zu Elias und strubbelte ihm mit den Fingern durchs Haar, hast du ein Glück, sagte sie zu Beba, dass du unseren Sohn getroffen hast.

Auf dem Tisch standen rosa Tulpen, von der Kirche wehte der Glockenschlag herüber, ein fein schwingender Ton, achtmal, neunmal, zehnmal. Die Nachbarn standen auf und sagten, wir müssen los.

Es war total lecker, sagte Beba, aber ich glaube, wir müssen auch los.

Sie nahm Elias' Hand.

Ach, sagte Elias' Mutter, schon? Sonst seid ihr immer länger geblieben, es ist doch Samstag, nicht?

Wir wollen noch weggehen, sagte Beba, es ist ja Samstag, sie lächelte und küsste Elias, als gehörte er ihr und nicht seiner Mutter.

Was war das eben, fragte Elias, während sie zurück in die Stadt fuhren.

Das Wesen in ihrem Bauch klopfte an die falsche Tür.

Willst du wirklich noch weggehen?, fragte Elias.

Beba schüttelte den Kopf.

Das wäre jetzt aber nicht nötig gewesen, oder?

Nein, sagte sie, es tut mir leid, wir hätten noch bleiben können.

Warum, fragte er, bist du so bockig in letzter Zeit?

Kein Parkplatz war frei vor dem Haus, drei Querstraßen weit mussten sie zu Fuß gehen. Elias legte den Arm um Beba, hoffentlich ist Gesche nicht da, sagte er. Gesche war da, wie eine Spinne, reglos, als würde sie auf Beute warten, saß sie in der Küche. Sie wechselten nicht mehr viele Worte, gute Nacht.

Wir müssen einen Schlussstrich ziehen unter dein früheres Leben, sagte Elias, als sie zusammen im Bett lagen. Du kannst nicht ständig zurück in diesen Puff rennen, ich halte das nicht aus, ich muss vergessen können, was du, bevor wir uns begegnet sind, gewesen bist. Sie lagen beide auf dem Rücken, sie berührten sich nur an den Armen.

Die Summe von über dem Schlussstrich steht unter dem Schlussstrich, sagte Beba leise, ich kann es auch nicht ändern.

Sie drehte sich zu ihm, legte ihre Hand auf seine Brust, in ihren Fingern spürte sie das feine Pulsieren seines Herzschlags. Sie küsste die Stelle, sie küsste alle Stellen seines Körpers, man kann jemanden so sehr lieben, dachte sie, und doch. Man kann sich noch so sehr Mühe geben und vergessen wollen, jemandem zuliebe, Elias zuliebe – vergessen wollen mit aller Kraft.

Ja, sagte sie leise, vielleicht sollten wir einen Schlussstrich ziehen. Während es in ihr zappelte und trat und sie sich auf den Bauch legte und wieder auf den Rücken, und sie wusste, dass sie es nicht gut machen würde mit dem Kind, nicht einmal recht würde sie es machen. Sie kämpfte mit ihm schon jetzt, was sollte das noch werden?

Ein lautes Klirren riss sie aus dem Schlaf. Beba öffnete die Augen, sah an die Decke und hoffte, der Lärm würde aufhören. Er hörte nicht auf. Es polterte und klapperte drüben in der Küche, wieder fiel etwas zu Boden, ein Fenster wurde zugeschlagen. Elias drehte sich auf die andere Seite, Beba stand auf.

Gesche war dabei, Tee zu kochen und Stullen zu schmieren, auf dem Tisch lagen die Scherben eines Tellers.

Sorry, sagte sie, hab ich dich geweckt.

Beba brummelte.

Willst du auch Tee?

Abwesend, abweisend, sie hätte einfach dasitzen wollen, allein, in der Stille des Morgens, Gesche störte sie.

Hier, sagte Gesche, und reichte ihr eine Tasse Tee, und in der Art, wie sie ihr die Tasse reichte – war es ein Zittern der Hand, eine zu schnelle Bewegung –, lag eine Verstörung. Beba sah sie an, sah Gesche endlich einmal ins Gesicht.

Sie hatten bisher nicht viel miteinander zu tun gehabt, ab und zu ein paar Worte gewechselt, mehr nicht. Bei Gesche, hatte Elias einmal gesagt, müsse man aufpassen, jedem erzähle sie gleich von ihren Problemen. Beba hatte sich irgendwie, irgendwann, ohne selber genauer hinzusehen, Elias' Urteil angeschlossen und war Gesche lieber aus dem Weg gegangen.

Als hätte sie die halbe Nacht geweint, waren Gesches Augen rot und geschwollen.

Gesche, fragte sie, was ist los?

Nichts, sagte Gesche, es sei bloß, sie müsse ausziehen, ihr sei das Bafög gestrichen worden, sie könne sich das Zimmer nicht mehr leisten.

Was? Wieso haben sie dir denn das Bafög gestrichen?

Meine Eltern verdienen zu viel. Aber mit denen habe ich nichts mehr zu tun, seit Jahren nicht mehr.

Und jetzt?

Ich werde in den Übungsraum ziehen, sagte Gesche, ich habe ja zum Glück noch diesen Raum im Keller, ein paar Straßen weiter, schallgeschützt, sie lachte gequält.

Kannst du denn dort wohnen, fragte Beba, im Keller?

Gesche zuckte die Schultern, man kann überall wohnen, sagte sie.

Hast du denn niemand, fragte Beba, zu dem du kannst, zu deinem Freund?

Nein, will ich nicht. Geht schon, sorry, ich wollte eigentlich nicht heulen, wollte nur, jetzt wisst ihr Bescheid, dass ihr euch nichts Neues suchen müsst mit dem Kind.

Woher weißt du das mit dem Kind?

Elias hat es mir erzählt.

Beba sah sie lange an, Gesche senkte nach einer Weile den Blick und nahm einen Schluck Tee. Elias kam in die Küche und setzte sich an den Tisch. Die Augen verquollen, strich er sich gähnend die Haare aus dem Gesicht.

Gesche zieht aus, sagte Beba.

Hm, machte er.

Gesche nahm die Tasse und ging in ihr Zimmer.

Auch Beba ging in ihr Zimmer. Sie setzte sich ans Klavier und legte die Hände in den Schoß. Wie Zaunlatten lagen die Tasten vor ihr, wie ein geschlossener Garten. Wo war heute bloß das Türchen? Einmal, zweimal schlug sie einen Ton an. Es klang, als wäre das Instrument verstimmt. Sie probierte es noch einmal und noch einmal, sie dachte, der Zauber ließe sich erzwingen.

AMIDOU WAR AUFGEKRATZT, eben habe er einen Anruf bekommen, sagte Dodo, sie wisse aber nicht, von wem, wahrscheinlich eine gute Nachricht, sonst wäre er nicht so übermütig. Sie standen auf dem Bahnsteig und warteten, sie waren auf dem Weg zu den Lisek-Gesprächen, Dodo, Hans und Isa fuhren heute mit, als Zeugen. Es war früh am Morgen.

Das ist die reine Schikane, sagte Dodo, dass die uns so früh bestellen.

Die Bahn kam, sie stiegen ein. Amidou setzte sich erst hierhin, stand wieder auf, setzte sich dorthin, stand auf und ließ sich dann neben einer alten Frau auf den Sitz plumpsen. Die Frau nahm sich zusammen, ihr Stock rutschte zu Boden, sie versuchte danach zu greifen, aber es war zu eng, Amidou bückte sich und hob ihr den Stock auf. Die Frau bedankte sich mit einem Lächeln. An der nächsten Station stiegen Kontrolleure zu, Isa erkannte sie an den Schuhen, sie gab Dodo ein Zeichen, Dodo gab Amidou ein Zeichen.

Sie seien Refugees, sagte Dodo, als sie an der Reihe waren, und auf dem Weg zu den Senatsgesprächen, sie bräuchten keine Tickets.

Das sei ihm neu, sagte der Kontrolleur, dass jemand kein Ticket brauche, egal, wer er sei. Schon wurde die Bahn wieder langsamer und fuhr in die nächste Station ein. Ob er sie nun bitten dürfe auszusteigen.

Fuck you, Nazi, sagte Amidou.

Als wollte er ihn bremsen, noch verhindern, dass die Situation eskalierte, legte Hans Amidou die Hand auf die Schulter.

Er habe das jetzt einfach mal überhört, sagte der zweite Kontrolleur, ob er sie nun wirklich bitten dürfe auszusteigen.

Die alte Frau neben Amidou lächelte immer noch. Die anderen Fahrgäste verdrehten die Hälse, keiner stieg aus, alle wollten alles sehen, jemand filmte mit der Handykamera, jemand brüllte, wegen so einem Abschaum wolle er nicht zu spät zur Schicht kommen, das sei ja wohl die Höhe.

Er solle sich ins Knie ficken, brüllte Isa zurück. Als wäre sie nicht gehört worden, sahen alle woanders hin. Der erste

Kontrolleur telefonierte. Keine fünf Minuten später war die Polizei da.

Aussteigen, los, wirds bald!

Es klang, als gälten die Befehle nicht Menschen, sondern Schäferhunden. Einer fasste Dodo am Arm, sie biss zu, sie spuckte und kratzte. Sie trugen Dodo zu dritt aus dem Wagen. Amidou rammte dem, der neben ihm stand, den Ellenbogen in den Bauch, die andern Beamten zückten die Knüppel.

Am Ende lagen Amidou und Dodo auf dem Bahnsteig, die Hände auf dem Rücken, die Gesichter auf den dreckig nassen Fliesen, Amidou schrie die ganze Zeit.

Isa saß ein Stück abseits auf dem Boden, sie wusste nicht, wie sie dorthin gekommen war. Keiner wollte etwas von ihr, eine verlegte Puppe, ein vergessenes Spielzeug, von niemandem vermisst.

Einer der Polizisten telefonierte, rief dann einem andern Polizisten zu, er habe Weisung, die Flüchtlinge sofort freizugeben, sie seien wirklich auf dem Weg zum Senat.

Erst als die Beamten verschwunden und die Flüchtlinge samt Dodo und Hans in den nächsten Zug gestiegen waren, stand Isa auf.

Niemand hatte auf sie gewartet. Niemand hatte sich auch nur umgesehen nach ihr. Eben fuhr die Bahn für die Gegenrichtung ein. Zwei Zeugen bei den Lisek-Gesprächen mussten reichen, Isa stieg ein und fuhr zurück.

Vom U-Bahnhof ging sie direkt zu ihrem Auto. Sie fuhr hinaus zu Otten. Es kam ihr vor, als würde sie hier Zuflucht finden, in der Straße vor Ottens Haus.

Ging sie die Straße entlang, um sich die Beine zu vertreten, saß sie bewegungslos in diesem Auto, das so gar nicht hierher passte, wurde sie von den Vorbeigehenden gegrüßt; sie konnte machen, was sie wollte, die Leute nickten ihr freundlich zu.

Als würde sie es darauf anlegen, entdeckt zu werden, als wäre sie froh, entdeckt zu werden, nahm sie sich immer größere Freiheiten. Aber je mehr sie sich erlaubte, desto unverdächtiger schien sie zu sein.

Sie beobachtete, wie er oben am Haus aus der Garage fuhr, noch mal hielt, ausstieg und zur Tür ging. An der Tür stand seine Frau in einem weißen Kleid. Als sähen sie sich zum letzten Mal, umarmten sie sich lange.

Er setzte sich wieder in den Wagen, rollte hinunter zum Tor, blinkte, fuhr vor bis zur Hauptstraße, Isa sah auf die Uhr, er war spät dran. Seine Frau stand noch eine Weile vor dem Eingang, sah versonnen in die Weite, stieg dann die drei Stufen herab in den Garten. Als wäre ihr Leib undicht oder als hätte sie Schmerzen, hielt sie beide Arme fest auf den Bauch gepresst. Sie ging steif und anscheinend ziellos zwischen den Beeten umher, blieb ab und an stehen, betrachtete ausführlich da einen dürren Stängel, dort ein frisches Grün. Nichts schien der Frau ferner zu liegen als die Welt jenseits ihres Gartenzauns.

Isa startete den Motor und fuhr los. Es war ein normaler Tag, an normalen Tagen war er in der Verwaltung in der Stadt, seine Gewohnheiten machten ihn berechenbar. Heute war am späten Nachmittag Sitzung im Hauptausschuss, um 15.45 Uhr würde er vom Fahrdienst abgeholt werden.

Zweimal musste sie um den Block fahren, bis sie nahe dem Eingang einen Parkplatz fand. Vom Fahrersitz aus konnte sie Ottens Fenster sehen, dritte Etage, die mittleren drei Fenster.

Viele der Menschen, die auf der Straße vorbeigingen, waren schon an anderen Tagen, an denen Isa hier gesessen hatte, vorbeigegangen.

Sie wartete.

Um genau zehn nach elf trat eine junge Frau aus dem Blumengeschäft schräg gegenüber von Isas Auto. Unter dem Arm ein Tablett, den Blick auf dem Smartphone in ihrer Hand, ging sie zwei Häuser weiter in den Bioladen. Ein paar Minuten später kam sie mit Sandwiches und zwei Säften wieder heraus. Ein Hund, anscheinend alleine, strolchte auf der anderen Straßenseite vorbei, er gehörte zu einem Obdachlosen, der nicht mehr gut zu Fuß war. Vor dem Fast Fit stand der bärige Bärtige und rauchte hektisch zwei Zigaretten hintereinander.

An einer Brandmauer gegenüber der Verwaltung stand: *Refugees welcome. Tourists piss off*. Seit einer oder zwei Wochen stand das da, sie hatte keine Ahnung, wer dafür verantwortlich war. Sie machte das Radio an. Erst kam Musik, ein fürchterliches Schlagergedudel, sie drehte weiter, der Verkehr lief auf allen Straßen der Stadt flüssig, der Jackpot im Lotto war geknackt worden, das Wetter würde beständig bleiben. Krüger gab wieder mal ein Interview, er entschuldige sich, sagte er, für die Städtischen Verkehrsbetriebe bei den Flüchtlingen, es werde untersucht, ob es bei dem Vorfall heute Morgen in der U-Bahn vonseiten der Beamten zu rassistischen Übergriffen gekommen sei. Isa machte das Radio aus.

Eine Schönwetterwolke hing im Antennengeäst auf dem Dach der Verwaltung fest, so wirkte es, abgefangen, daran gehindert, davonzusegeln. Eine Weile, eine ganze Weile, träumte sie der Wolke hinterher, die sich endlich losgerissen hatte.

Sollte sie sich die Beine etwas vertreten?

Sie konnte dies tun oder jenes tun, sie konnte tun, was sie wollte. Alles, was sie sich vorstellte, kam ihr möglich vor. Ihr

Respekt vor Herrschaft war geschrumpft. Wenn sie sich vorstellte, vor der Herrschaft zu stehen, schlug ihr Herz langsamer statt schneller. Bei ihr war alles anders als bei Zora, sie fühlte sich nicht verfolgt, im Gegenteil, sie fühlte sich fast zu wenig verfolgt. Womöglich, überlegte sie, war Zora schon immer leicht hysterisch gewesen, nicht ganz so besonnen, wie ein politischer Kampf es erforderte, zu sehr verstrickt in Gefühle.

Im Handschuhfach fand Isa ein paar lose Zettel und einen Stift. Sie nahm die Pistole aus der Innentasche ihrer Jacke und legte sie stattdessen ins Handschuhfach. Dann stieg sie aus und ging zum Eingang der Verwaltung. Am Empfang saß ein Mann, um den Kopf ein Headset. Er aß eine Schmalzstulle, während er redete, während er auf den Bildschirm blickte und mit der freien Hand tippte. Keine Sekunde zweifelte Isa, dass er sie durchlassen würde.

Sie habe, sagte sie laut, einen Interviewtermin bei Doktor Otten, halb zwölf, sie sei leider etwas spät, sie hoffe, das sei kein Problem.

Der Mann nickte, sagte in sein Headset, Moment mal, dann zu ihr, bitte, dritte Etage, sie solle sich einfach im Sekretariat melden, er drückte auf den Knopf, der die Schleuse entriegelte.

Sie nahm nicht den Lift, sie nahm die Treppe, zwei Stufen auf einmal, sie wollte ein bisschen außer Atem kommen, sie dachte, es mache sich besser, außer Atem zu sein. Sie fand das Sekretariat ohne Probleme, sie klopfte nicht, sie trat ein.

Es tue ihr leid, sagte sie, sie habe sich etwas verspätet.

Die Sekretärin war aufgestanden.

Ob er schon warte, fragte Isa, es tue ihr wirklich leid, dass sie so spät komme.

Wie, wer sie überhaupt sei, fragte die Frau.

Ob der Empfang unten denn nicht Bescheid gesagt habe, fragte Isa, sie habe doch den Termin bei Doktor Otten um 11.30 Uhr für ein Interview, das sei schon seit Wochen, nein, Monaten, abgemacht, sie solle sie jetzt bitte nicht wieder wegschicken, es tue ihr wirklich leid, dass sie so hier, in diesem Aufzug, aber ihr sei das Bafög gestrichen worden, und sie habe vorher schon jeden Tag gearbeitet, um sich das Studium zu finanzieren, es würden halt nicht alle mit dem goldenen Löffel im Mund usw.

Mehr als rausschmeißen, dachte Isa, können sie dich ja nicht.

Die Sekretärin klappte den Mund auf und zu, Isa sah die Gedanken, die ihr durch den Kopf flitzten, überdeutlich in ihrem Gesicht, Bestürzung, Ärger, Verständnis, wieder Ärger, schlechtes Gewissen, sie griff zum Telefon, da ging die Tür auf.

Was ist denn hier los?

Doktor Otten!

Jetzt musste sie weitermachen. Jetzt ging es erst richtig los.

Ich bin hier, sagte Isa, bevor die Sekretärin etwas sagen konnte, wegen des Interviewtermins.

Welcher Interviewtermin, fragte Otten perplex.

Na heute, 11.30 Uhr, ich habe doch alles haarklein schriftlich schon vor Monaten eingereicht; im empirischen Teil meiner Magisterarbeit ist unbedingt ein Interview mit dem Innensenator vorgesehen, zwingend, außerdem –

Blackout. Mist.

Otten sah seine Sekretärin an, er glaubte Isa schon halb, vorwurfsvoll war der Blick zur Sekretärin. Die zuckte die Schultern. Von Nahem war er weniger mächtig, er hatte eine Art Pickel am Kinn, eine entzündete Hautstelle. Im Zweifelsfall würde niemand beweisen können, dass nicht stimmte, was Isa behauptete, die ganzen, vielfach gesicherten Umwege, die zu nehmen wären, um ihm so nahe zu kommen, hatte sie ausgeschlagen. Sie wollte an ihm schnüffeln, mit ihm spielen, sich vergewissern, sie wollte ihn bestehen, sie sah ihm direkt in die Augen. Am Ende siegte seine Naivität.

Na gut, sagte er, aber nur eine Viertelstunde.

Sonst, fiel Isa eben ein, ging er um diese Zeit hinüber ins Clue zum Essen.

Bitte, sagte er, und wies auf den Stuhl vor dem Schreibtisch.

Der Stuhl sah unbequem aus, hölzern, ungepolstert, sie setzte sich. Alles war aufreizend sauber. Eine Kladde lag neben dem Telefon, daneben mehrere Aktenstapel und Bücher. Es knarzte leise, als er sich auf seinen Bürostuhl setzte, ohne Stimmung sah er sie an, sah durch sie hindurch, in ihrem Rücken wusste sie die Fenster.

Nun, sagte er, ich höre.

Seine Hände lagen gekreuzt auf dem Schreibtisch. Der Mittelfinger zuckte. Über der hohen Lehne seines Stuhls hing ein Jackett; es sah aus, als hätte er einen Buckel, als säße dort ein affenartiges Wesen hinter dem Schreibtisch. Durch die Tür zum Vorzimmer drangen gedämpft Geräusche, ein Poltern und dann Stimmen, verstehen konnte Isa nichts, die Tür nach draußen hielt Töne und Menschen fern, es war eine zweiflügelige Tür. Türen hatten immer schon einen Reiz gehabt für Isa, aber nur wenn sie geschlossen waren.

Ich würde mich, dachte Isa, selber nirgends reinlassen, so wie ich aussehe. Sie fragte sich, ob es wirklich so einfach sein würde. Einer wie er legte sich ja eine Welt zurecht, die ihm angenehm war, eine Welt, in der man gönnerhaft die Fünf auch mal gerade sein lassen konnte. Das machte ihn ihr unterlegen.

Es war eine kleine gutmütige Entscheidung gewesen vorhin, ihr diesen Gefallen zu tun.

Ohne dass sie darauf vorbereitet gewesen wäre, fiel ihr jener Wintertag zwischen den Jahren ein, diese Frau an seiner Seite; er machte ständig solche Fehler, er nahm sich Freiheiten, die ihn das Leben kosten konnten. Und Isa? Musste sie befürchten, dass er ihr zu nahe kommen könnte, dass sie ein Gefühl für ihn entwickelte, das der Zukunft im Weg stehen würde? Hatte sie das nicht bedacht? Nein, sie hatte alles im Griff, sie hatte sich im Griff, und sie hatte ihn im Griff. Er war das Medium ihrer Verbesserung, ohne ihn würde sie nie werden, was sie gerne sein wollte.

Steh auf, dachte sie, und er stand auf. Er steckte beide Hände in die Hosentaschen und ging zum Fenster, er blickte auf die Uhr, er wollte endlich wissen, was sie von ihm wollte, als suchte sie etwas, blätterte sie in ihren Zetteln. Darauf erkannte sie Arturos Schrift, eine Adresse stand da, ungelenk hingekrakelt auf einer buckligen Unterlage. Sie hätte sagen können, sie habe dummerweise die falschen Papiere eingesteckt, es tue ihr leid, die Fragen lägen zu Hause auf dem Schreibtisch, fertig ausgedruckt, nur leider, in der Hektik – aber bevor sie den Mund aufmachen konnte, klingelte das Telefon. Sie ließ die Zettel in der Jackentasche verschwinden.

Ja, sagte Otten in den Hörer, ich komme, und legte auf.

Er hätte, sagte er zu Isa, gerne mehr Zeit gehabt, es tue ihm leid, dass der Termin offenbar untergegangen sei, sie solle sich doch einen neuen geben lassen.

Wahrscheinlich hatte er für solche Fälle eine Übereinkunft mit seiner Sekretärin, sie solle ihn nach ein paar Minuten mit einem Anruf erlösen. Es war total egal. Fakt war: Hätte sie gewollt, hätte sie ihn erledigen können.

Sie kramte den Zettel mit Arturos Notizen aus der Jacke, legte ihn auf den Beifahrersitz, dann kramte sie den Stadtatlas aus dem Handschuhfach. *Thunder Crows 18.* Rautenweg 18, das lag draußen in Winkelstadt, einer Satellitensiedlung im Nordosten. Sie fuhr durch den Nachmittagsverkehr Richtung Stadtautobahn. Was hatte Arturo mit Leuten zu tun, die sich *Thunder Crows 18* nannten?

Einmal war ihr, als ob ihr jetzt doch jemand folge, ein grüner alter Amerikaner fuhr eine ganze Weile erst direkt hinter ihr, dann waren mehrere Wagen dazwischen, als sie in eine Seitenstraße abbog, blieb der Amerikaner auf der Hauptstraße.

Brachen wechselten sich ab mit Gewerbeflächen, der Flughafen war ganz in der Nähe, in kurzen Abständen dröhnten Maschinen im Landeanflug über die Gegend. Der Rautenweg war ein zweispuriger Zubringer zur Autobahn, gesäumt von einer Reihe niedriger abbruchreifer Häuser, eigentlich waren es eher Baracken. Sie blinkte, bremste und fuhr rechts auf den Pannenstreifen. Ein paar Motorräder standen vor einer der Buden, als sie näher kam, sah sie das Schild mit der 18. Eine 18 in Runenschrift über einem geschlossenen Rolltor, sonst nichts. Sie hielt etwa dreißig Meter dahinter an. Ein solcher Lärm war das. All die Flugzeuge und LKWs und die Baustelle gegenüber. Sie wusste, was Arturo sagen würde, spräche sie ihn darauf an: Was glaubst du, wo dein Pistölchen herkommt, von Karstadt?

Oder so ähnlich.

WÄHREND ER HINAUS ZUM SEE FUHR, dachte er an Beba. An die junge Frau von vorgestern dachte er noch einmal kurz, an ihr hektisches Kramen in ungeordneten Papieren. Sie hatte ihn an einen graubraunen Vogel erinnert, ein Vögelchen in der Mauser. Rosel hatte zu dem Vorgang keine Unterlagen finden können, nirgends, natürlich kam das vor, dass mal etwas verloren ging. Jedenfalls hatte er Rosel angewiesen, sie auf unbestimmte Zeit zu vertrösten, sollte sie einen neuen Termin wollen, er glaubte nicht, dass sie einen neuen Termin wollte.

Er parkte hinterm Bootshaus. Kaum je traf er einen der anderen Ruderer; wenn er kam, waren immer alle schon weg, das war ihm ganz recht.

Nachdem er sich umgezogen hatte, holte er das Skiff und trug es zur Rampe, vorsichtig ließ er das Boot zu Wasser. Gerade als er das rechte Ruder in die Klammer am Ausleger drückte, fing es an zu tröpfeln. Er hob den Blick. Vorhin, auf der Fahrt hierher, hatte er die Wolkenbank am Horizont zwar bemerkt, sie aber nicht ernst genommen, jetzt sah er, dass die Schwärze sich über den ganzen See ausgebreitet hatte. Er löste das Ruder, zog das Boot wieder aus dem Wasser und legte es kopfüber auf die Rampe. Er schaffte es gerade noch unter das Vordach des Bootshauses, dann fing es an zu schütten.

So hatte er sich das nicht vorgestellt. Nicht so. Dass sich derart brutal bestätigen würde, was er befürchtet hatte: Sie schafften es nicht, sich selber Regeln zu geben, sie waren dabei, sich selber zugrunde zu richten. Gleich nach dem Totschlag im Winter hätte er die Sache an sich ziehen sollen. Er hätte die Fabrik räumen lassen müssen.

Er hatte recht behalten, er war nicht froh darüber. Nach der Geschichte mit den Tickets hatte sich nicht nur Krüger, sondern auch das Management der Städtischen Verkehrsbetriebe öffentlich entschuldigt. Mittlerweile entschuldigte sich jeder für alles bei den Flüchtlingen.

Warum konnte man mit den Flüchtlingen eigentlich nicht einfach wie mit normalen Leuten umgehen? Warum musste man sie entweder als Heilsbringer oder aber als Heimsuchung begreifen, ihnen entweder alle Verantwortung abnehmen oder zuschieben?

Warum sie denn keine Tickets gelöst hätten, hatte Moira Lisek die Flüchtlinge gefragt, als sie nach dem Zwischenfall endlich zu dem Termin erschienen waren. Dodo, eine Unterstützerin, habe ihr ins Gesicht gespuckt. Sie habe das aber, versicherte Moira, nicht persönlich genommen, alle Beteiligten stünden unter enormem Druck.

Die Integrationsbeauftragte Moira Lisek habe *Affe* zu dieser Dodo gesagt, hatte gestern in der Zeitung gestanden. Die junge Frau überlege noch, ob sie Anzeige wegen rassistischer Beleidigung erstatten wolle.

Er war sicher, dass Moira so etwas nicht gesagt hatte. Aber mehrere Zeugen bestätigten die Aussage. Die Flüchtlinge, stand in der Zeitung, wollten unter diesen Umständen nicht mehr mit Frau Lisek verhandeln. Der Senat, forderten sie, solle jemand anderen für Gespräche zur Verfügung stellen. Moira war fassungslos zu ihm gekommen; sie dachte immer noch, wenn sie gut zu ihnen sei, seien sie auch gut zu ihr.

Heute Vormittag hatte Otten in Begleitung von Franz und Krüger die Fabrik besucht. Bist du wahnsinnig, hatte Franz gesagt und ihm erst glatt verbieten wollen, sich der Fabrik auch nur zu nähern. In der Tat, Otten wollte reden, er wollte den Zeugen in die Augen sehen, er wollte wissen, was das für Menschen waren.

Ums Haus herum lagen auf großen Haufen Matratzen, Sofas, Bücher, Fensterrahmen, Kloschüsseln, Küchenabfälle. Fliegen stoben auf, Maden wimmelten weiß in dichten Knäueln, ein Fernseher wurde aus einem der Fenster geworfen und krachte knapp neben im Hof spielenden Kindern auf den Boden. Ein Stück weiter standen Biertische, an denen Leute saßen und Mühle spielten. Die Sonne drang allmählich durch den dichten Hochnebel, der seit Tagen über der Stadt lag.

Zu den Eingängen führten Tunnels aus Stahlgerüsten; damit wenigstens beim Betreten des Hauses niemand von aus den Fenstern geworfenen Dingen erschlagen werde, erklärte ihm Krüger, der eben sein Fahrrad an einem der Stützpfeiler anschloss. Auf den Fluren stank es nach Kot. Überall waren auch hier die Böden übersät mit Scherben, dreckigen Windeln, Plastikspielzeug, Kleidern, Schuhen, Essensresten, Maden, toten Ratten. Dazwischen lagen auf Matratzen Menschen, Kinder. Mittlerweile wohnten über dreihundert Menschen in der Fabrik, und täglich kamen neue hinzu.

Er konnte nicht mehr nichts tun, er musste diese Zustände beenden, Menschen durften so nicht leben, auch wenn sie es anscheinend selber so wollten. Jeder jederzeit mögliche weitere Tote in diesem Haus wäre sein persönliches Verbrechen, der letzte Tote wäre nicht tot, hätte er Krüger nicht so lange einfach machen lassen. Er, Otten, hätte reagieren müssen. Niemand sonst trug die Verantwortung für den verhängnisvoll falschen Eindruck, es gäbe für die Flüchtlinge ein Bleiberecht, wenn sie nur lange genug aushielten, was nicht auszuhalten war.

Heute Mittag hatte Otten einen Eilantrag auf Räumung gestellt. Ging er durch, würde spätestens nächste Woche geräumt werden. Das war zwar auch keine Lösung, aber besser, als sie in dieser Fabrik weiter zusammenleben zu lassen. Sie würden in ihre regulären Unterkünfte oder aber nach Italien zurückgeschickt werden. Es war vielleicht die erste und letzte Entscheidung in seinem politischen Leben, der keine Taktik zugrunde lag.

Im Lauf eines Jahres hatte Otten das verloren, was ihn zum Politiker gemacht hatte; die Fähigkeit, sich abzuwenden von allem, was ihn zu sehr zu betreffen drohte. Er ließ sich berühren von, ja, von was eigentlich? Davon, dass Menschen, wenn man gut zu ihnen war, trotzdem böse sein konnten? Erstaunte ihn das wirklich? Hatte er unter der bewährten Panzerung geglaubt, im Großen und Ganzen seien Menschen – wenn nicht gut, so wenigstens vernünftig? Hatte er geglaubt, sie hielten sich an etwas, an eine Form von Moral?

Er wusste nicht, warum es Leute gab, die Fernseher aus dem Fenster warfen, ohne zu schauen, ob unten Kinder spielten. Aber es gab sie.

Es schüttete wie aus Kübeln, die Dachrinne vermochte all das Wasser gar nicht mehr zu fassen, ein dichter Vorhang pladdernder Rinnsale versperrte ihm den Blick auf den See.

Was war das?

Ein weißer Schatten rannte auf das Bootshaus zu, sah er jetzt auch schon Gespenster? Nein, tatsächlich, es war Cecilia. Eben hatte sie das Vordach erreicht, bis auf die Haut war sie durchnässt, die Haare klebten ihr am Kopf.

Cecilia, was machst du denn hier?

In ihrem langen weißen Kleid stand sie vor ihm, ein zauberhaftes Lächeln auf dem Gesicht, es schien, als bemerkte sie gar nicht, wie nass sie war.

Ist Liz bei dir, fragte er, ist sie im Auto?

Sie schüttelte den Kopf. Liz passte jetzt von morgens bis abends auf. Cecilia konnte nicht mehr allein gelassen werden, sie würde sonst verwildern, sie würde sich selber wehtun.

Wie bist du hergekommen?

Triumphierend hob sie die Hand, an ihrem Ringfinger klimperten die Autoschlüssel.

Komm, sagte er, gehen wir rein, du musst dich abtrocknen, ich glaube, ich habe noch einen Trainingsanzug im Spind.

Sie folgte ihm in die Garderobe.

Hier, sagte er und reichte ihr ein Frotteetuch. Sie nahm es nicht einmal in die Hand.

Cecilia, bitte, du erkältest dich sonst.

Als verstünde sie nicht, was er von ihr wollte, stand sie einfach nur da. Er begann sie auszuziehen, Kleid, BH, Unterhose, vorsichtig rieb er mit dem Tuch über ihre Haut. Sie schien es zu genießen.

Frierst du nicht?, fragte er.

Nein, sagte sie, mach weiter.

Er lachte und machte weiter, bis ihr Körper, an manchen Stellen vom Reiben schon gerötet, vollständig trocken war. Dann streifte er ihr das Sweatshirt über den Kopf, bugsierte ihre Füße in die Beine der Trainingshose und zog sie hoch.

Als er Liz zu Hause anrufen wollte, ging niemand ans Telefon. Auch an ihr Handy ging sie nicht. Cecilia stand daneben, ein verspieltes Lächeln auf den Lippen.

Was hast du mit Liz gemacht, warum geht sie nicht ans Telefon?

Rede nicht mit mir wie mit einem Kind, sagte sie plötzlich erstaunlich vernünftig und etwas genervt.

Ja, entschuldige.

Er nahm ihre Hand. Nein, Cecilia, du bist kein Kind, ich weiß. Aber manchmal, in letzter Zeit, das merkst du doch selber, siehst du Dinge, die nicht da sind.

Wer konnte schon wissen, ob alle Dinge, die er sah, auch wirklich da waren?

Hat dich Liz einfach so gehen lassen?

Da begann sie zu kichern.

Cecilia?

Kein Wort war aus ihr herauszubekommen. Otten wurde unruhig.

Cecilia, sagte er, du bleibst hier, ich geh nur noch schnell das Boot holen, und dann fahren wir, einverstanden?

Sie nickte.

Der Regen hatte nachgelassen. Er rannte bis vor zur Rampe, fasste das Skiff um die breiteste Stelle, hob es hoch und trug es hinüber zum Regal, er würde es dann eben das nächste Mal sauber machen, danach holte er die Ruder und legte sie darunter.

Cecilia hatte sich nicht von der Stelle bewegt, er nahm sie an der Hand, zog sie mit sich hinaus und schloss alles zu.

Komm, sagte er, sie gingen zu seinem Wagen, ihrer stand ein Stück weiter hinten.

Ich will selber fahren, sagte sie, lass mich.

Das konnte er nicht erlauben. Nicht in ihrem Zustand. Wie sollte er bloß mit ihr umgehen, durfte er ihr verbieten, selber zu fahren, durfte er sie so sehr bevormunden, eine erwachsene Frau? Er umfasste sie von hinten, er wollte das nicht, aber wieder redete er mit ihr wie mit einem Kind, redete beruhigend auf sie ein, bis sie sich ergab, bis sie scheinbar einsah, dass sie selber nicht mehr fahren sollte.

Sie hatte Liz in die Speisekammer gesperrt.

Sie habe einfach die Tür zugemacht und den Schlüssel umgedreht, als sie die Sachen fürs Abendessen habe rausholen wollen, sagte Liz, alles Klopfen und Rufen habe nichts geholfen, sie habe sich solche Sorgen gemacht.

Es tut mir leid, sagte Cecilia.

Ihm kam all das absurd vor. Manchmal war sie normal, so wie früher, so wie er sie kannte. Eine besonnene, schöne, ältere Frau, sorgfältig gekleidet, aufrecht, aber wenn sie normal war, wirkte sie jetzt, als imitiere sie sich selber. Und von einer Sekunde zur andern konnte sie albern werden, anlehnungsbedürftig wie ein Kind, furchtsam wie ein Kind. Natürlich war es eine Krankheit, woher sie kam, wussten sie nicht. Auslöser könne Stress sein, ein Trauma, hatte der Arzt gesagt. Es könne vorbeigehen oder auch nicht. Die Lichtgestalten seien gute Wesen, sagte Cecilia, trotzdem habe sie Angst vor ihnen.

Wäsche zum Bügeln stand in zwei Körben drüben beim Sofa, Papierschnipsel lagen verstreut auf dem Boden, und als bestünde er nun endgültig darauf, zur Familie zu gehören, lag Henry wieder in der Sofaecke.

Cecilia, sagte er, du weißt doch, du musst aufpassen wegen des Katers, wenn die Tür offen steht.

Sie nickte.

Klar.

Sonst macht er uns ins Haus.

Klar.

Als hätte sie jegliches Interesse an einer ordentlichen Umgebung verloren, ließ sie liegen, was sie angefasst hatte. Sie zerriss weißes Papier in kleine Schnipsel und streute sie hinter sich her, als ob sie nur dadurch den Weg zurück noch fände.

Sie kochten zusammen, jeder machte, was er konnte, heraus kam ein kurioses Menü, verbranntes Fleisch, zerkochter Broccoli, rote Bete, grüner Salat.

Er beobachtete Cecilia, wie sie gewissenhaft Gabel für Gabel in den Mund schob, vollendet elegant, ihre ernsten Augen mit den verrückten langen Wimpern. Der feine Damenbart, rechts über der Oberlippe etwas dunkler als links. Ein einzelnes langes Haar am Kinn. Überall brannte Licht. Wenn Licht brennt, sieht man die Lichtgestalten nicht, dachte er, logisch. Aber seine Logik war falsch. Die Lichtgestalten waren heller als jedes Licht.

Zeig sie mir, sagte er, bitte.

Sie versuchte es, sie gab sich Mühe, sich den Ängsten zu stellen, wie der Psychiater ihr geraten hatte: Gehen Sie auf die Gestalten zu, fassen Sie sie an. Warum die Medikamente nicht halfen, war ihm ein Rätsel.

Nach dem Essen ging Liz.

Entschuldige, sagte Otten noch einmal, wegen vorhin.

Sie winkte ab. Er begleitete sie hinaus.

Bis morgen, sagte sie.

Ja, bis morgen, sagte er, schaute ihr nach, wie sie hinunter zum Tor ging und die Seitenpforte mit dem Schlüssel öffnete. Er war froh, dass sie trotzdem morgen wiederkommen wollte, was würde er ohne sie machen? Auf dem Weg hinein nahm er einen Stapel Holz auf den Arm. Cecilia saß im Sessel neben dem Kamin und blätterte in einer Zeitschrift.

Ich mach uns noch ein Feuerchen, sagte er, sie antwortete nicht. Ein Bällchen Papier, ein Feueranzünder, Späne. Sofort fingen die Späne Feuer, er legte zwei Scheite Tanne darüber, er holte die Decke vom Sofa, faltete sie auseinander und breitete sie über Cecilias Knie. In der Küche hörte er die Spülmaschine arbeiten.

Er ließ sich in den anderen Sessel fallen, schlug die Beine übereinander und nahm sich eine Zigarette. Er brauchte nicht zu reden. Er wusste nicht, was mit Cecilia los war. Als hätte sie sich aus dem bürgerlichen Gleichmaß verabschiedet, als würde ihr Kopf nun endlich für seine eigene Ordnung sorgen. Und seltsam, seit sie diese Krankheit hatte, fühlte er sich tiefer mit ihr verbunden als jemals zuvor. Ihm war, als würde eine andere Facette ihrer Persönlichkeit zutage treten, eine etwas schiefe, schlaue Cecilia, eine, die er früher einmal gekannt hatte. Die das Leben und das Leben mit ihm aber kantenlos rund geschliffen hatte.

Wenn er unbedingt hier wohnen will, sagte sie.

Wer will hier wohnen?, fragte er.

Na, Henry, sagte sie.

Das geht nicht.

Warum denn nicht, trumpfte sie auf, wenn er doch will.

Er hat ein Zuhause, sagte er.

Aber er will hier sein, siehst du doch.

Scheint so.

Er zog den Rauch tief in die Lunge, blies ihn zur Nase wieder hinaus.

Gibst du mir auch eine?

Du?

Vor vielen Jahren hatte sie schon aufgehört zu rauchen, damals, als die Arthrose begann schlimmer zu werden. Er reichte ihr die Schachtel. Sie nahm sich eine Zigarette, hielt sie ganz vorne zwischen Zeigefinger und Daumen, er gab ihr Feuer, sie zog mit etwas zur Seite geneigtem Kopf, komisch sah das aus, als zöge sie an einem Joint, er musste lachen. In sich gekehrt, schien sie jeden Zug intensiv zu schmecken, den Kopf zurückgelegt, die Augen geschlossen.

DAS FREMDE LEBEN IN IHREM BAUCH passte zwischen Daumen und Zeigefinger. So gut wie. Auf dem Tisch stand ein Strauß Flieder. Die Blätter und Blüten hingen welk über den Rand der Vase. Elias hatte gedacht, er mache ihr damit eine Freude. Er wusste wohl nicht, dass Flieder sich in der Vase nicht hält. Plötzlich hatte sie solche Lust auf Fleisch.

Ich geh noch mal raus, rief sie in die Küche zu Elias, zog den Mantel an und nahm die Schlüssel.

Wohin?, rief er zurück.

Aber da war sie schon draußen. Drei Straßen weit musste sie gehen bis zum nächsten Spätkauf am Platz bei der U-Bahn. Unter dem Vordach einer Bank lagen Menschen auf Decken. Beschriebene Kartons lehnten an der Wand. *Racist State, Racist Police, Shame on you.* Mehrere Polizeiautos standen an der Straße, alles war friedlich. Sie betrat den Laden und kaufte zwei Steaks.

Woher hast du das jetzt?, fragte Elias, als sie zurückkam.

Spätkauf, sagte sie.

Das kommt, sagte er, aus Massentierhaltung, weißt du eigentlich, wie viele Medikamente da drin sind?

Sie zuckte die Schultern, gab nichts anderes, sagte sie patzig.

So einen Müll, sagte er, essen wir nicht.

Sie schälte eine Zwiebel und schnitt sie in Ringe. Ihre Augen tränten. Sie stach mit dem Messer das Plastik auf. Sie legte das Steak auf ein Holzbrettchen, pfefferte und salzte es, träufelte etwas Zitronensaft darauf.

Du willst es roh essen?, fragte Elias entgeistert.

Sie biss hinein und riss ein Stück ab, sie hatte eine solche Lust, mit ihren Zähnen Stücke aus rohem Fleisch zu reißen.

Nein, sagte Elias, tu das nicht, bitte, denk an unser Kind.

Bei uns, sagte sie kauend, hat man immer rohes Fleisch gegessen.

Wir sind nicht bei euch, sagte er.

An rohem Fleisch, sagte sie, ist bei uns jedenfalls nie jemand gestorben.

Er griff nach ihrem Handgelenk, er hielt es fest, sie sah, wie seine Kiefer sich aufeinanderpressten, wie sich unter der Haut die Muskeln spannten.

Aua, sagte sie.

Hör auf damit, sagte er, du isst das jetzt nicht.

Sie öffnete die Finger, das Steak fiel zu Boden, es lag am Boden, ein angebissenes, rohes Stück Fleisch, er ließ los. Sie stand auf und ging hinaus. In Kleidern legte sie sich aufs Bett.

Nein, dachte sie, natürlich muss ich dieses rohe Stück Fleisch nicht unbedingt essen, wenn ihm das so wichtig ist. Sie musste nicht auf fremde Kosten ihren Willen haben, nein, das musste sie nicht. Sie hörte, wie er in der Küche noch aufräumte. Vielleicht hatte er recht, wenn auch nur die allergeringste Gefahr bestand, vielleicht konnte sie die Gefahr nicht richtig einschätzen, er hingegen schon.

Er kam ins Schlafzimmer und legte sich neben sie. Starrte an die Decke.

Ich verstehe nicht, sagte er, wie du, ich meine, das Fleisch ist die eine Sache, aber dass du ein solches Risiko eingehen wolltest.

Wollte sie? Immer öfter wusste sie nicht mehr, was sie wollte. Sie wusste nicht, was man aß und was man nicht aß. Was man anzog und was nicht, welche Musik man hörte, was man spielte und was nicht.

Was spielst du denn hier schon wieder, fragte er. Das ist doch keine Musik.

Ach nur so, weil ich müde bin. Oder sie sagte: Du hast recht, das ist keine Musik, ich weiß auch nicht, warum ich so etwas höre, es kann ja wohl nicht sein, dass mir so etwas gefällt.

Er war weise.

Sie war nicht weise. Sie wusste wenig, wenn nicht nichts.

So ist das doch nicht gemeint, würde Elias sagen, kennte er ihre Gedanken. Aber Beba behielt ihre Gedanken für sich. Weil ich so denke, dachte sie, habe ich all das Gute, das Elias und seine Eltern mir antun, nicht verdient. Beba dachte, Gutes müsse man sich verdienen. Sie hätte es besser wissen müssen.

Obwohl sie Alisha immer beschützt hatte, wurde sie von ihren Brüdern verprügelt. Viele Füße wirbelten über den staubigen Hof der Schule, nackte Füße, es war Sommer, ein sehr heißer Sommer, ein trockener Sommer, allgegenwärtig war der Geruch nach Mist in der Luft, Kuhmist, Schafmist, hergeweht von warmem Wind. Sie kamen näher und näher, und als sie nah genug waren, erkannte Beba beim Blick über die Schulter Alishas Brüder. Ihre Gesichter, ihre dunklen Haare waren fahl vom aufgewirbelten Staub. Beba blieb stehen und drehte sich vollends um. Jetzt, dachte sie, müssen sie doch sehen, dass ich es bin.

Beba hatte glaubt, vor ihnen nicht fliehen zu müssen, sie hatte wirklich geglaubt, vor ihnen nicht fliehen zu müssen, weil sie Alisha immer beschützt hatte.

Das eine hatte mit dem andern nichts zu tun.

Ich habe einfach solche Lust auf rohes Fleisch, sagte sie.

Es ist mir klar, sagte Elias kühl, dass solche Gelüste vorkommen können, wenn man schwanger ist, eben gerade deswegen muss man schauen, was man isst.

Aber das sind doch Kleinigkeiten, dachte Beba, wegen so etwas muss man sich doch nicht gleich streiten.

Warum, fragte sie, streiten wir uns wegen so was?

Warum, fragte er, müssen wir uns immer streiten wegen solcher Kleinigkeiten?

Sie wollte gutmachen, sie wollte sich entschuldigen, sie würde sonst nicht schlafen können, entschuldige, sagte sie, du hast recht.

Sie konnte trotzdem nicht einschlafen.

Gesche wohnte jetzt dort im Keller, in ihrem Übungsraum. Seit Gesche nicht mehr da war, war sie mehr da als vorher. In Bebas Kopf. Manchmal würde Beba gerne mit ihr tauschen. Bedeutete Freiheit, in einem Kellerloch zu hausen, dafür selber entscheiden zu können, wann man Fleisch aß und welche Musik man spielte? Ist es denn so wichtig, fragte sie sich, essen zu können, was immer man will. Ist der eigene Wille so wichtig? Sie wünschte sich so sehr einen gemeinsamen Willen, ein geteiltes Wollen, aber immer kamen Kleinigkeiten dazwischen.

Dabei standen ihr doch jetzt alle Türen offen. Seit sie das Kind im Bauch trug, sorgten Elias' Eltern auch für sie. Elias' Eltern waren großzügig. Bei Frau Lux brauchte sie nicht mehr zu arbeiten. Trotzdem konnte sie Geld nach Hause schicken. Zweimal die Woche leistete sie sich Klavierunterricht. Sie ging in die Stadt und versuchte, sich mehr als nur das Nötigste zu kaufen. Sie betrat einen Laden und sagte, hier, diesen Rock hätte ich gerne probiert. Und diesen. Und diesen. Sie waren alle gleich, alle könnten sie gekauft werden. Sie kaufte keinen. Weil sie alle gekauft werden könnten, hatte keiner mehr einen Wert.

Zu Hause stand das Klavier und wartete. Sie habe leider

keine Zeit gehabt zu üben, sagte sie zweimal die Woche zu Frau Jordi. Mit schlechtem Gewissen schlich sie ums Klavier herum. Die Musik kam ihr vor wie ein Schwindel. Damit sie das Klavier nicht mehr sehen musste, ging sie wieder in die Stadt und gab sich Mühe, endlich etwas zu kaufen.

Warum ist diese Nacht so lang? Warum fühlt sie sich zu schwer beladen von gut gemeinten Geschenken? Als könnte sie nur glücklich sein mit Wünschen, die nach langem Warten erst in Erfüllung gehen oder gar nicht.

Wenn die Sonne nach einem tiefen Winter im März wieder über den Bergsattel steigt. Das erste Mal wieder das Holundergeäst streift, Schatten wirft.

Sie neben ihrem Vater steht, während er spielt und seine Hände sich spiegeln im Lack der offenen Klappe, nur die Hände, vaterlos.

Sie das fünfzigste Mal vor dem Musikgeschäft stehen bleibt und das Klavier noch da ist.

Hast du ein Glück, dass du unseren Sohn getroffen hast, sagt Elias' Mutter.

Habe ich ein Glück, dass ich Beba getroffen habe, sagt Elias.

Nein, das sagt er nicht.

Beba hat einfach nicht genug Gewicht. Sie sitzt auf der Wippe oben und zappelt mit den Beinen.

SIE WÜRDE ES TUN. Sie würde es ohnehin tun. Sie würde es tun, sie würde es fertigbringen, sie bereitete sich vor, unablässig. Sie sah die Dinge so groß, wie sie waren, so überwältigend, unausweichlich, schrecklich und schön.

Sie waren im Urlaub auf einem anderen Kontinent. Am Fuß hoher Berge stand ihr Haus. Können Pflanzen hören?, fragte sich Isa, als das lang gezogene Pfeifen des Zuges unten beim Fluss zu ihnen heraufdrang, können sich Pflanzen erschrecken? Dieses fremde anhaltende Pfeifen, das hohl klang, klagend und dringend. Sie saßen draußen auf der Terrasse, umgeben von silbern glänzenden Gräsern und Lavendelbüschen. Gleich neben dem Haus begann der Wald, bewaldete Hänge zogen sich hinauf bis zum Himmel.

Auf dem Tisch lag der Feldstecher. Auch die Geräusche der Natur klangen hier ganz anders als zu Hause. Allgegenwärtig war das metallische Flirren der Zikaden. Isa nahm den Feldstecher vom Tisch. Sie sah hindurch und sah nichts. Du musst die Schärfe einstellen, sagte Erich. Isa drehte an den gerippten Ringen, allmählich schärfte sich ihr Blick, sie staunte. Ein Urwald. Erst fand sie sich nicht zurecht in diesem großen Grün, verirrte sich in der optischen Nähe. Die Perspektive war wie aufgehoben, Bäume, die in Wirklichkeit weiter weg waren, schienen in gleicher Entfernung wie näher gelegene Büsche zu wachsen.

Was sie sah, war unfassbar schön, die Blätter, die Äste, die Blüten und die Schmetterlinge darauf. Es kam ihr vor, als träte sie in eine unzulässige Intimität zu dieser Wildnis, als entfaltete sich vor ihren kindlichen Augen ein mächtiges Geheimnis. Sie sah die mehltaubedeckten neuen Triebe der Eiche, die noch jungen hellgrünen Früchte. Sie sah Spinnweben in der

Sonne schimmern. Unreife Äpfel, Lindenblüten, zitternde, flatternde, spindelnde Blätter, wenn der Wind darüberging, manche lösten sich vom Geäst und trudelten aus dem Bild. Aus weiter Ferne vernahm Isa die murmelnden Stimmen von Mutter und Vater. Wespen standen in der Luft, Libellen flitzten vorbei. War ein Keckern zu hören aus der Dichte des Waldes, versuchte sie den Vogel zu finden, fand ihn, freute sich, folgte ihm, bis eine schnelle Bewegung im Busch vor ihr ihm die Aufmerksamkeit stahl, sie stellte scharf auf die kürzere Distanz. Eine große Fliege hatte nicht aufgepasst. Die vielen Beine der Spinne hielten das Insekt umklammert, die Fliegenflügel vibrierten in einem Krampf, der sich kurz darauf löste.

Über dem Kanal ging die Sonne unter. Amidou und Esra saßen an einem der Biertische und spielten Mühle. Dodo brachte ihnen Tee. Drüben zerbrach einer Gemüsekisten, schichtete das dünne Holz zu einer Pyramide und steckte sie an. Ein Streifenwagen fuhr vorbei. Amidou lachte laut auf, schüttelte Esras Hand, dann begannen sie ein neues Spiel. Knisternd machte sich das Feuer über das dünne Holz her. Ein paar Leute kamen aus dem Haus und verteilten sich ums Feuer. Jemand öffnete ein Fenster und stellte ein Radio auf den Sims. Die Roma bauten einen neuen Grill zusammen, eine Frau brachte einen Teller mit Fleisch. Der Kinderwagen mit dem Baby stand etwas abseits. Dodo steckte Fackeln in den Boden und zündete sie an. Die Sonne sank. Isa setzte sich zu den Männern an den Tisch.

Amidou gewinnt immer, sagte sie.

Esra nickte, ohne aufzusehen.

Wo ist eigentlich Arturo?, fragte Hans, der sich eben neben ihr auf die Bank setzte, Isa zuckte die Schultern.

Willst auch n Bier?, fragte Dodo, stellte drei Flaschen auf den Tisch und setzte sich auf Hans' Schoß.

Mach mal den Scheiß aus, rief jemand hoch zum Fenster.

Keine Reaktion. Ein Junge sammelte kleine Steine und versuchte damit das Radio im Fenster zu treffen. Ein Frauenkopf erschien und keifte etwas herunter.

Niemand hatte das Kommen der drei Männer bemerkt, die plötzlich bei ihnen am Tisch standen und etwas auf Englisch zu Amidou sagten. Blitzschnell ließ Amidou sich seitlich von der Bank fallen. Sie stürzten sich zu dritt auf ihn, sie drückten sein Gesicht auf den gekiesten Boden, sie drehten ihm die Arme auf den Rücken und schlugen ihm Handschellen um die Gelenke. Amidou stöhnte leise auf. Er, der sich nichts bieten ließ, er, der sonst kaum zu überhören war, schrie nicht. Wie einer, der weiß, wann er verloren hat, ließ er sich verhaften. Während sie mit ihm zur Straße gingen, flogen schon die ersten Steine. Grob drückten sie Amidou in den wartenden Wagen und fuhren davon.

Isa versuchte sich festzuhalten. Am Tisch, an Esra, an Dodo, an Hans. Ein Lärm war das um sie herum, ihr platzten schier die Trommelfelle. In Windeseile hatte sich der Hof gefüllt mit Leuten, auch Krüger musste wohl gerade in der Nähe gewesen sein, er stand plötzlich an ihrem Tisch und fragte, was genau passiert sei.

Musst du doch wissen, brüllte Dodo, was passiert ist!

Isa stand auf und schob sich durch die Menge bis vor zur Straße. Dort wurde Sven gerade interviewt: Man werde sich, sagte er in die Kameras und Mikrofone, der staatlichen Willkür entschieden entgegenstellen.

Freedom for Amidou, Freedom for Amidou, schrien sie.

Was, fragte sich Isa, wenn sie ihn nun abschieben würden?

Ihn in ein Land zurückschicken würden, in dem der Tod auf ihn wartete. Oft genug hatte Amidou die Szenarien beschworen, er kannte die Folterkeller und Todeszellen von innen, all die Bilder konnten, glaubte Isa, nicht erfunden sein.

Wo hatte sie ihren Polo abgestellt? Vorne beim Park, oder war das vorgestern gewesen? Auch beim Discounter stand er nicht. Lohnte es sich weiterzusuchen oder war er gestohlen worden? Hatte Arturo ihn sich ausgeliehen und nichts gesagt? Vielleicht hatten sie ihn auch ausgerechnet heute einkassiert, weil nichts an der Schüssel noch zugelassen war.

Sie fand ihn jenseits des Kanals, sie schloss auf und setzte sich hinters Steuer. Die kleine Kabine war der einzige Ort, der ihr noch vertraut vorkam, in den niemand ungefragt eindringen konnte, zumindest nicht, wenn sie drin saß. Wenn er jetzt nicht anspränge – er sprang an. Sie achtete auf Zeichen. Es war ein gutes Zeichen, dass der Motor angesprungen war. Auch hier, auf der andern Seite des Kanals, waren die Straßen voller Menschen, sie alle strömten zur Fabrik. Im Schritttempo steuerte Isa das Auto durch die Menge. Vorne auf der Hauptstraße wurde es besser. Während sie fuhr, bereitete sie sich vor. Sie wusste: Am Ende dieser Nacht würde die Vorbereitung abgeschlossen sein. Sie streckte sich und fand den kleinen Ausschnitt ihres Gesichts im Rückspiegel. Augen wie Leuchtfeuer. Sie nahm das Pistölchen aus der Innentasche der Jacke, legte es auf den Beifahrersitz. Warm war das Metall, warm wie ihr Körper. Ihre Fingerkuppen folgten den Kanten, dem Griff, dem Lauf, der Mündung.

Hat man sich einmal entschieden.

Ungeniert parkte sie vor Ottens Haus, knapp neben dem Tor. Noch brannte überall Licht, ein großes Haus, viele Lichter. Sie schraubte den Sitz nach hinten, öffnete das Fenster einen Spalt, nahm die letzte Zigarette aus der Schachtel, zündete sie an.

Nur jede dritte Straßenlaterne brannte und weiter hinten bei den Bäumen gar keine mehr. Auch das ist vielleicht ein Zeichen, dachte Isa, Duft von Flieder wehte herein. Flieder, ja war denn schon Mai? Keine Erinnerung knüpfte sich für sie noch an den Duft von Flieder. Keine unbeschwerte Kindheit, keine heile Natur, keine vergangene Liebe. Später einmal, wenn alles gut gegangen sein würde, würde sich für Isa an den Duft von Flieder Härte knüpfen, Entschlossenheit, Mut, so gut, so rätselhaft, aufregend und erfüllend wie Liebe. Sie nickte ein. Wachte auf und hatte die Aufgabe vergessen, erschrak, als sie ihr wieder einfiel.

Bald wird sie die sein, die sie sein will.

Es kribbelte in den Waden, sie musste sich bewegen. Sie steckte die Pistole ein und stieg aus. Blick frei in alle Richtungen, harmlos lag die Straße im Mondlicht. Fahl, flach, bläulich, krank. Alles, dachte sie, bedeutet nur noch einerlei. Schritt für Schritt ging sie die Straße ab. Paläste rechts und links, Dekadenz. Ein letztes Mal noch wollte sie sich vergewissern: dass alles so war, wie sie sich das vorgestellt hatte. Sie sah sich gehen, eine Frau, wie Sabine sie bewundern würde. Im Blick, in greifbarer Nähe, das Lebenswerk.

Am Ende der Straße lag ein Wäldchen, unter die hohen, frisch belaubten Bäume drang kein Mondlicht, mutig trat sie in die Schwärze. Unter den Schuhen knackte Astwerk, raschelte Laub. Ungewohnt war diese dichte Dunkelheit, niemals, dachte Isa, ist es in der Stadt sonst ganz dunkel. So dunkel, dass man sich vollkommen aufs Gehör verlassen muss – und auf die tastenden Füße. Ein kurzes Stück weit nur musste sie derart blind gehen, dann öffnete sich eine weite wellige Wiese, eine parkartige Landschaft, ein Teich lag mittendrin, die Wasserfläche spiegelte kalt die Scheibe des Mondes. Sie umrundete einmal den Teich, blieb stehen, was war das, dort, ein Licht, ein heller Schein, war das wieder ein Zeichen?

Sie ging näher.

Zwei Jungs, ein Mädchen saßen in einer Mulde, sie hörten Musik. Reste des Picknicks lagen verstreut auf einer karierten Decke: Brot, Käse, Fleisch, eine Schüssel Salat, noch halb voll. Teller und Tassen. Alle drei blickten still ins Feuer.

Isa könnte sich dazusetzen, sich auch ein bisschen am Feuer wärmen, am Frieden der drei Menschen. Eine Ballade tönte leise in die Nacht. *Deutsch bleibt mein Fühlen, deutsch bleibt mein Sinn*, sang die Stimme süß und säuselnd. Nichts sonst verriet die drei, keine groben Gesichter, keine Glatzen, keine schweren Stiefel. Schon hatte sich Isa in Gedanken dazugesetzt. Zu Unmenschen ans Feuer. Beinahe hätte sie die Seiten gewechselt. Wäre keine große Sache, dachte Isa, die drei – es geschähe beinahe nebenbei. Was für eine Befriedigung wäre es, diese faschistischen Lebenslichter zu löschen. Könnte sie tun.

Sie will mehr. Sie will das geistige Gut vernichten, das aus Unrecht eine Ordnung konstruiert, die totale moralische Verkommenheit. Für die hier wären die Kugeln zu schade. Nie hat sie vernünftiger gedacht, nie war sie bei klarerem Verstand.

Gestern ist gewesen. Was jetzt ist und wird, liegt in ihrer Hand.

ER SCHLIEF NICHT, er konnte nicht schlafen. Wie, fragte er sich, soll man schlafen, wenn man nicht weiß, wie alles weitergeht? Wird sie sich erholen, wird es schlimmer werden? Leidet sie unter ihrem Zustand? Einmal hatte er sie vor dem Spiegel beobachtet, wie sie sich selber ansah, verstört, verständnislos. Als sähe sie eine Frau, die mit ihr nichts mehr zu tun hatte. Er wusste nicht, wie viel Wirklichkeit noch übrig war. Wie viel Terrain die Täuschungen schon gutgemacht hatten. Erinnerte sie etwas an frühere Zeiten, ein Klang, ein Duft, konnte sie Geschichten erzählen, die er selber längst vergessen hatte.

Es war entschieden, sein Antrag auf Räumung hatte keine Mehrheit gefunden, morgen früh würde er seine Demission bekannt geben, die Erklärung hatte er schon geschrieben. Er stand auf und schlüpfte in die Pantoffeln, zog sich die Strickjacke an. Clara hatte sie gestrickt, als sie noch ein halbes Kind war, ein langweiliges Blau. Er mochte die Jacke, weil es das Einzige war, das Clara je für ihn selber gemacht hatte. Die Zigaretten lagen drüben im Kaminzimmer. Noch schwelte die Glut im Kamin. Er legte ein dünnes Scheit nach, wartete, bis es Feuer gefangen hatte. Im Arbeitszimmer schellte das Telefon. Otten sah auf die Uhr, es war elf Uhr durch, das konnte nur Franz sein, der ihn über den Einsatz informieren wollte. Otten würde ihm nicht sagen, dass ihn ab morgen all dies nichts mehr angehen würde.

Ich höre?

Die Verhaftung ist planmäßig verlaufen, sagte Franz, keine Probleme, gut, dass wir nur drei Kollegen in Zivil geschickt haben. Dafür ist jetzt um die Fabrik die Hölle los.

Wo ist er, fragte Otten.

Am Flughafen.

Gut, sagte Otten, das muss jetzt schnell gehen mit der Abschiebung.

Ja, sagte Franz, ich halte dich auf dem Laufenden.

Um die Fabrik, dachte Otten, ist also die Hölle los. Soso. Wenn sie wüssten, für wen sie da demonstrierten. Wenn sie wüssten, dass der, für dessen Freiheit sie marschierten, mutmaßlich ein patriotischer Milizenführer gewesen war, ein Scherge, verantwortlich für Folter und Tod, verantwortlich für die Auslöschung mindestens eines Dorfes, in dem Rebellen vermutet wurden, verantwortlich für, anders konnte man das nicht bezeichnen, bestialische Morde an Kindern und Frauen.

Würde es etwas ändern, wenn sie es wüssten?

Die Rebellen waren in seinem Heimatland jetzt an der Macht und zaghaft dabei, rechtsstaatliche Strukturen zu etablieren. Nach südafrikanischem Vorbild war eine Versöhnungskommission gegründet worden. So wie die Dinge dort jetzt also lagen, würde er einen fairen Prozess bekommen.

Ein Flüchtling hatte ihn wiedererkannt, einer, der durch ihn seine Familie verloren hatte. Der Zufall hatte sie in der Fabrik zusammengeführt.

Die Elektrik war kaputt, schwer nur ließ sich die Terrassentür aufschieben, das musste bald gemacht werden. Henry schlüpfte zwischen seinen Beinen hindurch, ach, sagte Otten, jetzt willst du doch raus? Duft nach Flieder. Ein ganzes Fliedergebirge wuchs im Garten, vorne am Zaun zur Straße. Cecilia liebte den Duft von Flieder, die Blütendolden, die sich zum Pflücken nicht eigneten.

War nicht letzte Woche schon Vollmond gewesen? Die Schattenkanten der Bäume und Sträucher zackten in den sauber gemähten Rasen, kein Wind ging. Er war froh, dass diese Verhaftung noch gelungen war. Als wollte er sich den Pelz vom Mond wärmen lassen, lag der Kater jetzt in der Auffahrt. Knapp neben dem Tor stand ein Wagen; war da nicht eben ein Glimmen, ein rötliches Aufleuchten gewesen? Saß in diesem Auto jemand? Und wenn ja, warum? Hatten sie ihm nach der Verhaftung eine Zivilstreife vors Haus gestellt? Franz hatte nichts dergleichen gesagt. Von schräg oben konnte er kaum etwas erkennen. Er warf die Zigarette auf den Boden und trat sie aus. Er würde sie morgen aufheben. Er wusste, er würde es morgen vergessen. Er drehte sich um, schlurfte ins Haus zurück, bevor er die Tür ganz zuzog, warf er noch einen Blick hinunter zur Straße. Sollte er Franz anrufen und nachfragen? Nur zur Sicherheit.

Sicherheit, murmelte er vor sich hin und lachte.

Warum lachst du?

Er schnellte herum.

Cecilia, ich dachte, du schläfst!

Er hatte ihre Stimme nicht erkannt, sie kam ihm tiefer vor als sonst. Er setzte sich hin, rieb sich die Augen.

Mein Lieber, sagte sie, du brauchst doch deinen Schlaf.

Im Moment schien es, als sähe sie nur, was auch da war.

Sie gingen zusammen hoch ins Schlafzimmer. Er las ihr noch ein paar Seiten aus dem Buch vor, das auf ihrem Nachttisch lag, *Sieben Jahre in Tibet*.

Wollen wir nicht einmal wieder Beba einladen?, fragte sie, gerade als er dachte, sie sei eingeschlafen. Er hielt inne. Sie schlug die Augen auf. Er legte das Buch weg und küsste sie auf die Stirn.

Ja, sagte er, das wollen wir, ich werde morgen übrigens zurücktreten.

Ihr konnte er es sagen, ihr konnte er alles sagen. Sie sah ihn an, ein schöner, klarer Blick, als hätte sie das schon lange erwartet, nickte sie nur. Dann drehte sie sich zur Seite. Er löschte das Licht und ging hinaus.

Er versuchte noch etwas zu schlafen. Nach kaum drei Stunden war er wieder wach. Laut sangen die Vögel. Im Licht der aufgehenden Sonne saß er am Tisch, trank Kaffee und rauchte die erste Zigarette. Zeit verging schluckweise, zugweise. Flüchtig elegante blaugraue Schlieren verteilten sich im Raum, wurden allmählich matt, flach, blieben als schmutziger Nebel auf halber Höhe hängen. Sichtbar wurde die unablässige Bewegung der Luft. Alle Fenster waren zu, dennoch verteilte sich die Luft ständig neu, fiel oder sank, bildete Wirbel, wich in Schichten, blich aus.

Wie er Cecilias Gesicht berührt hatte zum ersten Mal. Über vierzig Jahre war das her. Alles, was geschehen war zwischen gestern und heute, für alles gab es beste Gründe. Jung hatte Cecilia wie ein Fabelwesen ausgesehen, hellblondes glattes Haar, in der Mitte gescheitelt, fast durchscheinende Haut, hellblaue Augen, sie sah aus, als wäre sie aus dem Papier gemacht, das ihre Familie seit Generationen herstellte. Selten hatte Otten jemanden kennengelernt, bei dem Art und Aussehen mehr auseinanderfielen als bei Cecilia. Sie kannten sich gerade mal ein paar Monate, da traf sie eine ihrer aberwitzigen Entscheidungen. Sie wolle frei sein, sagte sie. Sie wollte sich vielleicht auch von ihm frei machen, sie wollte das Studium unterbrechen, sie wollte reisen und, sagte sie, sie wolle nicht wissen, wann sie zurückkomme.

Dieser Satz traf ihn wie ein Schlag. Verliebt wie sie ineinander waren, konnte er einfach nicht verstehen, dass sie glaubte, ohne ihn leben zu können. Sie riss sich los und er, natürlich, er wollte ihr nicht im Weg stehen. Er hatte eine solche Angst, sie zu verlieren. Aus seiner Sicht gab es keinen Grund, warum sie nicht unterwegs jemanden treffen sollte, der besser zu ihr passte als er. Seine Vorzüge schienen ihm derart berechenbar; was er ihr zu bieten hatte, war, so dachte er, einfach nicht groß, nicht abenteuerlich genug.

Gemeinsam mit einer Freundin zog sie los. In einem VW-Bus fuhren sie Richtung Osten, alle fuhren in jener Zeit Richtung Osten. Sie telefonierten, sooft es möglich war. Nach zwei Monaten rief sie aus einem Hotel irgendwo in Tibet an.

Ich stehe hier, sagte sie, auf dreieinhalbtausend Meter Höhe, die Luft ist dünn, ich kann kaum atmen und ich glaube, meine Reise ist hier zu Ende.

Was, hatte er ins Telefon geschrien, die Verbindung war schlecht, immer wieder wurden sie von knackenden Geräuschen unterbrochen, welche Reise ist zu Ende? In seinen Ohren hatte es geklungen, als ob ihre Lebensreise zu Ende wäre.

Sie halte es nicht mehr aus ohne ihn, sagte sie, ständig müsse sie an ihn denken, sie warte und freue sich darauf, zurückzukommen, warum also nicht gleich?

Genauso rücksichtslos wie sie ihn vordem verlassen hatte, ließ sie jetzt ihre Freundin mit dem VW-Bus allein zurück. Sie brauchte drei Tage bis zum nächsten Flughafen.

Ein Dreivierteljahr später heirateten sie. Er hatte noch lange ein schlechtes Gewissen gehabt, weil sie wegen ihm zurückgekommen war.

In der Mitte ihres Lebens war kaum noch etwas übrig geblieben von ihrer einstigen Spontaneität, sie war etwas fülliger geworden, das Feenhafte war verschwunden – bis zum Unfall.

Er hangelte sich das Tablet rüber, öffnete eine der Tageszeitungen: *Regierung deckt Kriegsverbrecher*. Eine andere: *Mörder versteckt sich in Flüchtlingsfabrik*. Die dritte: *Flüchtling wird in den sicheren Tod abgeschoben*, Krügers Twitter-Seite: *Menschenwürde geht anders, Herr Otten!*

Ach Krüger, du lernst es nicht mehr in diesem Leben.

Ottens Fähigkeiten als Politiker waren verbraucht. Stimmungen erfassen, Menschen kneten, intuitiv das Richtige tun. Er hatte die Regeln gekannt und sie akzeptiert, er hatte ausgeteilt und eingesteckt. Er hatte es nicht besser gemacht. Er schaltete das Ding aus, schob es von sich. Er hörte, wie die Tür ging, gleich darauf klang Liz' helle Stimme durchs Haus, guten Morgen, jemand da?

Hier, sagte er.

Schläft sie noch?, fragte sie.

Ja, sagte er.

Sie ging in die Küche und begann, das Frühstück zu richten.

Der dünne Regenmantel musste heute reichen, die Mappe unterm Arm, in der Mappe seine Rücktrittserklärung. Um 7.10 Uhr setzte er sich hinters Steuer. Er zögerte schon lange nicht mehr, bevor er den Zündschlüssel drehte. Während der Wagen hinunter zum Tor rollte, fiel ihm das knapp neben der Ausfahrt geparkte Auto von gestern Nacht wieder auf. Leer. Das Tor glitt zur Seite, den Fuß hatte er schon auf dem Gas. Wie vom Himmel gefallen, stand da plötzlich jemand in der Auffahrt, eine junge Frau, Lederjacke, Kapuze, eine Hand in der Jackentasche, mit der anderen winkte sie ihm, als ob sie ihn kennen würde.

Ach, war das nicht die Studentin von neulich? Er hielt neben ihr, ließ die Scheibe herunter, wollte fragen, ob sie wieder eine Arbeit zu schreiben habe, wollte einen Scherz machen, das sei aber nicht der übliche Weg oder so ähnlich, sie solle sich doch bitte im Büro melden. Ihm war, als würde er in seine eigenen, still entschlossenen Augen, in sein eigenes verhärtetes Antlitz blicken. Er blickte in die Mündung einer Pistole. Drüben glaubte er Henry sitzen zu sehen, drüben auf dem Bürgersteig.

Er war hellwach. Als ob er durch ein Fernglas blickte, nahm er alles stark vergrößert wahr, perspektivisch etwas verzerrt, aber ungeheuer scharf und detailreich. Er hörte, wie sich das Tor hinter seinem Wagen mit einem leise schleifenden Geräusch schloss, ihn abschnitt von seinem Zuhause. Er sah die Staubpartikel vor sich auf der Scheibe, Blütenstaub, gelblich. Er registrierte, dass die Pistole klein war, er das Fabrikat nicht kannte und dass die Hand, die sie hielt, einen Handschuh trug. Er überlegte, ob es vielleicht nur Schreckschuss war, eventuell auch nur ein Plastikding, ein Spielzeug. Was er wahrnahm, passte nicht zusammen: die zarte junge Frau und der Tod in ihrer Hand. Hatte er wirklich eben Tod gedacht? Sollte seine Reise hier und jetzt zu Ende sein? Das konnte er nicht glauben, wollte er sich denn nicht wehren, wenigstens ein bisschen? Er könnte sagen, dass die Fabrik nicht geräumt werde, dass die friedlichen Gespräche weitergehen würden bis in alle Ewigkeit, bis sie sich alle gegenseitig umgebracht haben würden. Wie kam er darauf, zu glauben, dass sie etwas mit der Fabrik zu tun hatte? Sie konnte ja auch einfach eine Irre sein, eine arme, psychisch kranke Kreatur. Was sie verriet war diese Lederjacke, die Kapuze, wie hatte er das übersehen können, als sie letztens in seinem Büro saß. Aber nein, dachte er, das stimmt nicht, so viele Fehlschlüsse in so kurzer Zeit. Sie sah völlig normal aus. Eine völlig normale junge Frau, normaler ging es schon gar nicht mehr – bis auf die Waffe natürlich. Er musste ihr sagen, schleunigst sagen, dass er heute zurücktreten würde, dann fiele auch der Tötungsgrund weg. Schon wieder, falsch; eben gerade nicht, das Gegenteil wäre der Fall, sie würde nicht froh sein, sondern enttäuscht, und aus Enttäuschung würde sie erst recht die Nerven verlieren. Grundlegend waren die Fehler, die er ständig machte, seine Person war der Fehler.

Die Frau blinzelte nicht, kein einziges Mal, ihre Wimpern waren dunkel und lang, die Augen blaugrün, ungeschminkt. Ihre Hand zitterte nicht, eine junge Frau, nicht älter als Beba. Beba hatte nicht mehr reagiert auf seine Nachricht an Neujahr. Hatte er auch hier etwas falsch gemacht, etwas Falsches geschrieben vielleicht, etwas Missverständliches? Er würde sie anrufen, gleich nachher. Sein Fuß auf der Bremse war wie festgeklebt, wenn er nun blitzschnell Gas gäbe, aber das würde nicht nötig sein, gleich würde sie die Waffe runternehmen, lachen und sagen, war nur ein Scherz, wollte dir nur Angst machen. Kind, würde er sagen, so was kann auch leicht ins Auge gehen. Fast musste er lachen. Keinesfalls durfte er jetzt lachen, das wäre: wieder falsch. Überlaut hörte er das Surren des Motors, das Knacken des Blinkers. Er hoffte, Cecilia schlafe noch, sie würde sich sonst wieder unnötig Sorgen machen. Er musste nur die Hand ausstrecken, der jungen Frau das Ding aus den Fingern drehen, vielleicht würde sie es ihm auch freiwillig geben, froh, einer entsetzlichen Dummheit entgangen zu sein. Schluss jetzt, gib her. Er musste nur die Hand ausstrecken und ihr über die Wange streichen, ihr zeigen, dass jemand sie verstand, dass jemand wusste, wie schwer es ist, erwachsen zu werden. Was für einen Unsinn dachte er da zusammen, ernst wollte sie genommen werden, musste sie wirklich abdrücken, um zu beweisen, wie ernst sie es meinte? Gleichgültig war ihm auf einmal die ganze Situation, irgendwie einverstanden fühlte er sich, egal womit. Wie nebenbei juckte ihn ein kleiner heißer Schmerz an der Stirn, mehr wie ein Stich, er wollte danach greifen, sich dort kratzen.

EIN VOGEL SANG. Der Vogel schwieg, war Abend, war Morgen? So genau hatte sie sich das nicht vorgestellt. So gut war sie also doch nicht vorbereitet gewesen. Es war, als wäre ein weiches Glas zersprungen, läge zerfallen im Gras, eingesickert in den losen Boden. Einen Schritt, zwei Schritte in die Zeit hatte sie getan, aber wie war es gewesen? War es wirklich so gewesen? Ein dummer Unglaube lag auf seinem Gesicht. Was hatte ihn daran gehindert, klug zu sein? Sie hätte ihm vorher gerne noch gesagt, warum er jetzt sterben musste, er hatte ja gar nicht gewusst, wie lachhaft sein Ehrgeiz gewesen war, wie vermurkst sein ganzes Leben, sie wunderte sich, wie ein solcher Mensch zu ihrem Mittelpunkt hatte werden können.

Auf der anderen Straßenseite sah sie diese Katze sitzen, den ausgemergelten Körper aufrecht, die Vorderpfoten exakt nebeneinander, die Ohren gespitzt, die Augen groß und golden. Gschhh, machte Isa. Die Katze duckte sich, fauchte und blieb sitzen. Sie ließ die Katze, drehte sich um, lag dort neben

Ottens Karre nicht die Pistole auf dem Asphalt? Verständnislos sah sie auf ihre Hände, sie hatte geglaubt, die PSM noch fest in der Hand zu halten. Sie bückte sich und hob sie auf.

Während Isa ins Auto stieg, öffnete sich oben am Haus die Tür. Ottens Frau trat heraus. Als wollte sie sich vom guten Wetter überzeugen, blickte sie in den Himmel. Sie trug Reithose, Stiefel und Blazer. Jemand rief nach ihr. Sie drehte sich um und ging zurück ins Haus. Isa streifte sich das Hoodie vom Kopf.

Hatte denn niemand den Schuss gehört?

Auf der Hauptstraße kamen ihr ein paar Streifenwagen entgegen, ohne Blaulicht, die Pistole lag auf dem Beifahrersitz. An einer Tankstelle hielt sie an, um Zigaretten zu kaufen. Beinah erwartete sie, dass der Verkäufer sie sofort erkennen und mit Namen ansprechen würde. Bald, dachte Isa, würde nicht nur der Depp hier an der Tankstelle ihr Gesicht kennen, sondern das ganze Land. Sie war zu einer geworden, die man erkennen würde. An die man sich erinnern würde.

Sie fuhr weiter, sie fuhr kreuz und quer durch die Stadt.

Wie viel Zeit blieb ihr noch?

Im Parkhaus am Flughafen stellte sie den Polo ab. Die Pistole steckte sie sich in den Bund der Hose. Sie zog sich die Jacke aus und stopfte sie samt Handschuhen in einen Mülleimer. Ein Deck weiter unten fand sie eine Toilette. Die Seife war rot und roch nach Erdbeere, ekelhaft.

Mit der Bahn fuhr sie zurück in die Stadt, in die Fabrik, bis auf Weiteres war das der einzig mögliche Ort, die einzige Zuflucht, die sie jetzt noch hatte. An der Fassade hing ein Transparent: *Freedom for Amidou.*

Sie stieg hinauf in die Kammer; in Reih und Glied, nicht wie Menschen, wie Gegenstände lagen sie auf den Matratzen. Gegenstände lassen sich schieben, sie lassen sich aufstellen und hinwerfen, an- und abstellen.

Isa dachte an den Tag, an dem Chipo verschwunden war, an seinen Blick. Sie legte sich aufs Bett, sie war müde. Sie wartete, sie schlief nicht. Sie holte den Laptop, setzte sich hin und begann zu schreiben: *die ohnmachtserfahrung der refugees erzwingt … einer übermächtigen staatsgewalt … aufschrei jener, die genug davon haben … die machtfrage neu gestellt … wohl überlegt und jenseits von … selbstbestätigung …* Die Gegenstände auf den Matratzen regten sich, standen auf, machten Krach. Isa sah, dass es Menschen waren.

Sie löschte alles, was sie geschrieben hatte. Sie löschte alles, was sie je geschrieben hatte.

Sie wartete. Den ganzen Tag und die ganze Nacht.

Am frühen Morgen machten sie eine Razzia. Isa sagte, sie sei krank, Schüttelfrost, Frühlingsgrippe, sie ließen sie in Ruhe. Sie hörte die Demonstranten vor dem Haus, Hunderte mussten es sein, Tausende.

Im Fernsehen diskutierten sie über Shitstorms und ob diese Form des Protestes mit dem Mord an Otten einen neuen Höhepunkt erreicht habe. Ob die Freiheit des Netzes in ihr Gegenteil umschlage. Ob es denkbar sei, dass sich jemand aus der anonymen Masse berufen gefühlt habe, im Namen aller usw. Unsäglich seien die Kommentare im Netz, von Abschuss sei die Rede, noch nicht einmal klammheimlich sei die Freude über Senator Ottens Tod in manchen Kreisen, brutal und anonym. Ein Psychologe, ein Soziologe, ein Philosoph und ein Medienmensch äußerten sich. Krüger, im Regionaljournal, verurteilte die Razzia scharf und verwies auf die steigenden Zahlen rechtsradikaler Straftaten, gegen die nichts unternommen werde. Eine Hetzjagd auf Flüchtlinge werde die Folge sein, wenn die Menschen aus der Fabrik weiterhin der Tat verdächtigt würden.

Am dritten Tag rief sie an. Sie sagte, sie sei die Person, die Innensenator Otten getötet habe, sie sei die Person, nach der alle suchten, sie heiße Isabel Zeisler. Stille, Knacken in der Leitung, wieder Stille, dann räusperte sich der Beamte, sie solle, sagte er, sich das doch noch mal überlegen. Schlagartig wurde ihr übel. Vor Wut.

Eine Schulklasse stand vor der Fabrik, die Lehrerin rief, die kleinen Münder riefen: *Freedom for Amidou.* Sie hatten einen Marmorkuchen gebacken für Amidou. Es war kühler geworden. Isa ging an den Kindern vorbei die Straße entlang zur U-Bahn. Auf den Bildschirmen im Zug, auf den Titelblättern der Zeitungen fehlte ihr Gesicht, fehlte ihr Name. Noch. Am Kreuzplatz stieg sie aus. Von dort war es nicht mehr weit bis zum Polizeipräsidium. An der Pforte musste sie sich ausweisen.

Ich bin die Person, sagte sie, die alle suchen, ich stelle mich.

Der Mann sah sie an, als wollte er sagen, Mädchen, wenn du wüsstest, wie viele wir suchen. Isa legte die PSM ins Schiebefach. Endlich griff er zum Telefon.

Als Erstes wurde sie über ihre Rechte belehrt. Sie nickte zu allem. Sie dürfe jetzt einen Anwalt anrufen, sie schüttelte den Kopf. Sie wurde fotografiert und dann in eine Art Labor gebracht. Die Hände der Beamtinnen an ihren Armen rechts und links, die Finger auf ihrer nackten Haut waren nicht grob, eher zart, als wäre sie blind, als würde sie nur jemand sicher über die Straße führen.

Später saß sie in einem großen Büro. Auf dem Fenstersims standen Topfpflanzen. Hinter dem Schreibtisch saß ein Mann mit bürstenkurzem Haar, mit einem Bärtchen wie Derek aus *American History X*, Rattenäuglein, klein, rund und flink. Ihm schien noch nicht ganz klar zu sein, wen er da vor sich hatte. Sie schwieg. Sie hatte keine Eile, sie musste nichts sagen, die Pistole sprach für sie. Sie staunte, wie er warten konnte, unverwandt glotzte er sie an, sie wusste nicht, worauf er wartete, ihr war es jedenfalls egal. Sie versuchte locker auszusehen, mit sich im Reinen.

Ob man jemanden, dachte Isa, aus Habgier tötet, aus Eifersucht oder weil es politisch keine Alternative gibt, macht einen gewaltigen Unterschied. Eine Beamtin kam herein und legte dem Mann eine Akte vor die Nase. Er las, nickte mehrmals.

Wie ist noch mal ihr Name, fragte Isa den Mann.

Mutlu, antwortete er.

Sie war froh, dass er nicht Meier hieß oder Schmitt, auf ihn setzte sie jetzt alle Hoffnung. Sie faltete die Hände im Schoß. Was er wohl aus ihrem Gesicht las? Dann hörte sie Geräusche auf dem Flur, Poltern und Stimmen. Sabines Stimme, obwohl sie nur kurz zu hören war, erkannte sie sie sofort. Ohne zu fragen, hatten sie also ihre Eltern verständigt, Mutlu ließ sie nicht aus den Augen.

Hatte sie denn niemanden sonst, fragte sich Isa, der sich für sie verantwortlich fühlte?

Die Tür ging auf, ein elastischer junger Mann trat ein und

hinter ihm quollen Sabine und Erich in den Raum, Sabine stürzte auf sie zu, Erich blieb an der Tür stehen.

Isa, flennte Sabine, sei es ganz bestimmt nicht gewesen, ihre Tochter würde so etwas auf keinen Fall tun, sie sei gar nicht fähig zu so etwas.

Isa wehrte grob Sabines Umhalsung ab, der junge Mann streckte ihr seine Hand entgegen, Doktor Drang, stellte er sich selber vor, Ihre Eltern haben mich mit Ihrer Vertretung beauftragt.

Sie durfte das einfach nicht an sich rankommen lassen, sollten sie doch machen, was sie wollten. Eine Beamtin begleitete Sabine und Erich hinaus.

Was werfen Sie meiner Mandantin vor, fragte der Anwalt.

Mit dem würde sie bestimmt nicht reden, kein Wort.

Klar ist, sagte Mutlu, es liegt ein Geständnis vor, und Ihre Mandantin hat die Tatwaffe gleich mitgebracht.

Kein Zweifel? Kann man ausschließen, fragte der Anwalt, dass meine Mandantin die Waffe gefunden oder von jemandem bekommen hat? Fingerabdrücke? Schmauchspuren? DNA?

Die Untersuchungen laufen noch, sagte Mutlu.

Abenteuerlich, sagte der Anwalt, höchst abenteuerlich, diese Geschichte.

Finden wir auch, sagte Mutlu.

Das darf doch nicht wahr sein, dachte Isa, wollten die ums Verrecken eine falsche Wahrheit finden, eine Wahrheit, die ihnen in den Kram passte, warum auch immer, so ganz traute sie jetzt selbst Mutlu nicht mehr. Sie musste eine Aussage machen, jetzt sofort: Ich will eine Aussage machen, sagte sie, Drang fuhr dazwischen, er müsse sich erst unter vier Augen mit seiner Mandantin beraten. Aber Isa wollte ihn nicht, brauchte ihn nicht, sie begann zu erzählen, ständig versuchte Drang sie zu bremsen, er hatte nicht verstanden, er konnte nicht verstehen, er war ja noch nicht einmal unterer Durchschnitt.

Sie begann mit der Dämmerung und endete mit dem Sonnenaufgang, dazwischen, so kam es Isa vor, lag ihr ganzes Leben.

Mutlu nickte, er verstand, sie gab ihm noch eine Chance.

Wir werden das alles überprüfen, sagte er, jetzt bringen wir Ihre Mandantin erst einmal in eine Zelle, bis wir die Ergebnisse haben, bleibt sie unser Gast.

Schon wieder wollte der Anwalt protestieren, von wegen fehlender Fluchtgefahr usw., aber Mutlu ging gar nicht darauf ein.

Überlegen Sie sich alles noch einmal ganz in Ruhe, sagte er zu Isa.

Zwei Beamtinnen betraten den Raum und nahmen sie in ihre Mitte. Draußen auf dem Flur musste Sabine wieder abgewehrt werden, hysterisch schluchzend warf sie sich ihr entgegen, wie kann man sich, dachte Isa, nur so gehen lassen.

Die Zelle war ein winzig kleiner, sauberer Raum. Alles an seinem Platz. Eine Weile stand Isa einfach da. Dann machte sie zwei Schritte und war beim Waschbecken, sie strich über die abgerundeten Kanten, das Klo, gleich daneben, Edelstahl, gebürstet. Längs fünf Schritte, das Bett, mehr eine Pritsche, die Matratze war mit dünnem Plastik bezogen, darauf lagen ein Kissen und zwei graue Decken. Sie ging zur Tür und prüfte mit den Fingerspitzen die Kanten, die Ritzen. Alles zu. Die Welt hatte definitiv keinen Zugriff mehr auf Isa, endlich war ein angemessener Rahmen gefunden, Isa konnte sich vorstellen, hierzubleiben.

Durchs Fenster sah sie den Himmel. Ein Frühlingstag,

wollige Wolken woben sich zwischen die Stäbe aus Stahl. Gerne würde sie duschen, aber eine Dusche gab es nicht. Es war still. Eine unerhört tiefe, friedliche Stille. Sie setzte sich aufs Bett und legte die Hände in den Schoß. Sie sah ihre Hände im Schoß liegen, an den Fingern noch die schwarzen Flecken der Fingerabdruckfarbe, was für ein Wort, Fingerfarbe, rot, blau, gelb; nein, es waren nicht ihre Finger, sie wusste nicht, wem sie gehörten.

Die Finger, eben noch beschäftigt mit der Verfertigung von Kunstwerken, rot, blau, gelb, wühlen in einer Handtasche, es sind kleine Hände, Kinderhände, sie finden Lippenstift, Buch, Schlüssel, Brief, Brille. Bunte Spuren hinterlassen die Finger überall. Gelächter, Stimmen: Das Kind weiß schon ganz genau, was es will, sagt Sabine stolz zu einer Freundin.

Die Fingerchen reißen in das beschriebene Papier, Seite um Seite reißen sie aus dem Buch, dann kommt der Lippenstift an die Reihe, damit lässt es sich so schön malen auf Buchseiten, auf Wände und die Brille erst, Isa bricht die Bügel ab. Siehst du, sagt Sabine, wie kreativ das Kind schon ist, flugs setzt es ein Kunstwerk in die Welt, und das in diesem Alter.

Der Heizkörper unter dem Fenster heizte nicht. Isa legte sich aufs Bett, die Decke war dünn, sie wärmte nicht. Sie würden alles finden, was sie brauchten. Die Tatsachen sprachen eine klare Sprache, die Wand war ein wahrer Wert.

Ihr Blick ging hoch zum Fenster. Isa hatte kein Bedürfnis, sich auf den einzigen Stuhl zu stellen und hinauszuschauen. Es interessierte sie nicht, was draußen vor sich ging, es reichte, wenn sie den Himmel sah, der allmählich leerer wurde, wenn sie den Himmel sah, der rosa wurde und purpur.

Als ob schwere Türen endgültig geschlossen würden, klang dumpfes Rumsen an ihr Ohr, zwei-, dreimal. Sabine, für die Türen keine Grenzen waren, die frühmorgens in Isas Zimmer kam, als gäbe es zum Zimmer ihrer Tochter keine Tür. Die mit spitzen, scharfen Fingern Isa kitzelte – komm, aufstehen, mein Mäuschen, Isa machte sich steif, was hast du denn, fragte Sabine, darf man dich jetzt nicht einmal mehr anfassen?

Lichtreflexe tanzten über die Decke, Dreiecke und Kringel.

Die erste Fliege saß schon auf der Wunde, dort, wo das Blut noch nicht geronnen war. Der Motor, der noch lief, der Blinker, der noch blinkte. Alle Vorbereitungen waren abgeschlossen.

Am nächsten Morgen in aller Frühe ging die Zellentür auf. Zuerst linste ein Wärter herein, dann der Anwalt, dann Sabine, dann Erich. Was war denn hier los? Konnte hier jeder jeden jederzeit besuchen?

Sabine strahlte.

Ich wusste es, sagte sie. Sie lassen dich frei, du bist frei, du kannst es nicht gewesen sein, ich habe es gleich gewusst. Sie umarmte Isa, sie drückte und herzte sie. Isa rannte zum Klo und übergab sich.

Komm schon, sagte Sabine, sie warten.

Wer wartet worauf?

Erich sah aus, als wäre ihm egal, ob sie es gewesen war oder nicht.

Warum tust du so etwas, sagte Sabine, warum willst du eine solche Tat begangen haben?

Mutlu saß in seinem Büro, ein Glas Wasser vor sich auf dem Tisch, auch Wasser, fragte er, oder Tee? Seine Äuglein huschten von ihr zu Sabine, messerscharf zog sich sein Mund zu einem Lächeln in die Breite, das Bärtchen war schon etwas grau. Isa war enttäuscht von ihm, er war doch nicht besser als die anderen, höchstens oberer Durchschnitt, allerhöchstens. Sie schüttelte den Kopf. Alles, was sie gesagt hatte, waren für die anderen also nur unbewiesene Behauptungen. Aber noch fühlte sie sich nicht zur Strecke gebracht.

Na, dann wollen wir mal, sagte Mutlu munter. Wir haben weder an Ihren Händen noch an Armen oder Kleidung Schmauchspuren gefunden. Mit anderen Worten, keine Spur von Ihnen, weder an Ihnen noch am Tatort. Als wäre er erleichtert, dass es Isa nicht gewesen sein konnte, lachte er. Arschloch, dachte Isa, Sabine stimmte in sein Lachen mit ein.

Logisch, sagte Isa, ich hab ja auch Handschuhe getragen, die Sachen am Flughafen, was ist damit?

Ähm ja, sagte er, die *Sachen* waren entweder gar nie da oder aber bereits verbrannt, das können wir nicht ganz ausschließen.

Sie bereute. Sie bereute aufrichtig, die Sachen weggeworfen zu haben.

Aber die Knarre? Ihre letzte Hoffnung.

Darauf wollte ich gleich kommen, sagte er. Die PSM ist die Tatwaffe, konnte von der Ballistik zweifelsfrei zugeordnet werden, seltenes kleines Ding, verboten in Deutschland. Die relevanten Fingerabdrücke darauf sind allerdings unbrauchbar, DNA, aber nicht Ihre.

Logisch, sagte sie, ich habe ja auch Handschuhe getragen.

Du wiederholst dich, sagte Sabine.

Mutlu lächelte.

Was uns jetzt noch interessieren würde, sagte er.

Schluss, aus. Kein Wort würde sie mehr sagen. Mutlu

sah nicht sie, sondern Sabine an, dann Erich, als ob für ihn klar wäre, von Anfang an klar gewesen wäre, dass er von Isa nichts zu erwarten hatte. Dass sie sich nur hatte wichtig machen wollen, dass ihre einzige Verbindung zur Tat darin bestünde, die PSM vielleicht in einem Gebüsch, vielleicht in einem Mülleimer gefunden zu haben, noch nicht einmal Freunde traute er ihr zu, die eine solche Tat begangen haben könnten.

Er zuckte die Schultern, wir werden es schon noch rausfinden. Sie können gehen, sagte er, aber halten Sie sich zu unserer Verfügung.

Sie hat jemanden umgebracht und wird dafür nicht verhaftet.

Hatte denn keiner den Schuss gehört, war sie denn von niemandem gesehen worden? Das herrschende System brauchte nachvollziehbare Spuren. Hatte man keine Spuren hinterlassen, musste man draußen bleiben.

Willenlos folgte sie Sabine hinaus.

Erich trottete hinterher.

Sie war frei.

Sie wurde nach Hause gefahren.

Ihr Zimmer war unverändert.

Als wäre keine Zeit vergangen.

Nicht anerkannt von anderen ist ihre Tat nichts. Nichts ist sie.

Schlaff saß Isa auf dem Mädchenbett, rosa Überwurf, weiße Schwalben.

Kommst du zum Essen?, rief Sabine.

Sie musste einen Plan machen, einen Plan B.

Willst du nicht mit uns reden?, fragte Sabine zehnmal am Tag.

Um nicht so allein zu sein, ging Isa manchmal hinunter und setzte sich vor den Fernseher. Die Fabrik war nicht geräumt. Eine andere Beauftragte des Senats redete jetzt mit den Flüchtlingen, fieberhaft wurden Unterkünfte gesucht. Dodo war wieder in einen Hungerstreik getreten, und Sven sagte, die Abschiebung von Amidou verstoße auf eklatante Art und Weise gegen die Menschenrechtskonvention, Menschen in den sicheren Tod abzuschieben sei ein Verbrechen.

Isa schwimmt ihrem Blick nach, die Sonne scheint auf der anderen Seite der Erde. Was sie sieht, ist nicht das, was ist. Nicht die Nacht über dem Meer, nicht die Kälte des Wassers, den Wellengang. Sie schwimmt ihrem Blick nach, sie lassen sie schwimmen, so weit sie will, niemand bringt sie zum Ufer zurück. Sie schwimmt und schwimmt, bald wird sie zu weit geschwommen sein.

Schläfst du noch? Sabine stand im Zimmer. Schau. Sie hielt ihr eine Zeitung unter die Nase. Sie haben ihn verhaftet, den Richtigen.

Soso, den Richtigen.

Sabines Finger stachen in ihren Bauch, versuchten das Kind in ihr zum Lachen zu bringen, die Bauchdecke gab nach, die Finger wühlten in den Eingeweiden.

Auf der Titelseite war ein Foto von Arturo, wie er verhaftet wurde. Er hatte jetzt einen Bart. Sein Hemd war zerrissen, am Kopf klebte Blut. Er sah verlottert aus, aber stolz. Auf den ersten Blick war es Arturo, auf den zweiten Blick war es jemand, den sie noch nie gesehen hatte, kein Wunder, die Leute kamen und gingen ja, wie sie wollten. Auf nichts konnte man sich verlassen.

An der Straße vor dem Friedhof warteten Polizeiwagen und zwei lange schwarze Limousinen. Einer der Fahrer saugte mit einem Handstaubsauger die hinteren Sitze. Fliederbüsche standen am Zaun, die Dolden waren verblüht.

Die Trauergesellschaft zog an ihr vorbei. Ganz vorne ging der Pfarrer, hinter ihm knirschte das Sargwägelchen über den sandigen Boden. In einem gewissen Abstand schloss Isa sich der Prozession an, sie wusste nicht, was sie hier zu finden hoffte. Während sich die dunkle Gesellschaft ums Grab verteilte, blieb Isa abseits stehen. Regen begann zu fallen, Schirme wurden aufgespannt, viele kleine Pfützen machten den Boden löchrig. Eine Frau kam zu spät, sie stellte sich in die hinterste Reihe. Der Lautsprecher pfiff, der Pfarrer sagte Worte, die Isa nicht verstehen konnte. Der Regen hörte auf. Ein Trio spielte, Schaufel um Schaufel Dreck polterte auf den Sarg.

Das wars, dachte Isa.

Sie ging durch die Allee zurück, am Eingang blieb sie stehen. Sie fummelte eine Zigarette aus der feuchten Schachtel. Auch das Feuerzeug war nass geworden. Klick, klick, klick, jeder misslungene Versuch verstärkte ihr inneres Ungleichgewicht, gleich, gleich würde sie kippen, Plan B war in greifbarer Nähe, alles war vielleicht nur eine Vorbereitung auf Plan B gewesen. Sie machte weiter, klick, klick.

Jemand war plötzlich neben ihr, Isa hob den Kopf, es war die Frau von vorhin, kurz zögerte sie, kurz trafen sich ihre Blicke, ihr Gesicht hatte etwas Helles und Deutliches, es erinnerte Isa an einen Hunger, der niemals aufhören würde.

STUFE UM STUFE stieg sie die Treppe hoch. Wartete einen Moment vor der Wohnungstür, horchte. Drin war alles still. Elias schrieb vielleicht an seiner Hausarbeit. Oder er hörte Musik mit Kopfhörern, oder er las, oder er war gar nicht da. Die Sonne stempelte ein grelles Dreieck auf die Holztür. Sie wünschte sich, dass er da wäre.

Sie steckt den Schlüssel ins Schloss, stößt die Tür auf. Warum das hier nicht ihr Zuhause geworden ist, nicht ihr Zuhause werden kann? Jeder muss sich irgendwo zu Hause fühlen und sei es unter einer Brücke. Er sitzt am Schreibtisch und schreibt. Sie setzt sich zu ihm und sagt:

Hörst du mir zu?

Was ist denn?

Er hat keine Ahnung, woher sie kommt.

Woher kommst du, fragt er.

Immer, sagt sie, wenn ich meiner Wege gehe, wendest du dich ab. Was, sagt er, wieso? Ich verstehe überhaupt nichts.

Ich habe begonnen, sagt sie, dein Leben zu führen, es tut mir leid, niemand kann jemandes Leben führen.

Sie steht auf und geht hinüber ins Schlafzimmer, sie nimmt den kleineren Koffer und packt ein paar Sachen zusammen. Sie packt nur die Sachen ein, die sie vorher schon hatte.

Beba, das ist jetzt nicht dein Ernst, was ist eigentlich los? Schmeiß doch nicht alles weg, denk an unser Kind.

Ich kann nicht, sagt sie, ich kann nicht mehr.

Wenn du wolltest, könntest du. Du wechselst beim ersten Glückszweifel gleich die Straßenseite, das ist kindisch.

Wenn es so einfach wäre; dein Glück und mein Glück passen einfach nicht zusammen.

Du bist dabei, sagt er, dir dein Unglück zu verdienen.

Sie steckte den Schlüssel ins Schloss und stieß die Tür auf. Das helle Dreieck fiel in den Flur.

Elias?

Keiner da.

Als hätte sie Angst, jemand würde sie einsperren, ließ sie die Tür weit offen stehen, ging ins Schlafzimmer und hangelte den kleineren Koffer vom Schrank. Es war der Koffer, der Koni gehört hatte, viel passte nicht hinein. Sie packte ein paar Sachen zusammen. Sie packte nur die Sachen ein, die sie vorher schon gehabt hatte. Bevor sie den Koffer zuklappte, strich sie mit der Hand über die Jeans, die ganz oben lag, ein Knubbel, eine harte Stelle ließ sie in die Tasche greifen. Ein oft gewaschener faseriger Papierknäuel kam zum Vorschein, keine Schrift war darauf mehr zu erkennen, Stefans Adresse, gelöscht, sie warf den Knäuel in den Papierkorb.

Dann stand sie im Wohnzimmer vor dem Klavier. Es war, als wäre dies nicht ihr Klavier. Als duckte es sich weg unter ihrer Hand, als wollte es sich von ihr nicht mehr anfassen lassen. Sie löste den Schlüssel vom Bund und legte ihn auf den Schreibtisch. Auf einen Zettel schrieb sie *Falling slowly*. Es war eines der Lieder, die er nicht gemocht hatte, sie aber schon.

Sie nahm den Koffer und zog die Tür hinter sich zu, klack, eine gelbe Blume, die auf den Sargdeckel fällt.

Manuela schüttelte nur den Kopf.

Gehts noch, sagte Katjana. Weißt ja, wo dein Zimmer ist, über den Rest reden wir später, Kinder, ich muss.

Kaffee?, fragte Manuela.

Manuela wusste, wie Beba den Kaffee am liebsten trank, mit viel Milch, aufgeschäumt, mit Kakaopulver überpudert.

Manuela tat, was zu tun war, Champagner einschenken, Bier zapfen, Knabberstangen nachfüllen, kassieren, wahrscheinlich war Helen wieder krank. Beba schaute zu, wärmte sich an der heißen Tasse die Hände, trank mit kleinen Schlucken. Elvis lief im Hintergrund, flink marschierte Manuela hin und her.

Sie würden sich nach Feierabend zusammensetzen. Beba würde Manuela erzählen, was geschehen war. Manuela würde es verstehen oder auch nicht. Wahrscheinlich war für niemanden zu verstehen, warum sie zurückgekommen war.

Mit der Hand strich sie über die Tapete, als sie die Treppe hinaufstieg. All das. Die Geräusche, die Gerüche, das Licht, die Farben. Sie öffnete die Tür zu ihrem alten Zimmer, trat ein. Ein paar Kartons standen herum, Stühle, die gerade nicht gebraucht wurden, auf dem Bett lag ein Packen Kleider. Hatten sie den Platz, an dem das Klavier gestanden hatte, extra frei gelassen?

Stünde dort ein Klavier, würde sie sich hinsetzen und spielen. Sie würde es noch einmal versuchen und noch einmal. Sie ließe aus, was inzwischen geschehen war, sie ginge dienstags, wie früher, ins Don Quichotte. Dort würde sie Otten treffen, auf der Bühne stünde dieser Trompeter, den sie noch nicht kennen würde. Sie begänne mit einem etwas schleppenden, feinen lyrischen Intro, sie würde die Hand ausstrecken, er griffe zu, begriffe, würde den Ton einfangen, im Wechsel würden sie das Thema verdichten, er würde sich lösen mit einem einzigen Ton, klagend und endlos lang, um dann irgendwann stolpernd und stotternd in einem Wispern zu enden. Sie nähme auf, schriebe fort, leicht, leichtsinnig, blindlings. Nicht alles musste schwer enden. Sie sähen sich in die Augen, keiner wüsste von den Geheimnissen des anderen, und sie würden sich hüten, auch nur ein einziges preiszugeben. Sie würden Abend für Abend Abstand halten, nie vergäßen sie die Eigenarten des Instruments. Töne wie Wünsche. Töne wie Wünsche, die in Erfüllung gehen. Ihr Wunsch, ihn zu kennen, wäre der Wunsch, ihn nicht zu kennen. Sie würden nicht graben und grübeln, sie würden die Nähe dort finden, wo sie niemand vermutete, an der Oberfläche, in den Pausen, den Auslassungen und Verschwiegenheiten. Kein Zweifel bestünde: Einer könnte nicht spielen ohne den anderen. Mehr bräuchte einer vom anderen nicht zu wissen. Es würde unfertig enden.

Sie ging hinunter. Sie ließ Wasser in die Spüle und begann Gläser zu waschen, Bier zu zapfen, Champagner auszuschenken. Das Kind in ihrem Bauch schlief, nur ab und zu spürte sie ein sanftes Drehen, als würde sie jemand von innen streicheln. Sie arbeiteten Hand in Hand. Wo bleibt das Bier? Lass mich mal ran. Irgendwann kam Katjana zurück und half. Um vier Uhr morgens, die Kasse war gemacht, alle Fenster standen zum Lüften sperrangelweit offen, setzten sie sich um den großen Tisch. Sie teilten sich die Pizza, die jemand drüben beim Italiener geholt hatte. Sie war kalt und trocken.

Spinnst du, sagte Gisela, so einen in die Wüste zu schicken. Hat er dich geschlagen, betrogen oder was.

Beba kaute ein Stück Pizza.

Jetzt lass sie doch erst mal ankommen, sagte Manuela.

Sonst noch jemand ein Sektchen?, fragte Katjana.

Gisela stand auf und ging vor die Tür zum Rauchen.

Nicht so einfach, wenn plötzlich einer umsonst ficken will, sagte Lotta und lachte.

Halt doch dein dummes Maul, sagte Manuela.

Und, fragte Katjana, wie soll das jetzt weitergehen mit dir?

Willst du wieder einsteigen, oder willst du Helens Job an der Bar?

Sie ist schwanger, sagte Manuela.

Auch das noch, sagte Katjana.

Jetzt lasst ihr doch Zeit, sagte Manuela, all das muss ja nicht gleich am ersten Abend entschieden sein.

Hey, rief Gisela draußen, wir sind zu. Schluss für heute, hey!

Was ist los?, fragte Katjana und stand auf.

Beba stand auf, Manuela stand auf, alle blickten zur Tür. Herein kam nicht Elias, sondern Zeisler, er war betrunken.

Zeisler war noch nie betrunken gewesen.

Da hat schon einer mitgekriegt, dass du wieder hier bist, lachte Manuela.

Zeisler schlingerte zur Bar. Beba half ihm auf einen Hocker.

Was ist, fragte sie, was willst du hier um diese Zeit?

Er sah sie an, er schien sich nicht zu erinnern, dass sie weg gewesen war. Sie stellte ihm ein Glas Wasser hin. Er fasste sie grob am Arm, zog sie zu sich. Erst wollte sie sich wehren, dann sah sie, dass ihm Tränen die Wangen herunterliefen, er schien um Jahre gealtert.

Ich hatte eine Tochter, sagte er, die hieß Isa, Isabel.

Beba nahm den Wodka aus dem Regal, kippte das Wasser aus, goss Wodka ins Glas. Ihren Arm ließ sie ihm, so lang er wollte, konnte er ihren Arm behalten. Er trank, schluckte und bleckte die Zähne. Sie konnte doch schwimmen, sagte er, warum ist sie denn nicht geschwommen.

Umständlich suchte er in der Tasche nach Geld, geht aufs Haus, sagte Beba. Er ließ ihren Arm los, rutschte vom Hocker und wankte hinaus.

Die Autorin dankt dem Ledig House in Ghent, NY, der Schweizerischen Kulturstiftung Pro Helvetia und der Landis & Gyr Stiftung für die Unterstützung ihrer schriftstellerischen Arbeit.